www.tredition.de

AF178256

Sybille Baecker

… ist gebürtige Niedersächsin und Wahlschwäbin. Nach einem Studium der Betriebswirtschaftslehre in Münster und Neu-Ulm war sie viele Jahre als IT-Prozessingenieurin in einem internationalen Unternehmen tätig. Später arbeitete sie mehrere Jahre als Pressereferentin des Volleyball-Landesverbands Württemberg in Stuttgart. Heute lebt sie nahe der Universitätsstadt Tübingen. Durch ihre Krimiserie mit dem Kommissar und Whiskyfreund Andreas Brander wurde sie zur Fachfrau für »Whisky & Crime«.
Infos: www.sybille-baecker.de

In der Kommissar-Brander-Reihe sind bisher erschienen:
(Stand 2015)
Irrwege - Branders 1. Fall
Körperstrafen - Branders 2. Fall
Eisblume - Branders 3. Fall
Neckartreiben - Branders 4. Fall
Mordsbrand - Branders 5. Fall

Fortsetzung folgt …

Sybille Baecker

Körperstrafen

Ein Kommissar Brander Krimi

 tredition®

Überarbeitete Neuauflage, 2015
Originalausgabe: Hermann-Josef Emons Verlag, Köln, 2009
© 2015 Sybille Baecker
Alle Rechte vorbehalten.
Umschlag, Illustration: Sybille Baecker
Titelfoto: Sybille Baecker
Verlag: tredition GmbH, Hamburg

ISBN
Paperback   973-3-7323-6969-0
Hardcover   973-3-7323-6970-6
e-Book   973-3-7323-6971-3

Printed in Germany

Für Frank

PROLOG

Das Quieken der Schweine dröhnt in ihren Ohren. Laut, unaufhörlich, steigert sich zu einem panischen Kreischen, als wollte man die ängstliche Herde zur Schlachtbank bringen. Der Gestank von Mist steigt in ihre Nase. Aufdringlich. Kriecht in sie hinein, dass sie ihn schmecken kann. Feuchtes Stroh, Pisse, Kot. Ihr wird schlecht. Sie will sich übergeben. Raus. Der Gestank soll raus aus ihr. Sie würgt. Sie kann nicht. Alles ist zugeschnürt. Ihre Kehle ist zugeschnürt.

Lautes Geschrei. Wildes Gegröle. Bösartiges, brutales Lachen. Sie will sich die Ohren zuhalten. Sie will es nicht hören. Aber sie kann nur die Augen zusammenpressen. Nichts sehen, wenigstens nichts sehen.

Schreie. Schmerzvoll, gepeinigt. Es tut weh. Alles tut weh. Sie will fort. Fort. Sie kann nicht. Eine Hand hält sie, krallt sich in ihr Fleisch.

»Bitte, hört auf«, wimmert sie. Die Hand schlägt ihr ins Gesicht, hinterlässt ein eisiges Brennen. Sie weint. Ihr ist kalt. So kalt.

Das Quieken der Schweine wird lauter. So laut, dass sie bald nichts anderes mehr hört.

Die Scham. Niemals wird sie vergehen.

FREITAG

Der Tag hätte nicht schlechter beginnen können. Andreas Brander öffnete mit finsterem Blick das Garagentor. Er hatte unruhig geschlafen und war viel zu früh aufgewacht. Neben sich hatte er nur ein kaltes, leeres Bett vorgefunden. Er hatte Cecilias Kopfkissen zu sich gezogen und sich daran gekuschelt, wie ein verliebter Pennäler.

Am Abend zuvor hatte er seine Frau zum Flughafen gebracht. Drei Wochen würde er ohne sie auskommen müssen. Drei Wochen allein aufwachen, allein frühstücken, allein einschlafen. Kein Mensch zu Hause, wenn er von der Arbeit kam. Cecilia war zu einem zweiwöchigen Psychologen-Kongress nach Boston geflogen. Der Kongress startete zwar erst am Montag, aber sie wollte das Wochenende zur Akklimatisierung nutzen. In der dritten Woche würde sie eine Freundin treffen und mit ihr einige Tage durchs Land reisen.

Während Brander sich in seinen betagten Peugeot setzte, fragte er sich, ob er in den vierzehn Jahren seiner Ehe jemals so lange ohne seine Frau hatte auskommen müssen. Sicher, sie hatte immer mal wieder Fortbildungen besucht, mal eine Woche Zürich, mal zwei Tage Köln oder drei Tage London. Aber drei Wochen Boston? War das wirklich notwendig? Sie hatten lange über diese Reise diskutiert. Letztendlich hatte er aber keine Argumente gefunden, sie dazu zu bewegen, auf den Kongress zu verzichten. So oft nahm sie Rücksicht auf seinen Beruf, nahm seine vielen Überstunden und unvorhergesehenen Diensteinsätze klaglos hin. Dieses Mal war er an der Reihe, sich ihren beruflichen Plänen zu fügen. Brander seufzte abgrundtief und drehte den Zündschlüssel herum. Nichts. Ungebrochene Stille. Nicht einmal ein leises Röcheln war aus dem Motor gekrochen. Er versuchte es ein zweites Mal. Es blieb still.

»Komm schon. Lass du mich nicht auch noch im Stich«, beschwor Brander seinen Wagen. Aber auch ein dritter Versuch blieb erfolglos. Sein Peugeot hüllte sich in beharrliches Schweigen.

»So ein Mist.« Es war eher eine resignierte Feststellung, als ein Fluch, der da über seine Lippen kam. Hatte er vergessen, die Scheinwerfer auszuschalten, und die Batterie war leer? Aber das wäre ihm doch aufgefallen, als er den Wagen am Abend zuvor in die Garage gefahren hatte. Er überprüfte dennoch den Schalter. Nein, das Licht war nicht eingeschaltet gewesen. Vielleicht hatte er die Tür nicht richtig verschlossen, und die Innenbeleuchtung hatte die ganze Nacht gebrannt? Brander stieg aus, öffnete die Motorhaube, starrte ratlos auf das Innenleben seines Wagens. Er wusste, wo man Wasser und Öl nachfüllte, die Batterie erkannte er auch noch, aber dann verließen ihn seine autotechnischen Kenntnisse.

Frustriert wandte er sich ab, trat aus der Garage und raufte sich die wenigen kurzen Haare, die seine Geheimratsecken umrahmten. Das hatte ihm zu seinem Glück an diesem Morgen noch gefehlt. Sein Blick glitt über die Landschaft, die sich direkt neben der Doppelhaushälfte am Ortsrand von Entringen erstreckte. Leichter Dunst lag über den Feldern und Wiesen, die sich am Rande des Schönbuchs erhoben, hinauf bis zu dem nahen Waldgebiet. Letztes Wochenende war er dort schnaufend hinaufgejoggt. Vorbei an den Streuobstwiesen, mit Bäumen, deren Äste sich unter der schweren Last der Äpfel bogen. Dieses Jahr gab es so viele Äpfel wie schon lange nicht mehr, und viele Obstbauern hatten bereits mit der Ernte begonnen. Schließlich hatte er den Ziehweg erreicht, der nach Hohenentringen führte – eine Burganlage aus dem zwölften Jahrhundert. Heute befand sich dort ein Restaurant. Er hatte tapfer der Versuchung widerstanden, dort eine Pause einzulegen, und war fast eine Stunde durch den

Schönbuch getrabt. Hinterher hatte er zwei Tage Muskelkater, sodass er kaum die Treppen zum Schlafzimmer hinaufgekommen war.

Er atmete ein paarmal tief durch und sah zum milchig blauen Himmel. Die Luft war noch kühl und frisch, und Brander ahnte, dass es wieder ein wunderschöner milder Spätsommertag werden würde. Er strich sich noch einmal über den Kopf, sah an sich herunter, auf die leichte Wölbung, die sich unter seiner Brust und über seinem Gürtel hervordrückte. Drei Wochen hatte er Zeit. Drei Wochen. Wie viele Kilos konnte er da verlieren? Vier? Fünf? Sechs? Er lächelte entschlossen. Cecilia würde staunen, wenn sie aus Boston nach Hause kam!

Er kehrte zurück in die Garage, schloss die Motorhaube seines Wagens und strich dem alten Peugeot liebevoll über die Schnauze. Karsten wollte am Abend zu ihm kommen. Sie könnten versuchen, die Batterie zu überbrücken.

Er ging an dem Wagen vorbei zu seinem Fahrrad, suchte einen Lappen, um die Spinnenweben und den Staub von Rahmen und Lenker zu entfernen, und pumpte anschließend die Reifen auf. Bereits dabei kam er ins Schwitzen. Er ging noch einmal ins Haus, tauschte Jeans und Hemd gegen eine alte Jogginghose und ein Sweatshirt. Kleidung zum Wechseln verstaute er in einem Rucksack. Dann schwang er sich voller Elan auf sein Fahrrad.

Seine Tour durch das Ammertal wurde von einem steten Quietschen begleitet. Er hätte die Kette ölen sollen, ging es ihm durch den Kopf, und er überlegte, ob er Fahrradöl zu Hause hatte. Die Strecke zog sich flach durch das Ammertal, in der Ferne sah er die Sankt-Remigius-Kapelle, die sich auf einem Hügel über Wurmlingen erhob, zu seiner Rechten waren Maisfelder, zum Teil bereits abgeerntet. Links, direkt neben dem Landwirtschaftsweg, auf dem er fuhr, verliefen die Schienen der Ammertalbahn, etwas weiter dahinter kroch der Berufsverkehr über die kurvige B 28. Beim »Schwabentod« – eine kleine Steigung kurz vor Pfäffingen – merkte er, dass auch seine Siebengang-Nabenschaltung nicht mehr funktionierte. Er konnte nur in den dritten Gang herunterschalten und quälte sich den Weg hinauf. Kurz bevor er den höchsten Punkt erreicht hatte, musste er absteigen und schieben. Gangschaltung und Öl. Vielleicht sollte er abends in Tübingen vor seiner Heimfahrt noch kurz beim Radladen anhalten.

Er stieg wieder auf das Fahrrad und rollte den Hügel hinunter, fuhr durch Pfäffingen, ein Stück den Radweg an der B 28 entlang und gelangte schließlich wieder ins Tal. Wenige hundert Meter entfernt entdeckte er einen anderen Radfahrer im sportlichen Outfit: kurze Radlerhose, Funktionsshirt, Helm. Ob er den Radfahrer einholen könnte? Sein Ehrgeiz erwachte. Er trat kräftig in die Pedale. Bald drückte sich der Schweiß aus allen Poren und ein unangenehmes Brennen setzte in seinen Oberschenkeln ein. Der Abstand zwischen ihm und dem anderen Radfahrer verringerte sich jedoch nicht. Kurz hinter der Ortseinfahrt Tübingen bog der Radler links ab, während Brander geradeaus weiter in die Universitätsstadt fuhr.

Als er in die Sindelfinger Straße einbog, hielt er an. Musste er diesen Weg entlangfahren, um zu seiner Dienststelle zu kommen? Einen Moment lang verließ ihn sein Orientierungssinn. Vom Fahrrad aus erschien ihm die Umgebung so anders. Ein ungewohnter Blickwinkel. Seine Stirn war schweißnass, und das Sweatshirt klebte unter dem Rucksack an seinem Rücken. Er hatte Durst, aber er hatte vergessen, eine Trinkflasche mitzunehmen. Mit dem Ärmel seines verwaschenen Sweatshirts wischte er sich über das Gesicht und entdeckte dabei ein Loch im Stoff.

Er stieg wieder auf sein Rad, bog ab, fuhr über den Schleifmühlenweg und durch den Fußgängertunnel am Hagtor. Nachdem er die Eisenbahnschienen überquert hatte, trat er noch einmal ordentlich in die Pedale und erreichte völlig durchgeschwitzt die blassblaue Plattenbaufassade der Polizeidirektion in der Konrad-Adenauer-Straße. Eine architektonische Meisterleistung aus den siebziger Jahren, der auch die gelben Fensterrahmen keine Schönheit verleihen konnten. Brander war dennoch froh, endlich am Ziel zu sein. Sein Hintern begann langsam zu schmerzen, und er freute sich auf ein Glas Wasser und eine erfrischende Dusche.

Er schob das Fahrrad in den Unterstand gegenüber der Dienststelle und sah auf die Uhr. Knapp fünfundvierzig Minuten hatte er für die zwölf Kilometer benötigt. Dafür, dass er dieses alte Rad mit einer defekten Gangschaltung hatte, war das doch gar nicht so schlecht, lobte er sich.

Der Wachhabende Paul Heimle grinste breit, als er Brander die Polizeidirektion betreten sah. »Grüß Gott, Andi. Bist du durch die Ammer hergeschwommen?«

»Ist warm draußen«, entgegnete Brander gut gelaunt und stieg, zwei Stufen auf einmal nehmend, die Treppen zu seinem Büro in der ersten Etage hinauf. Im Flur kam ihm seine Kollegin Peppi entgegen.

»Mensch, Andi! Wo hast du gesteckt? Warum gehst du nicht ans Telefon?«, begrüßte sie ihn aufgebracht. Sie blieb stehen und musterte ihren Kollegen mit zusammengezogenen Augenbrauen. Eine Locke ihrer krausen schwarzen Haare fiel ihr ins Gesicht. »Wie siehst du denn aus?«

»Guten Morgen, Frau Pachatourides. Ich bin heute mit dem Fahrrad zur Arbeit gekommen, um etwas für meine körperliche Fitness zu tun. Ein wenig Bewegung täte dir übrigens auch mal wieder gut«, stichelte er, um von seinem verschwitzten Äußeren abzulenken. Augenblicklich straffte Peppi die Schultern und zog den Bauch ein, so gut es ihr Übergewicht zuließ. Fünf Kilo waren es mindestens, vermutete Brander.

»Und da kannst du nicht ans Telefon gehen? Seit einer halben Stunde versuche ich, dich auf dem Handy zu erreichen!«

»Was gibt es denn so Dringendes?« Brander ließ den Rucksack von seinen Schultern rutschen und nahm das Mobiltelefon aus der Seitentasche. Das Display zeigte ihm mehrere entgangene Anrufe an. Er hatte es am Vortag, als er Cecilia zum Flughafen gebracht hatte, auf Vibrationsalarm gestellt. Es störte ihn, dass es heutzutage keinen Ort gab, an dem nicht irgendjemand telefonierte. Da klingelte es hier, ertönte dort eine Melodie oder ein anderer nerviger Ton, und dann wurde lauthals in den Apparat gesprochen, als säßen die Leute allein zu Haus in ihrem Wohnzimmer.

Brander steckte das Telefon wieder weg. »Sorry. Was gibt es Wichtiges?«

»Wir haben einen Toten auf der Strecke nach Bebenhausen.«

»Ein Verkehrsunfall?«

»Der Tote liegt nicht auf der Straße.«

»Wo dann?«

»Komm.« Sie machte eine eilige Kopfbewegung. »Ich erzähl dir alles unterwegs.«

Brander deutete auf seine verschwitzte Kleidung. »Darf ich mich vielleicht erst einmal umziehen?«

»Später. Hendrik und Jens sind bereits vor Ort, und die Kollegen von der Kriminaltechnik sind auch schon vor zwanzig Minuten rausgefahren.«

Als Brander neben Peppi im Auto saß, machte sich sein Durst wieder bemerkbar. Er sah sich im Dienstwagen um.

»Was suchst du?«

»Was zu trinken.«

»Das ist ein Auto und keine Mini-Bar.«

»Du hast ja heute gute Laune!« Brander verzog genervt das Gesicht. Eigentlich hatte er sich nach der Radtour richtig gut gefühlt. Doch Peppis Gemecker verschlechterte seine Stimmung sogleich wieder. »Dann erzähl mir wenigstens, was los ist.«

»Viel weiß ich auch nicht. Gegen halb acht kam ein Notruf. Ein Mann hat einen Toten bei einem Grillplatz gefunden. Der Grillplatz liegt an der B 27 zwischen Tübingen und Bebenhausen. Weil du noch nicht da warst, ist Hendrik mit Jens rausgefahren und hat dann auch gleich Verstärkung angefordert. Der Tote muss ziemlich übel aussehen. Hendrik wollte nicht so recht mit der Sprache raus. Schau es dir selbst an, hat er gesagt.«

»Hm.« Brander sah aus dem Fenster und dachte an Zitronen, um wenigstens etwas Flüssigkeit in seinen Gaumen zu bekommen. Seine Kehle war völlig ausgetrocknet, und in seinem verschwitzten Sweatshirt fühlte er sich nicht wohl. Ein Toter. Vermutlich ein Penner, der sich zum Sterben am Waldrand unters Himmelszelt gelegt hatte, grübelte Brander stumm vor sich hin, oder der von seinen Saufkumpanen erschlagen worden war.

»Da ist es.« Peppi deutete nach rechts auf einen Parkplatz, auf dem bereits mehrere Polizeiwagen und der Spezialwagen der Kriminaltechniker standen. Eine Absperrung war mit rot-weißem Plastikband weiträumig angebracht worden. Peppi parkte das Auto neben einem dunkelgrünen Mercedes.

Brander erkannte den Wagen des Staatsanwalts und verdrehte die Augen. Ausgerechnet Lehmann! Dieser Tag hielt wohl noch manche böse Überraschung für ihn bereit.

»Oh nein, der Lehmann! Ich dachte, der geht in Pension«, stöhnte auch Peppi neben ihm auf.

»Ende des Jahres, soweit ich weiß«, brummte Brander und stieg aus.

Neben dem Parkplatz befand sich ein schmales Feld, ein Schotterweg führte zu einem Wald, der zum Landschaftsschutzgebiet Schönbuch gehörte, und verzweigte

14

sich am Ende des Parkplatzes. Ein Wanderschild wies links den Weg nach Bebenhausen, dessen ehemaliges Zisterzienserkloster noch hinter einer Kurve und hohen Bäumen verborgen lag. Der andere Weg führte entlang des Kirnbachs ins Kirnbachtal. Der Grillplatz befand sich etwas oberhalb dieser Verzweigung und war von Menschen in weißen Schutzanzügen bevölkert.

Brander und Peppi folgten dem abgesteckten Pfad. Vor einer zweiten Absperrung stand Staatsanwalt Klaus Lehmann und begrüßte gerade einen Kollegen vom Erkennungsdienst. Er starrte Brander entsetzt an, als dieser ihm in seinen verschwitzten, vor zehn Jahren bereits aus der Mode gekommenen Trainingsanzug gegenübertrat.

»Wie sehen Sie denn aus? Ist das Ihre neue Dienstkleidung?«

»Die Kripo trägt keine Dienstkleidung«, entgegnete Brander missmutig. War er denn an diesem Morgen nur von schlecht gelaunten Menschen umgeben? »Ich war gerade beim Sport.«

Manfred Tropper, ein Mitarbeiter der Kriminaltechnik, kniete mit dem Rücken zu ihnen und wandte ich zu ihm, als er Branders Stimme hörte. Ein hämisches Grinsen huschte über sein Gesicht, das Lehmann jedoch nicht sehen konnte.

»Grüß Gott, Andi. Gut, dass du da bist.«

»Hey Freddy.« Brander nickte ihm grüßend zu. Wenigstens ein Lichtblick.

»Wie kann es sein, dass die Ermittler, die zu diesem Fall gerufen werden, als Letzte am Tatort eintreffen? Die Spurensicherer stecken schon mitten in der Arbeit. Selbst ich …«

»Jetzt bin ich ja da!«, bremste Brander den Staatsanwalt unwirsch. Er hatte doch gesehen, dass Lehmann auch gerade erst angekommen war. »Wenn ich mir vielleicht erst einmal einen Überblick verschaffen dürfte. Ich …« Brander verstummte. Tropper war aufgestanden und hatte mit seinen Kollegen den Blick auf das freigegeben, was sie zuvor mit ihren weißen Anzügen verdeckt hatten. »Was ist …« Brander schüttelte ungläubig den Kopf. »Verflucht.« Er wandte den Blick ab, sah über die Felder zum blauen Himmel, holte tief Luft, bevor er einen zweiten Blick wagte. Er hatte das Gefühl, dass ihm die wenigen Haare in seinem Nacken zu Berge standen. Ganz langsam, Stück für Stück, versuchte er zu erfassen, was er sah, ohne daran zu denken, dass es ein Mensch aus Fleisch und Blut war, der vor ihm lag.

Er schluckte trocken, sah zu Peppi, die blass neben ihm stand.

»Eine Hinrichtung«, flüsterte sie fassungslos.

»Ich hab doch gesagt, das kann man nicht beschreiben.« Von irgendwoher war Hendrik Marquardt plötzlich aufgetaucht. Er strich sich mit der Hand durch die dunklen Haare. Das T-Shirt trug er lässig über dem Bund seiner dunklen Jeans. »So etwas hab ich noch nie gesehen.«

Brander starrte wortlos auf das Bild, das sich vor ihm auf der Wiese bot. Der Tote lag auf dem Rücken. Ein großer kräftiger Mann. An den Füßen trug er nur noch einen Schuh, der andere lag neben dem leblosen Körper. Die graue Anzugshose und die Unterhose waren auf die Oberschenkel heruntergezogen und gaben den Blick auf sein Geschlecht frei. Sakko und Hemd waren stellenweise zerrissen. Die Kleidung hatte dunkle Flecken, ein paar kleine Zweige und Laub hatten sich in den Falten verfangen. Branders Blick wanderte weiter. Die Arme des Toten waren nach oben über den Kopf gestreckt und die Handgelenke zwischen zwei Holzbrettern eingezwängt. Die Enden einer dicken Kette waren an den Brettern befestigt. Die Kette selbst lag in einer engen Schlinge um den Hals des Opfers. Das Gesicht wirkte trotz der erschlafften Muskeln seltsam verzerrt, die Zungenspitze hing aus einem Mundwinkel. Die Augen starrten leer in den Himmel.

Manfred Tropper trat von der anderen Seite der Absperrung zu Brander. »Wir haben noch nichts verändert, haben erst einmal nur Fotos gemacht.«

Brander sah eine weitere Minute auf den Toten, bevor er seine Sprache wieder fand. »Verfluchter Mist, was ist hier passiert?« Er räusperte sich und sah zu Tropper. »Kannst du mir schon etwas sagen?«

»Wir haben eine Brieftasche gefunden. Sie lag direkt neben dem Toten, könnte ihm aus der Jackentasche gefallen sein. Wenn es seine Brieftasche ist, dann heißt der Tote Friedmar Haydak. Einundvierzig Jahre, wohnhaft in Tübingen.«

»Wie sagten Sie, heißt der Tote?«, meldete sich Lehmann, der bisher einen genaueren Blick auf den Leichnam vermieden hatte.

»Friedmar Haydak«, wiederholte Tropper.

»Friedmar Haydak?« Lehmann riss die Augen auf und schüttelte den Kopf. »Du meine Güte. Du meine Güte!« Der Staatsanwalt hörte nicht auf, den Kopf zu schütteln, warf nun doch einen scheuen Blick auf die Leiche. »Sind Sie ganz sicher?«

Tropper zuckte genervt die Achseln. »Ich bin vor fünf Minuten hier eingetroffen. Nein, ich bin mir nicht sicher! Vielleicht gehört ihm die Brieftasche ja auch gar nicht.«

»Du meine Güte. Du meine Güte! Wenn das Friedmar Haydak ist. Um Gottes willen …«

»Wer, um alles in der Welt, ist denn dieser Friedmar Haydak?«, hakte Brander ungeduldig nach.

»Sie kennen Friedmar Haydak nicht?«

Brander hob wortlos beide Handflächen zum Himmel. Er lebte zwar seit knapp dreißig Jahren im Ländle und sieben davon in Entringen, aber ein Friedmar Haydak hatte sich bei ihm noch nicht vorgestellt.

»Doktor Friedmar Haydak ist einer der erfolgreichsten Rechtsanwälte in Tübingen. Er hat eine kleine, aber sehr renommierte Kanzlei!« Lehmann wandte sich wieder Tropper zu. »Überprüfen Sie das. Und zwar so schnell wie möglich!« Er sah sich um. »Die Absperrung muss verstärkt werden. Kein Mensch, hören Sie, kein Mensch darf das hier sehen! Um Gottes willen. So würdelos, so …« Lehmann hielt sich eine Hand vor den Mund und schloss die Augen.

Brander und Tropper tauschten einen Blick. So fassungslos hatten sie den Staatsanwalt selten gesehen. Nachdenklich betrachtete Brander wieder den Leichnam zu seinen Füßen. Eine Hinrichtung, hatte Peppi im ersten Augenblick gesagt. Ja, es sah aus wie eine Hinrichtung. Aber da war noch mehr. Der Mann war nicht einfach getötet worden. In der Art und Weise, wie der Tote vor ihm lag, steckte noch eine weitere Aussage, die Brander zu erfassen versuchte. Er war zur Schau gestellt worden. Gedemütigt in seiner letzten Stunde. Ein modriger Geruch lag in der Luft. Fliegen surrten über den leblosen Körper, krochen dem Toten in Nase und Augen, setzten sich auf die nackten Genitalien. Eine Welle der Übelkeit stieg in Brander auf. Er hatte genug gesehen. Schnell wandte er den Blick zur Seite, atmete tief durch.

»Wer tut so etwas?« Er drehte sich zu den Kollegen um. »Ihr habt gehört, was der Staatsanwalt gesagt hat. Haltet die Presse und Schaulustige fern.«

»Äußerste Diskretion, bitte, Herr Kommissar Brander, äußerste Diskretion!« Lehmann war völlig erblasst.

Brander nickte stumm und wandte sich an Hendrik. »Wo ist der Mann, der den Toten gefunden hat?«

»Da hinten.« Hendrik deutete mit der Hand auf einen Mann, der gegen einen alten Opel gelehnt auf dem Parkplatz stand.

»Herr Lehmann, wenn Sie Herrn Haydak kannten, möchte ich Sie bitten, uns bei der Identifizierung zu helfen. Kommen Sie bitte etwas näher heran«, hörte Brander

Troppers Stimme hinter sich, während er zu dem Fahrer des Opels ging. Tropper hatte seine eigene Art, Menschen zu zeigen, dass er sie nicht besonders mochte.

»Kriminalhauptkommissar Brander«, stellte er sich kurz darauf dem Mann vor, der ihm mit gerunzelter Stirn skeptisch entgegenblickte. »Ich war gerade beim Sport«, versuchte er, sein Aussehen zu entschuldigen. Er hatte nicht einmal seinen Dienstausweis bei sich. »Sie sind Herr …?«

»Walter Esslinger.« Er entblößte eine Reihe zahnsteinumrandeter Zähne und rauchige Atemluft stieß Brander entgegen.

»Sie haben uns benachrichtigt?«

»Ja.« Esslinger sah an ihm vorbei zur Polizeiabsperrung.

Brander schätzte den Mann auf Mitte fünfzig. Er trug eine ausgebeulte Cordhose, dazu ein kariertes Hemd und Wanderschuhe.

»Wie haben Sie den Toten gefunden?« Brander war dem Blick des Mannes gefolgt. Vom Parkplatz aus war die Leiche nicht zu sehen, Sträucher und hohe Gräser versperrten die Sicht.

Esslinger machte eine Kopfbewegung zum Kofferraum seines Wagens. »Mein Hund, die Demi. Die ist einfach ab durch die Mitte. Macht sie sonst eigentlich nicht, wissen Sie. Ich hatte den Wagen geparkt und sie rausgelassen. Die war gleich so nervös. Normalerweise wartet sie immer, bis ich mit ihr losgehe. Sie ist eine ausgebildete Jagdhündin, wissen Sie. Aber heute Morgen, da ist sie einfach plötzlich losgerannt. Zu der Grillstelle da vorne. Ich hab gedacht, was ist denn mit der los, und hab sie sofort zurückgepfiffen. Die haut nicht einfach ab, wissen Sie. Aber dann hat sie angeschlagen. Jagdhunde zeigen an, wenn sie etwas gefunden haben, wissen Sie. Bellte wie verrückt, die Demi. Da bin ich natürlich gucken gegangen. Und dann lag der Mann da.«

Brander warf einen Blick in den Kofferraum. In einer Kiste lag ein rotbrauner Jagdhund auf einer schmuddeligen Decke.

»Gehen Sie hier öfter spazieren?«

»Jeden Morgen vor der Arbeit.« Er zog eine Zigarettenschachtel aus der Brusttasche seines Hemdes. »Möchten Sie auch eine?«

»Nein danke. Was haben Sie gemacht, nachdem Sie den Toten gefunden haben?«

»Ich hab die Polizei gerufen.« Esslinger zündete sich eine Zigarette an. »Dass der Mann tot war, hat man ja sofort gesehen. Ich hab die Demi gepackt, sie zum Auto gebracht und die Polizei angerufen.«

»War der Hund … ich meine … war er an der Leiche? Das müssten unsere Kollegen …«

»Nein!« Esslinger starrte Brander angewidert an. »Die zeigt nur an. Die bellt. Die war nicht dran, ganz bestimmt nicht.«

»Gut, ich wollte es nur wissen. Kennen Sie den Toten?«

»So genau hab ich mir den nicht angeguckt. Wissen Sie, ich seh nicht jeden Tag eine Leiche. Mir hat das gereicht, was ich gesehen habe.« Er nahm einen tiefen Lungenzug und blies den Qualm in den Himmel. Brander schnaufte, er mochte Zigarettenqualm nicht. Aber er wollte dem Mann nach dem, was er gesehen hatte, nicht verbieten zu rauchen.

»Sie haben also nichts verändert?«

»Nein!« Esslinger schüttelte sich. »Ganz bestimmt nicht.«

»War außer Ihnen sonst noch jemand auf dem Parkplatz?«

»Nein, das heißt …« Der Mann zog nachdenklich die Stirn in Falten. »Ein Auto fuhr gerade vom Parkplatz, als ich kam. Ich glaube, ein silberner Audi war das. Silbergrau. Fuhr Richtung Bebenhausen. Böblinger Kennzeichen, aber mehr weiß ich nicht.«

Silbergrauer Audi, Böblinger Kennzeichen. Das war doch ein Anfang. »Ich möchte Sie noch bitten, niemandem zu erzählen, was Sie hier gesehen haben.«

Esslinger nickte und blickte an Brander vorbei. »Ist das ein Verwandter von dem Toten?«

Brander sah sich um. Klaus Lehmann ging mit gesenktem Kopf zu seinem Wagen.

»Nein, das ist der Staatsanwalt.« Er wandte sich wieder Esslinger zu. »Wir sehen auch nicht jeden Tag eine Leiche.«

»Wo steckt eigentlich Jens?« Brander war zum Leichenfundort zurückgekehrt und beobachtete die Arbeit der Spurensicherer.

»Der ist runter zum Bach, nachdem er hier mal dezent in den Acker gekotzt hat. Leichen sind nichts für unseren Computerfreak«, erklärte Hendrik.

Brander verzog mitleidig das Gesicht. Jens Schöne war ein brillanter Computerfachmann und Analytiker, aber alles, was mit Verletzten und Toten zu tun hatte, schlug ihm sofort auf den Magen.

»Fahr mit ihm zurück in die Dienststelle und trommle unsere Leute zusammen. Um halb elf treffen wir uns zu einer ersten Besprechung.« Brander wandte sich wieder Tropper zu. »Freddy, was weißt du bis jetzt?«

»Heilandzagg! Du kôsch es nedd vrhebbe!« Tropper erhob sich seufzend. Wenn sich der Ermittler auch sonst immer um ein deutliches Hochdeutsch bemühte, beim Schimpfen gewannen seine schwäbischen Wurzeln die Oberhand. »Viel kann ich dir wirklich noch nicht sagen. Der Mann war schon tot, als er hierher gebracht wurde. Vermutlich sind der oder die Täter ein Stück in den Wald hineingefahren, sodass sie ihn nur noch hier heraufschleifen mussten. Da vorn auf dem Weg entlang des Kirnbachs haben wir relativ gute Reifenspuren gefunden. Von dort zieht sich eine Schleifspur bis hierher.« Tropper zeigte auf eine Stelle seitlich des Grillplatzes, wo zwischen Sträuchern ein schmaler Trampelpfad zum Wanderweg verlief.

»Sie? Mehrere Täter?«

Tropper zuckte die Achseln. »Ich weiß es nicht. Es war sicherlich nicht leicht, den Toten hierher zu bringen. Er ist groß und schwer. Laut Ausweis eins neunundachtzig, und ich vermute, der bringt locker neunzig Kilo auf die Waage.«

»Wie kommst du darauf, dass er schon tot war?«

»Die Leichenstarre ist so gut wie weg, und die Totenflecken sind nicht wegdrückbar, das deutet darauf hin, dass der Mann mindestens seit sechsunddreißig Stunden tot ist, eher länger. Und er hat hier nicht bereits seit zwei Tagen gelegen. Bei der Witterung und den Temperaturen in den letzten Tagen sähe er sonst nämlich anders aus. Wenn du mich fragst, liegt der noch nicht lange hier.«

»Außerdem kommen hier täglich zig Menschen vorbei. Irgendwer hätte ihn längst gefunden«, mischte sich Peppi ins Gespräch. »Guck dir die Grillstelle an. Da haben doch gestern noch welche gegrillt.«

Tropper nickte. »Ich würde vermuten, dass die Leiche irgendwann heute Nacht hergeschafft wurde.«

»Denkst du, dass die Papiere, die ihr gefunden habt, zu dem Toten gehören?«

»Er ist es. Ich hab Lehmann genötigt, sich die Leiche genauer anzuschauen.« Tropper konnte sich ein boshaftes Grinsen nicht verkneifen.

Brander schüttelte missbilligend den Kopf.

»Du willst doch immer so schnell wie möglich alle Fakten!«, rechtfertigte sich Tropper.

Dem konnte Brander nicht widersprechen. »Sonst noch was?«

»In der Innentasche seines Sakkos war ein Handy. Es ist ausgeschaltet. Vermutlich ist der Akku leer.«

»Hast du eine Idee, wie oder woran er gestorben ist?«

Tropper wog abschätzend den Kopf hin und her. »Nein, da müssen wir auf die Rechtsmedizin warten. Unsere gute Maggie hat allerdings gerade Urlaub. Ich muss schauen, wen ich rankriege.«

Peppi lenkte den Wagen zurück über die B 27 Richtung Tübingen. Brander saß auf dem Beifahrersitz und starrte aus dem Fenster, seine Zunge klebte am Gaumen. Er musste unbedingt etwas trinken. Das Bild des Toten hatte sich in sein Gedächtnis gebrannt. Er hatte schon einiges in seiner Laufbahn bei der Kripo gesehen. Menschen, die sich von einer Brücke gestürzt oder vor einen Zug geworfen hatten. Prostituierte, Hausfrauen, alte und junge Männer, die brutal zusammengeschlagen worden waren. Einen erschossenen Polizisten. Einen misshandelten Studenten. Einen erstochenen Jogger. Er vermied es, an die toten Kinder zu denken, die er gesehen hatte.

Dieser Mord, das war keine Tat im Affekt gewesen, keine spontane Handlung, dessen war Brander sich sicher. Er schien geplant und durchdacht. Und eine Tatsache unterschied ihn von den Fällen, an denen er bisher gearbeitet hatte: Der Mörder hatte sich nicht die Mühe gemacht, seine Tat zu verdecken. Im Gegenteil. Er hatte die Leiche sorgfältig arrangiert. Die Welt sollte sehen, was er getan hatte.

»Lehmann sagt, Haydak war verheiratet und hat einen vierzehn- oder fünfzehnjährigen Sohn«, durchbrach Peppi seine Gedanken.

Brander räusperte sich, damit er sprechen konnte. Was gäbe er jetzt für ein Glas Wasser. »Hat er sonst noch etwas über den Toten gesagt?«

»Er beschrieb Haydak als ehrgeizig und kompromisslos. Er muss so etwas wie ein Staranwalt gewesen sein. Die Fälle, die er übernahm, hat er in der Regel auch gewonnen.«

»In welchem Bereich war er tätig?«

Peppi sog laut die Luft durch die Zähne. »Ich glaube, Lehmann sprach von Wirtschaftsrecht. Bin mir aber nicht sicher.«

»Wir können ihn nachher noch mal fragen.« Brander räusperte sich erneut. »Ich hab einen Brand. Wenn ich nicht bald was zu trinken kriege, verdurste ich.«

»Wieso bist du überhaupt heute mit dem Fahrrad zur Arbeit gekommen?«

»Weil so schönes Wetter ist.«

Peppi warf ihm einen skeptischen Blick zu. »Das kannst du deiner Großmutter erzählen.«

»Mein Auto ist kaputt.«

»Und ich dachte schon, du willst abnehmen! Die halbe Woche jammerst du rum, was für einen Muskelkater du vom Joggen hast, und heute kommst du mit dem Rad zur Arbeit.«

Brander vermied es, Peppi in ihrer Annahme zu bestätigen. Von seinem Plan, ein paar Kilo abzuspecken, musste niemand etwas wissen. Das würde die Kollegen nur dazu reizen, ihn von seinen guten Vorsätzen abzubringen. Er lenkte die Aufmerksamkeit wieder auf ihren Fall. »Hast du so etwas schon einmal gesehen?«

Peppi zögerte mit ihrer Antwort. »So etwas Ähnliches. Ein Aussteiger aus der rechten Szene. Sie haben ihn zusammengeschlagen, Hakenkreuze in die Haut geritzt und ihn danach aufgehängt.«

Brander stöhnte teilnahmsvoll auf. »Hier in Tübingen?«

»Nein, das war zu der Zeit, als ich bei der Bereitschaftspolizei in Göppingen war.« Sie biss sich auf die Unterlippe. »Es war mein zweiter Einsatz. Ich hatte Albträume danach und wollte den Dienst quittieren.«

Brander warf einen besorgten Blick auf seine Kollegin. Er wusste, dass sich hinter ihrer Ruppigkeit ein sensibles Gemüt verbarg. »Wenn was ist, du kannst jederzeit mit mir reden.«

☼

Zurück in der Dienststelle ging Brander eilig duschen und wechselte die verschwitzten Sportsachen gegen Jeans und ein frisches Hemd. Anschließend machte er sich auf den Weg zum Besprechungsraum. Peppi hatte ihm eine Flasche Mineralwasser an seinen Platz gestellt, was Brander mit einem dankbaren Lächeln in ihre Richtung quittierte.

Der Raum quoll fast über vor Beamten. Brander wunderte sich. Lag es daran, dass es in den letzten Wochen recht ruhig in der Abteilung gewesen war und alle nach Arbeit gierten, oder hatte man so viele Kollegen zusammengetrommelt, weil es sich um einen toten Juristen handelte? Brander gab einen kurzen Abriss dessen, was sie gesehen und erfahren hatten. Hendrik reichte dazu ein paar Fotos herum, die er von Tropper bekommen und vor der Sitzung ausgedruckt hatte. Brander gab den Kollegen Zeit, sich die Bilder anzusehen und die Informationen zu verarbeiten.

»Sieht aus wie eine Kreuzigung«, mutmaßte Karl-Heinz Barowsky, nachdem er das Foto eine ganze Zeit lang aus verschiedenen Perspektiven betrachtet hatte. Der sechsundfünfzigjährige Kollege legte das Bild zur Seite, drückte die Hände ins Kreuz und verzog das Gesicht. Seit einigen Wochen klagte er hin und wieder über Rückenschmerzen.

»Das finde ich nicht«, entgegnete Jens Schöne. Seine ohnehin blasse Hautfarbe hatte sich von dem Schock am Morgen noch nicht wieder erholt. Die dünnen blonden Haare standen von seinem Kopf ab, als wären sie elektrisch geladen. Brander sah ihn aufmerksam an.

»Ich denke nicht, dass es eine Kreuzigung sein sollte«, fuhr Jens fort. »Nur die Handgelenke wurden in dem Holz eingeklemmt, der Kopf steckt in einer Schlinge, die Beine sind frei. Es erinnert mich eher an eine Foltermethode aus dem Mittelalter.«

»Wurde er denn gefoltert? Was sagt die Rechtsmedizin?«,

fragte Hendrik Marquardt. Im gleichen Augenblick klingelte sein Handy. Er warf einen Blick auf das Display und drückte den Anrufer weg. »'tschuldigung.«

»Wir haben noch keinen Bericht«, erklärte Brander. »Die Leichenschau wird sicherlich noch dauern. Wir müssen die Umgebung des Leichenfundorts abklappern. Vielleicht hat irgendjemand etwas gesehen. Freddy meinte, dass die Leiche maximal eine Nacht dort gelegen hat. Der Zeuge, der uns gerufen hat, hat einen Wagen mit Böblinger Kennzeichen gesehen, der heute Morgen, als er kam, den Parkplatz verließ. Ein silbergrauer Audi. Den müssen wir finden.«

»Die Fesselung«, überlegte Jens laut. »Könnte die auf Sadomaso-Spielchen hindeuten?«

Lehmann verschluckte sich an seinem Kaffee.

Brander zuckte mit den Achseln. »Vielleicht, vielleicht auch nicht. Wir wissen noch zu wenig über Haydak.«

»Um Gottes willen! Natürlich nicht!«, stieß Lehmann empört hervor.

»Wissen Sie das genau?«

Der Staatsanwalt gab ein paar undeutliche Laute von sich. Er wusste es nicht, konnte es sich aber nicht vorstellen, deutete Brander die Reaktion. »Wir stehen noch ganz am Anfang der Ermittlungen. Wir dürfen nichts ausschließen.«

»Was ist mit der Presse?«, fragte Michael Jahraus von der Öffentlichkeitsabteilung.

»Nur das Nötigste. Ein toter Jurist, Todesursache unbekannt, keinen Namen.« Brander kratzte sich am Kopf. »Zeugen. Schreib noch, dass wir Zeugen suchen, die in der Nacht von Donnerstag auf Freitag etwas Ungewöhnliches bemerkt haben.«

Jahraus nickte und machte sich Notizen.

»Was ist mit der Familie von Herrn Haydak?«, meldete sich der Staatsanwalt zu Wort, er hatte seine Sprache wiedergefunden.

Brander presste einen Moment lang nachdenklich die Lippen zusammen und ließ seinen Blick über die Gesichter der Mitarbeiter der Sonderkommission gleiten. Konnte er diese Aufgabe an einen Kollegen delegieren? Er entschied sich dagegen. »Frau Pachatourides und ich werden zu Haydaks Frau fahren und mit ihr sprechen.«

»Gib mir noch eine halbe Stunde, bevor wir uns auf den Weg zu Frau Haydak machen«, bat Brander Peppi, nachdem die Sitzung beendet war. »Ich muss kurz in Ruhe nachdenken.«

»Okay. Kaffee?«

Brander nickte. Während Peppi Richtung Kaffee-Ecke verschwand, ließ er sich an seinem Schreibtisch nieder, stützte die Ellenbogen auf und legte den Kopf in die Hände. Einen Moment lang schloss er die Augen. Auch wenn er in der Kriminalinspektion 1 arbeitete, kam ein Mordfall immer unerwartet, traf ihn jedes Mal doch irgendwie unvorbereitet. Er brauchte einen klaren Kopf, musste Abstand zwischen sich und dem Bild des Ermordeten bekommen, um alles analytisch und nüchtern zu betrachten. Er nahm ein leeres Blatt Papier und einen Bleistift, skizzierte ein paar Bäume, fügte eine Grillstelle mit Bänken umrandet hinzu, zeichnete schemenhaft die Umrisse eines Körpers. So war es besser. Mit diesem Bild konnte er arbeiten.

Ein Klopfen unterbrach seine Gedanken. Als Brander den Kopf hob, stand Hendrik bereits im Raum.

»Kann ich dich kurz sprechen?« Hendrik spielte nervös mit dem Ring an seinem Finger.

»Was gibt's?« Eigentlich war Brander ärgerlich, dass man ihn in seiner Ruhe gestört hatte, Hendriks Unsicherheit überraschte ihn jedoch. Hendrik war normalerweise ein sehr selbstbewusster Mann, der immer für gute Stimmung im Team sorgte. Jetzt wirkte er eher wie ein Lehrling vor seinem Meister.

»Kann ich … kann ich heute Mittag frei haben?«

Brander verzog unwillig das Gesicht. Sie standen am Anfang einer Mordermittlungen, da wurde jeder Kollege gebraucht, das wusste auch Hendrik. »Ist was passiert?«

»Nein, aber … Anne hat einen Termin …« Hendrik zögerte. »Einen wichtigen Termin. Ich habe ihr versprochen, auf den Kleinen aufzupassen. Der Termin steht schon seit ein paar Wochen.«

»Ist was mit Anne?« Brander kannte Anne Dobler. Sie war Hendrik Marquardts Lebensgefährtin und hatte bis zur Geburt ihres gemeinsamen Sohnes Louis ebenfalls bei der Kriminalinspektion 1 gearbeitet. Die junge Beamtin hatte sich damals Hals über Kopf in den als Casanova berüchtigten Kollegen verliebt, und aus einer unüberlegten gemeinsamen Nacht war eine Schwangerschaft geworden. Nach einigem Hin und Her waren die beiden nun seit über einem Jahr zusammen.

»Nein …«

»Könnt ihr den Termin denn nicht verschieben? Du weißt doch, wie es hier gerade am Anfang …«

»Andi, bitte. Es ist wichtig!«

»Was für ein Termin ist das?« Brander dachte an die zierliche Frau, mit der er gern, aber leider viel zu kurz zusammengearbeitet hatte. Ihm kam ein Gedanke. »Ist Anne wieder schwanger?«

»Gott bewahre!«, entfuhr es Hendrik. »Und außerdem geht dich das auch überhaupt nichts an!« Er stand sichtlich unter Spannung, aber er hatte Recht. Branders Fragen war viel zu persönlich gewesen.

Hendrik atmete mit zusammengepressten Lippen tief durch, bevor er etwas ruhiger weiter sprach. »Kann ich jetzt frei haben oder nicht?« Sein Handy klingelte erneut, wieder drückte er den Anruf weg.

»Alles in Ordnung?« Brander sah den Kollegen prüfend an.

»Kannst du mir nicht einfach eine Antwort auf meine Frage geben?«

»Ja, natürlich. Mach Feierabend. Wir werden heute schon noch ohne dich auskommen. Kommst du morgen?«

»Ja.«

Kopfschüttelnd sah Brander Hendrik hinterher, der eilig sein Büro verlassen hatte.

☼

Familie Haydak bewohnte eine alte Villa nahe am Neckar, unterhalb des Schlossbergs. Wie gewöhnlich hatte Peppi, als leidenschaftliche Autofahrerin, den Platz hinter dem Lenkrad übernommen, während Brander auf dem Beifahrersitz die Umgebung betrachtete.

»Schon schön«, sagte Brander, als sie durch die Neckarhalde fuhren.

»Was?«

Brander deutete auf eine Jugendstilvilla zu ihrer Linken. »Das Haus von der Burschenschaft Germania.«

»Ganz toll.« Peppi war auf Burschenschaften nicht gut zu sprechen, weil sie Verbindungen generell für frauenfeindlich hielt. Dass es sich bei der Burschenschaft Germania um eine schlagende Verbindung handelte, verstärkte ihre Meinung noch, daran änderte auch eine gut erhaltene, gepflegte Villa nichts.

»Hübsche Fassade. Und dahinter? Hast doch damals gesehen, wie es bei diesen Burschenschaften zugeht«, erinnerte sie Brander an ihren ersten Fall, den sie in Tübingen gemeinsam bearbeitet hatten.

»Das war aber nicht die Burschenschaft Germania. Du kannst nicht alle über einen Kamm scheren. Ach, komm, lass uns nicht darüber reden.« Er wollte nicht an den alten Fall erinnert werden.

Sie ließen das Verbindungshaus hinter sich, folgten der

Straße ein gutes Stück und parkten den Wagen schließlich am Straßenrand vor einer schmiedeeisernen Gartenpforte. Peppi beugte sich über die Pforte, um einen Blick auf das Haus werfen zu können, das ein Stück höher hinter hohen Büschen und Bäumen versteckt lag.

»Erfolgreich, hat Lehmann gesagt. Ich würde sagen, Geld wie Dreck.« Peppi drückte auf den Klingelknopf, während Brander ihr einen tadelnden Blick zuwarf. In ihm stieg wieder das bekannte Unwohlsein auf. In wenigen Augenblicken würde er der Ehefrau des Ermordeten gegenüberstehen und ihre heile Welt aus den Angeln reißen. Da nützte alles Geld, aller Luxus nichts. Gefühle hatte jeder Mensch, und der plötzliche Tod eines geliebten Menschen traf die Angehörigen oft ins tiefste Innere, ließ die äußere Fassade zusammenbrechen, legte ihre Seele für alle sichtbar und schutzlos auf den kahlen Boden.

»Ja, bitte?«, tönte eine weibliche Stimme fragend aus der Gegensprechanlage.

»Kriminalpolizei Tübingen. Wir würden gern mit Frau Haydak sprechen«, erklärte Brander.

Sie hörten ein Summen, öffneten das eiserne Tor und stiegen die Stufen zum Hauseingang hinauf. Am Ende der steinernen Treppe führte ein schmaler Weg zur Haustür, der links und rechts von einem gepflegten Blumenbeet gesäumt war.

Vor ihnen erhob sich ein zweistöckiges Gebäude. Die Fassade war restauriert worden, ausladende Fensterbänke und schnörkeliger Verputz zierten die Mauern. An einer Seite des Mauerwerks rankte sich der Wein fast bis zur Dachrinne hinauf. Drei Stufen führten zum Eingang, die links und rechts von schlanken gewundenen Säulen, die ein Vordach trugen, flankiert wurden.

Eine Frau, Anfang fünfzig, in altmodischer Stoffhose und legerer Bluse erwartete sie.

»Frau Haydak?«, fragte Brander zögernd.

»Nein, ich bin die Haushälterin. Margot Hilbers. Worum geht es bitte?«

»Das möchten wir gern mit Frau Haydak persönlich besprechen.«

Die Haushälterin musterte sie einen Augenblick, dann drehte sie sich um. »Folgen Sie mir bitte.«

Sie führte die beiden Kommissare durch einen düsteren Flur. Neben einem Schrank stand eine schwere antike Kommode mit einem gold umrahmten wuchtigen Spiegel. Ihm gegenüber hing ein mannshohes Bild und zeigte in gedeckten Farben die Szenerie eines belebten Straßencafés. Ein dicker Teppich dämpfte ihre Schritte.

Am Ende des Gangs öffnete Frau Hilbers eine Tür und bat sie herein. Nach der Dunkelheit im Flur betraten sie nun ein helles, geräumiges Wohnzimmer, an das ein Wintergarten grenzte. Brander blinzelte. Auf einer moosgrünen Ledergarnitur im englischen Stil saß eine zierliche Frau und sah ihnen entgegen. Sie erhob sich, als Brander mit seiner Kollegin das Zimmer betrat. Sie trug ein elegantes helles Kostüm, die blonden Haare waren zu einem gepflegten Pagenschnitt frisiert. Ihr dezentes Make-up konnte ihre Blässe nicht verbergen.

»Frau Haydak, die beiden Herr…« Die Haushälterin kam ins Stocken. »Die beiden Herrschaften sind von der Kriminalpolizei.«

Brander trat auf sie zu und reichte ihr die Hand. »Kriminalhauptkommissar Brander.« Er deutete auf Peppi. »Meine Kollegin, Frau Pachatourides.«

Unsicher sah Tabea Haydak in die Gesichter der beiden Kriminalpolizisten.

»Danke, Frau Hilbers«, sagte sie schließlich und gab ihrer Angestellten mit den Augen zu verstehen, dass sie den Raum verlassen sollte. »Setzen Sie sich, bitte.«

Brander ließ sich auf das schwere dunkelgrüne Ledersofa nieder. Frau Haydak setzte sich ihm gegenüber, die

Knie fest zusammengepresst, die Unterschenkel leicht zur Seite gedreht, den Oberkörper aufrecht, fast steif.

»Bitte, was kann ich für Sie tun?«

»Frau Haydak, es geht um Ihren Mann«, begann Brander zögernd. Er fühlte sich unwohl, und das lag nicht nur daran, dass er dieser Frau die Nachricht über den gewaltsamen Tod ihres Mannes überbringen musste. Trotz des Sonnenscheins, der durch die großen Fenster drang und die grüne Ledergarnitur auf dem hellen flauschigen Teppich wie eine Mooswiese aussehen ließ, perfekt arrangiert mit einem in Gelb und Orange gehaltenen Blumenstrauß auf dem niedrigen Glastisch, wirkte der Raum kalt. Oder war es die Frau, die ihm so steif gegenübersaß, als käme sie aus einem strengen Mädcheninternat? Sie sah ihn unverwandt an, ohne den Hauch einer Mimik. Puppengleich, nicht ernst, nicht neugierig, nicht ängstlich.

»Wann haben Sie Ihren Mann zum letzten Mal gesehen?«, fragte Brander, und Peppi, die sich in einen Sessel ihm schräg gegenübergesetzt hatte, hob irritiert die Augenbrauen. Er hätte selbst nicht sagen können, warum er mit dieser Frage das Gespräch eröffnete.

»Wie bitte?« Eine leichte Unruhe legte sich auf das Puppengesicht. »Warum wollen Sie das wissen?«

»Bitte, Frau Haydak ...«

»Gestern.«

»Gestern?« Brander stutzte. Vielleicht hatte Lehmann sich geirrt. Vielleicht war der Tote nicht Friedmar Haydak. Vielleicht war es ein dummer Zufall, dass man die Papiere bei dem Toten gefunden hatte.

»Ja, gestern.«

»Wann gestern?«

Wieder eine leichte Unruhe. »Gestern Abend.« Es klang eher wie eine Frage.

»Und wo ist Ihr Mann jetzt?«

»Wo soll er sein? In seinem Büro natürlich.«

32

Brander und Peppi wechselten einen Blick miteinander. »Können Sie uns die Adresse und Telefonnummer bitte geben? Wir müssen dringend mit Ihrem Mann sprechen.«

Frau Haydak stand auf und verließ mit unsicheren Schritten das Wohnzimmer. Brander ließ seinen Blick durch den Raum gleiten, betrachtete die mit edlen Gläsern sparsam eingerichtete Vitrine.

»Das kann doch gar nicht sein!«, zischte Peppi ihm zu.

Er hob eine Hand, um die Kollegin zum Schweigen zu bringen. Wenige Minuten später hatte Frau Haydak ihnen die Visitenkarte ihres Mannes gegeben und sie wieder zur Tür begleitet.

»Wenn sie ihren Mann gestern noch gesehen hat, kann der Tote unmöglich Friedmar Haydak sein«, überlegte Peppi laut, als sie wieder im Auto saßen. Sie machte keine Anstalten loszufahren.

»Mhm«, stimmte Brander ihr zu. Er sah auf die Visitenkarte in seinen Händen: »Rechtsanwaltskanzlei Friedmar Haydak & Partner«. Er nahm sein Handy und wählte die angegebene Nummer.

»Rechtsanwaltskanzlei Haydak und Partner. Sie sprechen mit Juliane Schlee«, meldete sich nach dem zweiten Klingeln eine sympathische Frauenstimme.

»Kriminalpolizei Tübingen, Brander. Ich würde gern mit Herrn Haydak sprechen.«

Am anderen Ende wurde es kurz still, dann fragte die sympathische Stimme: »Worum geht es denn bitte?«

»Das würde ich gern mit Herrn Haydak persönlich besprechen.«

»Herr Haydak ist zurzeit nicht im Büro.«

»Und wann kommt er wieder?«

»Ich …«, wieder schwieg die Rechtsanwaltsgehilfin einen Moment. »Kriminalpolizei, sagten Sie?«

»Ja«, antwortete Brander geduldig.

»Es tut mir leid, ich weiß leider nicht, wann Herr Haydak wieder kommt.«

»Wann haben Sie denn das letzte Mal mit ihm gesprochen?«

»Also … am … ich …« Sie räusperte sich, und Brander meinte zu hören, wie sie ihre Schultern straffte. »Am Telefon darf ich leider keine Auskünfte geben.«

»Wenn Herr Haydak sich bei Ihnen meldet, sagen Sie ihm doch bitte, er soll sich umgehend bei der Polizeidirektion in Tübingen melden.« Brander gab ihr die Telefonnummer.

»Im Büro ist er nicht«, berichtete Brander, nachdem das Gespräch beendet war.

»Vielleicht hat sich Freddy geirrt, und er ist noch gar nicht so lange tot.« Peppi sah nachdenklich zu dem Eisentor, hinter dem sich Haydaks Haus verbarg.

Brander nahm erneut das Telefon zur Hand.

»Freddy, wie sicher ist es, dass der Tote Friedmar Haydak ist?«

»Sehr sicher. Lehmann hat ihn doch identifiziert. Größe und Aussehen stimmen. Warum fragst du?«

»Du sagst, er ist mindestens schon zwei Tage tot?«

»Länger, mindestens drei Tage.«

»Könnte er nicht auch erst vor ein paar Stunden gestorben sein?«

»Also, Andi, ich bin kein Anfänger. Wenn ich mich irre, lass ich mich in den Schreibdienst versetzen.«

Bei dieser Vorstellung musste Brander grinsen. Der hagere Freddy Tropper mit Kopfhörern und Drei-Finger-Suchsystem vor einer Computertastatur. »Seine Frau behauptet, sie hat ihn gestern noch gesehen.«

»Wenn sie ihn zu der Grillstelle geschafft hat, hat sie nicht einmal gelogen.« Das war Freddys trockener Humor.

Brander steckte das Mobiltelefon in seine Hosentasche.

»Ich glaube, wir sollten uns doch noch einmal etwas intensiver mit Frau Haydak unterhalten.«

Tabea Haydak saß noch immer in dem Wohnzimmer mit der moosgrünen Ledergarnitur.

»Sie sind schon wieder da?« Eine Mischung aus Überraschung und Unsicherheit spiegelte sich auf ihrem Gesicht wider.

»Frau Haydak, Ihr Mann ist nicht in seinem Büro.«

»Ach? Nein?«

Peppi zog ärgerlich die Augenbrauen zusammen. Sie konnte es nicht leiden, wenn sie das Gefühl hatte, dass jemand sie bewusst anlog. Bevor Brander einschreiten konnte, ging sie bereits zum Angriff über. »Frau Haydak, Ihr Mann ist tot. Wir haben ihn heute Morgen gefunden.«

»Ach?«, sagte Frau Haydak wieder und sah Peppi ein wenig ungläubig an. Da war kein großes Entsetzen oder Erstaunen auf ihrem Gesicht. Der Ansatz eines Lächelns zeichnete sich auf ihren Lippen ab. Ein Lächeln, das automatisch kam, wenn ein Mensch in eine Situation geriet, die er nicht kontrollieren konnte, bei der er nicht wusste, wie er reagieren sollte. Brander hatte dieses Lächeln schon bei Augenzeugen von schlimmen Unfällen und brutalen Verbrechen beobachtet. Gesichtszüge, die jeden Augenblick drohten, sich zu einer schmerzvollen Grimasse zu verziehen.

»Wann haben Sie Ihren Mann zuletzt lebend gesehen?« Brander setzte sich ihr gegenüber auf das Sofa.

»Ich weiß nicht«, antwortete Tabea Haydak. Sie sank wenige Millimeter in sich zusammen.

»Sie sagten vorhin, Sie haben ihn gestern gesehen«, half Brander ihrem Gedächtnis auf die Sprünge.

»Nein, das stimmt nicht. Ich habe ihn nicht gesehen.«

»Warum haben Sie uns angelogen?«

»Ich …« Sie sah zu Peppi. »Friedmar ist tot?« Sie sprach

jetzt langsam, fast schleppend, als wäre sie sehr erschöpft. »Hatte er einen Unfall?«

»Nein.« Peppi musterte die Frau misstrauisch. »Er wurde ermordet.«

Frau Haydak nickte und lächelte wieder verwirrt.

»Haben Sie Ihren Mann umgebracht?«, fragte Peppi geradeheraus.

Brander fluchte innerlich und beobachtete besorgt Tabea Haydaks Reaktion. Das verwunderte Lächeln wurde zu einem breiten Grinsen.

»Nein.« Sie wich mit dem Oberkörper ein Stück zurück, ohne sich jedoch gegen die Sofalehne zu lehnen. Ihr Körper war völlig angespannt. Sie schüttelte den Kopf. »Nein.« Sie verharrte einen Moment, dann richtete sie sich wieder auf, das Grinsen war verschwunden. Fast ängstlich sah sie jetzt zu Brander. »Sind Sie sicher, dass er tot ist?«

»Es tut mir leid, ja.« Brander beugte sich ein Stück vor, stützte die Unterarme auf die Oberschenkel, sah der Frau in die Augen. »Frau Haydak, warum haben Sie uns angelogen?«

»Kennen Sie meinen Mann? Sind Sie mit ihm befreundet?« Sie starrte ihn mit aufgerissenen Augen an. Argwohn spiegelte sich darin wieder. Verwirrung, die in Angst umschlug. »Verschwinden Sie! Lassen Sie mich in Ruhe! Sie lügen! Jawohl, Sie lügen! Er ist nicht tot. Nein. Er ist nicht tot!«, schrie sie plötzlich los.

Brander hob beschwichtigend die Hände. »Frau Haydak, beruhigen Sie sich bitte wieder.«

»Raus! Gehen Sie!« Sie sprang auf und wies mit der Hand energisch zur Tür. »Frau Hilbers!«

In der nächsten Sekunde stand die Haushälterin vor ihnen, als hätte sie hinter der Tür auf den Ruf ihrer Chefin gewartet.

»Die Herrschaften wollen gehen.« Tabea Haydak bedachte die Kommissare mit einem wirren Blick.

»Nein, Frau Haydak, wir werden nicht gehen.« Auch Brander hatte sich erhoben. »Ihr Mann ist tot, und wir müssen mit Ihnen reden.«

»Sie lügen!«

Margot Hilbers ging zu ihrer Chefin, fasste sie an den Armen und drückte sie sanft auf das Sofa. »Bitte beruhigen Sie sich, Frau Haydak. Ich mache Ihnen einen Drink, ja? Einen Martini? Den mögen Sie doch so gern.«

»Ich denke, es wäre besser, wenn wir ihren Hausarzt verständigen«, mischte sich Brander ein.

»Es gibt keinen Hausarzt«, erklärte die Angestellte. Sie nahm eine Flasche Martini von einem gläsernen Teewagen und füllte den Alkohol in ein Glas.

Frau Haydak saß wieder zur Puppe erstarrt auf dem Sofa.

»Er ist tot?«, fragte sie plötzlich zaghaft und sah die Kommissare mit großen Kinderaugen an.

Brander nickte und versuchte zu erfassen, was in dieser Frau vor sich ging.

»Frau Hilbers, wir müssen Felix anrufen.« Sie seufzte bebend. »Es ist vorbei.« Dann brach sie weinend zusammen.

Peppi hatte den Notarzt gerufen, der Tabea Haydak ein starkes Beruhigungsmittel verabreichte und den Kommissaren weitere Befragungen untersagte. Die Haushälterin brachte sie zur Tür.

»Frau Hilbers, wer ist Felix?«, fragte Brander, bevor sie gingen.

»Felix ist der Sohn der Haydaks. Er besucht das Internat in Salem.«

»Kommt er am Wochenende nach Hause?«

»Nein, er kommt nur alle vierzehn Tage und war letztes Wochenende hier. Allerdings – unter den gegebenen Umständen …«

»Wie alt ist der Junge?«

»Fünfzehn.«

Wie Lehmann gesagt hatte.

»Wir werden noch einmal mit Frau Haydak und ihrem Sohn sprechen müssen.«

»Ich werde es ihr ausrichten.« Margot Hilbers öffnete die Tür.

Brander blieb an der Türschwelle stehen. »Wie lange arbeiten Sie schon für die Familie Haydak?«

Die Haushälterin überlegte einen Augenblick. »Im November werden es zwölf Jahre.«

»Führten Herr und Frau Haydak eine glückliche Ehe?«

Wieder überlegte die Frau eine Weile und sah Brander dann bedauernd an. »Dazu möchte ich nichts sagen. Bin ich zu einer Aussage verpflichtet?«

»Nein, das sind Sie nicht.« Brander zog eine Visitenkarte aus seiner Brieftasche. »Aber wenn es doch etwas gibt, was Sie uns sagen möchten, rufen Sie mich an.«

»Ich brauch 'nen Kaffee und irgendetwas zu essen«, sagte Brander, als er wieder mit Peppi im Wagen saß.

»Das trifft sich gut, ich muss eh noch ein Buch beim Osiander abholen.«

Sie fuhren Richtung Wilhelmstraße, parkten den Wagen in einer Seitenstraße, und während Peppi in die Buchhandlung ging, kaufte Brander Laugenbrezel und Kaffee in einer nahen Bäckerei. Er hatte sich auf einen Hocker am Schaufenster gesetzt, als Peppi hereinkam und sich zu ihm gesellte.

»Was denkst du? Hat sie ihren Mann umgebracht?«, fragte sie und steckte sich ein Stück Brezel in den Mund.

»Keine Ahnung. Du hättest sie nicht so direkt angehen sollen«, übte Brander Kritik an der Vorgehensweise seiner Kollegin.

»Ich hätte mir selbst auf die Zunge beißen können.

Aber die war so komisch. Ich hatte das Gefühl, die hält uns voll zum Narren.«

»Ja, mir kam die auch nicht ganz koscher vor. Ich weiß nicht, was ich von ihrem Auftritt halten soll.« Er sah einem Bus nach, der am Schaufenster der Bäckerei vorbeifuhr. »Glücklich war die Ehe anscheinend nicht«, überlegte er laut, »sonst hätte der Hausdrachen was gesagt.«

»Gibt ihr 'nen Martini, anstatt einen Arzt zu holen! Ob sie an der Flasche hängt?«

Brander grinste ironisch. »Um halb zwölf kann man schon mal einen Martini trinken, oder?«

»Na, Prost!« Peppi hob ihre Kaffeetasse. »Ich hol mir noch 'ne Brezel. Sind lecker. Du auch noch eine?«

»Nein, danke«, erinnerte sich Brander gerade noch rechtzeitig an seine guten Vorsätze vom Morgen.

»Wenn wir doch schon den Bericht von der Spurensicherung hätten. Das Obduktionsergebnis kriegen wir sicherlich auch nicht vor heute Abend.« Brander schlürfte seinen Kaffee und sah begehrlich auf Peppis ofenfrische zweite Butterbrezel.

»Unser Spargeltarzan wird sein Bestes tun, um seinen Lieblingskollegen so schnell wie möglich mit allen Informationen zu versorgen.« Damit spielte sie auf die hagere Gestalt von Manfred Tropper an und die Freundschaft, die Brander mit ihm verband. »Willst 'n Stück abhaben?«

»Aber nur ein ganz klitzekleines.« Brander hielt Daumen und Zeigefinger einen Zentimeter weit auseinander.

Peppi gab Brander grinsend die Hälfte ihrer Brezel. »Was machen wir jetzt?«

»Jetzt fahren wir ins Büro von Herrn Haydak.«

Von der Bäckerei in der Wilhelmstraße mussten sie nur ein kurzes Stück fahren. Die Rechtsanwaltskanzlei von Friedmar Haydak lag im Universitätsviertel, nicht weit von der Neuen Aula entfernt. Die Büroräume befanden sich in der unteren Etage eines dreistöckigen Altbaus. Eine junge Frau, konservativ gekleidet in dunklem Kostüm und heller Bluse, empfing sie im Vorraum. Ein Schild auf ihrem Schreibtisch wies sie als Juliane Schlee aus. Sie legte gerade den Telefonhörer auf die Gabel, als Brander das Büro betrat.

»Frau Schlee, wir haben vorhin miteinander telefoniert.« Brander stellte sich und seine Kollegin vor.

»Ja, ich erinnere mich, aber Herr Haydak ist noch nicht wieder im Hause.« Juliane Schlee lächelte unverbindlich.

»Das wissen wir.«

Eine Tür zu ihrer Linken wurde aufgerissen und ein Mann, Anfang dreißig, ebenso konservativ gekleidet wie die Rechtsanwaltsgehilfin, stampfte wütend auf den Empfangstisch zu. »Verdammt noch mal! Frau Schlee, egal, wer jetzt noch mit Herrn Haydak sprechen will, stellen Sie mir keine Gespräche mehr durch. Er ist nicht da und damit basta. Ich habe in einer Stunde einen Gerichtstermin. Ich …«

»Herr Klinger, bitte …«, versuchte die Empfangsdame, den jungen Mann zu besänftigen.

»Ich habe keine Zeit!«

»Herr Klinger, wir sind von der Kriminalpolizei Tübingen. Ich denke, Sie werden uns fünf Minuten Ihrer Zeit opfern müssen.«

Der Mann schien erst jetzt zu registrieren, dass zwei Fremde in der Kanzlei standen. Er drehte sich zu Brander. »Lassen Sie sich bitte einen Termin geben. Frau Schlee.« Mit einer Handbewegung deutete er auf den Monitor seiner Angestellten und dann auf die beiden Kommissare.

»Es geht um Herrn Haydak«, fügte Brander hinzu, dabei bedachte er den jungen Anwalt mit einem Blick, der keinen Aufschub duldete.

»In Gottes Namen, dann kommen Sie herein. Aber ich habe nur fünf Minuten!« Klinger stürmte ihnen voran in sein Büro. Juliane Schlee versuchte, das schlechte Benehmen ihres Vorgesetzten mit einem Lächeln zu entschuldigen.

»Sie arbeiten für Herrn Haydak?«, fragte Brander, noch bevor er sich in einen der bequemen Besucherstühle niedergelassen hatte.

»Ich bin sein Juniorpartner.«

»Wann haben Sie Herrn Haydak das letzte Mal gesehen?«

»Warum fragen Sie das?«

»Wenn Sie bitte erst einmal meine Frage beantworten würden.«

»Letzte Woche Samstag. Am Montag kam ich ins Büro und fand eine E-Mail von ihm: Wir sollen sämtliche Termine für ihn diese Woche streichen. Und was nicht abzusagen war, sollte ich übernehmen.«

»Kam so etwas in der Vergangenheit schon einmal vor?«

»Nein! Einen Tag vielleicht mal. Aber nicht gleich eine ganze Woche! Ich weiß gar nicht, was er sich dabei denkt! Er ist nirgends erreichbar. Zu Hause nicht. Und über sein Handy erreiche ich ihn auch nicht. Ich bin doch kaum mit seinen Fällen betraut! Wir haben wichtige Kunden, kritische Fälle. Und ich sitze hier auf einmal ganz allein. Ich laufe hier Amok!«

Das war nicht zu übersehen.

Klinger schnaufte laut, anscheinend hatte es ihm gut getan, einmal Dampf abzulassen. »Entschuldigen Sie. Ich sollte nicht so respektlos über meinen Chef sprechen. Es ist gerade alles ein bisschen viel. Was kann ich denn jetzt für Sie tun?«, fügte er etwas ruhiger hinzu.

»Hat er Ihnen mitgeteilt, warum er nicht ins Büro kommen konnte?«

»Nein, er ist mir ja auch keine Rechenschaft schuldig.«

Brander räusperte sich, schärfte seine Sinne. Welche Reaktion erwartete ihn dieses Mal?

»Herr Klinger, Friedmar Haydak wurde heute Morgen tot aufgefunden.«

Einen Moment lang verharrte Klinger reglos in seinem

Stuhl, dann sank er zurück und atmete hörbar aus. »Das ist nicht ihr Ernst«, flüsterte er schließlich ungläubig.

»Leider doch.«

»Das kann nicht sein. Woran ist er denn gestorben?«

»Das können wir noch nicht sagen. Auf jeden Fall ist er keines natürlichen Todes gestorben.«

»Er wurde ermordet?« Klinger hob eine Hand zum Gesicht, massierte mit Daumen und Fingerspitzen die Schläfe. »Oh, mein Gott! Ich hätte etwas ahnen müssen. Er bleibt doch nicht einfach so weg. Er liebt seinen Beruf. Die Kanzlei ist sein Leben. Oh mein Gott! Seine E-Mail! Das ist doch überhaupt nicht seine Art! Und ich unternehme nichts. Ich ... ich ...« Er sah zu den beiden Kommissaren. »Ich weiß gar nicht, was ich sagen soll. Ich bin völlig durcheinander.« Er drückte auf die Gegensprechanlage. »Frau Schlee, sagen Sie bitte für heute sämtliche Termine ab. Und rufen Sie im Gericht an.«

»Was soll ich denen sagen?«

Klinger sah Brander ratlos an. »Wir ... wir haben einen Todesfall.«

»Sie verstanden sich gut mit Herrn Haydak?«, fragte Brander.

»Oh ja, er ist mein Mentor. Er hat mich vor einem Jahr zu seinem Juniorpartner gemacht. Er hat mir so viel gezeigt. Ich fasse es nicht! Das kann doch einfach nicht wahr sein!« Klinger stand auf und stellte sich mit dem Rücken zu ihnen ans Fenster. Die Schultern zuckten einige Male heftig auf und ab, dann hatte er sich wieder in der Gewalt. »Entschuldigen Sie. Wenn es irgendetwas gibt, womit ich Ihnen helfen kann ... Ich werde alles tun, was in meiner Macht steht.« Er setzte sich wieder an seinen Schreibtisch. »Wie ... wie ist er denn ermordet worden?«

»Darüber darf ich Ihnen keine Auskunft geben«, erklärte Brander. »Können Sie sich vorstellen, wer einen Grund gehabt haben könnte, Herrn Haydak zu töten?«

Klinger verzog das Gesicht, als hätte Brander ihm eine unangenehme Prüfungsaufgabe gestellt. »Er war erfolgreich«, sagte er schließlich. Er machte eine kurze Pause. »Er hatte Neider.« Wieder eine Pause. »Und es gibt sicherlich einige Menschen, die ihn lieber heute als morgen auf dem Friedhof gesehen hätten.« Es klang bitter.

»Die Namen dieser Menschen hätte ich gern von Ihnen. So schnell wie möglich.«

»Also … so habe ich das natürlich nicht gemeint!«, revidierte Klinger sofort wieder seine Aussage.

»Ich hätte trotzdem gern eine Liste der Personen, die auf Ihren Kollegen nicht gut zu sprechen waren.«

»Ja, sicher, aber ich will natürlich niemanden denunzieren.«

»Das tun Sie nicht, Herr Klinger. Sie helfen uns lediglich bei unseren Ermittlungen«, versuchte Brander, die Bedenken des Juristen aus dem Weg zu räumen. »Haben Sie noch die E-Mail, die Herr Haydak Ihnen geschickt hat?«

Klinger verzog bedauernd das Gesicht. »Das tut mir leid, die habe ich gelöscht. Ich wusste ja nicht …«

☼

Tropper rief kurz vor Beginn der abendlichen Soko-Sitzung an. »Ich schaff's nicht. Wir fangen in einer halben Stunde mit der Obduktion an.«

»Wie bitte? Die Leiche ist noch nicht obduziert worden?«, rief Brander aus.

»Exakt. Ich bin seit heute Morgen damit beschäftigt, zwei Rechtsmediziner an den Seziertisch zu bekommen. Du kannst es dir nicht vorstellen. Der eine hat Urlaub, der andere liegt mit Sommergrippe im Bett, der nächste hält einen Gastvortrag in Karlsruhe. Es war total verhext.«

»Du hast denen hoffentlich gesagt, dass es sich um einen toten Juristen handelt?«

Tropper gab ein Schnaufen von sich. »Ich nicht, aber Lehmann hat zwischendurch Rabatz gemacht. War nicht besonders stimmungsfördernd.«

Brander konnte es sich vorstellen. »Das heißt, wir kriegen die Ergebnisse erst morgen früh?«

»Ja.«

»Was ist mit den Ergebnissen von der Kriminaltechnik?«

»Wir haben den Speicherchip seines Handys überprüft. Sämtliche Daten sind gelöscht worden. Leider keine Fingerabdrücke außer denen von Haydak. Die Leiche ist transportiert worden, aber das habe ich dir ja heute Morgen schon gesagt. Es gab ein paar gute Reifenspuren, die Auswertung läuft noch.«

»Fingerabdrücke? DNA?«

»Zahlreiche Fingerabdrücke. Was davon brauchbar ist, weiß ich noch nicht. DNA – Fehlanzeige bis jetzt.«

»Das ist nicht viel.«

»Morgen, Andi. Morgen kann ich dir hoffentlich mehr sagen.«

Brander saß in seinem Büro und starrte aus dem Fenster. Peppi war vor wenigen Minuten nach Hause gegangen, und draußen brach die Dämmerung langsam herein. Auch die Befragungen, die die Kollegen in der Umgebung des Fundortes durchgeführt hatten, hatten noch zu keinen neuen Erkenntnissen geführt. Niemandem war etwas Außergewöhnliches aufgefallen. Allerdings wussten sie ja auch noch nicht, wonach sie suchen sollten. Ein Auto, das nachts auf diesen einsamen Parkplatz gefahren war. Wer sollte das bemerken? Vielleicht brachte der Zeitungsbericht neue Hinweise. Gut, dass morgen Samstag ist, dachte Brander und sah einen kleinen Lichtstreif am Horizont. Samstags lasen mehr Leute die Tageszeitung als unter der Woche, und sie nahmen sich auch mehr Zeit zum Lesen.

Brander wandte den Blick vom Fenster und schaltete seinen Rechner aus. Er sollte sich auf den Heimweg machen, bevor es ganz dunkel wurde. Er wusste nicht, ob das Licht an seinem Fahrrad funktionierte, und der Landwirtschaftsweg durchs Ammertal war nicht beleuchtet. Gedanken über seinen neuen Fall konnte er sich genauso gut unterwegs machen. Und zu Hause würde ihn auch niemand ablenken. Er hängte Jeans und Hemd in seinen Spind, schlüpfte in den Trainingsanzug und schwang sich auf sein Rad. Die Kette quietschte noch lauter als am Morgen. Aber zum Radladen brauchte er jetzt nicht mehr fahren, der hatte schon geschlossen.

Gedankenverloren zockelte er durch das Ammertal. Er fuhr nicht besonders schnell, und es war auch nicht mehr so warm wie am Morgen, sodass er nicht einmal ins Schwitzen kam. Er ging den Tag noch einmal durch, versuchte eine Botschaft in dem Arrangement der Leiche zu entziffern. Aber es war zu früh. Er wusste nicht viel über Friedmar Haydak. Die Liste. Hatte Haydaks Juniorpartner ihm schon die Liste derjenigen geschickt, die etwas gegen Haydak hatten? Niemand hatte ihm etwas auf den Schreibtisch gelegt. Die Melodie seines Handys riss ihn aus seinen Gedanken. Cecilia!, dachte er sofort. Wie spät mochte es in Boston jetzt sein? Ein, zwei Uhr mittags? Er hielt an und zog eilig das Handy aus dem Rucksack. »Karsten« leuchtete ihm vom Display entgegen.

»Wo treibst du dich rum?«, hörte er Karsten Beckmanns gut gelaunte Stimme, nachdem er sich gemeldet hatte.

»Ich bin auf dem Heimweg.«

»Prima. Ich stehe nämlich vor deiner verschlossenen Haustür.«

Ihre Verabredung! Die hatte er total vergessen. Ihm war überhaupt nicht nach Unterhaltung. Er wollte sich in den neuen Fall einarbeiten. Aber jetzt, da Beckmann schon vor seiner Haustür stand, schien es ihm zu unhöflich, ihn wieder wegzuschicken.

»Tut mir leid! Ich beeil mich.«

Karsten Beckmann saß in Jeans und mit offenem Hemd auf der Stufe zum Eingang von Branders Doppelhaushälfte und brach in schallendes Gelächter aus, als er den Kommissar mit dem Rad auf die Garageneinfahrt fahren sah.

»Du meine Güte, Andi!« Er stand auf und kam auf Brander zu. Das offene Hemd ließ Brander einen neidischen Blick auf Beckmanns durchtrainierten Oberkörper werfen. »Warte. Lass mich ein Foto machen.« Beckmann zog sein Handy aus der Gürteltasche.

»Wieso? Was ist denn los?« Brander wusste nicht, was so komisch an ihm war.

»Wie du aussiehst! Du bist doch nicht allen Ernstes in diesen Klamotten nach Tübingen gefahren? Und das Fahrrad! Vorsintflutlich!« Beckmann schüttete sich aus vor Lachen.

»Du bist ein oberflächlicher Snob!«, wehrte sich Brander.

»Oh ja, gib's mir Schätzchen«, feixte Beckmann und warf ihm dabei einen lasziven Blick zu, wohl wissend, dass er damit seinen Kumpel noch mehr provozierte.

»Mann, Becks! Du hast mir gerade noch gefehlt heute, weißt du das?« Brander sah Karsten Beckmann entnervt an. Warum hatte er die Verabredung nicht abgesagt? Während Brander duschte, machte Karsten Beckmann sich in der Küche zu schaffen und überraschte Brander mit einem gedeckten Tisch, frischem Brot und einem buntem Salat.

»Hast du keine ordentlichen Radklamotten? Wenigstens eine Radlerhose und einen Helm?«, brachte Beckmann Branders Auftritt sofort wieder zur Sprache.

»Wozu?«

»Also, hör mal! Du brauchst wenigstens einen Helm. Du bist Polizist und musst mit gutem Beispiel vorangehen.«

»Ich werde mir einen kaufen.«

»Vergiss die Radlerhose nicht. Und am besten gleich noch ein vernünftiges Fahrrad. Mit dem alten Ding kommst du ja keinen Hügel hinauf!«

»Muss ich auch nicht. Und außerdem bin ich nicht Krösus!« Brander belud seinen Teller erneut mit Salat. Er hatte einen Bärenhunger. »Außerdem habe ich gerade andere Sorgen.«

»Viel zu tun?«

»Ein Mord.«

Beckmann ließ Messer und Gabel fallen und hob beide Hände. »Ich war's nicht! Ehrlich!«

Der Ausspruch kam so unerwartet, dass Brander erst stutzte und dann zum ersten Mal an diesem Tag lauthals lachte. Er erinnerte sich an ihre erste Begegnung, als er Beckmann für den Mörder eines sechsunddreißigjährigen Triathleten gehalten hatte und musterte seinen Kumpel mit zusammengekniffenen Augen. »Ich weiß nicht … könnte 'ne Sadomaso-Geschichte sein.«

»Mein Freund, nur weil ich schwul bin, gehör ich nicht gleich zur Leder-und-Peitsche-Fraktion!«

»Nicht?«

»Du kennst doch mein Schlafzimmer«, erinnerte Beckmann ihn mit einem süffisanten Lächeln an die Wohnungsdurchsuchung im Rahmen der damaligen Ermittlungen.

Brander beschloss, sich zurück auf sicheres Terrain zu begeben und wurde wieder ernst. »Vergiss, was ich gesagt habe, und erzähl es bitte niemandem weiter.«

»Geht klar. Willst du reden oder lieber abschalten?«

»Ich darf mit dir nicht über meine Arbeit reden«, klärte Brander ihn auf.

»Klar, Schatz.«

»Und wenn du mich noch einmal Schatz nennst, schmeiß ich dich raus.«

Beckmann zog die Nase kraus und schnalzte mit der Zunge. »Ich liebe es, wenn du so dominant bist.«

Brander stöhnte laut auf und schlug die Hände über den Kopf zusammen. »Wieso habe ich dich eigentlich ins Haus gelassen?«

»Weil deine Frau verreist ist und sonst niemand für dich sorgt.« Beckmann lächelte ihn versöhnlich an. Er schien ausgesprochen guter Laune zu sein. »Wie wäre es mit 'nem kleinen Absacker? Ich habe gesehen, dass du da einen wunderbaren siebenundzwanzig Jahre alten Tomintoul im Regal stehen hast.«

Brander hatte diesen Highland Whisky selbst noch nicht probiert und war neugierig. Komplex mit einer dezenten Süße, hatte der Verkäufer den nicht ganz billigen Single Malt damals beschrieben, rauchig und doch mild. Vermutlich genau der richtige Whisky für diesen Abend.

»Fühl dich wie zu Hause«, lud Brander seinen Kumpel ein, sich zu bedienen.

Er sah Beckmann nach, als er von der Küche ins Wohnzimmer ging. Eigentlich war es ganz gut, dass er da war und ihn mit seinen Sticheleien auf andere Gedanken brachte.

SAMSTAG

Der Whisky schmeckte ausgezeichnet, und natürlich war es nicht bei einem Glas geblieben. Brander hatte Beckmann schließlich angeboten, im Gästezimmer zu übernachten. Am nächsten Morgen versuchten sie gemeinsam, Branders alten Peugeot wieder zum Leben zu erwecken.

»Aussichtslos«, stellte Karsten Beckmann schließlich fest und nahm das Überbrückungskabel von der Batterie. »Den kannst du wegschmeißen. Wenn du meinen Rat willst: Kauf dir ein neues Auto.«

»Klar, und was soll aus dem hier werden?«

»Die Kiste gehört auf den Schrott.«

»Bist du wahnsinnig!«, empörte sich Brander. »Ich bring mein Auto doch nicht auf den Schrottplatz!«

»Wohin sonst? Ins Museum? Im Übrigen kann das auch der Händler für dich übernehmen. Du musst nicht neben der Schrottpresse stehen und zugucken«, gab Beckmann amüsiert zurück. »Soll ich dich zur Arbeit fahren?«

Kurz war Brander versucht, das Angebot anzunehmen, dann erinnerte er sich an seinen Entschluss vom Vortag und schüttelte den Kopf. »Ich nehm's Rad. Ein bisschen Bewegung ist gar nicht schlecht.«

»Ja, du kannst es gebrauchen.« Beckmann boxte ihn leicht gegen seinen Bauch, sodass Brander zurückzuckte. »Vergiss nicht, die Kette zu ölen. Und denk dran, dir einen Helm zu kaufen!«

»Ja, Mama. Und jetzt verschwinde, du Nervensäge.«

Verschwitzt, aber entspannt erreichte er nach seiner morgendlichen Radtour die Polizeidirektion. Er duschte, machte auf dem Weg in sein Büro in der Kaffee-Ecke einen Zwischenstopp und traf dort Hendrik Marquardt.

»Guten Morgen, Hendrik. Was machst du schon hier?«

Der Kollege sah ihm müde ins Gesicht. »Zu Hause konnt ich eh nicht pennen. Louis ist krank. Und da ich gestern Mittag schon nicht da war …«

»Was hat euer Kleiner denn?«

»Blähungen, Durchfall, Ohrenschmerzen, verstopfte Nase, such dir was aus. Ich hab keine Ahnung.«

Brander runzelte die Stirn. »Das hört sich nicht gut an.«

Hendrik brummte schlecht gelaunt und trank einen Schluck Kaffee.

»Wart ihr schon beim Arzt?«

»Was denkst du denn?«, kam es gereizt von dem jüngeren Kollegen.

Die Tür des Fahrstuhls öffnete sich. Hendrik verdrehte die Augen, als ein schwergewichtiger Mann in den Flur trat. »Was will der denn hier?«

Brander folgte Hendriks Blick, zuckte die Achseln. Der Mann, der auf die Kaffee-Ecke zusteuerte, war etwas größer als er und mindestens doppelt so breit. Er schnaufte beim Gehen und wischte sich mit einem Taschentuch über die verschwitzte Stirn. »Keine Ahnung. Wer ist das?«

»Der Neue von der Kriminalinspektion 4. Hat ein Organ, als ob er auf 'ner Baustelle arbeitet. Der war vorher in Reutlingen. Aber er wollte unbedingt nach Tübingen. Hier wäre es so schön ruhig.«

»Guada Morga! Wo isch 'n die Soko Kirnbach?«, donnerte der Mann hinter Branders Rücken durch den Flur.

Hendrik verzog das Gesicht. »Ich bin weg.«

Brander wartete, bis der Koloss vor ihm stand.

»Die Soko trifft sich in einer halben Stunde im Konferenzraum. Andreas Brander.« Er reichte dem Mann seine Hand.

»Ah, Herr Brandner. Sie san des. Der Weschdfale.« Er schüttelte Branders Hand, als wollte er einen Milchshake zubereiten. »I hän schon viel von Ihne g'hört.«

»Brander. Ohne N.« Brander befreite sich aus dem

Griff. Der Westfale! Er war zwar in Münster aufgewachsen, aber schon als Teenager mit seinen Eltern nach Süddeutschland gekommen. Na gut, ein Schwabe war er nicht, da hatte das Schwergewicht vor ihm wohl recht. »Sie sind?«

»Magnus Neidhart. KI 4, Fahndung, Proschditutionsüberwachung.« Er bemühte sich, hochdeutsch zu sprechen. Vermutlich meint er, ›der Weschdfale‹ vrschdâd koi schwäbisch, dachte Brander.

»Kollegin Tritschler und i wurden zu Ihnen abgeordnet«, fuhr Neidhart fort.

»Tritschler?« Brander konnte dem Namen kein Gesicht zuordnen. Dabei gab es unter den dreiundsechzig Kommissaren der Polizeidirektion Tübingen nur neun Frauen, drei davon befanden sich in Elternzeit.

»Die Cory. Die große Rothaarige. Die kommt scho glei'. Muss sich nõh a bissle rausputze.« Neidhart lachte laut auf.

Brander erinnerte sich. Corinna Tritschler, Mitte dreißig, groß, sportlich und für Branders Geschmack etwas zu stark geschminkt und zu kokett. Na, das konnte ja reizend werden, ein schwäbischer Haudegen und ein wandelnder Schminkkoffer zur Unterstützung bei einer Mordermittlung.

Karl-Heinz Barowsky kam aus seinem Büro, und Brander rief ihn zu sich. »Karl, kannst du dich um Herrn Neidhart kümmern? Er wird uns bei den Ermittlungen unterstützen. Gib ihm schon mal einen Überblick. Ich muss die Sitzung noch vorbereiten.«

Damit nickte er Magnus Neidhart zu und verschwand in seinem Büro.

Brander blieb noch eine halbe Stunde bis zur morgendlichen Soko-Sitzung. Er holte seine Skizze vom Vortag hervor und nahm ein zweites Blatt. »Friedmar Haydak« schrieb er in die Mitte des Zettels und malte dazu einen Holzblock, aus dem zwei Hände hervorschauten, darunter einen Kopf, den er durch eine gekringelte Linie mit dem Holzbalken verband. Rechts davon schrieb er den Namen der Ehefrau und des Sohnes: Tabea Haydak und Felix Haydak. Er konnte diesen beiden Namen noch kein Bild zuordnen. Auf die linke Seite setzte er den Namen von Haydaks Geschäftspartner Mario Klinger. Spontan malte er ein Buch mit zwei Paragraphzeichen. Das war es. Mehr hatte er nicht. Er lehnte sich zurück und betrachtete das Blatt.

»Na, spielst du wieder Montagsmaler?«, begrüßte Peppi ihn. Sie legte eine Tasche auf ihren Schreibtisch, stellte sich neben Brander und betrachtete seine Zeichnung.

»Ihm wurden nicht nur die Hände in dem Holzblock verkeilt, ihm wurde auch die Hose heruntergezogen.«

»Es ist nur ein Symbol«, erklärte Brander.

»Symbol hin oder her. Es ist unvollständig, wenn du die Hose außer Acht lässt.« Peppi hob mahnend den Zeigefinger. »Wenn du dir die Zeit schon mit deinen Kritzeleien vertreibst, mach sie wenigstens ordentlich, Picasso!«

»Sei nicht so frech, sonst steck ich dich mit unserem neuen Kollegen in ein Team«, drohte Brander. Er musterte kritisch ihre stämmige Figur und grinste hinterhältig. »Ihr würdet vielleicht sogar ganz gut zusammenpassen.«

»Hä?«

»Komm mit, du wirst ihn gleich kennenlernen.«

Peppi warf Brander einen bösen Blick zu, als er kurz darauf den Zwei-Zentner-Mann als neuen Kollegen seinem Team vorstellte.

»Herr Neidhart und Frau Tritschler wurden uns zur Unterstützung von der Kriminalinspektion 4 zur Verfügung gestellt«, erklärte Brander die Anwesenheit zweier zusätzlicher Kommissare. »Herr Barowsky hat Ihnen schon einen Überblick gegeben?«, wandte er sich dann an die neuen Kollegen.

»Ja, der Karle hôt ons ällas vrzehlt«, bestätigte Neidhart.

Na, das war ja schnell gegangen. Waren Barowsky und der Neue schon beim Du angekommen? Brander wandte sich an Manfred Tropper, der ebenso unausgeschlafen wie Hendrik vor sich hinstarrte. »Freddy, was hat die Obduktion ergeben?«

Tropper hob den Blick, atmete tief durch und stand auf. Er stützte sich mit beiden Händen auf den Tisch.

»Friedmar Haydak ist aller Wahrscheinlichkeit nach erfroren.« Er sah in die Runde.

»Willst du mich verarschen?« Hendrik sah grimmig zu dem Kollegen von der Kriminaltechnik. »Wir haben Mitte September.«

»Gefriertruhe, Kühlhaus«, warf Jens Schöne ein. »Freddy hat doch gestern schon gesagt, dass der Fundort nicht der Tatort war.«

»Man wird ja wohl noch mal überrascht sein dürfen!«, fuhr Hendrik Jens an.

Brander warf ihm einen mahnenden Blick zu und wandte sich wieder an Tropper. »Wie sicher ist der Befund?«

»Sehr sicher, aber du weißt ja, wie die Rechtsmediziner sind. Wollen sich immer erst hundertprozentig absichern. Die äußeren Anzeichen sind eindeutig: Haydak hat Kälteflecken, insbesondere an den Gelenken. Bei der Obduktion wurden Einblutungen der inneren Lendenmuskeln und Magenschleimhaut-Erosionen entdeckt. Beides sind eindeutige Indizien für eine Erfrierung. Wir warten noch auf das Ergebnis der Urinuntersuchung mit den Ketonen- und Glucosewerten, das dauert ein paar Tage.«

»Erfroren also. Habt ihr auch Hinweise, wo Haydak erfroren ist?«

»Wir haben zahlreiche Spuren am Körper und an der Kleidung des Toten gefunden. Sand, Erde, Laub, Gras, kleine Steinchen. Das müssen wir alles erst einmal analysieren. Und – Andi, bevor du fragst – es wird etwas Zeit in Anspruch nehmen.«

»Wie viel Zeit?«, fragte Brander trotzdem.

»Ich weiß es nicht. Der Leichnam ist transportiert worden, und wir müssen die verschiedenen Spuren den unterschiedlichen Orten zuordnen. Wir arbeiten auf Hochtouren, aber ...« Er sah entschuldigend in Branders Richtung. »Wir haben Wochenende.«

»Das ist mir scheißegal. Wir brauchen Ergebnisse, und zwar so schnell wie möglich! Wo ist Haydak erfroren? Wir haben sommerliche Temperaturen – da kann es doch nicht so viele Möglichkeiten geben ...« Brander schnaufte ärgerlich. Wochenende! Natürlich hatten die meisten Labore geschlossen, und Troppers Team konnte die Spurenanalyse sicherlich nicht allein bewältigen. »Okay, Fakten. Gib uns die Fakten, die du bisher hast. Konnte der Todeszeitpunkt ermittelt werden?«

»Nur ganz grob. Vermutlich zwischen letztem Sonntag und Dienstagabend. Wir wissen nicht, wie die Gegebenheiten waren. Wie kalt war es? War es eine gleichbleibende Kälte oder gab es Temperaturschwankungen ...«

»Na ja, besser als nichts«, seufzte Brander.

»Sicher ist, dass die Leiche nach Todeseintritt nicht bewegt worden ist, sondern erst mit Abklingen der Leichenstarre. Das Ganze ging ziemlich unsanft vonstatten. Es ist an ihm gezerrt und gezogen worden, und man hat den Leichnam anscheinend auf irgendetwas festgeschnallt. Er hat einige postmortale Wunden.«

»Und vor seinem Tod? Gab es da irgendwelche Gewalteinwirkungen?«, fragte Peppi. »Der wird sich doch nicht einfach so zum Sterben in ein Kühlhaus gelegt haben.«

»Nein, keine Kampfspuren, keine schwerwiegenden Verletzungen vor seinem Tod, außer den Spuren der Handfesselung und ein paar Kratzern. Selbst die Kette war ihm nur lose um den Hals gelegt worden.«

»Stellt sich die Frage: Handelt es sich tatsächlich um einen Mord oder um einen Unfall?«, überlegte Jens laut.

»Unfall?«, fragte Peppi.

»Ja, vielleicht hat man ihn versehentlich in ein Kühlhaus eingesperrt.«

»Und die Fesselung? Die kann nicht versehentlich gewesen sein«, warf Brander ein.

Jens verzog grübelnd den Mund. »Vielleicht wollte man ihm einen Denkzettel verpassen und hat sich ein bisschen verschätzt.«

»Und warum dann diese obskure Inszenierung?« Die Frage kam von Hendrik.

»Lasst uns zunächst noch bei den Fakten bleiben. Es gab eine oder auch mehrere Personen, die Haydak gefesselt und nach seinem Tod auf den Grillplatz gelegt haben. Was ist mit dem Holzbalken?«, wandte Brander sich wieder an Tropper. »Hilft der uns weiter?«

»Zwei Holzlatten, die mit einem Scharnier verbunden waren und mit kleinen Aussparungen für die Handgelenke versehen wurden. Nachdem die Handgelenke dort eingezwängt worden sind, wurden die Holzlatten an zwei Stellen verschraubt.«

»Ein Handwerker also«, sagte Hendrik.

»Kein Profi. Eine sehr laienhafte Arbeit, nicht besonders stabil«, erwiderte Tropper. »Mit etwas Kraft – und Haydak war nicht schwach – hätte er das Holz zerbrechen können.«

»Und warum hat er nicht?«

»Vielleicht ist er betäubt worden«, überlegte Peppi.

»Das ist auch die Vermutung der Rechtsmediziner«, fuhr Tropper mit seinen Ausführungen fort. »Betäubt mit Schlafmittel, Drogen, Gift … Wir haben eine toxikologische Untersuchung beantragt. Aber ihr wisst ja, wie lange es dauern kann, bis wir da Ergebnisse bekommen.«

Brander nickte verstimmt. Beim letzten Mal hatten sie

über drei Wochen auf das Ergebnis warten müssen. »Fingerabdrücke? DNA?«

»Wir haben diverse Spuren am Opfer und unzählige in der Umgebung des Leichenfundortes gefunden. Sowohl Fingerabdrücke als auch DNA. Was davon aber im Zusammenhang mit der Tat steht, können wir noch nicht sagen. Wir haben auf dem Holzblock wenige DNA-Spuren gefunden, die vielleicht brauchbar sein könnten. Und auch unter den Fingernägeln waren Hautschuppen. Das ist alles bereits beim LKA zur Untersuchung.«

»Was ist mit den Reifenspuren, die ihr am Kirnbach gefunden habt?«

»Hundertfünfundneunziger Reifen, Continental. Vermutlich ein Mittelklassewagen.«

»Vielleicht war das Ganze eher symbolisch gemeint und sollte gar nichts halten«, meldete sich Jens Schöne zu Wort.

Die Kollegen sahen ihn verständnislos an.

»Ich meine diese Holzlatten, in denen die Hände eingeklemmt waren, die Kette um seinen Hals. Ein symbolischer Akt der Fesselung.«

»Symbolischer Akt der Fesselung. Geht's noch, Kollege?«, lästerte Hendrik.

»Du gehst mir heute echt auf den Nerv!«, reagierte Jens ungewohnt heftig.

»Hast wohl nicht nur 'nen sensiblen Magen, was?«

»Geht's bei euch beiden noch?«, ging Brander dazwischen. »Symbolik. Da ist sicher was dran. Der Täter hat die Leiche nicht versteckt. Er hat ihn mit entblößten Genitalien und gefesselt auf einem leicht zugänglichen Platz abgelegt. Natürlich will er irgendetwas damit sagen!«

»Der Täter hat ihn zur Schau gestellt. Diese Holzfessel, die erinnert mich an einen Pranger. So wie sie im Mittelalter benutzt wurden«, erklärte Jens.

Brander nickte. Der Gedanke war ihm auch am Morgen gekommen, als er seine Skizze angefertigt hatte. Nur das Wort Pranger war ihm nicht eingefallen.

»I denk, des war eher eine Tat im Sadomaso-Milieu«, sagte Magnus Neidhart.

»Kann sein, muss aber nicht«, räumte er ein.

»I hân guade Verbindungen zu ein paar nette Damen aus dem Gewerbe. I könnt mich da mal unauffällig umhöre.«

Ein Möchtegern-Undercover-Agent, dachte Brander genervt, so einer hatte ihm gerade noch in seinem Team gefehlt. »Diskretion. Äußerste Diskretion«, hörte er Lehmanns mahnende Worte. Er wusste noch nicht viel über Magnus Neidhart. Aber so wie er am Morgen in die Dienststelle gepoltert war, fiel es Brander schwer, sich vorzustellen, wie Neidhart sich je unauffällig umhören wollte.

»Ich könnte die Damen mit den Terminwohnungen befragen«, meldete sich Corinna Tritschler zu Wort, ohne dabei den Blick von ihren langen Fingernägeln zu nehmen.

»Ich möchte erst noch die Informationen abwarten, die wir über Haydak bekommen. Lassen Sie uns später noch einmal darüber sprechen«, bremste Brander die beiden neuen Kollegen.

»Isch rächd«, sagte Neidhart mit schwäbischer Genügsamkeit und unterstützte seine Antwort mit einem verstehenden Kopfnicken.

»Karl, führ du bitte heute mit Herrn Neidhart die Befragungen in Bebenhausen fort. Frau Tritschler, Hendrik, fahrt zum Parkplatz und befragt die Passanten, die ihr da antrefft. Jens, von dir will ich alles, was du über Friedmar Haydak herauskriegen kannst. Sprich auch noch mal mit Lehmann.« Brander verteilte weiter die Aufgaben.

Auf seinem Schreibtisch lag ein Fax von Mario Klinger mit einer Auflistung von Namen und Anschriften. »Ich bitte um äußerste Diskretion«, hatte Klinger handschriftlich ans Ende der vierseitigen Liste geschrieben, dazu eine Handynummer für Rückfragen.

»Peppi, schmeiß den Rechner an. Wir haben jede Menge Arbeit!« Brander wedelte mit der Liste und sah zu seiner Kollegin, die am Schreibtisch gegenübersaß und ihn grimmig anstarrte.

»Das war vorhin eine ganz boshafte Anspielung auf meine Figur!«, schimpfte sie.

»Aber, Peppi«, entgegnete Brander scheinheilig.

»Auf jeden Fall bringt er frischen Wind in die Abteilung!«, gab Peppi zurück.

Brander rümpfte die Nase. Frischen Wind! Ein Poltergeist mit einer großen Klappe! Er wollte sich gerade Klingers Liste vornehmen, als der Wachhabende Paul Heimle ihn anrief.

»Eine Frau Haydak ist hier. Sie möchte mit dir sprechen«, erklärte er.

Brander holte Tabea Haydak vom Eingangsbereich ab und führte sie in sein Büro. Sie hatte das helle Kostüm vom Vortag gegen einen schwarzen Anzug getauscht, das schmale Gesicht wirkte dadurch noch blasser und dunkle Ringe zeichneten sich unter ihren Augen ab. Sie setzte sich auf den Besucherstuhl vor seinem Schreibtisch, so steif wie am Vortag in ihrem Wohnzimmer, und zupfte nervös an ihren Fingern.

»Ich … ich möchte mich für mein Benehmen gestern entschuldigen«, begann sie zögernd.

»Sie müssen sich nicht entschuldigen. Ihr Mann ist ermordet worden. Es war ein großer Schock«, zeigte Brander Verständnis.

Sie hob den Blick zu ihm. »Ich möchte eine Aussage machen, aber …« Sie machte eine Pause, wanderte mit den Augen unruhig im Raum umher. »Aber erst will ich ihn sehen.«

Brander hoffte, dass die Rechtsmedizin den toten Körper nach der Obduktion bereits wieder soweit hergestellt hatte, dass er den Anblick der Ehefrau des Ermordeten zumuten konnte.

Die Fahrt zur Leichenhalle verlief schweigend. Die Bestatter hatten den Leichnam mit einem Tuch bedeckt und legten das Gesicht frei, als Tabea Haydak neben dem Tisch stand. Sie starrte eine Weile schweigend auf den Toten. Mit der Rückseite ihres Zeigefingers berührte sie vorsichtig die Wange, zuckte vor der Kälte zurück. Die Schultern sanken um wenige Millimeter herab.

»Er ist es«, wisperte sie schließlich, mehr zu sich, als zu den Kommissaren, und wandte sich ab.

»Könnte ich ein Glas Wasser bekommen, bitte?«, bat Tabea Haydak, als sie wieder zurück in Branders Büro waren. Peppi holte ein Glas Mineralwasser, während Brander sein Diktiergerät aus der Schreibtischschublade nahm.

»Wir werden Ihre Aussage aufnehmen. Sie bekommen hinterher ein Protokoll zur Unterschrift«, erklärte er der schmächtigen Frau vor sich. So zerbrechlich, wie sie vor ihm saß, erinnerte sie ihn an die Kollegin Dobler. Frau Haydak mochte vielleicht drei oder vier Jahre älter sein als Anne, Mitte dreißig, schätzte er. Er dachte an Hendrik, der am Tag zuvor so nervös in seinem Büro gestanden hatte und heute Morgen so unausgeschlafen und gereizt war. Was für einen Termin hatte Anne gehabt? War etwas mit dem Baby? Hendriks schlechte Stimmung gefiel Brander überhaupt nicht. Er atmete tief durch und schob die Gedanken an das junge Paar zur Seite.

»Wann haben Sie Ihren Mann das letzte Mal lebend gesehen?«, begann Brander mit der Befragung.

»Letzte Woche am Samstagabend in unserem Haus.«

»Wann hat er das Haus verlassen?«

»Das weiß ich nicht genau. Er ging nicht, solange ich noch wach war.« Ihre Gesichtszüge bekamen einen bitteren Ausdruck. »Als ich am nächsten Morgen aufwachte, war er nicht da. Auch sein Auto stand nicht in der Garage. Ich ging davon aus, dass er sich mit jemandem verabredet hatte.«

Brander horchte auf. »Er ist mit dem Auto weggefahren? Was für einen Wagen fährt Ihr Mann?«

»Einen schwarzen Mercedes.«

»Modell?«

»Das weiß ich nicht. Ich kenne mich da nicht so aus.«

»Könnte Ihre Haushälterin das wissen?«

»Nein, aber Felix.« Ihr Gesicht hellte sich für einen kurzen Moment auf. »Er ist gestern noch nach Hause gekommen. Ich kann ihn anrufen.«

Brander wählte die Nummer für sie und reichte ihr den Telefonhörer. »Wir brauchen auch das Kennzeichen.«

»Es ist eine Limousine, ein S 430, sagt Felix, drei Jahre alt«, erfuhr Brander kurz darauf. Er notierte das Kennzeichen, das Tabea Haydak ihm diktierte, auf einen gelben Post-it. Er musste umgehend die Fahndung nach dem Wagen einleiten.

»Sie sagten, Sie dachten, Ihr Mann wäre mit jemandem verabredet gewesen. Wer könnte das gewesen sein?«, fuhr Brander fort.

Sie zuckte die Achseln. »Kollegen, Freunde, ich weiß es nicht.«

»Er ist also gegangen, ohne sich von Ihnen zu verabschieden?«

»Ja.«

»War es normal, dass er einfach so ging und mehrere Tage fortblieb?«

»Er kam und ging, wie es ihm gefiel. Rücksichtnahme kannte er nicht. Ich hatte aufgehört, mich darüber zu beklagen.« Wieder bekam ihr Gesicht diesen bitteren Ausdruck.

»Von Sonntag bis Freitag ist eine lange Zeit. Haben Sie sich keine Sorgen um Ihren Mann gemacht?«

»Nein.«

»Das heißt, Sie haben nicht nach Ihrem Mann gesucht?«

»Ja.«

Brander lehnte sich zurück und versuchte zu ergründen, was in dieser Frau vor sich ging. Ihre Antworten klangen kalt und hart. Was für eine Ehe hatten diese beiden Menschen miteinander geführt?

»Warum haben Sie sich keine Sorgen um Ihren Mann gemacht?«

Sie sah ihn an, als müsste er wissen, warum. »Weil ich froh war, dass er nicht zu Hause war.«

Peppi, die schweigend dabei gesessen hatte, runzelte die Stirn, stand auf und ging zum Fenster.

»Warum waren Sie froh?«

»Sie kannten Friedmar Haydak nicht«, stellte Tabea Haydak fest.

»Das stimmt. Ich kannte Ihren Mann nicht. Warum waren Sie froh, dass Ihr Mann nicht zu Hause war?«

»Er ist ein eiskaltes, brutales Schwein!«

Für einen Augenblick verschlug es Brander die Sprache. Vor ihm saß eine zierliche, gepflegte Frau, Mitte dreißig, die vor weniger als einer Stunde neben dem Leichnam ihres Mannes gestanden hatte, und statt Trauer sah er nur Gleichgültigkeit und Genugtuung.

»Sie glauben mir nicht?« Sie zog ihre Jacke aus und begann an den Knöpfen ihrer Bluse zu nesteln.

»Frau Haydak, bitte …« Brander richtete sich irritiert auf.

»Lassen Sie nur.« Sie zog die Bluse von ihren Schultern, und Peppi, die schräg hinter Tabea Haydak stand, entfuhr ein Fluch. Dann gewährte Frau Haydak auch Brander einen Blick auf ihren Rücken, der übersät war mit dunklen Striemen und Blutergüssen in den schillerndsten Farben. Sie zog die Bluse wieder über ihren Körper. »In der Nacht von Samstag auf Sonntag hat er mich verprügelt. Er schlägt mir immer auf den Rücken. Die Stelle kann man am besten verdecken. Es war nicht das erste Mal.« Sie schluckte trocken, und ihr Gesicht verzog sich schmerzvoll bei der Erinnerung. »Ich wollte, dass Sie das wissen.«

»Warum hat er Sie verprügelt?«

»Warum?« Sie zog spöttisch die Augenbrauen hoch. »Vielleicht, weil ihm das Essen nicht geschmeckt hat. Weil er schlechte Laune hatte. Weil ich ni…« Sie stockte.

»Weil Sie nicht?«, hakte Brander nach.

Tabea Haydak schüttelte den Kopf und presste die Lippen zusammen.

»Warum haben Sie sich denn nicht von ihm getrennt?«, fragte Peppi fassungslos.

»Wie denn? Er ist Rechtsanwalt, und ich bin niemand. Eine dumme Frau, die auch noch zu viel trinkt. Er hätte mir Felix weggenommen.«

»Bei unserem ersten Besuch sagten Sie, Sie hätten Ihren Mann vorgestern Abend zuletzt gesehen«, erinnerte sich Brander.

»Ja, aber das stimmt nicht.« Sie senkte den Blick.

»Und warum haben Sie gelogen?«

»Ich wusste doch nicht, worum es ging.«

»Aber deswegen dürfen Sie uns doch nicht anlügen.« Brander verstand es nicht.

»Ich kann es Ihnen nicht erklären. Friedmar konnte gemein sein. Er hat gern Spielchen gespielt.« Sie sah wieder zu Brander. »Ich habe … hatte Angst vor meinem Mann.«

»Was für ein Arschloch!«, erboste sich Peppi, nachdem Tabea Haydak gegangen war. »Hast du ihren Rücken gesehen? Er muss sie mit einem Gürtel oder einer Peitsche geschlagen haben! Wieso haben diese Frauen nicht den Mut, sich gegen so ein feiges Schwein zu wehren?«

»Jetzt komm mal wieder runter«, versuchte Brander die aufgebrachte Kollegin zu beruhigen.

»Und Lehmann lobt den Kerl noch. Ein Staranwalt! Ich würd ihm am liebsten auf den Tisch kotzen!«

»Lehmann hat damit ja wohl gar nichts zu tun.« Brander hoffte, dass er sich nicht irrte, auch wenn er mit dem Staatsanwalt selten auf gutem Fuß stand.

»Ach? Woher weißt du das? Sein Sohn ist auch so eine verlogene Ratte«, erinnerte ihn Peppi an ihre kurze Affäre, die sie mit Lehmanns Sohn gehabt hatte, und der ihr verschwiegen hatte, dass er verheiratet war.

»Peppi, jetzt bring hier mal nicht die Dinge durcheinander. Und überhaupt! Wir wissen doch gar nicht, ob ihre Aussage stimmt.«

»Wie bitte?« Peppi sprang auf. »Sag mal, merkst du noch was?« Sie stürmte aus dem Zimmer und schlug die Tür krachend hinter sich zu.

Brander stöhnte auf und vergrub das Gesicht in den Händen. Ein erfolgreicher Rechtsanwalt, der seine Frau verprügelt hatte und in entwürdigender Haltung auf einem öffentlichen Grillplatz zur Schau gestellt worden war. So, wie es aussah, würde dies eine ganz heikle Geschichte werden.

Brander fand Peppi in der Kaffee-Ecke. Sie lehnte an der Wand und starrte in eine leere Tasse. Erst als er vor ihr stand, hob sie den Blick.

»Na, hast du dich wieder beruhigt?«

»Andi, das war doch gerade nicht dein Ernst, oder?«, antwortete Peppi mit einer Gegenfrage. Noch immer spiegelte sich die Empörung in ihren Augen wieder.

»Ich weiß es nicht. Es war erst einmal nur eine Aussage von Frau Haydak. Wir müssen überprüfen, ob diese Aussage stimmt.«

»Genau das ist das Problem, warum sich diese Frauen

nicht wehren! Weil ihnen niemand glaubt! Und wenn doch, heißt es, sie wären selber schuld!«

»Peppi, bitte keine Grundsatzdiskussion jetzt.«

»Es regt mich aber auf!« Peppi stellte die Tasse in die Spüle. »Du hast ihren Rücken gesehen! Verdammt, wer weiß, was er ihr noch alles angetan hat!«

»Es wäre auf jeden Fall ein Tatmotiv, und deswegen werden wir der Sache jetzt mal auf den Grund gehen. Ich will gerade zu Jens. Kommst du mit?«

»Natürlich.«

Jens Schöne saß hinter seinem mit Ausdrucken übersäten Schreibtisch und hackte wild auf die Computertastatur ein.

»Jens, sag mir, was du bisher über Haydak herausgefunden hast«, kam Brander gleich zur Sache.

»Wo soll ich anfangen?«

»Irgendwo.«

»Also …«, Jens sortierte ein paar Zettel auf seinem Schreibtisch. »Friedmar Haydak war einundvierzig Jahre alt. Er wurde in Tübingen geboren, wuchs hier auf. Nach seinem Wehrdienst, den er in Ulm absolvierte, kam er wieder nach Tübingen und studierte Jura. Sein Vater war übrigens auch Anwalt, ist vor zwei Jahren gestorben. Die Mutter lebt in einem Seniorenwohnheim. Nach seinem Studium ging Haydak ein paar Jahre nach Frankfurt, arbeitete dort in einer großen Wirtschafts-Sozietät. In Frankfurt lernte er vermutlich auch seine Frau Tabea kennen. Sie war damals gerade achtzehn und ziemlich schnell schwanger. Sie machte eine Ausbildung zur Hotelfachfrau, brach diese aber im zweiten Lehrjahr ab – vermutlich wegen der Schwangerschaft. Die beiden heirateten, bekamen einen Sohn, Felix, der heute fünfzehn Jahre alt ist und das Internat in Salem besucht. Tabea Haydak wurde mit zweiundzwanzig ein weiteres Mal schwanger, ließ das Kind aber abtreiben.«

»Stopp!«, unterbrach Brander den Kollegen. »Abtreibung? Woher hast du diese Info?«

Jens grinste verlegen. »Sagen wir, es war ein Zufallstreffer.«

»Jens!«

»Ein Freund von mir ist Arzt in einer Frankfurter Klinik. Ich hab eigentlich nur aufs Geratewohl bei ihm mal angefragt. Kann ja nicht schaden …«

»Wusste er, warum sie abtreiben ließ?«

»Leider nicht. Ist schon zu lange her.«

»Geht uns ja wohl auch nichts an!«, mischte sich Peppi in das Gespräch. »Außerdem war das vor zwölf Jahren.«

»Okay«, lenkte Brander ein. »Wie ging es mit Haydak weiter?«

»Vor neun Jahren kehrte er mit Frau und Kind nach Tübingen zurück, promovierte und eröffnete eine Anwaltskanzlei für Steuer- und Wirtschaftsrecht. Er ist Mitglied im Anwaltsverein Tübingen. Auf seinem Fachgebiet gilt er als Koryphäe und Erfolgsgarant. Er hat einige große Unternehmen vor Gericht gebracht, zwei davon konnten hinterher dichtmachen.«

»Gib mir die Namen und Anschriften«, forderte Brander.

Jens reichte ihm einen Zettel.

»Gab es mal irgendwelche Anzeigen gegen ihn?«

»Einmal wegen Trunkenheit am Steuer, das ist aber sechs Jahre her. Er hatte damals einen Unfall verursacht. Außer einem Blechschaden ist aber sonst nichts passiert. Dann gab es einmal eine Anzeige wegen Tätlichkeit, aber die wurde wieder zurückgezogen.«

»War die Anzeige von einer Frau oder einem Mann?«, fragte Peppi.

Jens sah in seine Unterlagen. »Ein Mann: Petar Vidakovic.«

»Hm«, machte Peppi verstimmt.

»Aber es ging um dessen Frau Danele. Sie war Kellnerin in einem Club in Frankfurt, und Haydak soll ihr eine Ohrfeige gegeben haben. Sie hat es ihrem Mann erzählt, und der hat Haydak angezeigt.«

»Da hast du's!« Peppi sah Brander triumphierend an und wandte sich dann wieder an Jens. »Kannst du da noch einmal nachhaken? Ich will wissen, was vorgefallen ist und warum die Anzeige zurückgezogen wurde.«

Jens nickte.

»Noch irgendwelche Auffälligkeiten?«, fragte Brander.

»Was meinst du damit?«

»Geht er zu Prostituierten, in Sadomaso-Clubs, Bordelle? Was weiß ich.«

»So weit bin ich noch nicht, außerdem hast du doch heute Morgen …«

»Ja, ich weiß. Nimm dir diesen Neidhart, der brüstet sich ja mit seinen Beziehungen zum horizontalen Gewerbe. Vielleicht erfahrt ihr da schneller was. Aber pass auf, dass die Presse keinen Wind von der Geschichte bekommt.«

Nachdem Brander Haydaks Mercedes zur Fahndung ausgeschrieben hatte, startete er einen zweiten Versuch, sich die Liste von Klinger näher anzuschauen. Erneut wurde er durch ein Telefonklingeln gestört. Es war sein Handy.

»Hallo Schatz«, hörte er die vertraute Stimme seiner Frau. Sie klang so nah, als säße sie im Büro neben ihm.

»Ceci!«, freute sich Brander. Er gab Peppi ein Zeichen und verließ das Büro, um ungestört telefonieren zu können.

»Wo steckst du gerade? Zu Hause bist du nicht.«

»Ich bin im Büro.«

»Dachte ich es mir doch.«

»Was dachtest du dir?«

»Ich habe gelesen, dass die Kripo Tübingen in einem Mordfall ermittelt, und dann habe ich eins und eins zusammengezählt.«

»Wo hast du das gelesen?«, fragte Brander verwundert. Die kurze Pressemitteilung über einen ermordeten Juristen war sicherlich nicht in der Bostoner Tageszeitung erschienen.

»Im Internet. Das Tagblatt hat eine Internetseite und weißt du was? Die kann man sogar in Amerika lesen.«

Er hörte ihre amüsierte Stimme und wünschte sich, sie stünde jetzt vor ihm, sodass er sie in den Arm nehmen konnte.

»Stör ich dich bei der Arbeit?«

»Nein, es ist schön, deine Stimme zu hören. Wie spät ist es bei euch?«

»Neun Uhr vorbei. Ich komme gerade vom Frühstück.«

»Wie war dein Flug?«

»Lang. Die Zeitumstellung macht mir ein wenig zu schaffen. Aber das Hotel ist schön. Nachher werde ich einen kleinen Stadtbummel machen.«

»Hm.« Brander sah aus dem Fenster. Die Nachmittagssonne schien von einem strahlend blauen Himmel. »Scheint bei dir auch die Sonne?«

»Noch nicht. Es sieht eher nach Regen aus.«

»Wärst du hier geblieben …«

»Andi, bitte. Du hättest sowieso keine Zeit für mich.«

»Doch, hätte ich«, schmollte Brander, obwohl er wusste, dass sie recht hatte. Er begann, mit dem Zeigefinger Muster auf die Scheibe zu zeichnen. »Du fehlst mir.« Da war wieder dieses unangenehme Gefühl, das ihn besonders abends und morgens in seinem Bett überfiel, wenn Cecilia nicht neben ihm lag: einsam, verlassen. »Du kommst doch wieder, oder?«

Cecilia lachte. »Vielleicht sollte ich öfter wegfahren. Dann bist du viel aufmerksamer.«

»Das war keine Antwort auf meine Frage.«

»Natürlich komme ich wieder, Herr Kommissar.«

»Gut.« Brander atmete auf. Es war lächerlich, wie er

sich aufführte, aber er hatte tatsächlich Angst, dass er seine Frau nicht wiedersehen würde.

»Geh wieder an die Arbeit. Ich liebe dich«, sagte Cecilia.

»Ich dich auch. Ruf mich wieder an, ja?«

Er blieb noch eine Weile am Fenster stehen und starrte hinaus. Heute in drei Wochen würde er sie wieder vom Stuttgarter Flughafen abholen. Das hieß, dass er noch einundzwanzig Tage und zwanzig Nächte ohne seine Frau auskommen musste. Das war viel zu lang.

»Ich hab mal mit der Liste von Klinger angefangen«, begrüßte ihn Peppi, als er wieder ins Büro zurückkehrte.

»Und?«

»Das Logistikunternehmen Lorenz ist eines von den zwei Unternehmen, die Haydak quasi in den Ruin getrieben hat. Lothar Lorenz war der Chef der Firma, und der Name taucht auf Klingers Liste auf.«

»Neben zweiundvierzig anderen«, seufzte Brander nach einem Blick auf das Fax.

»Ja, aber hier hätten wir vielleicht schon mal ein schwerwiegendes Motiv.«

Brander kratzte sich am Kopf. »Ob Haydak tatsächlich so viele Feinde hatte? Lass uns noch mal mit diesem Junioranwalt sprechen, bevor wir die alle abklappern.«

»Juniorpartner.«

»Wie auch immer.«

Die Anwaltskanzlei war geschlossen, aber sie hatten Glück. Auf ihr Klingeln öffnete ihnen Juliane Schlee die Tür. Sie trug schwarze Kleidung und sah aus, als hätte sie in der Nacht zuvor nicht viel geschlafen.

»Wir müssen noch einmal mit Herrn Klinger sprechen«, erklärte Brander ihr Anliegen. »Ist er da?«

»Ja ... aber er ist ... er hat gerade ...« Sie ging zu ihrem Schreibtisch und strich mit dem Finger über einen Kalender. »Wenn Sie einen Moment warten würden. Er ... er hat gerade eine Besprechung.« Nachdem sie diesen schwierigen Satz endlich ausgesprochen hatte, atmete sie sichtbar erleichtert aus.

»Kein Problem.«

»Nehmen Sie doch bitte so lange Platz.« Juliane Schlee deutete auf eine kleine Sitzgruppe. »Möchten Sie einen Kaffee oder einen Cappuccino?«

»Oh, ich nehme gerne einen Cappuccino«, antwortete Peppi.

Während die junge Frau in einen Nebenraum verschwand, ließ Brander sich in einen der Ledersessel fallen und betrachtete den Raum. Er war geschmackvoll und edel eingerichtet. Der Schreibtisch war aus rotbraunem Holz, Mahagoni vermutete Brander. Die Wände waren in einem matten Rot gestrichen. Große, nicht zu dunkle Ölgemälde in schweren Holzrahmen lockerten den Grundton auf. Indirekte Beleuchtung war an der Decke angebracht und verbreitete ein warmes Licht. In den Ecken hinter dem Schreibtisch standen zwei schmale Säulen, auf denen aus Stein gehauene Skulpturen thronten. Dieser Raum würde auch gut in ein englisches Herrenhaus passen, dachte Brander.

Er versuchte, sich an Klingers Büro zu erinnern. Es war heller, moderner. Die Wände weiß gestrichen, die Möbel in einem hellen Grau gehalten. Brander fragte sich, wie Haydaks Büro aussah.

»Könnte ich mir bitte einmal das Büro Ihres Chefs ansehen?«, fragte er, als Juliane Schlee Peppi den Cappuccino servierte.

»Ja, natürlich.«

Sie führte die beiden Kommissare in ein geräumiges Büro. Die beige Farbe der Tapete war kaum zu erkennen, da die Wände ringsherum mit Aktenschränken zugestellt waren. Ein großes Fenster erhellte den Raum und gab den Blick auf einen gepflegten Garten mit üppigen

Rosensträuchern frei. Rechts vom Fenster war ein kleiner Mahagonitisch, umrandet von einem Sofa und zwei Clubsesseln. Auf dem Tisch stand ein Tablett mit einer Flasche Calvados und mehreren unbenutzten Gläsern. Ein Bild mit einer mittelalterlichen Gerichtsszene hing über dem Sofa. In der Mitte des Raumes stand ein wuchtiger Schreibtisch, ebenfalls Mahagoni. Dahinter befand sich ein lederner Schreibtischstuhl, davor waren zwei bequeme, aber kleinere Ledersessel platziert. Brander ging um den Schreibtisch herum, betrachtete die Unterlage, auf der weder Akten noch Notizzettel lagen.

»Hatte Herr Haydak keinen Kalender?« Er sah zu Frau Schlee, die nervös auf ihrer Lippe kaute.

»Doch, natürlich hatte er einen Kalender. Aber den hat er immer mitgenommen.«

»Und seine Unterlagen?« Brander machte eine ungenaue Bewegung über den Schreibtisch. »Hier ist nicht einmal ein Notizblock.«

»Ja …« Die Rechtsanwaltsgehilfin trat unruhig von einem Bein auf das andere. »Herr Klinger hat mich gebeten, hier etwas aufzuräumen …«

»Wie bitte?« Brander riss die Augen auf. »Wann? Was hat hier gelegen?«

»Gestern, nachdem Sie gegangen waren. Das meiste hatte Herr Klinger ja sowieso schon im Laufe der Woche zu sich geholt. Die aktuellen Fälle …«

»Lagen da vielleicht auch noch Notizen? Namen, Telefonnummern von Leuten, mit denen er sich treffen wollte? Himmelherrgott!« Brander sah die junge Frau streng an.

»Ich hab nur getan, was Herr Klinger gesagt hat. Ich weiß gar nicht, wie es jetzt weitergehen soll. Und ich will doch meine Arbeit nicht verlieren.« Sie sah Brander verständnissuchend an.

»Schon gut. Suchen Sie mir bitte alles heraus, was auf dem Schreibtisch lag. Namen, Termine, Akten.«

»Ja. Ja, natürlich«, sagte sie eilig.

Fehlt nur noch, dass sie salutiert, ging es Brander durch den Kopf.

»Haben Sie vielleicht eine Idee, wer Ihren Chef umgebracht haben könnte?«, fragte Peppi.

»Nein. Ich …« Sie verstummte.

»Ja?«, hakte Peppi nach.

Juliane Schlee sah scheu über ihre Schulter, dann wieder zu der Kommissarin. »Ich weiß es nicht.«

»Wie lange arbeiten Sie schon für Herrn Haydak?«

»Seit fünf Monaten.«

»Wer arbeitet sonst noch hier?«

»Nur Herr Klinger. Und dann haben wir hin und wieder zwei, drei Studenten. Die jobben oder machen Praktika.«

»Wie war Ihr Verhältnis zu Ihrem Chef?«

»Er war immer … sehr nett zu mir.« Sie senkte den Blick auf den Boden.

»Nett?« Peppis freundliche Stimme wurde eine Spur schärfer.

»Er hat mir ein gutes Gehalt gezahlt. Und ein paar Mal hat er mich auch zum Essen eingeladen, wenn ich viele Überstunden gemacht hatte.« Sie versuchte, Peppi in die Augen zu sehen, aber es gelang ihr nicht.

»Frau Schlee! Wo sind Sie denn?«, unterbrach Klingers Stimme das Gespräch.

»Ich bin hier. In Herrn Haydaks Büro. Die Polizei wollte einige…«

Im nächsten Augenblick stand Klinger neben ihr. »Gehen Sie wieder an Ihren Arbeitsplatz. Ich übernehme das hier. Was kann ich für Sie tun?«

»Denken Sie bitte an die Informationen, um die ich Sie gebeten habe!«, rief Brander ihr hinterher, bevor er auf die Frage des Rechtsanwalts einging. »Wir würden gern die Namen auf der Liste, die Sie uns gefaxt haben, mit Ihnen durchgehen.«

Als sie das Anwaltsbüro verließen, hatten sie die Liste geringfügig kürzen können. Es schien, als hätte Friedmar Haydak sich einen Sport daraus gemacht, seine Prozessgegner derart in die Enge zu treiben, dass sie auf Lebenszeit gebrandmarkt waren. Viele von ihnen hatten große Summen Geld und meist auch ihr gesellschaftliches Ansehen verloren. Sie würden nicht darum herumkommen, jeden einzelnen Namen auf der Liste zu überprüfen.

Karl-Heinz Barowsky und Magnus Neidhart hatten offensichtlich Freundschaft geschlossen. Gemeinsam saßen sie zur abendlichen Soko-Sitzung im Konferenzraum und fachsimpelten über Boskop, Braeburn und Kläräpfel. Auf dem Tisch stand ein Korb mit frisch gepflückten Äpfeln.

»Die sind köstlich!«, lobte Barowsky mit vollem Mund.

»Jô, die sen guad en deem Jahr!«, bestätigte Neidhart und sah zu Brander, der gerade den Raum betrat. »Ah, Herr Brandner, langet Se ruhig zue. Eigene Ernte, garantiert ong'spritzt.«

»Ich heiße Bran – der«, korrigierte er den Kollegen. »Danke, nein.«

Peppi ließ sich das Angebot nicht entgehen.

»Die sind wirklich gut. So saftig! Hmmm …«, fiel sie in die Lobeshymne ein. »Sind die von dir?«

»Ha-freile, i hân a Schdückle zwischa Irsenga und Dibenga.«

»Lecker, kannste mehr von mitbringen.« Peppi bedankte sich mit einem Lächeln.

»Wenn wir dann vielleicht zur Sache kommen könnten?«, versuchte Brander, sich Gehör zu verschaffen.

»Tschuldigông, Herr Brandner. Wollt die Ordnung net schdeera.«

Brander verdrehte die Augen. Das machte der Kerl

doch absichtlich! Brander ohne N! War das so schwer zu verstehen? In kurzen Sätzen berichtete er den Mitarbeitern der Soko von den neuesten Erkenntnissen über Friedmar Haydak.

»Er hat seine Frau also geschlagen«, stellte Corinna Tritschler fest, und wieder schien es, als spräche sie mit ihren Fingernägeln.

»Es ist noch nicht bewiesen«, relativierte Brander die Aussage.

»Ist ja auch egal. Darum geht es ja hier nicht«, sagte sie gleichgültig.

»Das ist nicht egal!«, rief Jens aufgebracht. »Wenn er sie tatsächlich brutal misshandelt hat, wäre das nämlich ein Tatmotiv.«

»Ach?« Endlich nahm sie den Blick von ihren Händen und sah Jens angriffslustig an. »Natürlich ist es nicht egal! Ich habe das ironisch gemeint! Weil es nämlich kein Schwein interessiert, dass da eine Frau misshandelt wurde, sondern nur, dass sie ihn womöglich deswegen umgebracht hat!«

»Das ist doch überhaupt nicht wahr!«

»Natürlich ist das so! Ich sehe diese Scheiße doch jeden Tag!«

»Halt, halt, halt! Jetzt mal ganz langsam.« Brander hob beschwichtigend die Hände und brachte Jens und Corinna damit zum Schweigen. »Zunächst einmal haben wir weder eine Tatverdächtige noch einen Tatverdächtigen. Wir stehen ganz am Anfang unserer Ermittlung. Es ist eine Tatsache, dass es sich bei mehr als neunzig Prozent der Tötungsdelikte um Täter aus dem unmittelbaren Beziehungskreis des Opfers handelt. Also müssen wir zwangsläufig auch seine Frau bei unseren Ermittlungen mit einbeziehen. Wir haben einen Mann, der eines gewaltsamen Todes gestorben ist, und unsere Aufgabe ist es, den Täter zu ermitteln. Wir verurteilen hier niemanden, wir ermitteln. Und zwar sachlich, wenn das irgendwie möglich ist!« Brander atmete durch und sah noch einmal prüfend in die Gesichter der Kollegen. Seine Ansprache hatte die Gemüter beruhigt.

»Tut mir leid.« Corinna Tritschler lächelte erst entschuldigend in seine, dann in Jens' Richtung.

»Gut.« Brander nickte zufrieden. »Karl, was haben eure Befragungen ergeben?«

Bevor Karl-Heinz Barowsky antworten konnte, unterbrach das Klingeln eines Handys die Sitzung. Hendrik sah auf das Display seines Telefons, nahm das Gespräch mit einem leisen »Ja?« entgegen und verließ den Raum. Brander quittierte es mit einem ärgerlichen Räuspern.

»Also in Bebenhausen hat keiner was mitgekriegt«, erklärte Barowsky. »Wir haben Hinz und Kunz befragt. Aber nachts schlafen die meisten Leut' halt. Die Reaktionen auf unsere Pressemitteilung waren auch mehr als mau. Ein paar Anrufer sagten, sie hätten einen Wagen nachts auf der B 27 gesehen.« Barowsky hob die Hände. »Aber das ist ja nichts Ungewöhnliches, ist schließlich 'ne Bundesstraße. Lass es irgendwelche Leute sein, die aus der Spätschicht, Nachtschicht oder von der Freundin gekommen sind.«

Die Tür wurde geöffnet. Hendrik kehrte zurück und setzte sich wieder an seinen Platz.

»Die Anrufer konnten weder zu Fabrikat, Farbe noch Autokennzeichen genaue Angaben machen«, fuhr Barowsky fort. »Einer meinte, sich vage an ein Münchner Nummernschild zu erinnern. Aber sicher war er sich nicht.«

»Der Zeuge, der den Toten gefunden hat, sprach von einem Wagen mit Böblinger Kennzeichen«, erinnerte sich Brander. »Haben wir da schon was rausgefunden?«

Er sah in die Runde. Die Kollegen blickten ebenfalls in die Runde und dann zu Brander.

»Wer sollte sich denn darum kümmern?«, wagte Jens Schöne schließlich zu fragen. Branders Augen verengten sich zu zwei Schlitzen.

»Ihr wollt mir doch nicht sagen, dass sich keiner darum gekümmert hat?«, fragte er ungläubig.

»Ich übernehm das«, erklärte Peppi und Brander entspannte sich wieder. Er regte sich mehr über sich selber auf als über die Kollegen. Er war der leitende Ermittler, er musste die Aufgaben delegieren. Wie hatte er nur die Fahndung nach dem Wagen vergessen können?

»Was ist mit den Prostituierten?« Er sah Jens fragend an, der mit einer Handbewegung auf Neidhart deutete.

»I bin dran«, erklärte dieser. »Aber i hän die fesche Saskia noch net erreichen können. Vielleicht heid Abend.«

»Okay. Freddy, hast du noch irgendetwas, was uns weiterhelfen könnte? Die Reifenspuren, könnten die von Haydaks Mercedes stammen?«

Tropper, der halb auf seinem Stuhl lag, schüttelte den Kopf. »Nein, auf gar keinen Fall. Ein Mercedes S 430, zweihundertneunundsiebzig PS. Der hat mindestens zweihundertfünfundzwanziger Reifen.«

»Was ist mit dem Täter? Kannst du eingrenzen, nach wie vielen Tätern wir suchen? Mann, Frau?«

Nun richtete sich Tropper doch in seinem Stuhl auf. »Wir sind unsicher«, gab er zu. »Die Spuren, die wir eindeutig mit der Tat in Zusammenhang bringen können, scheinen alle von ein und derselben Person zu stammen. Hier haben wir aber keine DNA, sondern nur ein paar Druckstellen, nicht einmal brauchbare Fingerabdrücke. Der Täter hat Handschuhe getragen und sich auch sonst geschützt. Ich würde fast vermuten, er trug zumindest beim Transport so einen Anzug, wie wir ihn bei der Spurensicherung tragen. Es könnte außerdem noch ein zweiter Mann dabei gewesen sein, der vielleicht nur Schmiere gestanden oder Anweisungen gegeben hat. Wir konnten keine direkte Berührung mit dem Opfer feststellen. Aber wir haben zum Beispiel relativ gute Fußspuren gefunden, die nicht von der gleichen Person stammen, die das Opfer dort abgelegt hat. Die Fußspuren verlaufen einmal längs an der linken Seite des Toten entlang.«

»Wenn das mal kein Reporter von der Bildzeitung war!«, prophezeite Karl-Heinz Barowsky.

»Dann hätten wir das Bild garantiert heute schon in der Zeitung gefunden«, entgegnete Tropper.

»Können die von dem Mann sein, der den Toten gefunden hat?«, fragte Brander.

Erneut störte das Klingeln von Hendriks Telefon die Sitzung.

»Muss das sein? Kannst du das Ding nicht wenigstens auf Vibrationsalarm stellen?«, bat Brander genervt.

»Ja, kann ich«, antwortete Hendrik ebenso gereizt und verließ erneut den Raum.

Brander wandte sich wieder Tropper zu. »Wo waren wir? Die Spuren. Können die von dem Esslinger stammen?«

»Der hat gesagt, er wäre von der anderen Seite ran. Die Schuhabdrücke haben wir auch gefunden.« Tropper sah in seine Unterlagen. »Vielleicht helfen uns die DNA-Spuren weiter. Wir warten noch auf das Ergebnis des Kriminaltechnischen Instituts.«

☼

Brander kramte seine Zeichnung aus dem Schreibtisch und betrachtete das Bild, das er am Tag zuvor von der Leiche skizziert hatte. Dann nahm er eines der Fotos, die die Kriminaltechniker gemacht hatten. Erfroren, hatte Tropper gesagt. Wo war er erfroren? Und warum dann diese Inszenierung? Was wollte der Mörder ihnen sagen?

Peppi kam kurz nach ihm ins Büro.

»Was ist eigentlich mit Hendrik los?«, fragte sie in seine Überlegungen hinein.

»Hm?« Brander hatte nicht zugehört.

»Hendrik. Irgendwie habe ich den Eindruck, dass er gerade tierisch unter Stress steht. Er ist sowieso in letzter Zeit so … Wie würdest du es ausdrücken? Unausgeglichen.«

»Der fängt sich schon wieder. Sein Sohn ist krank, und er kriegt zu wenig Schlaf.«

»Ah, Herr Brander, Sie sind noch da.« Staatsanwalt Lehmann trat durch die offene Tür ins Büro. Er klang abgehetzt und ließ sich auf den freien Stuhl vor Branders Schreibtisch fallen. »Ich wollte zur Soko-Besprechung kommen, aber ich wurde aufgehalten. Bitte, wie weit sind Sie mit den Ermittlungen?«

Brander gab ihm eine kurze Zusammenfassung. Als er von Tabea Haydaks Aussage berichtete, unterbrach ihn Lehmann ungehalten.

»Wie bitte? Was behauptet diese Person?«

»Diese Person war Haydaks Ehefrau, und sie behauptet nicht, sie hat es uns gezeigt!«, meldete sich Peppi, die bisher schweigend an ihrem Schreibtisch gesessen hatte.

»Was hat sie Ihnen gezeigt? Ein paar blaue Flecken? Sie trinkt! Wahrscheinlich ist sie wieder einmal die Treppe hinuntergestürzt. Es wäre nicht das erste Mal!« Lehmann hatte sich zu der Kollegin umgedreht und gestikulierte wild mit der rechten Hand.

»Ein paar blaue Flecken? Ihr ganzer Rücken war mit blutigen Striemen überzogen! Und die stammen garantiert nicht von einem Treppensturz!« Peppi hatte sich erhoben. Sie stützte sich mit den Fäusten auf ihrem Schreibtisch ab und funkelte den Staatsanwalt zornig an.

Brander faltete ergeben die Hände. Hendriks Gereiztheit, der Disput zwischen Jens und Corinna Tritschler, und jetzt auch noch Peppi! Lag irgendetwas in der Luft, dass seine Leute zurzeit derart emotional und aggressiv reagierten? Oder kam ihm das alles nur so vor? War er gerade besonders sensibel, was Missstimmungen in seinem Team betraf?

»Können Sie das beurteilen? Sind Sie neuerdings Ärztin?«, fragte Lehmann zynisch und warf der Kommissarin einen ärgerlichen Blick zu.

»Wie gut kannten Sie Friedmar Haydak? Wussten Sie, dass er seine Frau schlägt? Warum haben Sie nichts unternommen?«, schoss Peppi in ungeminderter Lautstärke zurück. Auf ihren Wangen zeichneten sich unregelmäßige rote Flecken ab, und sie blies sich wütend eine Strähne ihrer schwarzen Locken aus dem Gesicht.

»Jetzt machen Sie aber mal einen Punkt! Wie reden Sie überhaupt mit mir? Friedmar Haydak war ein hervorragender Rechtsanwalt. Dass seine Frau ein wenig ungeschickt ist – ganz abgesehen von ihrem Alkoholproblem –, ist in unseren Kreisen leider hinlänglich bekannt! Sie kann froh sein, dass er sie nicht längst vor die Tür gesetzt hatte! Und jetzt stellt sie ihn so an den Pranger!« Lehmann stöhnte auf. »Oh Gott, wenn diese Frau diese infame Verleumdung auch noch der Presse erzählt!«

Peppi schüttelte sprachlos den Kopf und sah Brander hilfesuchend an.

Doch statt auf ihren Streit einzugehen, kratzte er sich nur gedankenverloren am Kopf.

»Pranger«, murmelte er undeutlich vor sich hin. »Anprangern, bloßstellen. Öffentlich …« Brander sah auf, sprach etwas lauter: »Öffentlich tadeln, nein, öffentlich richten!«

»Was faselst du da?« Einen Moment lang vergaß Peppi ihre Wut.

»Wo ist Jens?«

»Wo schon? In seinem Büro.«

Brander rief den Kollegen laut über den Flur. Kurz darauf erschien Jens in Branders Zimmer, die dünnen Haare zerzaust, als hätte er geschlafen.

»Ja?«

»Du hast doch heute Morgen was von einem Pranger erzählt?«, fragte Brander.

Jens nickte. »Ja. Aber ich dachte, wir gehen jetzt erst einmal auf die Sadomaso …«

»Wofür wurden Menschen an den Pranger gestellt?«, unterbrach Brander ihn.

»Puh …« Jens rieb sich die Nase. »Lass mal gucken.« Er ging zu Branders Schreibtisch, öffnete die Suchmaschine des Computers und tippte ein paar Worte ein. »Da haben wir es: Folterwerkzeug, Stätte für Prügelstrafen, Sittlich-keitsdelikte, Diebstahl, Fälschungen, Ehrenstrafen. Du lieber Himmel! Die haben das Ding ja für alles eingesetzt! Und was für Variationen es gab!«

Brander seufzte enttäuscht. »Und ich dachte, das würde uns weiterbringen.«

»Lass mich da ein bisschen recherchieren, Andi. Das Puzzle kriegen wir zusammen«, entgegnete Jens zuver-sichtlich.

»Okay. Peppi, das bedeutet, dass du morgen mit Hend-rik die Liste von Klinger abarbeiten darfst.« Ursprünglich hatte Brander Jens mit Hendrik darauf ansetzen wollen.

»Na, da wünsch ich dir viel Spaß. Der hat in letzter Zeit 'ne Laune, den kannste mit der Kneifzange nicht anfas-sen.« Jens warf Peppi einen mitfühlenden Blick zu.

»Ich möchte Sie nochmals um äußerste Diskretion bitten. Besonders was diese Verleumdungen durch seine Ehefrau betreffen! Ungeheuerlich.« Staatsanwalt Lehmann verließ das Büro.

Sonntag

Brander hatte schlecht geschlafen. Bis weit nach Mitternacht hatte er am Computer gesessen und im Internet nach mittelalterlichen Folter- und Strafmethoden geforscht. Die Bilder hatten sich in seine Träume geschlichen. Als der Wecker klingelte, hatte er das Gefühl, kaum eine Stunde geschlafen zu haben und ihn quälten stechende Kopfschmerzen. Müde schlurfte er in die Küche, kochte Kaffee und hoffte, dass die Kombination mit zwei Aspirintabletten seinem Schmerz den Garaus machen würde. Das Brot schmeckte alt und trocken, und nach zwei Bissen landete es im Mülleimer. Wenn doch Ceci schon wieder zurück wäre! Er vermisste sie fürchterlich.

Er zog seinen Trainingsanzug an, rümpfte die Nase, als er an seinem verschwitzten Sweatshirt schnupperte. Ein frisches Sweatshirt sollte er sich wenigstens gönnen. Die Melodie seines Handys ließ ihn mit nacktem Oberkörper suchend durch das Haus irren. Wo hatte er das verflixte Ding nur wieder hingelegt? Gerade als er es gefunden hatte, sprang der Anrufbeantworter an. Er warf einen Blick auf das Display. Karsten. Was wollte der so früh am Morgen? Er drückte die Rückruftaste.

»Was gibt's?«, knurrte Brander statt einer Begrüßung.

»Ui! Du hast ja heute Morgen gute Laune. Hab ich dich geweckt?«

»Nein, ich bin gerade auf dem Weg zur Arbeit.«

»Mit deinem Super-Hightech-Turbo-Bike?«, lästerte Beckmann unbeeindruckt von Branders mürrischer Stimmung. »Hast du dir inzwischen einen Helm gekauft?«

»Rufst du deswegen an?«

»Nein, es ist deine fröhliche Stimme am Morgen, die mich …«

»Becks, halt dich zurück«, drohte Brander und überlegte, einfach aufzulegen. Der Kerl konnte es nicht lassen!

»Okay, okay«, lenkte Beckmann ein. »Hast du heute Abend Zeit? Ich wollte was kochen, und da dachte ich, du bist allein, ich bin allein …«

»Ein Abend mit meinem schwulen, arroganten Kumpel. Was Schöneres kann ich mir nicht vorstellen.«

»Das war jetzt nicht nett.«

»Wann soll ich bei dir sein, Schatz?« Das Wort »Schatz« betonte er ironisch, und ungewollt musste er grinsen. Beckmann hatte sich noch nie von Branders Launen beeindrucken lassen, und seine Unbekümmertheit ließ ihn einen Moment lang sein Selbstmitleid vergessen. Vielleicht lag es auch daran, dass sie beide westfälische Wurzeln hatten und deshalb auf einer Wellenlänge waren? Allerdings war Beckmann als Dortmunder eher eine Frohnatur aus dem Ruhrpott und Brander ein Münsterländer Dickschädel.

»Ist sieben Uhr zu früh oder zu spät?«

»Könnte zu früh sein.«

»Machen wir es so: Ich bin ab sieben zu Hause, und du kommst, wenn du Zeit hast.«

Auf dem Weg zur Polizeidirektion lieferte Brander sich mit einem Rennradfahrer ein Duell, das er gnadenlos verlor. Nachdem ihn der Rennradfahrer hinter Pfäffingen überholt hatte, hatte er wirklich alles aus sich und seinem betagten Fahrrad herausgeholt, aber der andere Radler war ihm immer weiter davon gefahren. Verschwitzt und kraftlos erreichte er die Polizeidirektion. Seine Beine fühlten sich an, als wären sie aus Knetgummi und drohten bei jedem Schritt zur Seite zu knicken. Selbst nach der Dusche fühlte er sich nicht besser. Statt, wie an den Tagen zuvor, die Treppen hochzusteigen, entschied er sich für den Fahrstuhl, um in die erste Etage zu gelangen. Eine Niederlage sondergleichen.

»Hast du rote Backen!«, grinste Peppi, als er ihr gemeinsames Büro betrat.

»Ich bin heute in Rekordzeit zur Arbeit gefahren!«, erklärte Brander mit müdem Stolz.

»Ist dein Auto immer noch kaputt?«

»Wann hätte ich es denn in die Werkstatt bringen sollen? Außerdem tut mir die frische Luft ganz gut. Da kann ich in Ruhe nachdenken.«

Peppi warf ihm einen misstrauischen Blick zu. »Erzähl mir doch nichts. Auto kaputt. Du willst abnehmen! Ich hab dich durchschaut! Deine Anspielungen auf meine Figur. Gestern hast du mittags nur einen Salat gegessen. Joggen, Radfahren …«

»Blödsinn!« Er leerte ein Glas Mineralwasser und nahm seine Unterlagen. »Komm, wir müssen zur Sitzung.«

Magnus Neidhart hatte wieder einen Korb mit frischen Äpfeln auf den Tisch gestellt. Dieses Mal griff auch Brander zu. Nach seinem morgendlichen Radrennen brauchte er Energie, und Obst war sicherlich kalorienärmer als ein Schokoriegel. Die Kollegen hatten nicht übertrieben, der Apfel schmeckte köstlich.

»Ich möchte noch einmal auf die Symbolik im Arrangement der Leiche zurückkommen«, eröffnete Brander die Sitzung. »Gehen wir einmal davon aus, dass der Tote an den Pranger gestellt werden sollte. Also keine sexuell orientierte Tat, sondern eine Inszenierung zur Demütigung und Offenbarung.«

»Offenbarung? Wird's jetzt biblisch, oder was? Was wurde uns denn offenbart?«, fragte Hendrik, der noch unausgeschlafener wirkte als am Tag zuvor.

»Das müssen wir noch herausfinden.«

»Das ist ja ein richtiger Durchbruch«, entgegnete Hendrik sarkastisch, während er sich mit beiden Händen durch die dunklen Haare strich.

Brander zwang sich, Hendriks Kommentare zu ignorieren.

»Der Pranger ist eine Körperstrafe«, meldete sich Jens Schöne zu Wort, »die übrigens selbst heute noch in abgewandelter Form Anwendung findet. Man nehme zum Beispiel die Sexualstraftäter in den USA. Der Staat veröffentlicht ihre Namen samt Adressen und Fotos im Internet, sodass diese Informationen für jeden einsehbar sind. Der Judenstern zur Nazizeit war auch eine Form von Anprangerung.«

»Interessant.« Hendrik verzog genervt das Gesicht. »Und was hat das mit unserem Fall zu tun?«

»Schlecht geschlafen, oder was?« Jens warf seinem Kollegen einen wütenden Blick zu.

»Gar nicht.«

Brander schlug ungeduldig mit der flachen Hand auf den Tisch. »Verdammt, verlegt eure persönlichen Differenzen auf den Feierabend!«

Sein Handeln war unpädagogisch. Aber mit Branders Toleranz war es vorbei. Hatte er es denn hier mit kleinen Kindern zu tun? Warum zickten sich diese beiden Männer, die seit mehr als sieben Jahren das Büro teilten, an, als hätte der eine dem anderen sein Lieblingsspielzeug weggenommen?

»Wir machen weiter. Jens, bitte.«

»Im Fall Haydak könnten wir es mit einer klassischen Prangerform zu tun haben«, fuhr Jens fort. »Dem Delinquenten wurden die Hände fixiert, und mit einer Schlinge um den Hals wurde er – quasi wehrlos – der Öffentlichkeit zur Schau gestellt.«

»Er war tot«, stellte Peppi fest.

»Das ist der Punkt, wo es haarig wird. Denn eigentlich war der Pranger keine Todesstrafe. Er sollte demütigen, abschrecken, warnen, erziehen. Was für unseren Fall vielleicht interessant ist, sind die Theorien von Kant und

Hegel. Sie sehen in der Körperstrafe die Vergeltung eines Unrechts.«

»Also, Jens, bitte. Ich denke, die philosophischen Betrachtungen von Kant und Hegel können wir erst einmal außer Acht lassen, okay?«, kam Brander einem bissigen Kommentar von Hendrik zuvor.

»Es ist aber wichtig, zu verstehen, wofür eine Körperstrafe steht. Das könnte uns bei der Suche nach dem Täter maßgebliche Hinweise geben.«

»Sprechen wir jetzt von Pranger oder Körperstrafen?«, mischte sich Tropper in die Diskussion.

»Von beidem. Der Pranger ist eine Körperstrafe. Eine Körperstrafe soll ein geschehenes Unrecht in gleichem Maße vergelten. Der Pranger wird hier als ein Symbol eingesetzt. Das Unrecht, das geschehen ist, sollte nicht nur bestraft, sondern der Delinquent auch öffentlich zur Schau gestellt werden.«

»Erzähl mir was Neues!« Wieder verzog Hendrik genervt das Gesicht.

Brander machte sich eine Fußnote auf seinen Zettel. Er musste mit Hendrik reden, dieser Zynismus passte überhaupt nicht zu ihm.

»Hanó, die Sadomaso-Geschichte hôt mr besser gfalla«, äußerte sich Neidhart.

»Das ist nicht nur was Sexuelles«, beharrte Jens. »Es ist ein Mensch gedemütigt worden – vermutlich unser Täter –, und er hat sich quasi auf gleiche Weise gerächt.«

»Ganz so einfach sehe ich das nicht«, sagte Tropper. »Wir müssen vorsichtig sein. Für mich ist der Pranger maximal ein Symbol, das uns schlimmstenfalls auf eine total falsche Fährte locken kann.«

»Wir lassen diese Spur aber nicht außer Acht. Jens, bleib da bitte dran«, bestimmte Brander. »Die anderen kümmern sich heute um die Liste, die wir von Haydaks Juniorpartner bekommen haben. Wir brauchen so schnell wie möglich einen Überblick, wer von diesen Leuten tatsächlich als Täter in Frage kommen könnte. Freddy, sobald du was Neues von den Laboruntersuchungen hast, melde dich bei mir.«

☼

»Was wollen Sie über Haydak hören? Wie er meine Firma ruiniert hat? Wie er meine Familie zerstört hat? Wie er mein Leben kaputtgemacht hat?«

Lothar Lorenz saß hinter einem abgenutzten Schreibtisch, der aus alten Armeebeständen zu kommen schien. Das Büro war spärlich eingerichtet. Die Aktenschränke quollen über, Ordner stapelten sich auf dem Boden und in den Ecken. An einer Wand hing ein großer Jahreskalender mit der Unternehmenswerbung »LoLo-Logistik«. Ein voller Aschenbecher stand auf der Fensterbank, und es roch nach kaltem Rauch. Obwohl das Fenster geöffnet war, stand die Luft im Raum. Eine Klimaanlage gab es nicht.

Brander und Peppi saßen auf zwei unbequemen Holzstühlen und versuchten, eine einigermaßen bequeme Sitzposition zu finden. Sie hatten Lothar Lorenz zuerst privat bei sich zu Hause gesucht. Eine Nachbarin sagte ihnen, dass er mehr oder weniger Tag und Nacht in seiner Firma sei.

»Meine Firma ist bankrott.« Lorenz deutete auf die Papiere vor sich. »Alles Papiere von der Insolvenzverwaltung. Was die alles von mir haben wollen! Statistiken, Bilanzen, Erklärungen, Vollmachten. Wie soll ich das schaffen? Ich musste alle Mitarbeiter entlassen. Ich habe nicht einmal mehr eine Sekretärin! Was denken Sie, warum ich an einem herrlichen Sonntagmittag hier in diesem verdammten Büro hocke? Ich würde am liebsten ein Streichholz nehmen und den ganzen Dreck anzünden!«

Er stand auf, ging zum Fenster und zündete sich zunächst jedoch nur eine Zigarette an. »Ich hab dem Kerl nie etwas getan! Ich kannte ihn nicht einmal. Und dann marschiert er eines Tages in mein Büro und verklagt mich, weil ich einen Mitarbeiter entlassen hatte. Der Kerl war unzuverlässig. Ich weiß nicht, ob Sie wissen, wie das im Speditionsgeschäft ist, aber hier geht es um Zeit, manchmal um Minuten! Da kann ich mir keine Leute leisten, die unzuverlässig sind.«

»Wie hieß der Mann, den Sie entlassen haben?«, hakte Brander nach.

»Karl Schnaith.«

»Könnten Sie uns die Adresse geben?«

Lorenz gab ein grunzendes Geräusch von sich. »Römerschanze in Reutlingen.«

»Nummer?«

»Friedhof Römerschanze.« Wieder grunzte Lorenz. »Ist vor vier Wochen gestorben. Herzinfarkt. Hätte ich das geahnt, hätte ich ihn nie entlassen. Das eine Jahr hätte ich schon irgendwie mit ihm rumgekriegt. Vielleicht wäre er ja auch schneller krep…« Lorenz zog nervös an seiner Zigarette. »Verzeihung.«

»Wie kommt es, dass Sie insolvent sind, wenn Sie lediglich einen Mitarbeiter entlassen haben?«, wunderte sich Brander.

Wieder schnaufte Lorenz verächtlich. »Dumpinglöhne. Schwarzarbeit. Steuerhinterziehung. Haydak hat alles aufgedeckt, was er finden konnte. Ihm ging es nicht darum, Karl seinen Job wieder zu besorgen. Ihm ging es darum, hier aufzuräumen, wie er sagte. Schluss mit der Ausbeutung des Deutschen Volkes. Arbeit in Deutschland für deutsche Staatsbürger und nicht für das ausländische Gesocks. Das waren seine Worte, nicht meine.« Er zündete sich mit dem Ende der ersten Zigarette eine zweite an. »Ich hatte doch gar keine andere Wahl. Das Speditionsgeschäft ist knallhart. Die Zeiten sind so eng kalkuliert, da ist manchmal nicht mal eine Pinkelpause drin. Bist du fünf Minuten zu spät – Konventionalstrafe. Die Gewinnspannen geben auch nicht mehr viel her. Autobahnmaut, Versicherungen, Diesel, alles wird immer teurer. Wie soll ich da einen ausgebildeten Kraftfahrer nach Tarif bezahlen? Allein die ganzen Sozialabgaben! Das geht einfach nicht. Aber das versteht unser Staat nicht. Die sitzen da oben in ihrem Glaspalast, saufen das Blut, das sie uns aus den Adern saugen, und schieben den Banken Milliarden Euros in den Arsch. Wo der Kleinunternehmer und der Mittelstand bleiben, ist denen doch scheißegal. Und das Arbeiten haben die Deutschen auch nicht erfunden. Fleißiges Arbeitervolk. Dass ich nicht lache! Krankfeiern, das können Sie, und nach mehr Gehalt schreien. Polen, Russen, Tschechen, die können noch malochen. Die packen an und die knüppeln auch mal vierundzwanzig Stunden durch, wenn es sein muss.«

»Herr Lorenz, wir sind nicht gekommen, um mit Ihnen über Ihr Unternehmen zu sprechen«, bremste Brander den aufgebrachten Spediteur schließlich.

»So? Warum dann?«

»Herr Haydak wurde am Freitagmorgen tot aufgefunden. Er wurde ermordet.«

Lorenz wandte den Blick zum Fenster und drückte seinen Zigarettenstummel im Aschenbecher aus. Asche fiel auf den Boden. Er beachtete es nicht, kehrte zurück an seinen Schreibtisch und sah die Kommissare eine Weile fragend an.

»Soll ich jetzt weinen?«, fragte er, nachdem Brander seinen Blick nur schweigend erwidert hatte.

»Wann haben Sie das letzte Mal mit Herrn Haydak gesprochen?«

»Ich habe gar nicht mit ihm gesprochen. Das letzte Mal habe ich ihn beim Gericht gesehen. Das war im Dezember letzten Jahres. Aber gesprochen habe ich bestimmt nicht mit ihm.«

»Wo waren Sie in der Nacht von Donnerstag auf Freitag?«

»Zu Hause. In meinem Bett.«

»Waren Sie allein?«

»Meine Frau hat mich vor einem Jahr verlassen. Ja, ich war allein.«

»Können Sie uns sagen, wo Sie letzte Woche in der Zeit von Sonntagmorgen bis Dienstagabend waren?«

»Wo schon? Zu Hause und hier.« Er zeigte wieder auf seine Unterlagen. »Sie sehen doch, was hier an Papierkram herumliegt. Auch wenn ich demnächst Hartz-IV-Empfänger werde, einer muss den ganzen Mist ja machen. Mitwirkungspflicht.«

»Da waren Sie auch allein?«

»Die meiste Zeit ja. Die Freunde – die sogenannten Freunde – wenden sich ab, wenn man so in der Öffentlichkeit vorgeführt wurde. Meine Frau hat mich verlassen. Dabei hat sie all die Jahre gut von meinem Unternehmen gelebt, und denken Sie nicht, dass sie nicht wusste, wie der Laden läuft! Aber ich verstehe Ihre Fragen nicht. Denken Sie, ich habe den Kerl umgebracht? Ich mach mir doch die Finger nicht an diesem Dreckskerl schmutzig!«

»Mist, ich stink total nach Rauch!«, moserte Peppi, als sie wieder im Auto saßen. Sie schnupperte an ihrer Bluse und verzog das Gesicht.

»Lorenz war mächtig sauer auf Haydak.« Brander schaltete die Belüftung eine Stufe höher.

»Kann man ihm das verdenken? Haydak hat seine Firma anscheinend in die Pleite getrieben.«

»Also komm, das, was Lorenz uns da aufgezählt hat, waren keine Kavaliersdelikte. Wer so wissentlich gegen Gesetze verstößt, muss sich dann nicht wundern, wenn …«

»Hat Lehmann dich darauf geimpft, Haydak als Unschuldslamm zu verteidigen?«

»Peppi, bleib bitte sachlich.«

»Es fällt mir schwer.«

»Wie viele Namen stehen noch auf unserer Liste?«

Peppi zählte stumm. »Sieben. Denkst du, es war gut, Hendrik mit dieser roten Versuchung in ein Team zu stecken?«, wechselte sie plötzlich das Thema.

Da Brander Jens mit anderen Aufgaben betraut hatte und er Peppi bei seinen Befragungen dabei haben wollte, hatte er kurzerhand Hendrik wieder mit Corinna Tritschler auf den Weg geschickt.

»Warum nicht? Hendrik kann gut mit Frauen umgehen, und vielleicht kriegt er da mal wieder bessere Laune.«

»Oha! Erzähl das mal Anne.«

Die Befragungen verliefen mühsam. Kaum einer fand ein gutes Wort über den Rechtsanwalt. Einige waren bestürzt über den gewaltsamen Tod, aber die meisten nahmen es einfach zur Kenntnis, als wären sie ein lästiges Übel losgeworden.

»Die können ihn doch nicht alle gehasst haben«, stellte Brander am Abend frustriert fest, als sie wieder in der Polizeidirektion saßen.

»Nachdem, was ich bisher über Friedmar Haydak gehört habe, kann ich es nur zu gut verstehen. Er hat aus Bagatell-Sachen große Fälle gemacht und die Leute so mindestens um ihren guten Ruf gebracht. Und anscheinend war er da auch nicht zimperlich in der Wahl seiner Mittel.« Peppi blätterte durch ihre Notizen. »Er hat sich an die Tochter eines Unternehmers rangemacht, um von ihr Informationen über das väterliche Unternehmen zu bekommen. Was sind das bitte schön für Methoden?«

»Das sind nur Aussagen. Es ist noch nichts bewiesen.«

»Außer Lehmann hat noch keiner etwas Positives über Haydak gesagt.«

»Wir müssen mit der Tochter dieses Unternehmers sprechen. Wie hieß die?«

»Priska Schwiech.«

»Kannst du sie anrufen und einen Termin vereinbaren?«

»Noch heute oder reicht morgen?«

Brander sah auf die Uhr. In einer Viertelstunde war die Soko-Besprechung. »Morgen.«

Hendrik und Corinna kamen als Letzte zur Besprechung, und es war nicht zu übersehen, dass Corinna dem Charme des gutaussehenden Kollegen bereits erlegen war. Sie ließ sich von ihm den Stuhl vom Tisch rücken, setzte sich und dankte mit einem vergnügten Lächeln. Brander beschlich ein ungutes Gefühl. Auch wenn Hendrik jetzt immerhin schon mehr als ein Jahr mit Anne zusammen war und sie gemeinsam ein Kind hatten, blieb sein Erfolg beim anderen Geschlecht unumstritten. Als er Hendrik nachdenklich ansah, schien dieser seine Gedanken zu lesen und wich seinem Blick aus.

»Freddy, was hast du für uns?«, eröffnete Brander die Sitzung.

»Ein bisschen was, was vielleicht brauchbar sein könnte«, erklärte Manfred Tropper und stand auf. »Folgendes. Wir haben erste Ergebnisse vom Kriminaltechnischen Institut zu den DNA-Spuren, die wir gefunden haben. Eine Spur auf dem Holzbrett und die Hautschuppen unter den Fingernägeln sind eindeutig von zwei verschiedenen Frauen. Eine Spur stammt vermutlich von einem Mann. Die Spur ist leider zu schlecht für einen Datenbankabgleich. Für die DNA der beiden Frauen wurde ein Abgleich mit der Datenbank gemacht.«

Brander spürte ein gespanntes Kribbeln in seinen Adern. Mindestens zwei brauchbare DNA-Spuren! »Und?«

»Niente. Nichts.«

»Wäre auch zu schön gewesen.«

»Selbst wenn wir etwas gefunden hätten«, Tropper zuckte mit den Schultern, »wir können die Spuren nicht eindeutig der Tat zuordnen. Sie können zu jedem X-beliebigen Zeitpunkt auf die Bretter gekommen sein. Vielleicht sind sie von den Mitarbeiterinnen des Baumarkts, wo das Holz gekauft wurde.«

»Aber nicht die Hautschuppen unter Haydaks Fingernägeln«, versuchte Peppi, etwas Optimismus zu verbreiten.

»Zwei Frauen: seine Frau und die Haushälterin«, resümierte Jens Schöne.

»Wir brauchen Vergleichsspuren von allen Familienangehörigen, Mitarbeitern und sonstigen Verdächtigen«, sagte Brander und machte sich eine Notiz. Lehmann würde ihm bei diesem Antrag sicherlich keine Steine in den Weg legen.

»Das ist noch nicht alles. Wir haben eine Vermutung, wo die Leiche zwischen ihrer Ermordung und dem Auffinden gelagert wurde.«

»Spann uns nicht auf die Folter! Raus mit der Sprache«, forderte Brander.

»Die Spuren, die wir an Haydaks Kleidung und in seinen Haaren gefunden haben, sind größtenteils Spuren von Kalksteinen.«

»Ha-jô! Des isch jô au' koi Wunder, die ganze Schwäbische Alb besteht jô quasi aus Kalkstein«, bemerkte Magnus Neidhart.

»Ja, die Schwäbische Alb, außerdem kommt Kalkstein in der Fränkischen Alb vor, nördliche und südliche Alpen, Schweizer und Französische Jura, es gibt Kalkstein in …«

»Freddy, ich will hier keinen Vortrag über das Vorkommen von Kalkstein in Europa!«, unterbrach Brander den Kollegen ungeduldig.

Tropper lächelte milde. »Also, gut. Kalkstein wird auch als Sedimentgestein bezeichnet und besteht überwiegend aus Calciumcarbonat. Es ist ein sehr variables Gestein, man unterscheidet verschiedene Kalksteintypen, je nach Entstehung: biogene, chemisch ausgefällte und klastische Kalkgesteine.«

»Freddy, komm auf den Punkt!«, unterbrach Brander erneut.

»Ich dachte, du kommst von allein drauf.« Tropper grinste auffordernd. »Schon mal das Wort Karst gehört? Durch Regenwasser angereichert mit Kohlendioxid – beispielsweise aus der Luft – entsteht eine natürliche Säure und diese führt dazu, dass sich Gesteine aus dem Kalkstein lösen. Es bilden sich Wasserläufe, die alles Lösliche fortschwemmen und den Kalkstein auswaschen …« Tropper sah erwartungsvoll in die Runde.

»… und so entstehen Höhlen«, vollendete Jens den Satz.

Tropper nickte. »Ganz genau! Und davon gibt es zum Beispiel auf der Schwäbischen Alb zahlreiche. Die Alb ist durchlöchert von großen und kleinen Höhlen.«

»Mit deinem kleinen Ausflug in die Geologie wolltest du uns also sagen, dass Haydak vermutlich in einer Höhle auf der Schwäbischen Alb erfroren ist?«, fasste Brander zusammen.

»Ob es eine Höhle auf der Schwäbischen Alb war, können wir im Moment nicht hundertprozentig sagen. Die Vermutung liegt aber nahe.«

»Na toll«, stöhnte Peppi. »Wie kann man denn in einer Höhle erfrieren? So kalt ist es da doch gar nicht!«

»Oh doch«, antwortete Tropper. »Die Gefahr der Unterkühlung in einer Höhle wird von vielen unterschätzt. In einer Höhle herrscht normalerweise das ganze Jahr über die gleiche Temperatur. So um die acht Grad, plus, minus ein bis zwei Grad. Dementsprechend kalt sind natürlich auch die Steine und Felsen. Wenn man einen Menschen ungeschützt auf diese kalten Steine legt, kühlt der Körper nach und nach aus. Es kommt erst zur Unterkühlung, das heißt, die Körpertemperatur nimmt ganz langsam ab. Das führt dazu, dass das Opfer zunächst einschläft, dann bewusstlos wird, und zu guter Letzt führt es zum Tod.«

»Und wie lange dauert es, bis jemand in einer Höhle erfriert?«

»Das kann ich nicht genau sagen. Wir wissen die Umstände nicht. Lag er zum Beispiel auf einer Thermodecke, die zunächst die Kälte noch abgehalten hat oder nicht?«

»Ganz grob?«, fragte Brander.

»Vierundzwanzig bis sechsunddreißig Stunden, wenn es keine Wärmequellen gab.«

Hendrik schüttelte den Kopf. »Aber dann muss es doch Spuren von Gewalt geben! Einmal abgesehen von der Kälte. Weißt du, wie hart so ein Stein ist? Da legt sich doch niemand freiwillig stundenlang hin.«

»Deswegen ist anzunehmen, dass er betäubt wurde, um ihn ruhigzustellen«, erinnerte Tropper an die Vermutung der Rechtsmediziner. Das Ergebnis der toxikologischen Untersuchung stand jedoch noch aus.

»Okay, lass mich das Mal kurz zusammenfassen.« Brander rieb sich energisch mit Daumen und Zeigefinger über den Nasenrücken. »Friedmar Haydak wurde Samstagnacht zuletzt von seiner Frau gesehen. Dann schickt er am Montag angeblich eine E-Mail an sein Büro mit der Information, dass er die ganze Woche nicht zur Arbeit kommt. Seine Angestellte soll sämtliche Termine absagen. Gehen wir einmal davon aus, dass er da schon in der Gewalt seines Mörders war. Vielleicht war er da auch schon tot und der Mörder hat die E-Mail geschrieben …« Brander konzentrierte sich. »Frage: Wie ist Haydak in diese Höhle gekommen? Ist er dort freiwillig hineingegangen?« Brander sah in die Runde.

»Kann ich mir irgendwie nicht vorstellen«, überlegte Peppi.

»Auf jeden Fall muss die Höhle einigermaßen gut zugänglich sein, damit der oder die Täter Haydak dorthin bringen und vor allem auch wieder herausholen konnten. Wann wurden seine Hände in diese Holzbretter eingeklemmt? Hat er da noch gelebt?«, wandte sich Brander wieder an Tropper.

Der Kriminaltechniker sah in die Berichte der Rechtsmediziner. »Ja, da hat er noch gelebt. Das belegen die Druckstellen und Verletzungen an den Handgelenken eindeutig.«

»Und keine Kampfspuren? Der muss sich doch gewehrt haben! Ich meine, wer lässt sich denn einfach so 'ne Eisenkette um den Hals legen und die Hände einquetschen?« Hendrik schüttelte ungläubig den Kopf.

»Vielleicht hat man ihn bedroht«, erwiderte Brander. »Oder man hat ihn schon vorher mit irgendeinem Mittel ruhiggestellt.«

»Trotzdem! Spätestens, wenn ich aufwache, versuche ich, mich zu befreien! Freddy hat gesagt, die Konstruktion war nicht sehr stabil.«

»Und wie isch's mit unserer Sadomaso-Theorie?«, meldete sich Magnus Neidhart. »Sexspielchen in der Höhle? Vielleicht war er hendadrai so miad und isch oigeschlafe.«

»Ich bitte dich! Das Holz war nicht gepolstert, es lag total eng um die Gelenke. Das muss doch tierisch wehgetan haben!« Hendrik wollte keine der Theorien gelten lassen.

»Drum geht's dabei doch«, erklärte Neidhart dem Kollegen. »Die Luschd am Schmerz.«

»Blödsinn! Doch nicht mit so einem dämlichen Holzbrett!«

»Haben Sie etwas in Erfahrung bringen können, von Ihrer feschen – wie hieß sie noch gleich? – Sabrina, Sylvia …?«

»Saskia. Noi. In den einschlägigen Clubs hôt Haydak offensichtlich net verkehrt.«

»Na gut, ob Sadomaso oder nicht ist eine Sache. Wir sollten versuchen, diese Höhle zu finden.«

Brander saß vor seiner Skizze und grübelte. Er hatte die Zeichnung um einige Elemente erweitert. Ein Heer von ehemaligen Verfahrensgegnern, die allesamt wütend auf

Haydak waren, allen voran Lothar Lorenz. Er hatte einen kleinen Lkw mit dem Logo des Unternehmens über den Namen gezeichnet. Dann war da noch dieser Schwiech, dessen Tochter angeblich von Haydak ausspioniert worden war. Und dann Haydaks Frau. Konnte sie ihn getötet haben? Sie schien viel zu schwach. Aber wie schnell unterschätzte man einen Menschen, nur weil er zierlich war? Sie konnte ihm ohne Weiteres Schlaftabletten in einen Drink gemixt haben. Und die Haushälterin? Vielleicht steckten die beiden Frauen unter einer Decke? Er machte sich eine Notiz, dass er am nächsten Tag mit der Haushälterin sprechen musste. Mit Haydaks Sohn hatte er auch noch nicht gesprochen. Er suchte Tabea Haydaks Telefonnummer heraus und meldete seinen Besuch für den nächsten Tag an.

Mit Schrecken stellte er bei einem Blick auf die Uhr fest, dass es bereits kurz nach acht war. Er räumte eilig seine Unterlagen zusammen und verließ das Büro. Im Flur stieß er mit Hendrik zusammen.

»Ich dachte, du bist längst zu Hause?«, stellte Brander überrascht fest.

»Wie du siehst, bin ich noch hier.«

»Wie geht es Louis?«

»Schreit ein bisschen viel«, antwortete Hendrik kurz angebunden.

Die Toilettentür öffnete sich und Corinna Tritschler kam heraus. »So, ich wäre dann soweit.« Sie strahlte Hendrik an.

Brander warf Hendrik einen fragenden Blick zu, dem dieser wieder auswich.

»Grüß Anne von mir«, sagte Brander und ging zur Tür.

»Ich dachte schon, du hättest mich vergessen! Ich verhungere!«, begrüßte ihn Karsten Beckmann mit seinem üblichen Frohsinn, als Brander etwas außer Atem vor ihm stand. Er war die kurze Strecke von der Polizeidirektion zur Katharinenstraße im Eiltempo gefahren und hatte die Stufen in die erste Etage zu Beckmanns Wohnung im Laufschritt – immer zwei Stufen auf einmal – genommen.

»Weißt du, wie spät es ist? Gleich halb neun! So spät zu essen ist überhaupt nicht gesund.«

»Du hörst dich an wie meine Mutter«, lästerte Brander.

Beckmann verzog das Gesicht. »Uh, klang das jetzt tuntig?«

Er stand zu seiner Homosexualität, aber er wollte nicht feminin wirken. Angesichts seines durchtrainierten Körpers und des kantigen Gesichts eine unbegründete Sorge.

»Nein«, beruhigte Brander ihn mit boshaftem Grinsen. »Eher weibisch.«

»Warte noch«, bremste Beckmann den Kommissar, der schon weiter Richtung Wohnzimmer gehen wollte. »Wir müssen erst noch kurz in den Keller.«

»Warum das denn?«

Sein Kumpel deutete ihm mit einem Kopfnicken an, ihm zu folgen. Sie stiegen die Treppen hinunter. Beckmann öffnete den Verschlag zu seinem Keller und zeigte auf ein hochklassiges Trekkingfahrrad.

»Und?«, fragte Brander.

Beckmann schnalzte mit der Zunge. »Das ist für dich.«

Brander sah von dem Fahrrad zu Beckmann. »Sag mal, du hast jawohl nicht mehr alle Tassen im Schrank. Spinnst du?«

»Nein!« Beckmann hob beschwichtigend die Hände. »Es ist okay. Es steht jetzt schon über fünf Jahre im Keller, und ich brauche es nicht.«

»Erzähl mir doch nichts! Das Fahrrad sieht aus wie neu.«

»Ich hab's geputzt.«

»Vergiss es. Das kommt gar nicht in Frage.« Brander schüttelte ärgerlich den Kopf. Was bezweckte Beckmann mit diesem teuren Geschenk? Er konnte es unmöglich annehmen. »Du hast jawohl 'ne Total-Meise!«, schimpfte er weiter.

»Andi, bitte. Jetzt sei nicht sauer. Es …« Beckmann holte tief Luft und sah Brander in die Augen. »Es gehörte Pierre.«

»Pierre?«

»Lass uns raufgehen. Ich erzähle es dir oben.«

Beckmann verschwand sofort in der Küche und wärmte das vorbereitete Essen auf, während er Brander ins Wohnzimmer schickte. Er hatte den Tisch gedeckt und sogar die Servietten nicht vergessen. Zu Branders Erleichterung hatte er auf Kerzen verzichtet. Statt sich an den Tisch zu setzten, stellte Brander sich vor das Aquarium und beobachte die Fische. Ein Schwarm grüner Sumatrabarben schwamm sogleich an die Scheibe in der Hoffnung, Brander würde etwas Fischfutter ins Wasser streuen. Das tat er nicht. Stattdessen beobachtete er das ruhige Treiben. Eines Tages würde er sich auch ein Aquarium anschaffen. Ein großes Aquarium mit einer herrlichen Unterwasserlandschaft und vielen verschiedenen Fischen, vielleicht sogar mit einem kleinen versunkenen Schiffswrack. Oder war das zu kitschig? Ein Wels bewegte sich saugend an der Scheibe entlang, und unten in den Pflanzen entdeckte er zwei winzig kleine orange Schwertträger. Es war entspannend, diesem stummen Hin und Her einfach nur zuzuschauen. Und es lenkte ihn von seinen dienstlichen Sorgen und der Sehnsucht nach seiner Frau ab. Cecilia. Sie hatten heute noch nicht miteinander telefoniert.

Er warf einen Blick auf die Uhr und rechnete. In Boston war es jetzt drei Uhr nachmittags. Was sie wohl gerade trieb? Er nahm sein Handy und tippte eine kurze Meldung ein: »Ich denke gerade an dich. Andi.«

»Kommst du?« Karsten hatte das Essen auf den Tisch gestellt: Nudeln mit Kräutersauce, dazu grüner Salat und

Fisch. Das war schon ein bisschen makaber, fand Brander. Ob die Fische im Aquarium ahnten, dass er gleich einen ihrer – wenn auch reichlich größeren – Artgenossen verspeisen würde? Er setzte sich an den Tisch und genoss die herrlichen Düfte, die ihm entgegenströmten. Erst jetzt merkte er, wie hungrig er war, und das Essen war Beckmann wirklich gelungen.

»Du bist ja ein richtiger Gourmetkoch!«, lobte Brander. Er ignorierte seine Diätpläne und nahm sich noch zweimal nach.

»Wer ist denn nun dieser Pierre?«, griff Brander erst nach dem Essen das Fahrrad-Thema wieder auf.

»Willst du einen Whisky?« Beckmann stand auf. »Ich habe einen guten Caol Ila. Achtzehn Jahre alt. Ein herrlich torfig-würzig Islay.«

»Gern, wenn du mir dann meine Frage beantwortest.«

Beckmann grinste schief. »Wird das ein Verhör, Herr Kommissar?« Er goss die goldene Flüssigkeit in zwei Nosing-Gläser und setzte sich wieder an den Tisch. Das Grinsen aus seinem Gesicht verschwand, als er weitersprach. »Pierre war mein Freund.«

»Und er hat dich verlassen, und darum willst du jetzt sein Fahrrad verschenken?« Brander überlegte. Er kannte Karsten Beckmann seit anderthalb Jahren, aber von einem Pierre hatte er noch nie gesprochen.

»Nein. Pierre ist tot.« Beckmanns Gesicht war ungewohnt ernst. »Er starb vor fünf Jahren bei einem Autounfall.« Er schloss einen Moment lang die Augen, dann sah er Brander wieder an. »Ich habe Pierre kennengelernt, kurz bevor ich damals wegen dieser Drogengeschichte verurteilt wurde und ins Gefängnis musste. Es war in einem Coffeeshop in Enschede. Das ist in Holland.«

»Ich weiß.« Er kannte die grenznahe niederländische Stadt noch aus der Zeit, in der er in Münster gelebt hatte.

»Ich saß da und rauchte, und er kam zu mir und sagte:

Ich glaube, du kannst einen Freund gebrauchen. Genau das waren seine Worte, und er sah mich an, als würde er mich schon lange kennen. Er hat mir meinen Joint abgenommen, und wir sind spazieren gegangen. Einfach so. Er hatte eine so warme, sichere Stimme, stand mit beiden Beinen fest im Leben. Er war vorher noch nie in einem Coffeeshop gewesen. Aber er hatte mich dort hineingehen sehen und war mir gefolgt. Es war Liebe auf den ersten Blick. Für uns beide.« Beckmann lächelte traurig.

»Er war der Einzige, der mich im Knast besucht hat. Jeden Monat. Zweimal fünfzehn Minuten, mehr haben die mir nicht erlaubt. Als ich rauskam, hat er mich zu sich nach Berlin geholt. Er hatte zusammen mit einer Freundin eine kleine Werbeagentur. Ich habe bei ihm gearbeitet und nebenbei ein Fernstudium zum Webdesigner gemacht. Er hat mir geholfen, wieder Fuß zu fassen, nach allem, was ich hinter mir hatte. Bei ihm fand ich zum ersten Mal einen Platz zum Leben. Einen Platz, an dem ich sein konnte, wie ich war. Nicht immer nur das coole, arrogante Arschloch, oder der Sohn, der die Erwartungen seiner Eltern nicht erfüllte. Ich habe ihn über alles geliebt. Nach zwei Jahren haben wir in Las Vegas geheiratet. Ganz spontan …« Er schluckte hart, und seine Augen bekamen einen feuchten Glanz. »Und dann hatte er diesen verdammten Unfall. Ein Kleintransporter hat ihn beim Abbiegen übersehen. Neun Tage und neun Nächte hat er im Krankenhaus gekämpft. Ich war Tag und Nacht bei ihm.« Er biss die Zähne zusammen, blinzelte. »Er kam nicht wieder zu Bewusstsein.«

Unbeholfen saß Brander Beckmann gegenüber. »Für immer P.«, erinnerte er sich an eine Postkarte, die er damals bei der Wohnungsdurchsuchung in einem von Beckmanns Büchern gefunden hatte. Jetzt wusste er, wer P. war.

»Ich bin Witwer.« Der Versuch, es locker daherzusagen, als hätte er mit der Vergangenheit abgeschlossen, misslang. Seine Mundwinkel verzogen sich schmerzhaft, und er senkte den Blick. »Entschuldige.« Er stützte die Stirn auf eine Hand und Tränen liefen still über sein Gesicht. Kein herzergreifendes Schluchzen, kein verkrampftes, unterdrücktes Heulen. Ein stummes Weinen, ein tiefer Schmerz.

Es war das erste Mal, dass Brander Karsten Beckmann so hilflos sah. Ihre Freundschaft war bisher eher von lockeren Sprüchen und Neckereien geprägt gewesen. Die Tränen, die Offenheit waren etwas anderes, eine völlig neue Ebene, unbekanntes Terrain.

Unsicher saß Brander auf seinem Stuhl und sah Beckmann an. Ein durchtrainierter Mann, siebenunddreißig Jahre, selbstbewusst, stark und – wie Brander fand – auch ein bisschen arrogant, und weinte. Er wollte ihn trösten, suchte nach den richtigen Worten, nach einer Geste. Aber da war gleich wieder die Angst, dass Karsten es falsch verstehen würde. Dass er mehr fordern würde, als er bereit war, zu geben. Was sah Karsten in ihm? Einen Kumpel? Einen Freund? Mehr? Wollte er überhaupt diese Offenheit, die Beckmann an diesem Abend zeigte?

Was bist du für ein Mensch?, schimpfte Brander mit sich. Konnte er nicht endlich über seinen Schatten springen? Da saß ein Freund vor ihm und trauerte um eine verlorene Liebe! Jeden anderen Freund hätte er in den Arm genommen, ihm ein Taschentuch gereicht. Zögernd streckte er seinen Arm über den Tisch und legte seine Hand auf Beckmanns Unterarm.

»Es tut mir sehr leid.«

Schweigend saßen sie sich eine Weile gegenüber. Beckmann in seinem Kummer, Brander in seiner Befangenheit.

»*Ma vie est un combat*«, sagte Beckmann schließlich leise und wischte sich mit der Serviette über die Augen. Er sah in Branders fragendes Gesicht und erklärte: »Voltaire. Mein Leben ist ein Kampf. Du solltest mehr lesen.«

»Fremdsprachen waren noch nie so mein Ding«, entgegnete Brander.

Beckmann nickte, als hätte er das schon immer gewusst. »Ich wollte dich nicht in Verlegenheit bringen.«

Brander ahnte, dass Beckmann sich nicht auf seine mangelnden literarischen Kenntnisse bezog. Er wollte etwas erwidern, konnte aber nur stumm nicken.

»Ich kann Pierres Sachen nicht wegtun«, fuhr Beckmann fort. »Aber irgendwann muss ich mich wohl ein Stück weit von ihm lösen.«

»Du könntest das Fahrrad verkaufen. Es sieht aus wie neu«, schlug Brander vor. Auch wenn dieses Fahrrad Karstens Mann – was für ein ungewohnter Gedanke – gehört hatte, wollte er so ein teures Geschenk nicht annehmen.

»Ich verkaufe doch nicht Pierres Sachen! Das wäre, als würde ich einen Teil von ihm verkaufen!« Beckmann schüttelte den Kopf. »Aber ich kann es jemandem geben, den ich mag, dem ich vertraue …« Er sah Brander in die Augen. »Dir.«

Brander schluckte. Eine heiße Welle lief durch seinen Körper, das Blut in seinen Wangen pulsierte. Er zog seine Hand zurück, versuchte, Beckmanns Blick standzuhalten und zu erkennen, was er ihm sagen wollte. Bitte keine Liebeserklärung. Das wäre jetzt wirklich zu viel!

»Ach, Andi!« Beckmann seufzte schwer und schüttelte stirnrunzelnd den Kopf. Er stand auf und ging zu der schmalen Regalwand, in der zwei gerahmte Bilder standen. »Ich mag dich als Kumpel, als Freund! Warum fühlst du dich immer so leicht angemacht? Du bist überhaupt nicht mein Typ!« Er nahm ein Foto aus dem Regal, das Beckmann mit einem anderen Mann Arm in Arm vor einem Motorrad zeigte. Er hielt es Brander hin. Der zweite Mann war ebenso groß und sportlich wie Beckmann, aber seine Gesichtszüge waren weicher.

»Das war Pierre. Diesen Mann liebe ich. Und einmal ganz abgesehen davon, dass du ein verheirateter Hetero bist, bist du mir viel zu grüblerisch und – Pardon, dass ich das jetzt sagen muss …« Ihm gelang ein schwaches Lächeln. »Zu dick.«

»Zu dick?« Brander riss die Augen auf und bereute sofort, dass er so viel gegessen hatte.

»Na, seit ich dich kenne, hast du locker drei, vier Kilo zugenommen.« Beckmann entspannte sich langsam wieder und versteckte seinen Schmerz hinter dem vertrauten spöttischen Grinsen.

»Du übertreibst! Ich habe maximal ein oder zwei Kilo in den letzten zwei Jahren zugenommen!«, schmollte Brander.

»Andi!« Beckmann stellte das Bild zurück ins Regal, strich noch einmal liebevoll über das Glas und setzte sich wieder an den Tisch. »Du musst abnehmen, und das geht am besten mit Sport. Dazu brauchst du als Erstes ein ordentliches Fahrrad«, sein Grinsen wurde breiter, »und natürlich einen persönlichen Trainer.«

»Ich bin doch nicht dick!« Brander sah an sich herunter. So schlimm war sein Bauchansatz ja nun wirklich nicht.

»Fünf Kilo müssen runter. Du hast 'ne tolle Frau, da kannst du dich nicht so gehen lassen. Die Konkurrenz schläft nicht.« Beckmann lehnte sich zurück und beobachtete Brander mit lauerndem Blick. Er war wieder der Beckmann, den Brander kannte, und er hatte einen Volltreffer gelandet. Woher nahm er nur diese Zielsicherheit, ihn genau an seinen empfindlichsten Stellen zu treffen?

»Ich finde es ein bisschen unfair von dir, mich zu einem vorzüglichen Essen einzuladen und mir danach zu sagen, dass ich zu dick bin«, kapitulierte Brander.

Sie nahmen ihre Gläser, rochen das torfige Aroma des schottischen Single Malts.

»Caol Ila hat ein Lagerhaus direkt am Meer, deswegen schwingt in seinem Aroma ein Hauch von Seetang mit. Du kannst die raue See fast schmecken. Rauchig und würzig. Ein starker, kräftiger Whisky«, dozierte Beckmann. Er sah zu Brander und hielt ihm das Glas entgegen. »Auf unsere Freundschaft, die mir sehr viel bedeutet.«

☼

Brander lag auf dem Sofa und versuchte, eine bequeme Schlafposition zu finden. Sie hatten dem Whisky ordentlich zugesprochen. Nach dem achtzehnjährigen Caol Ila hatte Beckmann einen klassischen Lagavulin aus dem Schrank gezaubert. Sechzehn Jahre, rauchig, torfig und unwiderstehlich für Brander. Nach dem dritten Glas waren seine Beine zu schwer, als dass er noch mit dem Fahrrad nach Entringen hätte fahren können.

Das Display des DVD-Rekorders leuchtete matt in der Dunkelheit. Zehn Minuten nach Mitternacht. Er spürte die Wirkung des Alkohols, aber er fand keinen Schlaf. Die Gedanken kreisten in seinem Kopf, vermischten sich zu einem undurchschaubaren Brei.

Das Bild des toten Rechtsanwalts drängte sich in den Vordergrund. Erfroren in einer Höhle. Warum tötete man einen Menschen auf diese Art und Weise? Und warum stellte man ihn dann derart auf einem öffentlich zugänglichen Platz zur Schau? Wer war dieser Friedmar Haydak? Ging es um eine misshandelte Ehefrau? Oder war es die Rache eines unterlegenen Prozessgegners? Oder gab es ein anderes Motiv, das sie noch nicht kannten? Sie hatten so viele Informationen, dass er nicht sicher war, an welcher Stelle er ansetzen sollte. Und gleichzeitig hatte er das Gefühl, noch viel zu wenig zu wissen.

Und sein Team? Er musste endlich Ruhe in die Mannschaft bringen. Was war los mit seinen Leuten? Dass am Anfang einer Ermittlung alle etwas stärker angespannt waren und es auch mal etwas ruppiger im Ton zuging, war normal. Aber da war noch etwas anderes. Eine unterschwellige Aggressivität und Gereiztheit, die vor allem von

Hendrik ausging. Dabei war er sonst immer derjenige, der alle bei Laune hielt, der Sunnyboy der Abteilung, immer zu einem Spaß bereit. Doch er konnte sich nicht erinnern, wann er Hendrik das letzte Mal hatte lachen sehen.

Er hätte gern mit Cecilia über seine Gedanken gesprochen. Aber Ceci war Tausende von Kilometern weit entfernt. Und heute hatte sie noch nicht einmal angerufen und auch auf seine SMS hatte sie noch nicht reagiert. Ein weiterer Punkt auf seiner Liste, der nicht dazu beitrug, dass er sich besser fühlte. Er seufzte leise. Die Flasche Whisky stand noch auf dem Esstisch. Er stand auf, füllte sich im Dunkeln einen kleinen Schluck in sein Glas und stellte sich ans Fenster. Auf der zugeparkten Katharinenstraße regte sich nichts. Die Kurse an der nahen Volkshochschule waren um diese Zeit längst beendet. Er sollte nicht so viel trinken, rügte er sich und setzte das Glas an die Lippen. Erfroren in einer Höhle. Er hatte mal gelesen, dass Erfrieren ein sanfter Tod war.

MONTAG

Brander hatte Kopfschmerzen, die eindeutig von zu viel Whisky und zu wenig Schlaf herrührten.

Er war früh aufgewacht. Karsten schlief noch, und Brander hatte ihn nicht geweckt. Als er aus der Wohnung schleichen wollte, kam Beckmann aus dem Schlafzimmer. »Nimm Pierres Fahrrad. Ich behalte dein altes als Gegenleistung«, sagte er müde und deutete auf den Schlüssel, der auf dem kleinen Schränkchen im Flur lag. Brander war noch zu müde, um sich auf eine Diskussion einzulassen und willigte ein. Das kurze Stück von der Katharinenstraße zu seiner Dienststelle reichte nicht, um seine Müdigkeit und das Pochen hinter seiner Stirn zu vertreiben.

Er wühlte in seiner Schreibtischschublade nach einer Kopfschmerztablette, fand aber nur eine leere Packung.

»Mist!« Er warf die Schachtel in den Papierkorb.

»Was schimpfst du am frühen Morgen schon herum? Es ist noch nicht einmal neun«, begrüßte Peppi ihn munter.

»Hast du noch eine Aspirin?«

»Aber natürlich. Wir Frauen haben immer eine Kopfschmerztablette für unsere lieben Kollegen.« Sie öffnete ihren Schreibtisch und warf ihm eine Schachtel zu. »Hast du gestern gesoffen? Du siehst total verkatert aus.«

»Eigentlich krieg ich von Whisky keinen Schädel, aber gestern war's wohl ein bisschen viel.« Er spülte zwei Tabletten mit einem Schluck Wasser herunter.

»Tja, wenn man den ganzen Tag lang nichts isst. Aber das wird jetzt anders. Ich hab uns Frühstück mitgebracht.« Sie hob eine Bäckertüte.

»Ich hatte schon«, wehrte Brander ab.

»Als ob du allein frühstücken würdest! Auf geht's: Kaffee, Brezel, Sitzung.«

Sie holten sich Kaffee aus der kleinen Küche und gingen in den Konferenzraum. Die Sitzung war kurz. Da es seit der Besprechung am Abend zuvor keine Neuigkeiten gab, beschränkte Brander sich darauf, die Aufgaben zu verteilen. Die Brezel nahm er unangetastet wieder mit ins Büro, wo er sich auf das Gespräch mit der Unternehmertochter Priska Schwiech vorbereitete. Peppi hatte sie für zehn Uhr in die Polizeidirektion bestellt.

Priska Schwiech war Ende zwanzig. Sie hatte ein rundes, dezent geschminktes und von dunkelblonden Haaren umrahmtes Gesicht. Ihre Figur war fraulich mit üppigen Rundungen, wirkte aber nicht zu dick. Sie trug eine dunkle Stoffhose kombiniert zu einer hellen Bluse. Peppi hatte sie vom Empfang abgeholt und in ihr Büro gebracht.

»Ich habe nicht viel Zeit. Es ist immer schwierig, wenn ich so kurzfristig freinehmen muss«, begrüßte Priska Schwiech Kommissar Brander.

Er bot ihr den Besucherstuhl vor seinem Schreibtisch an. Peppi stellte sich ans Fenster.

»Also, was kann ich für Sie tun?« Priska Schwiech setzte sich und sah ihn fragend an.

Brander musterte die junge Frau einen Augenblick. Sie erinnerte ihn an Tabea Haydak, obwohl sie nicht so zierlich war. Es war auch nicht ihr Aussehen, eher ihre Art, wie sie sich bewegte und jetzt vor ihm saß: steif, streng, irgendwie bemüht, etwas zu verbergen, obwohl er noch keine Frage gestellt hatte.

»Es geht um Friedmar Haydak«, begann Brander.

»Ich weiß. Mein Vater hat es mir gesagt. Er ist tot.« Eine Feststellung. Keine Spur von Trauer oder Erschütterung.

»Sie waren mit ihm befreundet?«

»Das würde ich so nicht sagen. Unter Freundschaft verstehe ich etwas anderes. Er hat versucht, mich auszunutzen.«

»Können Sie uns das genauer erklären?«, fragte Peppi.

»Er hat mir vorgetäuscht, mich zu mögen – von Liebe will ich gar nicht sprechen. Er hat mich ausgehorcht, und er hat heimlich meine Unterlagen durchsucht. Ich mache die Buchhaltung für unsere Firma. Darum nehme ich immer wieder Akten mit nach Hause und arbeite dort. Im Büro fehlt mir häufig die Ruhe.«

»Und da gab es Ungereimtheiten, die bei einem Verfahren vor Gericht gegen Ihren Vater verwendet werden konnten?«, ergänzte Brander.

»Nein, natürlich nicht.«

»Warum hat er dann Ihre Unterlagen durchsucht?«

»Weil er hoffte, etwas zu finden.«

»Nachdem Sie es gemerkt hatten, haben Sie sich von ihm getrennt?«

»Nein, nicht direkt.« Die Souveränität, mit der Priska Schwiech bisher seine Fragen beantwortet hatte, geriet leicht ins Wanken. »Das war nicht so einfach.«

»Warum nicht?«

Sie wich seinem Blick aus. »Das kann ich Ihnen nicht erklären.«

»Versuchen Sie es«, bat Brander.

»Nein.« Sie schüttelte den Kopf, lehnte sich zurück, verschränkte die Arme. »Nein, das kann ich nicht.«

Hier kamen sie nicht weiter. Sie hatte zugemacht. War er zu forsch vorgegangen? Brander versuchte einen anderen Weg.

»Wann haben Sie Herrn Haydak das letzte Mal gesehen?«

»Freitag vor einer Woche.«

»Wo war das?«

»Er stand vor meiner Tür.«

»Was wollte er von Ihnen?«

Sie hob die Augenbrauen. »Was denken Sie, was er von mir wollte?« Sie schnaufte wütend bei der Erinnerung.

»Aber ich habe ihn nicht in meine Wohnung gelassen. Er war darüber sehr ungehalten.«

»Das heißt?«

»Er hat geschimpft.«

»Was haben Sie gemacht?«

»Nichts. Ich habe die Tür zugemacht und gehofft, dass er geht.«

»Und ist er gegangen?«

»Natürlich. Denken Sie, er wollte, dass irgendjemand mitbekommt, dass ich ihm die Tür gewiesen habe?«

»Hat er Sie öfter belästigt, obwohl Sie die Beziehung beendet hatten?«, fragte Peppi.

Priska Schwiech sah zu Peppi. »Ich habe Ihnen doch gesagt, dass ich die Beziehung nicht so einfach beenden konnte. Aber um Ihre Frage zu beantworten: Seit diesem Freitagabend hat er mich nicht mehr besucht.«

»Wenn es nicht so einfach war, die Beziehung zu beenden, wieso konnten Sie es dann vor zehn Tagen?«

»Ich …« Sie hielt inne, atmete einmal tief durch. »Ich konnte einfach nicht mehr.«

»Natürlich hat er sie nicht mehr besucht! Er ist ja auch tot.« Peppi klopfte nervös mit den Fingern auf ihre Schreibtischunterlage. »Vielleicht hat sie ihn ja doch in ihre Wohnung gelassen? Hat ihm irgendetwas in den Drink gemixt …«

»Er war am Samstag noch zu Hause«, gab Brander zu bedenken. Er lehnte sich zurück und verschränkte die Hände hinter dem Kopf. »Was verschweigt sie uns? Warum konnte sie die Beziehung zu Haydak nicht beenden, wenn er sie doch offensichtlich nur benutzt hatte?«

»Sie ist ledig. Vielleicht war er gut im Bett, und sie wollte auf 'ne heiße Nummer nicht verzichten?«

Brander sah zu seiner Kollegin. »Peppi.«

Peppi hob die Hände. »Es geht hier doch irgendwie um

Sex. Machen wir uns nichts vor. Er hat seine Frau geschlagen, und ich vermute, er hat sie auch sexuell misshandelt. Er hat ein Verhältnis mit dieser Schwiech, seine Angestellte wurde auch ganz nervös, als wir sie nach ihrer Beziehung zu ihrem Chef gefragt haben, und dann hat man ihn mit entblößtem Schwanz auf eine Wiese gelegt. Du suchst doch nach Symbolik! Da hast du's.«

»Vielleicht hast du recht, vielleicht geht es wirklich um Sex«, stimmte Brander zu. »Aber vielleicht ist auch alles ganz anders.« Er wusste, dass er die Kollegin mit seinem »Aber« in Verzweiflung stürzte. »Vielleicht hat die Familie Schwiech ja doch irgendetwas zu verbergen. Denk nur an diesen Logistikunternehmer, was Haydak da alles aufgedeckt hat.« Er sah zu seiner Kollegin. »Was meinst du, sollten wir Hendrik auf die Frau ansetzen? Der hat noch jede Frau zum Reden gebracht.«

»Nicht nur zum Reden«, Peppi verzog das Gesicht. »Hast du mitgekriegt, wie der neuerdings um die Tritschler herumscharwenzelt? Wird Zeit, dass Anne zurückkommt und ihr Revier verteidigt.«

Es klopfte an der Tür und Staatsanwalt Lehmann trat ohne eine Antwort abzuwarten herein. »Guten Tag, ich … ähm …« Er warf einen kurzen Blick auf Peppi und sah dann wieder zu Brander. »Ich würde Sie gern unter vier Augen sprechen.«

Peppi verließ wortlos das Büro.

»Danke.« Lehmann setzte sich ihm gegenüber. »Herr Kommissar Brander, ich habe noch einmal in Ruhe über das nachgedacht, was Sie und Frau Pachatourides mir am Samstag gesagt haben.«

Brander nickte aufmunternd, um Lehmann zum Weitersprechen zu animieren.

»Ich kam nicht umhin, über die Familie Haydak mit meiner Frau zu sprechen. Ganz unverbindlich, also, sie weiß von nichts«, beteuerte Lehmann sofort.

»Das ist schon in Ordnung. Sie kannte ja sicherlich die Familie Haydak. Es ist wichtig, dass wir so viel Informationen wie möglich bekommen.«

»Wir haben Friedmar Haydak und seine Frau bei einigen Veranstaltungen flüchtig kennengelernt. Privat kannten wir sie eigentlich nicht …« Lehmann atmete schwer durch. »Es stimmt vermutlich.«

Brander sah sein Gegenüber fragend an. »Was stimmt?«

»Dass Haydak seine Frau geschlagen hat. Also, es ist eigentlich nur Weibertratsch, aber Erika hätte es mir nicht gesagt, wenn nicht doch etwas daran wäre. Tabea häufig unpässlich, und sie klagte oft über Schmerzen, Rückenprobleme und Blutergüsse, die sie sich angeblich bei irgendwelchen Stürzen zugezogen hätte. Im Nachhinein betrachtet … Erika sagt, sie hätte selbst einmal gesehen, wie Friedmar Tabea sehr unsanft gepackt hätte, als sie auf einer Feier mal wieder zu viel getrunken hatte. Aber das ist ja auch verständlich, nicht wahr?«

»Nein, eigentlich nicht.« Unsanft gepackt? Was bedeutete das?

Lehmann sog die Luft ein. Er hatte wohl mit Branders Zustimmung oder doch wenigstens mit dessen Verständnis gerechnet. Auf Lehmanns Stirn bildeten sich ein paar Kummerfalten.

»Ich habe Erika natürlich gefragt, warum sie mir nie etwas von ihren Vermutungen gesagt hat. Aber wie es immer so ist. Man will sich nicht einmischen. Man weiß ja auch nichts Genaues. Man hat genug mit seinen eigenen Sorgen zu tun. Wie gesagt, wir kannten Haydaks ja auch kaum.«

»Was wusste Ihre Frau noch über die Beziehung zwischen Friedmar Haydak und seiner Frau?«, bohrte Brander weiter.

»Nicht viel. Die Ehe war vermutlich nicht besonders glücklich, und es gab wohl auch eine außereheliche Beziehung.«

»Seitens seiner Frau?«

»Nein, seitens Friedmar Haydak.«

»Name?«

»Tut mir leid. Meine Frau hat Herrn Haydak zwar einige Male in Begleitung einer anderen Frau gesehen, aber sie ist nicht aus unserem Bekanntenkreis. Vielleicht, wenn wir ein Foto hätten …«

»Damit kann ich leider nicht dienen.« Priska Schwiech? Hatten sie ein Foto von ihr? Oder gab es noch eine andere Frau?

»Erika trifft sich morgen Abend mit einigen Kollegen-frauen. Ich habe sie gebeten, sich ein bisschen umzuhören. Vielleicht erfährt sie da den Namen.«

Brander sah den Staatsanwalt erstaunt an. Das waren ja ganz neue Seiten, die er bei Herrn Immer-korrekt-Leh-mann entdeckte.

»Ich … wir müssen alles tun, um diesen Fall so schnell wie möglich zu klären.«

»Das sehe ich ganz genauso«, stimmte Brander zu und warf einen Blick auf seine Notizen. »Herr Lehmann, wir brauchen eine richterliche Genehmigung für einen DNA-Abgleich. Wir benötigen Speichelproben von Haydaks Fa-milie, Haushälterin und Mitarbeitern sowie ein paar ande-ren Personen, die wir zu diesem Fall vernommen haben. Wir haben DNA-Spuren gefunden …«

Lehmann winkte ab. »Füllen Sie den Antrag aus. Ich besorge Ihnen die Genehmigung.«

Nanu? So einfach hatte es ihm der Staatsanwalt noch nie gemacht. Wollte er so sein schlechtes Gewissen beruhigen? Man will sich nicht einmischen. Hätte er nicht genauer hin-sehen müssen? Hätte er als Staatsanwalt nicht die Anzei-chen erkennen müssen, die auf eine Misshandlung hindeu-teten? Aber hatte er ein Recht, Lehmann zu verurteilen? Was alles entging seinen geschulten Kriminalistenaugen in unmittelbarer Nachbarschaft?

»Wir brauchen auch die Einzelverbindungsnachweise für Haydaks Telefone: Handy, Firmen- und Privatanschluss«, nutzte Brander die Gunst der Stunde.

Lehmann nickte. »Alles, was Sie brauchen. Ich möchte, dass Sie alles aufdecken. Diskret bitte, aber schonungslos.« Lehmann sah Brander ernst in die Augen. »Ich gehe in wenigen Monaten in Pension, und ich möchte, dass dieser Fall aufgeklärt wird. Es erschüttert mich, dass ich so etwas in meinen letzten Monaten im Amt noch erleben muss.« Er stand auf. »Herr Kommissar Brander, in den wenigen Jahren, die wir zusammengearbeitet haben, gab es sicherlich manche Diskrepanzen zwischen uns, und ich bin oft genug nicht einverstanden mit Ihren manchmal doch etwas unkonventionellen Methoden. Aber ich weiß, dass Sie einer unserer besten Ermittler sind, und ich verlasse mich darauf, dass Sie diesen Fall aufklären werden. Ich werde Sie, soweit es in meinen Möglichkeiten steht, voll und ganz unterstützen. Ich setze mein ganzes Vertrauen in Sie.«

Der Staatsanwalt verließ das Büro und ließ einen sprachlosen Kommissar zurück. Es gab doch Dinge, die Klaus Lehmann aus dem Gleichgewicht brachten und ihn zu einem ganz umgänglichen Menschen werden ließen, dachte Brander. Ich setze mein ganzes Vertrauen in Sie. Innerhalb von vierundzwanzig Stunden war er der zweite Mann, der ihm sein Vertrauen aussprach. Irgendetwas musste in der Luft liegen. War gerade Vollmond?

Brander starrte noch immer stumm auf den Stuhl, auf dem der Staatsanwalt gesessen hatte, als Peppi zurückkehrte.

»Meditierst du?« Sie trat neben Brander und wedelte mit einer Hand vor seinen Augen.

»Nein«, Brander streckte sich, um sich aus seiner Starre zu lösen. »Ich war nur schockiert. Lehmann vertraut mir.«

»Du bist ja auch ein Guter.« Peppi grinste nachsichtig, als wäre es das Selbstverständlichste auf der Welt, und klopfte Brander wie einem braven Pferd auf die Schulter. »Und was hat er sonst noch gesagt?«

»Dass es vermutlich stimmt, dass Haydak seine Frau geschlagen hat.«

»Dieser Feigling!«, schnaufte Peppi sofort wütend. »Dafür schickt er mich raus? Hatte er Angst, dass ich ihm 'ne lange Nase zeige, weil ich recht hatte?«

»Du bist immer so aufbrausend.«

»Du nicht?«

»Nein«, Brander grinste ironisch. »Ich bin die Ruhe selbst.«

»Du bist immer noch besoffen, oder?«

»Nur ein bisschen. Und jetzt holen wir Tropper und sammeln Speichelproben. Außerdem habe ich uns gestern schon im Hause Haydak angemeldet.«

Im Hause Haydak wiederholte sich die Prozedur vom Freitag. Frau Hilbers öffnete ihnen die Tür und führte sie in das Wohnzimmer mit der moosgrünen Ledergarnitur, auf der Tabea Haydak steif und bleich im schwarzen Kostüm saß und ihnen mit ausdruckslosem Gesicht entgegensah.

»Haben Sie den Mörder meines Mannes gefunden?«, begrüßte Frau Haydak sie, ohne sich zu erheben.

»Nein, aber wir müssten von Ihnen und Ihrer Angestellten eine Speichelprobe nehmen.«

»Was? Wieso?« Tabea Haydaks steife Haltung wurde noch eine Spur angespannter.

»Routine. Wir haben viele Spuren gefunden. Jetzt benötigen wir Vergleichsspuren, um zum Beispiel Sie von einer Täterschaft auszuschließen«, erklärte Tropper.

»Aber ... kann ich das verweigern?«

»Ja, das können Sie. Allerdings würden wir dann eine Zwangsanordnung vor Gericht erwirken.«

»Oh Gott! Sie denken doch nicht, dass ich meinen Mann umgebracht habe?« Sie riss die Augen auf, fasste sich entsetzt an die Schläfe.

»Mit diesem Test können wir Ihre Täterschaft ausschließen. Es tut auch nicht weh. Ein einfacher Speichelabstrich aus der Mundhöhle mit diesem Wattebausch.« Tropper lächelte ihr aufmunternd zu, wie ein Zahnarzt seinem ängstlichen Patienten vor einer Wurzelbehandlung.

»Dann … bitte.«

»Würden Sie bitte aufstehen?« Tropper zog Handschuhe und Mundschutz an und nahm das mit einem Code versehene Döschen zur Hand. »Bitte jetzt nicht sprechen. Das gilt auch für euch«, sagte Tropper zu den beiden Kommissaren.

»Als ob ich das nicht wüsste«, zischte Peppi und erntete einen Was-habe-ich-gerade-gesagt-Blick von dem Kollegen der Kriminaltechnik.

Nachdem auch Frau Hilbers eine Probe abgegeben hatte, wagte Brander wieder zu sprechen. »Frau Hilbers, wir möchten uns auch noch mit Ihnen unterhalten.«

Unsicher sah die Haushälterin zu ihrer Chefin, diese nickte leicht.

»Ich denke, Sie wollen mich nicht dabei haben?« Tabea Haydak stand auf. »Ich werde mich ein wenig ausruhen.« Sie verließ das Zimmer.

»Frau Hilbers, was wissen Sie über die Beziehung zwischen Tabea und Friedmar Haydak?«, begann Brander und deutete der Haushälterin gleichzeitig an, sich zu setzen. Zögernd folgte die Frau seiner Aufforderung.

»Ich möchte dazu nichts sagen.«

»Wir wissen, dass die Ehe nicht besonders glücklich war.«

»Warum fragen Sie mich dann noch?«

»Weil Sie seit zwölf Jahren für die Familie Haydak arbeiten.«

Margot Hilbers schwieg.

»Frau Hilbers, wohnen Sie hier mit im Haus?«

»Nicht direkt. Ich habe eine kleine Einliegerwohnung mit separatem Eingang.«

»Sie leben allein?«

»Ja.«

»Wo waren Sie am Samstagabend vor einer Woche?«

»Zu Hause.«

»Waren Sie hier, als es zwischen Herrn und Frau Haydak zum Streit kam?«

»Ein Streit?« Die Haushälterin zog zweifelnd die Augenbrauen hoch.

»Ja, ein Streit.«

»Es gab sicherlich keinen Streit. Frau Haydak hätte nie gewagt, ihrem Mann zu widersprechen. Das ist Unsinn. Wer …«

»Und warum nicht?«

»Ich …« Sie verstummte, und Brander musste sich einige Zeit gedulden, bis sie sich ihre Worte zurechtgelegt hatte. »Ich arbeite jetzt zwölf Jahre in diesem Haushalt, und ich habe es nicht einmal erlebt, dass Frau Haydak ihrem Mann widersprochen hätte. Sie hat getan, was er von ihr verlangt hat. Es gab keinen Streit in diesem Haus.«

Brander sah, wie Peppi kurz davor war, zu explodieren, und hob unauffällig die Hand, um sie zu bremsen. Einen Wutausbruch konnte er jetzt nicht gebrauchen.

»Frau Hilbers, Friedmar Haydak hat seine Frau geschlagen. Sie hat es uns selbst erzählt. Und Sie wollen mir doch wohl nicht erzählen, dass Sie das in all den Jahren nicht bemerkt haben?«, fragte er mit einer ruhigen Sachlichkeit, die ihn selbst überraschte.

»Es gibt Dinge, über die spricht man nicht. Und über Tote soll man nicht schlecht reden. Er ruhe in Frieden.«

»Amen! Ich muss hier raus.« Peppi stand auf und durchquerte das Zimmer. Als sie energisch die Tür aufriss, stieß sie einen überraschten Schrei aus. »Wen haben wir denn hier?« Sie packte den Jungen am Arm. »Hast du an der Tür gelauscht?«

»Felix!«, rief Frau Hilbers.

»Aha, der Sohn des Hauses!« Peppi zog ihn in das Zimmer. »Freddy, Probe Nummer drei.«

»Was für eine Probe?« Der Junge fand seine Sprache wieder und schüttelte Peppis Hand ab. Er hatte die blasse Haut und die blonden Haare seiner Mutter geerbt. In seinem kindlichen Gesicht deuteten sich schon die energischen Gesichtszüge des Vaters an, und auch der kräftige Körperbau kam eher nach seinem Erzeuger. Seine Stimme befand sich im Stimmbruch und schwankte zwischen dunkler Heiserkeit und Knabenton.

»Eine Speichelprobe für den DNA-Abgleich«, erklärte Tropper.

»Dazu bin ich nicht verpflichtet.« Er verschränkte die Arme vor seinem Körper.

»Du erleichterst uns damit aber die Arbeit.«

»Das ist mir doch scheißegal.«

»Felix, dein Vater wurde ermordet. Wir müssen die Täterspuren von den anderen Spuren trennen, und dazu brauchen wir deine Mithilfe«, versuchte es Brander pädagogisch.

»Meine Mutter hat ihn nicht umgebracht und ich auch nicht. Der Rest ist mir schnuppe.« Er wandte sich ab, um wieder aus dem Zimmer zu verschwinden.

»Halt, junger Mann. So einfach geht das nicht.« Peppi verstellte ihm den Weg.

»Was wollen Sie? Sie können mich nicht zu einer Speichelprobe zwingen, und ich bin auch nicht verpflichtet, mit Ihnen zu reden. Ich kenne meine Rechte. Mein Vater war Anwalt!«

»Lass ihn gehen.« Brander wollte verhindern, dass sich die Fronten noch mehr verhärteten. Peppi gab den Weg zur Tür frei. »Ich warte draußen, damit wir nicht wieder einen heimlichen Lauscher haben.«

»Das wird nicht nötig sein. Frau Hilbers, ich möchte Sie bitten, morgen früh zur Polizeidirektion zu kommen. Reicht Ihnen diese mündliche Einladung oder brauchen Sie eine Vorladung?«

»Um wie viel Uhr?«

»Zehn Uhr, wenn Ihnen das möglich ist.« Brander wandte sich an Haydaks Sohn. »Felix, du bekommst von uns natürlich eine ordentliche Vorladung, ebenfalls am Dienstag um zehn in der Polizeidirektion zu erscheinen. Du bekommst von uns auch eine Entschuldigung für die Schule. Und ich würde dir dringend raten, diesen Termin ernst zu nehmen.«

»Für Sie bin ich Herr Haydak.« Zornig funkelte der Junge Brander an und stürmte aus dem Zimmer.

»Seien Sie nicht so streng mit ihm. Er ist noch ein Kind«, versuchte Frau Hilbers Felix' Auftritt zu entschuldigen.

»Ein Kind, das seine Rechte kennt«, murmelte Brander im Hinausgehen.

»Was für ein arroganter Bengel!«, schimpfte Peppi, als sie wieder im Auto saßen.

»Warum soll er morgen auf die Dienststelle kommen?«, erkundigte sich Tropper von der Rücksitzbank.

»Ich will eine DNA-Probe von ihm, und wir werden ihn befragen. Ich denke zwar nicht, dass er etwas mit der Sache zu tun hat, aber er ist schließlich der Sohn des Ermordeten. Außerdem – wer an Türen lauscht, hat eine Lektion verdient.«

»Na, du hast ja Erziehungsmethoden drauf.« Tropper grinste kopfschüttelnd.

»Peppi, setz mich bitte bei der Dienststelle ab.«

»Aber wir müssen doch noch die Proben von Klinger und seiner …«

»Das schafft ihr zwei auch ohne mich.«

»Du willst mich mit Tisiphone allein lassen?«, rief Tropper mit gespieltem Entsetzen.

»Tisiphone?«

»Eine griechische Rachegöttin«, erklärte Peppi.

»Die den Mord rächende«, ergänzte Tropper mit unheilvollem Timbre in der Stimme.

»Ich seh schon, ihr zwei werdet euch wie immer bestens verstehen.«

Die Protokolle und Berichte der Kollegen türmten sich auf seinem Schreibtisch. Er überflog ein paar Seiten, konnte sich aber nicht konzentrieren. Was war das für ein seltsamer Mord, der so viele Spuren aufwies und doch zu keinem klaren Ergebnis führte? Den vierten Tag arbeitete er jetzt an diesem Fall. Drei Tage gab er sich noch, dann musste er gelöst sein. Was länger dauerte, würde mühsame, frustrierende Arbeit werden, das wusste er aus Erfahrung. Meistens waren das die Fälle, in denen Opfer und Täter in keiner Beziehung zueinanderstanden. Selten kam es vor, dass die Ermittlungen in eine gänzlich falsche Richtung liefen.

Ihm kam die Ermordung der Heilbronner Polizistin in den Sinn. Wann war das gewesen, im Frühling 2007? Kaltblütig war die zweiundzwanzigjährige Frau in ihrem Einsatzwagen erschossen worden, ihr Kollege schwer verletzt. Die Kollegen hatten DNA-Spuren von einer Frau gefunden. Spuren einer Frau, die seit Jahren immer wieder auftauchten, bei Einbrüchen, Diebstählen und eben auch bei diesem Mord. ›Das Phantom‹ hatten sie die gefährliche Serientäterin getauft. Und dann der GAU. Verunreinigte Wattestäbchen! Jahrelang waren die Kollegen einer falschen Fährte nachgejagt. Die Spuren gehörten zu einer Mitarbeiterin einer Labormittelfirma in Bayern. Wie frustriert mussten die Kollegen sein, die an diesem Fall arbeiteten? Die Ermittlungen mussten neu aufgerollt werden.

Er sah auf seine Akten. Ein toter Rechtsanwalt. Erfroren und an den Pranger gestellt. Es musste eine Beziehung zwischen Täter und Opfer geben, zu viele Zeichen deuteten darauf hin. Was würde Ceci dazu sagen? Cecilia. Wann hatte sie sich das letzte Mal bei ihm gemeldet?

Brander nahm sein Handy. In Boston musste es gerade Mittag sein. Er hatte Glück, Cecilia ging nach dem dritten Klingeln ans Telefon.

»Du meldest dich gar nicht bei mir«, beschwerte er sich sogleich.

»Du bist doch beschäftigt«, erwiderte sie unbekümmert. Im Hintergrund hörte er lautes Stimmengewirr. Anscheinend hatte er sie in einer Pause erwischt.

»Aber für ein Telefongespräch mit dir habe ich immer Zeit.« Der schmollende Unterton in seiner Stimme störte ihn selbst. Er wollte sich freuen, dass er ihre Stimme hörte! Mit seiner Nörgelei würde er sie bestimmt nicht ermuntern, sich häufiger zu melden.

»Wann kommst du wieder nach Hause?«, fragte er sehnsüchtig.

»Das weißt du doch.«

»Dein Kaffee, Cecil«, hörte Brander eine männliche Stimme im Hintergrund.

»Danke, stell ihn bitte da hin.«

»Mit wem sprichst du da? Ich dachte, du bist in Boston!«

»Bin ich auch. Stell dir vor, Sebastian ist auch hier.«

Das war ein Schlag in den Magen, unwillkürlich zuckte Brander zusammen. Der unterhaltsame Adonis-Sebastian allein mit seiner Frau bei einem Kongress in Boston. Der Mann, der seine Frau schon mehrmals in teure Restaurants zum Essen eingeladen hatte, von denen sie jedes Mal in bester Laune nach Hause kam. Der Mann, mit dem sie über ihren Beruf fachsimpeln konnte und der so humorvoll erzählte und sie zum Lachen brachte. Sofort setzte sein Misstrauen wieder ein. Hatte sie tatsächlich nicht gewusst, dass er auch dort sein würde? Und wann hätte sie es ihm erzählt? War er auch schon am Wochenende in Boston gewesen? Hatte sie womöglich mit ihm den gestrigen Tag verbracht und deswegen keine Zeit gehabt, sich bei ihm zu melden?

»Warum nennt er dich Cecil?« Er hörte selbst, dass ihm die Eifersucht aus der Stimme sprang.

»Weil er das schick findet.«

Brander schwieg verstimmt.

»Andi?«

»Ja.«

»Du weißt, dass ich dich liebe.«

Seine Laune war gründlich verdorben. Er versuchte, sich auf seinen Fall zu konzentrieren. Es gelang ihm nicht. Er blätterte durch die Protokolle, ohne ein einziges Wort zu lesen. Was hatte Beckmann am Abend zuvor noch gesagt? »Die Konkurrenz schläft nicht.« Cecil! Was fiel diesem Kerl ein, seine Frau Cecil zu nennen! Frustriert stampfte er in die Kaffeeküche und fand Hendrik Marquardt mit Corinna Tritschler beim gemütlichen Kaffeeplausch. Sie kicherte gerade über etwas, was er gesagt hatte. Brander warf Hendrik einen wütenden Blick zu. Ceci und Sebastian. Hendrik und Corinna.

»Ich dachte, du bist mit Jens unterwegs«, knurrte er in Hendriks Richtung.

»Wir sind vor fünf Minuten zurückgekommen«, entgegnete Hendrik. Sein entspannter Gesichtsausdruck war wie weggeblasen. Corinna Tritschler sah unsicher von einem zum anderen, nickte grüßend in die Runde und ließ die beiden Männer allein.

»Gibt es eigentlich einen Grund, warum du mir ständig finstere Blicke zuwirfst?«, fragte Hendrik gereizt.

»Wer von uns beiden hier gerade 'ne Menge Mist baut,

ist ja wohl offensichtlich.« Brander war nicht in der Stimmung für ein diplomatisches Gespräch.

»Was willst du mir unterstellen?«

»Denkst du, ich bin blind? Du hast eine Frau und ein Kind zu Hause!«

»Und dann darf ich nicht mehr mit anderen Frauen reden, ja?«

»Reden?« Brander stieß ein verächtliches Schnaufen aus. »Was habt ihr denn gestern Abend noch so beredet?«

»Was geht dich das an?«, brauste Hendrik auf.

»Anne ist …« Weiter kam Brander nicht. Hendrik trat auf ihn zu und baute sich wenige Zentimeter vor ihm auf. »Andi, wir waren immer gute Kollegen, und ich hab dich stets für einen Menschen gehalten, der einen anderen nicht blind verurteilt. Aber misch dich nicht in mein Leben ein!«

»Du hast ein Kind. Du hast eine Verantwortung!«

»Verantwortung? Erzähl du mir was von Verantwortung!«, explodierte Hendrik. »Wie viele Kinder hast du schon groß gezogen? Verantwortung. Du weißt doch gar nicht, wovon du sprichst!«

»Hendrik!«, hörte Brander Peppis entsetzten Aufschrei auf dem Flur.

Ihm war, als hätte Hendrik ihm ins Gesicht geschlagen. Das Blut rauschte in seinen Ohren. Er bekam keine Luft, versuchte zu atmen. Nicht unter dem Schmerz zusammenzubrechen. Er biss die Zähne zusammen, sah Hendrik noch einmal ins Gesicht, der seinen Blick zornig erwiderte. Dann gab er sich einen Ruck, drehte sich um und ging. Mechanisch, Schritt für Schritt, zum Treppenhaus. Er musste raus aus diesem Gebäude. Weg. Einfach nur weg.

»Andi?« Peppi, die mit Tropper gerade in die Dienststelle zurückgekehrt war, starrte ihm fassungslos hinterher.

☼

Brander lief ein paar Schritte die Konrad-Adenauer-Straße entlang, aber er wusste nicht wohin. Wenn er ein Auto gehabt hätte, wäre er davongefahren. Auf die Alb, an den Bodensee, vielleicht aber auch zu seinem Bruder nach Düsseldorf. Weg, so weit weg wie möglich. Aber sein Auto stand kaputt zu Hause in der Garage, und die Fahrradschlüssel zu seinem neuen Fahrrad lagen oben in seinem Schreibtisch. Er konnte jetzt nicht wieder hinaufgehen und sie holen. Er wollte niemanden sehen. Er wollte einfach nur fort. Fort von dem Telefongespräch mit Ceci, fort von seiner fürchterlichen Eifersucht und fort von dieser grässlichen Szene mit Hendrik. Was war passiert? Wie hatte die Situation so eskalieren können? Sein Herz raste, als hätte er eine Bergetappe im Spurt zurückgelegt. Er lief weiter die Straße entlang, blieb beim *Il Centro* stehen. Zwei junge Männer saßen vor dem Bäckerbistro, zwei Weizengläser standen vor ihnen auf dem Tisch. Er hatte nicht übel Lust, sich auch ein Bier oder einen Schnaps zu bestellen, am besten beides. Aber davon würde er auch keinen klaren Kopf bekommen, und den brauchte er jetzt dringend. Er bestellte sich einen Kaffee, setzte sich an einen freien Tisch abseits der Straße. Er musste ruhiger werden, durfte die Fassung nicht total verlieren. Ein wunder Punkt, ein Makel. Hendrik hatte gnadenlos hineingeschlagen.

Warum hatte Hendrik ihm einen derart harten Schlag erteilt? Hendrik wusste, dass er und Cecilia keine Kinder bekommen konnten, obwohl sie es sich so sehr gewünscht und nicht viel unversucht gelassen hatten. Er wusste von Branders Schmerz, Trauer und Zweifel. Kurz vor Louis' Geburt hatte er es ihm erzählt, als Hendrik zu ihm gekommen war. Hendrik hatte Angst bekommen vor der Verantwortung, und Brander hatte versucht, ihm zu erklären, was für ein wunderbares Geschenk er und Anne erhalten hatten. Er spürte einen Kloß im Hals und spülte ihn mit einem Schluck bitteren Kaffee hinunter.

Misch dich nicht in mein Leben ein. Sah Hendrik in ihm nur noch den Arbeitskollegen? Vor Kurzem war er mit Cecilia doch noch bei ihnen zum Kaffee gewesen. Anne wirkte damals ein wenig erschöpft, und das Baby hatte viel geschrien. Aber solche Tage gab es doch. Wie lange war das her? Drei Monate? So lange?

Und warum war er so eifersüchtig auf diesen Sebastian, obwohl Ceci ihm immer wieder sagte, dass es dazu überhaupt keine Veranlassung gäbe. So viele Jahre waren sie schon verheiratet. Woher kam dieses Misstrauen? Seine Frau hatte ihm niemals Anlass gegeben, an ihrer Treue zu zweifeln.

Die schlechte Stimmung in seinem Team – lag es am Ende an ihm selbst?

»Darf ich mich setzen?« Manfred Tropper war unbemerkt an seinen Tisch getreten.

Brander nickte stumm, ohne aufzublicken.

»Peppi hat die Sitzung um eine Stunde verschoben.«

»Danke«, brachte Brander mühsam hervor. Seine Stimme klang ungewohnt brüchig. Die Sitzung. Er fühlte sich nicht in der Lage, die Polizeidirektion jemals wieder zu betreten. Jedenfalls nicht in nächster Zeit.

»Kannst du Peppi sagen, dass sie die Sitzung übernehmen soll? Ich glaube nicht, dass ich …«

»Andi, komm«, unterbrach ihn Tropper. »Jetzt mach mal aus 'ner Mücke keinen Elefanten.«

»Du hast doch gerade selbst gesehen, was passiert ist.« Brander starrte in seine Tasse. Nie hätte er gedacht, dass er als Kollege so versagen würde. Er hatte doch gewusst, wie gereizt und übermüdet Hendrik in letzter Zeit gewesen war, aus welchem Grund auch immer. Warum hatte er ihn so angefahren, anstatt in einem ruhigen Gespräch die Situation zu klären? Er hatte ein Ventil für sein Misstrauen, für seine eigenen Sorgen gesucht. Da musste er sich nichts vormachen und dieses Eingeständnis schmerzte, bohrte sich wie eine Zecke in seine Haut, in seine Nerven, in sein Herz.

»So etwas passiert eben. Deswegen schmeißt man nicht gleich alles hin. Das muss ich dir jawohl nicht sagen.«

»Freddy, ich …« Brander seufzte schwer. Er brauchte eine Minute, bevor er weitersprechen konnte. »Heute Mittag kommt Lehmann zu mir und sagt mir, dass ich den Fall lösen soll, dass er mir vertraut. Und was tue ich? Anstatt mich um den Mord an Haydak zu kümmern, stecke ich meine Nase in Hendriks Privatleben, und das auch noch auf so dämliche Weise!« Er schüttelte den Kopf über sich selbst.

Tropper sah seinen Kollegen nachdenklich an. »Wenn ich jetzt deine Frau wäre, würde ich sagen, dass dich dieser Vertrauensausspruch des Staatsanwalts unter einen immensen Erfolgsdruck gesetzt hat«, sagte er schließlich.

»Du bist aber nicht meine Frau. Die ist in Boston und vergnügt sich mit diesem verfluchten Sebastian!«

»Was?« Tropper riss überrascht die Augen auf. »Ich dachte, sie besucht da einen Kongress?«

»Macht sie ja auch. Aber seit sie diesen Kerl vor ein paar Jahren auf einer Weiterbildung kennengelernt hat, taucht der ständig irgendwo auf. Und jetzt ist er zufällig auch bei diesem Psychologenkongress. Zufällig!« Brander spukte das Wort auf den Tisch.

»Und du denkst …«

»Ach, ich weiß auch nicht, was ich denken soll. Drei Wochen ist sie da mit diesem … diesem …« Brander presste wütend die Lippen zusammen.

»Gab es denn Probleme zwischen euch, bevor sie geflogen ist?«

»Nein. Aber es gefällt mir einfach nicht, dass sie …« Dass sie ohne mich geflogen ist, dass ein anderer Mann in ihrer Nähe ist, dass sie einfach so drei Wochen ohne mich leben kann, wollte er sagen, aber er brachte es nicht heraus.

Tropper zog seine ohnehin zerfurchte Stirn in Falten. »Junge, Junge, Andi. Jetzt trinkst du mal deinen Kaffee aus und reißt dich ein bissle zusammen! Nur weil Hendrik hier mit 'ner Kollegin flirtet, geht deine Frau nicht mit einem anderen Mann ins Bett.«

Brander starrte eine Zeit lang schweigend in seinen Kaffee und ließ die Worte auf sich wirken. Ganz allmählich machte sich eine Erleichterung in ihm breit. Er war froh, dass Freddy gekommen war und mit ihm redete. Es war besser, mit einem Freund zu reden, als sich in den Strudel aus Selbstmitleid, Zweifel und Wut zu stürzen. »Wenn du das so sagst, klingt das wirklich ziemlich lächerlich«, gab Brander schließlich zu.

»Gut, dass du das einsiehst.« Tropper grinste aufmunternd.

»Und was mache ich jetzt mit Hendrik?«

»Heute gar nichts mehr. Der hat Feierabend gemacht nach eurem Streit. Und morgen nimmst du dir mal 'ne halbe Stunde Zeit und sprichst mit ihm – in Ruhe.«

Peppi lächelte erleichtert, als Brander ins Büro kam. »Alles in Ordnung?«

»Nein«, antwortete Brander ehrlich. »Aber jetzt konzentrieren wir uns erst einmal auf das Wesentliche.« Brander setzte sich an seinen Schreibtisch. Er wollte nicht mehr über den Streit mit Hendrik reden. Er wollte sich mit dem Fall beschäftigen. Das hatte oberste Priorität. »Danke, dass du die Sitzung verschoben hast.«

»Keine Ursache. Schoki?« Sie wedelte mit einer Tüte Schoko-Bonbons.

»Eins kann nicht schaden, sonst fall ich nachher noch vom Rad, wenn ich heimfahre.«

Brander nahm einen erneuten Anlauf, die Protokolle zu sichten und die Informationen zusammenzufassen. Dieses Mal gelang es ihm besser, sich mit den Akten zu befassen. Als er sich auf den Weg zum Konferenzraum machte, spürte er ein leichtes Unbehagen in der Magengegend. Was hatten die Kollegen von seinem Streit mit Hendrik mitbekommen? Er war froh, als er Tropper auf seinem gewohnten Platz sitzen sah, der ihm aufmunternd entgegenblickte.

»Haben wir irgendetwas Neues?«, fragte er, nachdem die Kollegen reihum ihre Berichte abgegeben hatten, und sah in nachdenkliche Gesichter.

Brander stand auf und ging zu einem Flipchart. »Wir haben drei Kategorien von Leuten, mit denen es Haydak zu tun hatte. Erstens die Leute, gegen die er vor Gericht gezogen ist.« Brander malte einen blauen Kreis. »All diese Leute sprechen sehr negativ von Haydak. Einige davon könnten durchaus auch ein Tatmotiv haben. Besonders zwei Fälle stechen hier hervor: der Logistikunternehmer Lothar Lorenz, der aufgrund des Verfahrens Konkurs anmelden musste, und der Reiseunternehmer Peter Schwiech, den Haydak verklagen wollte und dessen Tochter er ausspioniert hat. Dann haben wir einen zweiten, kleineren Personenkreis.« Brander malte rechts unter den blauen einen etwas kleineren grünen Kreis mit einem Pluszeichen in der Mitte. »Das sind Anwaltskollegen und sein Juniorpartner. Sie sind Haydak gegenüber positiv eingestellt, loben seine erfolgreiche juristische Arbeit. Und dann …« Brander malte auf die linke Seite einen roten Kreis mit einem Fragezeichen. »… haben wir eine kleine Gruppe, bei denen ich das Gefühl habe, dass sie uns etwas verheimlichen. Auf jeden Fall sprechen sie nicht offen mit uns. Hierbei handelt es sich um Haydaks Frau Tabea, die Haushälterin Margot Hilbers, die Unternehmertochter Priska Schwiech und die Angestellte Juliane Schlee. Habe ich jemanden vergessen?«

»Der Junge. Felix Haydak«, ergänzte Peppi.

»Gut, der kommt mit in den roten Kreis.«

»Warum nimmst du die Schlee mit in den roten Kreis?«, fragte Jens Schöne.

»Weil sie nur sehr zögerlich auf manche Fragen geantwortet hat.«

»Allerdings hat sie nach Haydaks Tod auch Angst um ihren Job«, gab Peppi zu bedenken.

»Also, i tipp auf Papa Schwiech und Tochter«, meldete sich Magnus Neidhart zu Wort.

»Das ist hier kein Tippspiel«, belehrte Brander den Kollegen.

»Schō klar, Herr Brandner, aber irgendwo musch ja ōfanga.«

»In Ordnung.« Brander beschloss, Toleranz walten zu lassen. »Können Sie Ihre Vermutung begründen?«

»Haydak will Papa Schwiech aus irgendeinem Grund verklagen. Alloi: 's fehlen ihm die Beweise. Die will er über die Tochter beschaffen, und dabei hat er auch noch einen Heidenschbass. Die Tochter behauptet zwar, dass Haydak nix bei ihr gefunden hat, aber wissen mir, ob's stimmt? Warum konnte sie denn die Beziehung net so einfach beenden? Hat er sie vielleicht erpresst mit seinem Wissen über ihren Vater? Auch wenn sie 'ne Buchhalterin ist, im Bett ist sie vielleicht oin heißer Feger.« Er grinste anzüglich. »Und darauf wollt Haydak net verzichte. Irgendwann hōt's ihra g'langet, se hōt's ihrem Vater vrzehlt und der isch durch'dreht.«

Obwohl Brander das Grinsen mehr als unpassend fand, konnte er Neidhart nicht widersprechen.

»Durchgedreht lass ich nicht gelten. Es war keine Tat im Affekt«, sagte Tropper.

»Dann war die Tat eben 'plant. Haydak war am Freitag bei ihr. Sonntag isch 'r verschwunde. Da hōt Priska Schwiech am Samstag beim Familienkaffee net mit ihrem Vater über Soll und Haben der Firmenbilanz g'schwätzt, sondern über Sein oder Nichtsein.« Neidhart lehnte sich zurück und verschränkte die Hände vor seinem ausladenden Bauch. »Jede Wette, die send's gwä.«

»Wetten werden wir hier auch nicht. Aber Ihre Theorie ist nicht unhaltbar. Es ist ein guter Ansatzpunkt. Möchte sonst noch jemand einen Tipp abgeben?« Vielleicht war die Methode gar nicht schlecht? Neidhart war zwar ein lauter Schwätzer, aber eine gewisse Kombinationsgabe konnte Brander ihm nicht absprechen. Brander sah in die schweigenden Gesichter.

»Gut, dann wäre es das für heute. Wir treffen uns morgen um halb zehn wieder.«

Während die Kollegen zur Tür drängten, kam Corinna Tritschler auf Brander zu. »Herr Brander, könnte ich Sie bitte noch kurz sprechen?«

Eigentlich hatte er keine Lust mehr auf ein Gespräch. Er konnte sich denken, worüber die Kommissarin mit ihm sprechen wollte, und er fühlte sich müde und ausgelaugt. Die Sitzung in der gewohnten Routine durchzuführen hatte ihn den Rest seiner Kräfte gekostet. Dennoch nickte er und setzte sich abwartend auf die Tischkante. Corinna Tritschler wartete, bis alle Kollegen gegangen waren.

»Ich möchte nicht, dass es hier irgendwelche Gerüchte oder Missverständnisse gibt. Zwischen Herrn Marquardt und mir läuft nichts.«

Ich hoffe, das bleibt auch so, lag es ihm auf der Zunge zu sagen, aber er bremste sich noch rechtzeitig. Es ging ihn nichts an. »Gut«, sagte er stattdessen nur.

»Gut«, wiederholte sie und blieb unschlüssig vor ihm stehen.

»Sonst noch etwas?«, erbarmte sich Brander schließlich zu fragen.

»In der Kriminalinspektion 4 duzen wir uns, und ich glaube, in Ihrem Team ist das nicht anders.« Sie streckte ihm ihre Hand mit den langen Fingernägeln entgegen und deutete ein Lächeln an. »Ich heiße Cory.«

Vermutlich hätte Brander als Ranghöherer ihr dieses Angebot machen müssen. Aber ihm gefiel ihre offene Art, mit der sie die Dinge ansprach. Er musste das Bild, das er sich von ihr gemacht hatte, noch einmal überdenken. Anscheinend war sie nicht der oberflächliche Typ, der nur darauf bedacht war, dass die Fingernägel stets akkurat lackiert waren.

»Andi.« Er schlug ein.

Er fuhr direkt nach der Sitzung nach Hause. Die Fahrt war auch mit dem neuen Trekkingrad von Beckmann anstrengend, aber angenehmer als mit seinem alten Fahrrad. Keine quietschende Kette und eine funktionierende Gangschaltung mit einundzwanzig Gängen! Nur der schmale Sattel war nicht sehr bequem. Vielleicht sollte er doch Beckmanns Rat befolgen und sich eine Radlerhose kaufen, überlegte er, als er das Fahrrad in die Garage schob und etwas steif und breitbeinig zur Haustür ging.

Die Tageszeitung hing noch im Briefkasten, und auf der Fußmatte stand ein Korb mit Äpfeln von seinen Nachbarn. Sie hatten eine Obstwiese, und dieses Jahr gab es offensichtlich eine gute Ernte. Er nahm beides mit ins Haus, duschte und setzte sich dann mit Zeitung und Obst auf die von der Nachmittagssonne noch aufgeheizte Terrasse.

Von irgendwoher hörte er das monotone Brummen eines Rasenmähers, das im gleichbleibenden Rhythmus näher kam und wieder leiser wurde. Er versuchte, das Geräusch zu ignorieren, und sah auf den leeren Stuhl neben sich, ging wieder ins Haus und holte sein Handy. Am anderen Ende meldete sich der Anrufbeantworter. Er wusste nicht, was er sagen sollte und legte wieder auf. Telefonieren war nicht dasselbe wie ein persönliches Gespräch, schon gar nicht mit einem Anrufbeantworter. Vermutlich saß Cecilia gerade in einem Seminar. Er rechnete die Zeitverschiebung aus. In Boston müsste es jetzt kurz nach drei Uhr nachmittags sein.

Er nahm die Zeitung, überflog beim Blättern nur die Überschriften. Er hatte keine rechte Lust zu lesen. Er überlegte, Freddy oder Karsten anzurufen, aber er wusste, dass eine Verabredung garantiert wieder mit Kopfschmerzen am nächsten Tag enden würde. Mit Karsten war er ohnehin schon für den nächsten Abend verabredet. Zum Joggen! Wie hatte er sich nur dazu überreden lassen? Beckmann betrieb seit mehr als zwanzig Jahren Kampfsport, fuhr regelmäßig Rad und ging zwei Mal pro Woche laufen. Abgesehen davon, dass Beckmanns Laufstrecken sicherlich länger waren als die wenigen Kilometer, die Brander mehr schlecht als recht durch den Schönbuch schnaufte, würde Beckmann sich bei Branders Lauftempo garantiert zu Tode langweilen.

Brander legte die Zeitung zur Seite, lehnte sich zurück und starrte in den Sternenhimmel. Unweigerlich schweiften seine Gedanken wieder zu seiner Arbeit. Vier Tage ermittelten sie bereits in diesem Mordfall, und er hatte das Gefühl, dem Täter noch keinen Millimeter näher gekommen zu sein.

DIENSTAG

Um sieben Uhr morgens erwachte Brander. Die Sonne blinzelte durch die Jalousien, und er meinte, auch Vogelgezwitscher zu hören. Er sah auf das leere Bett neben sich und verbot sich, in Selbstmitleid zu verfallen. Stattdessen stand er auf, wusch sich, zog Jeans und T-Shirt an und lief zum Bäcker. Zwei Männer in blauen Handwerker-Overalls standen vor ihm. Kurz nach ihm kam eine junge Frau hereingestürmt.

»Dürfte ich bitte vor? Ich muss auf die Bahn«, sagte sie mit einem gestressten Lächeln und einem vertrauten westfälischen Dialekt.

»Die Ammertalbahn? Die ist doch nie pünktlich«, entgegnete Brander und ließ ihr mit einer Handbewegung den Vortritt.

»Immer wenn ich spät dran bin, ist sie pünktlich.«

»Na dann, viel Glück!«, wünschte er der jungen Frau, als sie kurz darauf aus dem Laden rannte.

Er kaufte eine Laugenbrezel und zwei Kornweckle und machte sich wieder auf den Heimweg. Er überquerte die B 28, die Entringen als Tübinger Autobahnzubringer längs durchschnitt, ging über den gepflasterten Dorfplatz, und lief über die Höfstraße weiter Richtung Herdweg. Die Doppelhaushälfte, in der er nun seit fast sieben Jahren mit Cecilia lebte, lag in einer Seitenstraße am Ende einer Sackgasse. Brander genoss die herrliche Aussicht, die sich ihm bot. Leichter Dunst lag über den Hängen vor ihm, schemenhaft erkannte er die Baumsilhouetten des Waldes, darüber zeichnete sich das Pastellblau des Himmels ab. Mit einem tiefen Atemzug sog er die frische Morgenluft in seine Lungen. Er fühlte sich viel besser, als noch am Abend zuvor, ausgeschlafen und voller Tatendrang.

Zu Hause legte er eine CD von Eric Clapton in den

CD-Spieler, kochte Kaffee und deckte den Tisch auf der Terrasse. Die Temperaturen näherten sich bereits der Zwanzig-Grad-Marke. Was für ein herrlicher Spätsommer! Beschwingt lief er im Rhythmus der Musik durch die Wohnung und ertappte sich dabei, wie er leise den Refrain eines Songs mitsang: *»Before you accuse me, take a look at yourself.«*

Wie kam er nur darauf, Cecilia Untreue vorzuwerfen? Würde er sie betrügen? Nein. Und Cecilia ihn auch nicht. Basta. Er verbot sich, weiter über dieses Thema nachzudenken, suchte seinen Zeichenblock und setzte sich an den Frühstückstisch. Dieses Mal störte kein Brummen eines Rasenmähers seine Ruhe. Während seine linke Hand im Wechsel Butterbrezel und Kaffeetasse zum Mund führte, begann die rechte zu zeichnen. Er skizzierte erneut das Bild, das sich ihm am Freitagmorgen am Leichenfundort geboten hatte.

»Das Motiv«, murmelte er kauend vor sich hin. »Warum hat man dich umgebracht?«

Er ging ins Haus und holte sich ein Glas Orangensaft. Mit dem Glas in der Hand blieb er vor dem Bild stehen und betrachtete es aus der Vogelperspektive. Der Fundort. Warum an der Grillstelle am Kirnbach? Sie war leicht zugänglich und von der Straße dennoch schwer einsehbar. Gab es noch einen anderen Grund?

Er setzte sich wieder und ließ seine Gedanken schweifen. Tabea Haydak kam ihm als Erstes in den Sinn. Er fügte sie in sein Bild ein. Links oben. Er zeichnete einen Rücken, verletzte Haut, Striemen, einen Gürtel dazu. Aus irgendeinem Grund zeichnete er auch die Hände, gefesselt, die Finger ineinander verschränkt. Und die Hilbers? Seine Hand verselbständigte sich, skizzierte einen Kopf in die rechte obere Ecke, mit zwei Gesichtern, eines mit verbundenen Augen, eines noch vage, schemenhaft. Hatte sie all die Jahre wissend weggesehen? Nach der Vernehmung würde er mehr wissen.

Schwiech. Vater und Tochter. Auf dem Blatt entstanden die Konturen eines Körpers, die Hände vor dem Gesicht. Auch hier gab es etwas, was er noch nicht wusste. Wer verschloss die Augen? Priska Schwiech oder ihr Vater?

»Gesichter.« Brander seufzte. »Ihr alle versteckt eure Gesichter. Warum?«

Lothar Lorenz. Wut. Brander skizzierte eine Faust, radierte sie wieder aus. Nein, Lorenz war es nicht. Lorenz hätte es anders gemacht. Die Art und Weise, wie Haydak getötet worden war, passte nicht zu dem Logistikunternehmer, da war er sicher. Und ein anderer Gedanke setzte sich in seinem Kopf fest – es war nur ein Gefühl, aber fast so stark wie eine Gewissheit: Sie suchten nach einer Frau. Vielleicht keine Einzeltäterin, aber eine Frau musste an der Tat beteiligt gewesen sein. Er wusste nicht warum. Männliche Intuition, hätte Peppi jetzt gelästert.

In der Ferne hörte er den Glockenschlag der Michaelskirche. Er sah auf die Uhr. Schon halb neun! Er musste sich beeilen, wenn er nicht völlig abgehetzt zur Soko-Sitzung in der Polizeidirektion kommen wollte. In Windeseile räumte er das Geschirr in die Küche und legte den Skizzenblock ins Wohnzimmer.

»Wir haben einen Höhlengänger aufgetrieben, der uns bei der Suche nach der Höhle behilflich sein wird«, erklärte Hendrik Marquardt und vermied es, Brander direkt anzusehen. Der Streit vom Vortag war noch nicht verwunden. Ein flüchtiger Gruß zu Beginn der Sitzung als Zeichen des Waffenstillstands. Zu einem Friedensgespräch war er noch nicht bereit.

»Einen Höhlengänger?«, fragte Peppi.

»Ja, Höhlengänger. So nennen sich die Leute, die nach Höhlen suchen und sie erkunden.«

»Ich dachte, die heißen Höhlenforscher.«

»Die gibt es auch. Aber der Typ, den wir haben, nennt

sich Höhlengänger. Vielleicht, weil er das nur in seiner Freizeit und nicht hauptberuflich macht. Was weiß denn ich!«

»Wann hat der Höhlengänger Zeit?«, fragte Brander.

»Er arbeitet bei der Stadtverwaltung und …«

»Da hat er vermutlich älldag Zeit«, unterbrach ihn Magnus Neidhart mit einem lauten Lachen.

»Wir sollen ihn anrufen«, ignorierte Hendrik den Kommentar.

»Gangad am beschde mit dem Fahrrädle nõh, des macht Eindruck beim OB. ›Tübingen macht blau‹, und die Polizei isch ganz vorn mit dabei«, zitierte Neidhart den Slogan der Tübinger Klimaschutzkampagne, mit der der CO_2-Ausstoß der Stadt gesenkt werden sollte. Eine durchaus löbliche Initiative, fand Brander. Selbst wenn das Ziel nicht erreicht würde, so halfen die verschiedenen Aktionen doch, sich den eigenen Umgang mit den Energieressourcen bewusster zu machen.

»Send unsere Diensträdle eigentlich schõ blau od'r hend mir nõh grüne?« Wieder lachte Neidhart auf, und auch Jens konnte sich ein Schmunzeln nicht verkneifen.

»Mann, bist du ein Witzbold.« Hendrik verzog genervt das Gesicht. »Für dich müssten wir wohl erst mal 'ne Rikscha anschaffen.«

Obwohl es offensichtlich als Beleidigung gedacht war, lachte Neidhart über Hendriks Bemerkung. »Ha-jô, des däd mir grad gfalla. Aber bitte im neue Polizeiblau.«

Brander unterbrach die Kollegen mit einem ungeduldigen Räuspern. »Jens, Hendrik, ihr beiden macht einen Termin mit dem Höhlengänger aus.«

Jens nickte.

»Versucht einzugrenzen, welche Höhlen in Betracht kommen. Sie muss einigermaßen gut zugänglich sein, vermutlich liegt sie nicht direkt an einem Wanderweg …«

»Denkst du, das wissen wir nicht? Wir sind keine Anfänger!«, unterbrach Hendrik ihn unwirsch. Für einen Moment sahen sich die beiden Männer in die Augen. Branders Kiefer malmte wütend. Er stand kurz davor, Hendrik vor versammelter Mannschaft zurechtzuweisen, entschied sich aber dagegen – er wollte keinen zweiten Streit provozieren. Er atmete tief durch, bevor er weitersprach. »Es wird sicherlich sehr viel Arbeit werden. Nehmt euch Unterstützung aus dem Team oder fordert Hilfe von den Dienststellen vor Ort an, wenn es nötig ist. Es ist wichtig, dass wir diese Höhle so schnell wie möglich finden. Es ist ohnehin schon zu viel Zeit vergangen.«

»Mehr als schaffe könnet mir aber au' net, Herr Brandner«, stöhnte Magnus Neidhart. »Mir hend zig Leut in den letzten Tagen befragt. Und da standet nôh einige mehr auf der Lischde. Obwohl …« Neidhart zuckte mit den Achseln. »Eigentlich kôsch die Lischde au' grad de Hasa gäba. Die schwätzet eh älla 's glei': brillanter Jurist od'r Allmachtsseggel.«

»Und irgendeiner bringt uns vielleicht den entscheidenden Hinweis«, gab Brander zu bedenken. »Die Befragungen laufen weiter, und wir suchen diese Höhle. An die Arbeit, Leute.«

Ein wütendes Beben rumorte in Branders Eingeweiden, als er die Sitzung beendet hatte. Neidhart, der sich einfach seinen Namen nicht merken konnte und Hendriks offene Provokation nagten an ihm. Er stampfte in sein Büro, warf seine Unterlagen auf den Schreibtisch und stellte sich ans Fenster. »Konzentrier dich! Konzentrier dich auf den Fall!«, mahnte er sich und raufte sich mit den Fingern durch seine lichten Haare. Er durfte sich nicht durch persönliche Differenzen ablenken lassen. Was war nur los mit ihm? Er hatte sich doch sonst besser im Griff. Cecilia. Er vermisste sie fürchterlich, ihre wachen blauen Augen, ihr spitzbübisches Lächeln, den Duft ihres Körpers. Sie war so weit weg. Und Adonis-Sebastian war bei ihr! Verfluchte Eifersucht. Er war doch keine sechzehn mehr!

»Du musst mit ihm reden.« Peppi hatte einen Umweg über die Kaffee-Ecke gemacht und setzte sich mit einer dampfenden Tasse Kaffee an ihren Schreibtisch.

»Mit wem?« Er drehte sich zu ihr.

»Mit Hendrik! Ich frag mich, was mit ihm los ist. Es ist doch gar nicht seine Art, so fies zu sein«, grübelte Peppi.

»Ich werde mit ihm reden. Aber das muss warten.« Brander wollte sich jetzt nicht über Hendrik den Kopf zerbrechen. Er war viel zu wütend, als dass er objektiv reagieren könnte. »Ist die Hilbers schon da?«

»Ja, und sie hat Felix Haydak mitgebracht. Tropper kümmert sich bereits um ihn«, berichtete Peppi.

»Dann fühlen wir der guten Frau Hilbers jetzt mal auf den Zahn.«

Margot Hilbers war nervös, als sie dem Kommissar in seinem Büro gegenübersaß, das konnte sie nicht verbergen. Sie hatte ihre Hände ineinander verschränkt, dennoch bewegten sich die Finger unaufhörlich, die Augen wanderten unruhig umher, und sie hatte die Lippen zusammengepresst, als befürchte sie, zu viel zu sagen, obwohl sie noch keinen Ton von sich gegeben hatte. Irgendwie erinnerte sie Brander an eine Nonne im Beichtstuhl.

»Frau Hilbers, ich habe Sie gebeten herzukommen, weil ich das Gefühl hatte, dass Sie im Haus Ihres Arbeitgebers zu befangen sind. Hier«, er machte eine ausschweifende Armbewegung durch das Büro, »können wir hoffentlich ganz offen und ehrlich miteinander reden.«

Frau Hilbers nickte stumm.

»Bitte beschreiben Sie mir einmal Friedmar Haydak so, wie Sie ihn kannten.«

Die Frau vor ihm öffnete den Mund, als wollte sie etwas sagen, schloss ihn aber sogleich wieder. Brander wartete geduldig. Manchmal musste man den Menschen ein bisschen Zeit geben, damit sie bereit waren zu reden. Er würde sich diese Zeit nehmen. Margot Hilbers schluckte einige Male trocken. Schließlich sackten ihre Schultern kraftlos herab. »Sie wissen doch schon alles. Tabea hat es Ihnen doch erzählt.«

»Wissen tue ich erst einmal gar nichts«, erklärte Brander mit ruhiger Freundlichkeit. Tabea. Im Haus hatte sie ihre Chefin immer mit »Frau Haydak« angesprochen. Warum sprach sie jetzt auf einmal von Tabea?

»Es stimmt, er hat sie geschlagen. Ich wusste es. Aber Tabea hat mich gebeten, mit niemandem darüber zu sprechen. Sie hatte große Angst vor ihrem Mann.« Die Sätze kamen aus ihrem Mund, als müsste sie sich jedes einzelne Wort mühsam abringen.

»Warum hat sie ihn nicht verlassen?«, fragte Brander, obwohl er die Antwort schon ahnte.

»Sie wollte Felix nicht verlieren. Und wohin hätte sie denn gehen sollen? Sie hat keine Familie, die sie aufgenommen hätte. Und sie hat nie gelernt, allein auf eigenen Füßen zu stehen.«

»Das wird sie jetzt wohl müssen«, stellte Peppi fest.

Margot Hilbers sah zu ihr. »Ich werde ihr dabei helfen.«

»Laut Aussage von Frau Haydak gab es am Samstagabend vor einer Woche Streit ... nein ... keinen Streit«, korrigierte Brander sich in Erinnerung an das letzte Gespräch mit der Haushälterin, »aber Herr Haydak hat an jenem Abend seine Frau geschlagen.«

»Ja, er hat sie verprügelt und ... ich ... ich war zufällig abends noch einmal ins Haus gekommen, weiß der Teufel warum. Ich kann mich nicht einmal mehr erinnern, was ich dort wollte. Ich weiß nicht, wo ich den Mut hernahm, dazwischen zu gehen. Ich konnte es in diesem Augenblick einfach nicht mehr mit ansehen. Ich habe Tabea mit zu mir genommen. Am nächsten Tag war er fort.«

»Was heißt: Sie sind dazwischen gegangen?«

Brander verglich die Haushälterin mit Haydaks Statur. Sie war groß gewachsen, aber dennoch kleiner und längst nicht so kräftig wie ihr Arbeitgeber. Wie hätte sie ihm die Stirn bieten können?

»Ich …« Sie zögerte mit einer Antwort. »Ich hab ihm damit gedroht, die Polizei zu rufen, wenn er sie nicht in Ruhe ließe.«

»Aber Sie haben die Polizei nicht gerufen?«

»Nein …«, wieder ein Zögern. »Es war nicht nötig.«

Peppi zog die Augenbrauen zusammen und warf Brander einen skeptischen Blick zu.

»Was war mit Felix? War er an dem Wochenende denn nicht zu Hause?«

»Er hat bei einem Freund übernachtet. Sie haben da so eine LAN-Party veranstaltet, das geht meist die ganze Nacht.«

»Und Sie wissen nicht, wo Herr Haydak nach diesem … Zwischenfall … hingegangen ist?«, hakte Peppi nach.

»Nein, ich hatte an diesem Abend andere Sorgen. Tabea ging es sehr schlecht.«

»Wissen Sie, ob Herr Haydak außereheliche Beziehungen hatte?«, fragte Brander.

Ein freudloses, schiefes Lächeln zog sich über das strenge Gesicht der Haushälterin. »Wie nett Sie das sagen. Ja, er hatte außereheliche Beziehungen. Es gibt da eine Frau, mit der hat er sich immer wieder getroffen.«

»Wissen Sie ihren Namen?«

Sie schüttelte den Kopf. »Nein, ich habe mich nie darum gekümmert.«

Sie sagte es mit so einer Bestimmtheit, dass Brander sicher war, dass sie log. »Einen Vornamen vielleicht?«, versuchte er sein Glück.

»Nein, tut mir leid.«

»Wie war Ihre Beziehung zu Herrn Haydak?«

Sie suchte eine Weile nach dem richtigen Wort. »Distanziert würde ich sagen. Für ihn war ich eine Hausangestellte, mehr nicht. Und das war mir recht so.«

»Warum?«

»Ich wollte meinen Job nicht verlieren, und hätte dieser Kerl mich angefasst, hätte ich meine Arbeit verloren.«

Während Peppi Frau Hilbers das Protokoll zur Unterschrift vorlegte, suchte Brander Felix Haydak bei Tropper.

»Magnus vernimmt ihn gerade«, erklärte Tropper.

Brander verzog das Gesicht und ging zu Neidharts Büro. Felix saß am Schreibtisch neben dem Beamten und tippte wild auf dessen Computertastatur herum.

»Gleich hab ich ihn. Noch ein Schuss!« Er jubelte und hob die geballte Faust zur Decke. »Haben Sie das gesehen? Cool, oder? Das ist echt Killer! Voll Killer, Mann.«

»Mir hend's«, sagte Neidhart, als Brander das Büro betrat. »Haidenai! I hân net gwissd, was es für heiße Spiele im Internet gibt.«

»Nicht heiß! Geil, Mann! Killer, Mann!«, korrigierte Felix den schwergewichtigen Kommissar.

Neidhart schürzte die Lippen und nickte. »Killermäßig, schö rächd.«

»Wir sind fertig. Du kannst dann gehen, Felix«, sagte Brander zu dem Jungen.

Felix stand auf und bedachte den Kommissar mit einem kalten Blick. »Für Sie bin ich immer noch Herr Haydak.« Er drehte sich zu Magnus Neidhart. »Loggen Sie sich mal ein, dann baller ich Sie ab.«

»Oder i di!« Sie schlugen die Fingerknöchel gegeneinander.

»Pubertät«, sagte Neidhart, nachdem Brander Felix und die Haushälterin verabschiedet hatte. »Bei meinem Jonga gõht's grad los. Ha-noi! Killer, Mann!« Er schüttelte den Kopf.

»Sie scheinen gut mit Kindern klarzukommen«, stellte Brander fest. Nach Hendriks Bemerkung vom Vortag schmerzte ihn die Feindseligkeit des Jungen mehr, als es ihm lieb war.

»I hãn jõ au' vier von dene Kids Drhoim, da lernsch des.« Er sah Brander ernst an. »Nehmen Sie's net zu arg, Herr Brandner. Der Junge isch ziemlich durch 'n Wind durch den plötzlichen Tod von seinem Vaddr. Und Sie waren der Erstbeste, gegen den er seine Aggressionen richten konnt. Der Linie muss er jetzt treu bleiben.«

»Familienvater und Hobbypsychologe«, rutschte es Brander heraus.

Neidhart schüttelte den Kopf. »Sozialpädagoge. Drei Jahre, dann hãn i beschlossen, zur Polizei zu ganga, damit i den ganz harte Jungs net mehr unbewaffnet gegenüberschdãnda muss.« Er lachte laut auf, aber Brander erkannte an seinen Augen, dass die Bemerkung nicht nur ein simpler Spaß war.

»Was hat der Junge Ihnen verraten?«

»I glaub, er hõt a bissle a zwiespältiges Verhältnis zu seinem Vaddr ghedd. Einerseits hat er ihn bewundert, für seine Härte und seinen Erfolg, andererseits hat er auch gesehen, dass sein Vaddr nicht sehr nett zu seiner Mutter war.«

»Hat Haydak seinen Sohn auch geschlagen?«

»Noi, sagt Felix zumindest. Sei' Vaddr hat ihn sogar ziemlich verwöhnt, finanziell jedenfalls.«

»Wusste Felix, dass sein Vater seine Mutter verprügelte?«

Neidhart bewegte abwägend den Kopf. »Da hat er ziemlich gemauert. I wollt ihn au' net zu arg bedränge. Aber Kinder send net dumm. Selbsch wenn sei' Eltern versucht hend, es vor ihm zu verberge. I glaub, die Kids, die spüren's, wenn da ebbes falsch lauft.«

Unwillkürlich erinnerte sich Brander an einen zurückliegenden Fall, bei dem ein Schüler den vermeintlichen

Liebhaber seiner Mutter getötet hatte. Er schüttelte unwillig den Kopf. Nicht schon wieder ein Kind, schickte er ein Stoßgebet zum Himmel. Auch wenn er nicht an einen Gott glaubte, hoffte er, dass seine Bitte erhört wurde. Von wem auch immer.

Peppi wühlte sich durch einen Stapel Papiere, als Brander ins Büro zurückkehrte. Es war ein vertrauter Anblick während einer Ermittlung. Peppi hatte die Angewohnheit, alle Informationen, die sie brauchte, auszudrucken oder handschriftlich zu notieren. Wenn sie so viel am Computer lesen musste, würde sie Kopfschmerzen bekommen, behauptete sie. Brander vermutete allerdings eher, dass die Kollegin über kurz oder lang eine Brille benötigte.

»Die Hilbers steckt doch mit der Haydak unter einer Decke«, befand Peppi, ohne den Blick von ihren Notizen zu nehmen. »Sie kommt dazu, als Haydak seine Frau verprügelt, und geht dazwischen. Glaubst du, der lässt sich von einer einundfünfzigjährigen Haushälterin einfach so drohen?«

Brander zuckte die Schultern. »Ich weiß es nicht.«

»Vielleicht hat sie ihm eins über den Schädel gegeben?«

»Es gab keine Anzeichen von stumpfer Gewaltanwendung.«

»Wie hat sie es dann angestellt?«

Brander ließ sich auf seinen Schreibtischstuhl fallen und sah nachdenklich zu seiner Kollegin. »Denkst du, die beiden Frauen haben ihn umgebracht?«

»Hat Tropper nicht gesagt, es wurden zwei Spuren weiblicher DNA gefunden?«, erinnerte sich Peppi.

»Aber er hat auch gesagt, dass die Spuren nicht eindeutig mit der Tat in Zusammenhang gebracht werden können. Verdammt, wir brauchen ein genaueres Täterprofil. Außer den Zeichen, die er offensichtlich für uns gelegt hat, wissen wir nichts über ihn!«

»Oder sie«, ergänzte Peppi spitzfindig. »Wer ist die Frau, von der die Hilbers gesprochen hat? Die, mit der sich Haydak getroffen hat?«

»Mir fällt nur die Schwiech ein.« Er stand auf. »Lass uns was essen gehen und dann statten wir Frau Schwiech mal einen Besuch ab.«

☼

Priska Schwiech war nicht in der Firma ihres Vaters. Sie hatte am Morgen einige Unterlagen aus dem Büro geholt, um zu Hause zu arbeiten. Brander ließ sich die Adresse geben und fuhr mit Peppi zu ihr.

Die Wohnung lag in einem Wohngebiet nahe des Österbergs, der sich im Osten Tübingens über die Dächer der Stadt erhob und den Tübinger Stadtteil Lustnau von der Innenstadt trennte. Ein schmaler Trampelpfad führte durch die Wiesen geradewegs auf den Berg. Peppi schlug die Wagentür zu. Mit einer Hand beschattete sie die Augen und sah den Hang hinauf. »Da hab ich mal einen Kurs im Gleitschirmfliegen gemacht.«

»Du?«, fragte Brander ungläubig.

»Ja«, sie sah zu ihrem Kollegen und deutete auf die Wiesen, die sich vor ihnen erhoben. »Da sind wir rauf und dann wurde geübt. Traust du mir gar nicht zu, was?«

»Wie weit bist du denn geflogen?«

»Na ja …«, druckste sie herum und schmunzelte verschämt. »Nicht ganz so weit.«

»Ich wette, bis zu den Bäumen da vorn, und dann mussten sie dich mit der Feuerwehr retten, oder?« Brander grinste boshaft und zeigte auf das wenige Meter entfernte kleine Lustnauer Wäldchen.

»Oh, bist du gemein!«, schimpfte Peppi und schritt auf den Hauseingang zu.

Priska Schwiech bewohnte eine geräumige Dachgeschoss-wohnung. Sie bestand aus einem großen Raum mit hohen schräg aufeinander zulaufenden Wänden, die Küche war durch einen Mauervorsprung abgetrennt. Hinter einer Tür lag das Schlafzimmer. Die helle Vertäfelung und ein flau-schiger Teppich wirkten behaglich. An diesem sommer-lichen Tag herrschte allerdings trotz geöffneter Fenster eine drückende Hitze, sodass schon der Anblick des dicken Tep-pichs Brander den Schweiß auf die Stirn trieb. Die Unter-nehmertochter bot ihnen einen Platz am Esstisch an.

»Was kann ich noch für Sie tun?«

Sie saß leicht vorgebeugt und legte die gefalteten Hän-de auf den Tisch. Das Haar hatte sie hochgesteckt, und statt Anzughose und Bluse vom Vortag trug sie ein luftiges kurzärmeliges Hemd und einen Rock, der knapp über ih-ren Knien endete.

»Arbeiten Sie öfter zu Hause?« Brander musterte sein Gegenüber. Sie war blasser als am Vortag, aber vielleicht lag das auch daran, dass sie nicht geschminkt war.

»Ich habe manchmal Probleme mit Migräne. Hier zu Hause kann ich mich zwischendurch hinlegen.« Ihre Lip-pen verzogen sich zu einem verkrampften Lächeln. »Also, was möchten Sie noch von mir?«

»Wir möchten mit Ihnen noch einmal über Ihre Bezie-hung zu Herrn Haydak sprechen«, erklärte Brander. »Wa-rum konnten Sie die Beziehung nicht beenden, nachdem Sie bemerkt haben, dass er Sie nur benutzt hatte?«

Die junge Frau schwieg, starrte ihn regungslos an. Oder sah sie ihn gar nicht? Sah sie durch ihn hindurch? Brander gab ihr Zeit zu antworten, aber sie antwortete nicht.

»Waren Sie in ihn verliebt?«, versuchte Peppi die Frau zum Reden zu bringen.

»Nein.« Sie blinzelte, als hätte man sie aus einem Traum geweckt. »Am Anfang vielleicht ein bisschen. Aber dann nicht mehr.«

»Warum nicht?«

Wieder Schweigen.

»Weil Sie herausgefunden haben, dass er Sie nur benutzt hat?«, nannte Brander den nächstliegenden Grund.

Sie blinzelte wieder, dann sah sie zu Brander. »Ja.«

»Aber warum haben Sie die Beziehung nicht beendet? Was war so schwer daran?«

»Es ging nicht.«

»Warum ging es nicht?«, hakte Brander weiter nach.

Priska Schwiech verfiel in Schweigen. Die Fingerknöchel traten weiß hervor, so verkrampft lagen ihre Hände vor ihm auf dem Tisch.

»Hat er Sie erpresst?«

Sie zuckte zusammen, fasste sich sofort wieder, nur ihre Lippen wurden eine Spur schmaler. »Nein.«

»Womit hat er Sie erpresst?«, ignorierte Brander ihre Antwort. »Mit dem Wissen über Ihren Vater?«

»Unsinn! Da gibt es nichts und da gab es auch nie etwas!« Dies schien ein wunder Punkt zu sein. Sie ließ nichts auf ihren Vater kommen.

»Was wollte er dann? Warum konnten Sie die Beziehung nicht beenden?«

»Ich habe sie doch beendet. Vor anderthalb Wochen.« Sie lehnte sich zurück und verschränkte die Arme vor der Brust. »Wie ist er überhaupt gestorben?«

»Darüber kann ich Ihnen keine Auskunft geben.«

»Haben Sie sonst noch Fragen?«

»Ja.« Branders Stimme wurde streng. »Wo waren Sie in der Nacht vom letzten Donnerstag auf Freitag.«

»Zu Hause, in meinem Bett.«

»Gibt es dafür Zeugen?«

»Natürlich nicht.«

»Und Sie behaupten weiterhin, Sie haben Friedmar Haydak Freitag vor elf Tagen zum letzten Mal gesehen?«

»Warum sollte ich Sie anlügen?«

144

»Frau Schwiech«, Brander beugte sich vor, legte einen Unterarm auf den Tisch und suchte Augenkontakt zu der jungen Frau. »Sie verschweigen mir etwas. Denken Sie nicht, es ist besser, Sie sagen uns, was zwischen Ihnen und Herrn Haydak war, bevor wir es …«

Eine leichte Röte überzog ihre Wangen. »Da ist nichts, was Sie wissen müssen.«

»Sie lügt«, seufzte Brander frustriert. »Warum spricht sie nicht mit uns? Haydak ist tot. Sie hat doch nichts mehr von ihm zu befürchten.«

»Wenn es um ein Gerichtsverfahren geht, ist da immer noch Klinger«, gab Peppi zu bedenken.

»Meinst du, sie hat Angst, das Klinger fortsetzt, was Haydak begonnen hat?«, nahm Brander das Stichwort auf.

Peppi nickte.

»Okay, wir fahren in Haydaks Büro. Vielleicht finden wir da etwas, was uns weiterbringt.« Er legte den Sicherheitsgurt an.

»Du glaubst doch nicht, dass Klinger uns Haydaks Schreibtisch durchsuchen lässt? Der ist doch letztes Mal schon ganz unruhig geworden, als seine Tippse mit uns in Haydaks Büro war.«

»Grund genug, da einmal genauer nachzuschauen.«

»Der ist Anwalt. Ohne richterlichen Befehl wird er uns garantiert gar nichts erlauben.«

»Wir werden sehen«, war Branders optimistische Antwort. »Fahr los.«

»Was hast du vor?«, fragte Peppi besorgt. Sie wusste, dass ihr Kollege mit seinen Ermittlungsmethoden hin und wieder die Grenzen seiner Befugnisse extrem ausgereizt hatte.

Das Klingeln seines Handys enthob Brander einer Antwort.

»Bist du gerade beschäftigt?«, fragte Karsten Beckmann.

»Ja.«

»Du könntest nicht mal kurz zum Räpple rüberkommen?«

»Was soll ich da denn?«

»Du hast immer noch keinen Fahrradhelm.«

Brander stöhnte auf. Sport-Räpple, wahrscheinlich würde Beckmann ihn auch noch nötigen, eine Radhose anzuprobieren. »Du bist ja schlimmer als meine Mutter.«

»Vergleich mich bitte nicht mit deiner Mutter«, hörte er Beckmann mit gespielter Empörung am anderen Ende.

»Becks, ich hab keine Zeit.«

»Dann verrate mir wenigstens deinen Kopfumfang.«

»Hast du sonst keine Sorgen? Woher soll ich das wissen?«

»Es ist dein Kopf«, entgegnete Beckmann ungerührt.

»Ich hab keine Ahnung.« Er sah zu Peppi. »Was für einen Kopfumfang habe ich?«

Peppi grinste hämisch. »Bei deinem Dickschädel würde ich auf achtzig bis neunzig tippen, aber vermutlich bist du eher im sechziger Bereich.«

»Merci!«, rief Beckmann in Branders Ohr. Er hatte Peppis Bemerkung gehört. »Bleibt es bei heute Abend?«

»Ja.«

»Grüß deine reizende Kollegin von mir.«

»Warum will dein Becks deinen Kopfumfang wissen?«, fragte Peppi, nachdem Brander aufgelegt hatte.

»Er ist nicht mein Becks. Er will mir unbedingt einen Fahrradhelm andrehen.«

»Wie süß, er ist ja ganz besorgt um dich.«

»Halt die Klappe und fahr endlich los.«

Wie bei ihrem ersten Besuch, fanden Sie Juliane Schlee am Empfangstisch der Kanzlei sitzen. Das schlechte Gewissen stand ihr ins Gesicht geschrieben, als sie die Kommissare hereinkommen sah.

»Frau Schlee, Sie wollten uns eine Liste der Notizen und Akten zukommen lassen, die Sie von Herrn Haydaks Tisch geräumt hatten«, drängte Brander sie sogleich in die Enge.

»Ja, aber Herr Klinger …« Sie zögerte. »Herr Klinger sagte, ich dürfte die Informationen nicht rausgeben wegen der Verschwiegenheitspflicht.«

»So? Sagt Herr Klinger das? Dann richten Sie ihm bitte aus, dass er damit eine laufende Ermittlung behindert. Oder ist er gerade im Büro? Dann kann ich es ihm auch selbst sagen.«

»Nein, er ist noch beim Gericht.«

»Wann wird er wieder hier sein?«

»Ich denke, in einer Stunde.«

Ausgezeichnet! Brander rieb sich die Hände. »Ich muss mir noch einmal Herrn Haydaks Büro ansehen. Und dann hätte ich gern die Akte Peter Schwiech von Ihnen.« Ohne eine Antwort abzuwarten, schritt er auf Friedmar Haydaks Büro zu.

»Aber das dürfen Sie doch nicht so einfach«, protestierte die Schlee zaghaft.

Brander drehte sich zu ihr um. »Haben Sie irgendetwas zu verbergen?«

»Nein, aber …«

»Jetzt hören Sie mir mal gut zu, Fräulein Schlee.« Er sagte absichtlich Fräulein, auch seine Stimme wurde um einige Stufen autoritärer. »Ihr Chef ist ermordet worden, und Sie und Ihr Herr Klinger behindern unsere Ermittlungen, aus welchem Grund auch immer. Aber wir werden herausfinden, warum. Da können Sie sicher sein.«

»Aber …« Der jungen Frau stiegen die Tränen in die Augen. »Ich bin doch noch nicht so lange in der Kanzlei! Herr Klinger wird mich rausschmeißen, wenn er erfährt …«

Peppi tat, als ginge sie dieses Gespräch nichts an, und heftete ihren Blick auf eines der Gemälde an der Wand.

»Wir können das Ganze hier auch anders regeln. Ich hole mir jetzt eine richterliche Verfügung für eine Hausdurchsuchung, und dann komme ich in einer Stunde mit den Kollegen von der Spurensicherung wieder. Wir werden sämtliche Akten in große Kartons verpacken und ihre Computer beschlagnahmen und zur Polizeidirektion bringen. Das alles zu sichten wird sicherlich einige Zeit in Anspruch nehmen. Tage, Wochen … Was meinen Sie? Wird das Herrn Klinger besser gefallen?«

»Nein, sicher nicht«, wisperte Juliane Schlee.

»Fräulein Schlee.« Brander fand es an der Zeit, den Tonfall etwas zu mildern. »Wir möchten lediglich einen Blick in Herrn Haydaks Büro werfen, und es ist für uns sehr wichtig, die Akte Schwiech einzusehen. Die lag doch zuletzt auf Herrn Haydaks Schreibtisch, oder?«

Die Schlee bekam große Augen. »Woher wissen Sie das?«

Auch Peppi riss sich vom Anblick des Gemäldes los und warf ihm einen überraschten Blick zu.

Er tippte sich mit dem Zeigefinger an die Nase. »Das habe ich gerochen.« Ohne ein weiteres Wort setzte er seinen Weg in Haydaks Büro fort.

Peppi folgte ihm und schloss die Tür hinter sich.

»Das glaub ich ja jetzt nicht! Was hast du denn da für eine Show abgezogen?«, flüsterte sie und tippte sich an die Nase. »Das habe ich gerochen.« Nur mit Mühe verkniff sie sich ein lautes Lachen.

»Mach keine Faxen. Der Klinger kommt in einer Stunde, bis dahin will ich hier wieder raus sein.«

»Und wonach suchen wir?«

»Keine Ahnung.«

Sie durchsuchten Schränke und Schubladen, blätterten durch Akten und sahen sogar hinter den Bildern nach. Nichts erregte ihre Aufmerksamkeit. Dieses Büro war so gewöhnlich wie jedes andere Anwaltsbüro auch. Was hatte er erwartet zu finden?

Als sie nach einer Dreiviertelstunde die Tür wieder öffneten, sahen sie Juliane Schlee weinend am Schreibtisch sitzen. Brander bekam ein schlechtes Gewissen.

»Na, jetzt lassen Sie mal den Kopf nicht so hängen. Wir sind doch schon fertig. Herr Klinger muss doch gar nichts von unserem Besuch erfahren«, versuchte er, die Frau zu trösten.

»Er wird mich entlassen«, schluchzte sie.

»Ach, Unsinn. Dafür gibt es doch gar keinen Grund.«

»Doch, die Akte, die Sie haben wollten, die ist weg. Und … und die Kassette auch.«

»Die Kassette?«

»So eine Geldkassette, aber da war kein Geld drin.«

»Sondern?«

»Ich weiß es nicht. Papiere.«

»Könnten die Sachen nicht in Herrn Klingers Büro sein?«

»Da hab ich doch nachgeguckt. Er hatte alles zu sich herübergeholt, nachdem Sie letzten Freitag hier waren.«

»Was passiert mit den Fällen, an denen Herr Haydak vor seinem Tod gearbeitet hat?«, fragte Brander.

»Einen Teil übernimmt Herr Klinger. Wir haben ab nächste Woche wieder zwei Studenten, die ihm helfen werden. Und das, was Herr Klinger nicht schafft, versuchen wir an andere Kanzleien weiterzugeben.«

Hinter ihnen öffnete sich eine Tür und Mario Klinger kam herein. Er starrte erst zu den Kommissaren und dann auf seine weinende Angestellte. »Darf ich fragen, was hier los ist?«

»Ach, Herr Klinger! Zu Ihnen wollten wir.« Brander hatte sich zu ihm gedreht und streckte ihm die Hand entgegen.

»Und warum sitzt Frau Schlee dort und weint?« Er ergriff flüchtig Branders Hand und ging zu seiner Angestellten. »Gehen Sie und machen Sie sich frisch, und dann bringen Sie mir bitte einen Kaffee. Möchten Sie auch einen?«

Die Kommissare verneinten.

»Kommen Sie bitte mit in mein Büro.« Er schritt voran und setzte sich an seinen Schreibtisch. Brander ließ sich ihm gegenüber nieder, während Peppi es wieder einmal vorzog, stehenzubleiben.

»Herr Klinger, was sagt Ihnen der Name Peter Schwiech?«, begann Brander.

»Schwiech?« Klinger lehnte sich zurück und blickte nachdenklich an die Decke.

Brander warf Peppi einen genervten Blick zu. »Sparen Sie sich das Theater«, brauste er auf. »Wir wissen, dass Friedmar Haydak sich mit einer Klage gegen das Reiseunternehmen Schwiech befasst hat.«

»Ach ja. Ja, natürlich. Peter Schwiech. Es kam gar nicht zur Klage. Herr Haydak hat den Fall schon im Vorfeld abgelehnt.«

»Hat er das? Uns ist bekannt, dass er ein Verhältnis mit der Tochter des Unternehmers hatte und dass er versucht hat, sie auszuspionieren.«

»So eine Diffamie!«, wischte Klinger die Aussage vom Tisch. »Wer behauptet so etwas Ungeheuerliches?«

»Worum ging es bei der Klage?«

Klinger überlegte einen Augenblick, entschied schließlich, dass es besser war, Branders Frage zu beantworten. »Drei Reiseteilnehmer behaupteten, dass bei einer Busreise nach Kroatien kein Fahrerwechsel stattgefunden hätte, wie es eigentlich vorgeschrieben ist. Sie wissen schon, Ruhezeiten und so.«

»Und warum haben Sie den Fall abgelehnt?«

»Dafür gab es zwei Gründe: Zum einen fanden sich keine weiteren Zeugen, und zum anderen war der Streitwert für uns zu gering. Mit so kleinen Fischen beschäftigen wir uns hier nicht.«

»Dafür, dass Sie gerade so lange überlegen mussten, ist

Ihnen der Fall aber erstaunlich präsent«, bemerkte Brander.

»Ich kann mir nicht vorstellen, dass das irgendetwas mit Ihren Mordermittlungen zu tun hat.«

»Das lassen Sie mal meine Sorge sein.«

Die Rechtsanwaltsgehilfin brachte den Kaffee. Sie hatte ihre Tränen getrocknet und ihr Make-up aufgefrischt.

»Wenn es Ihnen nichts ausmacht, würde ich gern einen Blick in die Akte Schwiech werfen.«

Zum Glück stand die Tasse bereits auf dem Schreibtisch, sonst hätte Juliane Schlee sie sicherlich fallen gelassen. Sie starrte Brander entsetzt an.

»Es tut mir leid, die Akte ist nicht hier.« Er sah zu seiner Angestellten. »Danke, Frau Schlee, Sie können wieder gehen.«

»Und wo ist die Akte?«

»Ich habe sie mit nach Hause genommen. Wie einige andere Akten auch. Ich arbeite zurzeit vierundzwanzig Stunden am Tag, und irgendwann muss ich ja auch mal …«

»Ich dachte, Herr Haydak hatte den Fall bereits abgelehnt?«, unterbrach ihn Brander.

»Das wusste ich doch nicht, als ich die Akte mitgenommen habe!«, entfuhr es Klinger.

Brander stand auf. »Herr Klinger, welchen Vorteil haben Sie eigentlich durch Friedmar Haydaks Tod? Gehört Ihnen jetzt die Kanzlei?«

Klinger öffnete den Mund, verharrte eine Sekunde und schloss ihn wieder. Ein Fisch auf dem Trockenen in seinen letzten Atemzügen hätte es nicht besser machen können.

»Warum habe ich nur das Gefühl, das Sie nicht besonders an der Aufklärung des gewaltsamen Todes Ihres Partners und Mentors interessiert sind?«

»Du bist ja heute in Höchstform!«, lobte Peppi Brander, als sie wieder auf dem Weg zur Polizeidirektion waren. »Der hat geschwitzt, als du ihn nach Schwiech ausgefragt hast. Papa und Tochter Schwiech, wenn das Mal keine ganz heiße Fährte ist. Der dicke Neidhart ist gar nicht so dumm.«

»Der dicke Neidhart«, echote Brander. »Bist du böse.«

»Na, der ist doch dick. Ich weiß, ich bin auch nicht schlank. Aber der Magnus …«

»Und ich? Findest du mich zu dick?«

»Hm«, sie sah zu ihm. »Bisschen zugenommen hast du schon. Aber zu dick? Wer sagt das? Ceci?«

»Nein, niemand.«

»Machst du deswegen Diät?«

»Ich mach keine Diät.«

»Natürlich machst du Diät! Erzähl mir doch nichts. Und ein neues Fahrrad hast du auch.«

»Das ist nicht neu. Das hab ich von Karsten.«

»Von deinem Becks? Findet der dich zu dick?«, stichelte Peppi weiter. »Der schwule Super-Beckmann findet dich zu dick, und mein Brummbär macht gleich Diät. Hast du dich in ihn verliebt, dass du ihm gefallen willst?«

»Warum musst du Karsten eigentlich immer auf seine Homosexualität reduzieren? Er ist ein Freund. Er ist humorvoll, intelligent …«

»Er ist ein arroganter Pinsel!«

Brander hatte keine Lust, das Thema auszudiskutieren. »Ich weiß nicht, was du gegen Karsten hast. Ich glaube, er mag dich.«

»Ja, Löwen mögen auch Gazellen.«

»Na ja, mit einer Gazelle würde ich dich jetzt nicht gerade vergleichen.« Diese Bemerkung wurde mit einem schmerzhaften Hieb gegen seinen Oberarm quittiert.

Hendrik hatte bereits Feierabend gemacht, als das Team sich zur Soko-Sitzung traf, und so gab Jens einen Überblick über die Informationen, die sie von dem Höhlengänger bisher erhalten hatten.

»Die schlechte Nachricht ist, dass die Schwäbische Alb mit Höhlen quasi durchlöchert ist wie ein Schweizer Käse«, begann er seinen Vortrag. »Aber die gute ist, dass die meisten Höhlen für unseren Fall gänzlich unbrauchbar sind. Die meisten dieser Höhlen sind kleiner als fünfzig Meter und bestehen nur aus einem schmalen, zumeist horizontal verlaufenden Gang. Außerdem sind sie schwer zugänglich. Also, man kann nicht einfach so hineinspazieren, sondern muss erst durch eine relativ schmale Öffnung kriechen. Kommt für unseren Fall also höchstwahrscheinlich nicht in Frage. Selbst wenn Haydak freiwillig in eine Höhle gekrochen sein sollte, wäre es sehr schwer gewesen, seine Leiche da wieder herauszubekommen.«

»Schwer, aber nicht unmöglich«, gab Tropper zu bedenken. »Vielleicht sollten wir noch einen Spezialisten von der Höhlenrettung hinzuziehen?«

Jens zuckte mit den Achseln. »Wir haben uns auf die Höhlen konzentriert, die relativ gut zugänglich und nicht für den allgemeinen Publikumsverkehr geöffnet sind. Damit fallen Bärenhöhle, Nebelhöhle, Falkensteiner Höhle, Schillerhöhle und so weiter weg.«

»Der Rulaman!«, rief Neidhart laut aus, sodass Peppi erschreckt zusammenzuckte.

»Spinnst du?«, meckerte sie ihn aufgebracht an.

»Rulaman von Weinland.« Neidhart zog nachdenklich die Stirn in Falten. »In dem Roman hieß die Höhle allerdings net Schillerhöhle sondern Tulka-Höhle. Rulaman war der Häuptlingssohn von einem Urvolk. Aimats oder so hän die g'hoißa. Die lebten in den Höhlen und Schluchten auf der Schwäbischen Alb.« Er sah erwartungsvoll in die Gesichter seiner Kollegen. »Kennt ihr die Geschichte net?«

»Herr Neidhart, wenn wir die Höhle gefunden und diesen Fall abgeschlossen haben, dann können Sie uns gern von Ihrem Rulaman erzählen. Aber jetzt ist dafür definitiv

nicht der richtige Zeitpunkt«, bremste Brander den Er-
zähldrang des Kollegen. »Jens, mach bitte weiter.«

»Herr Wenzel, das ist der Höhlengänger, mit dem wir
heute gesprochen haben, wird mit uns in den nächsten Tagen einige Höhlen, die ziemlich versteckt liegen, absuchen.
Das Amt hat ihn für uns freigestellt.« Er sah zu Tropper.
»Könnt ihr vielleicht schon irgendwie den Radius einkrei-
sen, wie weit ...«

Tropper schüttelte den Kopf. »Unmöglich. Er ist mit
dem Auto transportiert worden. Zehn Minuten, eine halbe
Stunde, zwei Stunden. Ich kann ja nicht einmal sagen, ob
wir nur auf der Schwäbischen Alb suchen müssen.«

»Das macht es nicht leichter.«

»Tut mir leid.« Der Kriminaltechniker sah bedauernd
zu Jens.

»Wenigstens sind die Wetterprognosen ganz gut, sodass
wir nicht in irgendwelche überfluteten Höhlen tauchen
müssen ...«

»Oh, da wäre ich gern dabei!«, rief Corinna Tritschler
aus.

»Du kannst dann meinen Part übernehmen«, erklärte
Jens, und ihm war die Erleichterung anzusehen, dass er
diese Aufgabe gegebenenfalls an die Kollegin abgeben
konnte. Jens war ein Schreibtischtäter.

Brander musste sich beeilen, um nach der Sitzung rechtzeitig nach Hause zu kommen. Seine Beine fühlten sich
schon völlig ausgelaugt an, als er das Fahrrad um zehn vor
sieben in die Garage schob. Wie sollte er jetzt noch mit
Beckmann joggen gehen? Was für eine Schnapsidee. Nein,
eine Whiskylaune war schuld daran gewesen. Vielleicht
könnte er Karsten zu einem Glas Whisky anstelle einer
Runde durch den Schönbuch überreden, entwickelte er einen alternativen Plan für den Abend.

Er ging in die Küche und löffelte in aller Eile einen
Joghurt. Der Becher war noch halb voll, als es an der Tür

klingelte. Beckmann war zu früh. In der Hand hielt er zwei Fahrradhelme.

»Probier mal auf. Einer wird schon passen. Du kannst die Größe hier noch individuell anpassen.« Beckmann setzte Brander, der mit Löffel und Joghurtbecher in den Händen wehrlos vor ihm stand, einen Helm auf den Kopf, ruckelte daran herum, zog hier etwas fest und dort etwas tiefer und betrachtete den Kommissar kritisch. »Könnte passen.«

»Muss das sein?« Brander drehte sich um und sah sich mit Helm und Joghurt im Garderobenspiegel. »Sieht schon ein bisschen albern aus, oder?«

»Hier geht es nicht um gutes Aussehen, hier geht es um deine Sicherheit!«, belehrte ihn Beckmann.

»Ich dachte, für die Sicherheit wäre ich zuständig«, wies Brander auf seinen Broterwerbsjob hin.

»Welche Männer haben die kaputtesten Autos? Kfz-Meister. Bis du dir einen Helm gekauft hast, bist du in Rente.«

»Ich krieg keine Rente, ich krieg Pension.«

»*Whatever*.« Beckmann nahm Brander den Helm wieder vom Kopf und setzte ihm den zweiten auf.

»Das kann ich auch selbst machen«, wehrte sich Brander.

»Pah, du stehst hier und drehst dich wie Schneewittchen vorm Spiegel. Wir haben keine Zeit. Der Wald ruft.«

»Soll ich mit einem Helm durch den Wald laufen?«

»Nee, aber du könntest dich mal langsam umziehen.«

»Wieso umziehen?« Brander sah an sich herunter. Er hatte eigentlich vorgehabt, in seinem Trainingsanzug, den er schon beim Radfahren angehabt hatte, laufen zu gehen. Gegenüber Beckmanns enger Laufhose und dem atmungsaktiven roten Funktionsshirt kam er sich tatsächlich etwas altmodisch gekleidet vor.

»Du wirst doch wohl 'ne ordentliche Laufhose haben! Solche Schlabberhosen trägt heute kein Mensch mehr.«

»So viel zum Thema Äußerlichkeiten.«

»In der Hose läufst du dir 'nen Wolf! Das scheuert an den Oberschenkeln.«

»Bin in fünf Minuten fertig.« Brander gab sich geschlagen und trottete ins Schlafzimmer, um sich umzuziehen.

Als er wenige Minuten später zurückkehrte, stand Beckmann in seinem Wohnzimmer und starrte auf Branders Zeichenblock. Er hob den Blick und sah den Kommissar mit irritiertem Blick an. »Was zur Hölle ist das?«

»Meine Sportkleidung.«

»Das meine ich nicht.« Er hob den Block, zeigte Brander die Skizze, die dieser am Morgen erstellt hatte. »Das hier! Was ist das für eine krasse Zeichnung?«

Brander erschrak. »Pack das weg. Das geht dich nichts an.«

Beckmann legte den Block zur Seite, sah dabei seinen Freund noch immer verstört an.

»Das gehört zu meiner Arbeit. Vergiss, dass du das gesehen hast, okay?«

»Ist das dein aktueller Fall? Geht es um Misshandlung?«

»Karsten, bitte, vergiss es.«

Beckmann nickte. »Okay.« Er ging zur Wohnungstür und klopfte Brander im Vorübergehen auf die Schulter. »Ich wusste gar nicht, dass du so gut zeichnen kannst. Vermutlich werde ich heute Nacht Albträume haben.«

MITTWOCH

Die Nacht war kurz, obwohl er nach der Joggingrunde und der anschließenden Dusche völlig erledigt direkt ins Bett gefallen war.

Beckmann hatte ihn eine Stunde lang durch den Wald gescheucht, zwar in einem moderaten Tempo, aber eben kontinuierlich. Während Brander damit kämpfte, seine Füße hoch genug zu heben, um nicht über Baumwurzeln zu stolpern, lenkte Beckmann ihn mit einem Vortrag über Trainingslehre und richtige Ernährung ab. Zwischendurch verwies er immer wieder auf die ersten herbstlich verfärbten Blätter der Eichen und Buchen, und manchmal gelang es Brander sogar, den Kopf zu heben und einen Blick darauf zu erhaschen. Bei der königlichen Jagdhütte gönnte Beckmann ihm zwei Minuten Verschnaufpause.

»Wir könnten am Sonntag eine Radtour machen«, schlug Beckmann vor, während Brander nach Luft rang. »Am Betzenberg stehen Mammutbäume. Hast du die schon mal gesehen?«

»Ja«, schnaufte Brander. »Ein Erbe von König Wilhelm dem Ersten.«

Das hatte ihm sein Vater vor vielen Jahren bei einer ihrer Wanderungen durch den Schönbuch erzählt. Seine Eltern lebten, seit sie Anfang der achtziger Jahre nach Süddeutschland gezogen waren, in Schönaich, einem kleinen Ort nördlich des Naturparks. Brander war damals fünfzehn und fand diese Wanderungen furchtbar langweilig. Als er älter wurde, genoss er jedoch die Zeit, die er so mit seinem Vater verbringen konnte.

»Der König hat sich damals nach der Entdeckung der Mammutbäume in Kalifornien Samen beschafft und diese im Gewächshaus der Stuttgarter Wilhelma aufziehen lassen«, dozierte Brander. »Dann ließ er die jungen Bäume im ganzen Land aussäen. Aber nur wenige überlebten die harten Winter. Am Betzenberg steht der größte Mammutbaum. An die fünfzig Meter hoch.«

»Was du so weißt«, wunderte sich Beckmann. »Und wie sieht's aus mit unserer Radtour?«

»Ich vermute, ich werde am Wochenende arbeiten müssen.«

»Schade«, hatte Beckmann gesagt und mit einem Schulterstoß zum Weiterlaufen animiert.

Mitten in einer Tiefschlafphase, riss ihn das Klingeln seines Mobiltelefons aus dem Schlaf. Er hatte es neben das Bett gelegt, tastete hektisch mit halb geöffneten Augen nach dem Apparat.

»Hallo Süßer«, meldete sich eine muntere Frauenstimme und kicherte ihm ins Ohr.

Er räusperte sich. Durch das plötzliche Erwachen und die schnelle Bewegung nach dem Telefon war ihm schwindelig geworden.

»Hab ich dich geweckt?« Wieder ein Kichern. Cecilia?

»Wie spät ist es?«, fragte er mit belegter Stimme und rieb sich die Augen.

»Kurz vor zehn.«

Er sah auf den Wecker. Drei Uhr sechsundfünfzig.

»Was … Ist was passiert? … Warum …«, stammelte er schlaftrunken. Aber sie klang nicht so, als ob etwas passiert wäre. Eher sehr vergnügt und fröhlich.

»Ich wollte deine Stimme hören. Ups.«

Er hörte etwas poltern. »Ceci! Alles in Ordnung?«

»Ja, huch …« Wieder ein Kichern. »Ich glaub, ich bin ein bisschen beschwipst.«

Beschwipst? Erst jetzt registrierte er ein leichtes Nuscheln in ihrer Stimme. Kleine Gewitterwolken zogen durch sein Gehirn. Ceci trank mal ein Glas Wein, aber diese Frau am Telefon schien eher eine ganze Flasche geleert zu haben.

»Es ist vier Uhr morgens. Ich habe geschlafen.«

»Oh.«

»Du bist betrunken, Ceci!«

»Nein, nur beschwipst. Ich dachte, du freust dich, wenn ich dich anrufe. Du fehlst mir.«

Er brummte müde. Sein Gehirn war noch nicht so wach, als dass er sich hätte freuen können. Hatte sie erwartet, dass er jubilierte, wenn Sie ihn mitten in der Nacht aus dem Schlaf riss?

»Warte, es hat geklopft. Da steht jemand vor meiner Zimmertür.« Er hörte, wie sie zur Tür ging. Bruchstücke eines undeutlichen Gesprächs drangen gedämpft durch die Leitung. Anscheinend hatte sie eine Hand über das Handy gelegt. Er verstand das Gespräch nicht, erkannte aber eine Männerstimme und hörte zwischendurch ihr vergnügtes Lachen. Die Gewitterwolken brauten sich in Sekundenschnelle zu einem Orkan zusammen.

»Das war …«

»Ich kann mir denken, wer das war!«, fuhr er seiner Frau über den Mund. »Rufst du mich tatsächlich mitten in der Nacht an, damit ich teilhaben kann, wie du mit diesem verfluchten Sebastian flirtest? Leg dich ins Bett und schlaf deinen Rausch aus!« Er unterbrach die Leitung. Die Müdigkeit war vergangen. Wutschnaubend saß er im Bett, das Blut raste in Sturzbächen durch seine Adern. Ein Albtraum. Er hatte alles nur geträumt, versuchte er sich einzureden. Er schaltete das Licht ein, sah auf das leere Bett neben sich. Noch immer hielt er das Handy in seiner Hand. Er prüfte die eingegangenen Anrufe. Kein Traum. Er legte das Telefon zur Seite, stand auf, humpelte zur Toilette. Seine Oberschenkel schmerzten vor Muskelkater, sodass er kaum einen Fuß vor den anderen setzen konnte. Wie würde er sich erst in ein paar Stunden fühlen?

Er schlug sich kaltes Wasser ins Gesicht. Ganz langsam beruhigte sich sein Puls wieder. Verdrossen betrachtete er das müde unrasierte Gesicht im Spiegel. Er war keine zwanzig mehr. Auch keine dreißig. Die Jahre hatten deutliche Spuren in seinem Gesicht hinterlassen. Die Geheimratsecken hatten bald die kahle Stelle am Hinterkopf erreicht. Vielleicht sollte er sich eine Glatze rasieren, um die Spuren seines Haarausfalls zu verwischen. Die Fältchen um seine Augen herum waren längst nicht mehr klein, sondern verschmolzen mit den Falten, die sich vom Kinn über die Wange zogen. Vierundvierzig Jahre. Sechzehn davon mit Cecilia, seit vierzehn Jahren und zwei Monaten waren sie verheiratet. Er sah auf seine Finger, drehte den Ring an seiner rechten Hand mehrmals herum. Warum hatte sie ihn mitten in der Nacht angerufen? Und wieso hatte er so die Beherrschung verloren? Vielleicht war es gar nicht Sebastian gewesen, dem sie geöffnet hatte. Der Zimmerservice? Oder jemand, der sich in der Tür geirrt hatte? Verfluchte Eifersucht! Warum bekam er dieses nichtsnutzige Gefühl nicht in den Griff?

»Eifersucht ist eine Leiden… Ach, leck mich doch am Arsch!«, beschimpfte er sein grimmiges Spiegelbild.

Er kehrte zurück ins Schlafzimmer, drückte die Rückruftaste. Nach dem dritten Freizeichen schaltete sich der Anrufbeantworter ein. Warum nahm sie jetzt nicht ab? Wenn es doch Sebastian gewesen war? Wollte er sie abholen, um an der Hotelbar noch ein Glas Wein mit ihr zu trinken? Oder hatte sie den Kerl ins Zimmer gelassen? Ging sie deswegen nicht ans Telefon?

»Verdammte Scheiße!«, fluchte Brander und ging ins Wohnzimmer. Eine Weile zappte er durch die Fernsehprogramme, um seinen Grübeleien Einhalt zu gebieten, schließlich zog er seinen Trainingsanzug an und machte sich auf den Weg nach Tübingen.

Die Bewegung linderte den Schmerz seines Muskelkaters und ließ seine Wut etwas abflauen. Die frische Luft trieb ihm Tränen in die müden Augen. Um halb sechs saß er an seinem Schreibtisch und arbeitete sich durch die Akten, die sich im Laufe der letzten Tage angehäuft hatten. Ein paar Gesprächsprotokolle von Zeugen, die sich aufgrund des Zeitungsaufrufs vom Samstag gemeldet hatten, dazu zig Protokolle von den Befragungen der Anwohner und Spaziergänger in der Umgebung des Leichenfundortes, Vernehmungsprotokolle, Berichte der Spurensicherung und der Rechtsmedizin.

Viertel nach acht platzte Tropper in sein Büro.

»Guten Morgen, Andi.« Er stutzte und sah Brander besorgt an. »Was ist denn mit dir passiert?«

»Schlecht geschlafen.«

»Ist es noch wegen Hendrik?«

Brander winkte ab. Tropper würde ihn auslachen, wenn er ihm von seinem morgendlichen Erwachen erzählte. »Wir haben zwei Zeugen, die einen Wagen mit Münchner Kennzeichen am frühen Freitagmorgen auf der B 27 gesehen haben. Beide sprechen von einem dunklen Kombi.«

»Wahrscheinlich ein Tupperware-Vertreter.« Tropper setzte sich auf den Besucherstuhl. »Was ist mit dem Audi mit Böblinger Kennzeichen?«

»Peppi ist dran.« Brander raufte sich mit beiden Händen durch die Haare und gähnte herzhaft. Wie sollte er diesen Tag nur überstehen? »Freddy, ich brauch ein Täterprofil. Mit wem haben wir es zu tun? Ein Täter, zwei Täter? Mann? Frau? Groß, klein? Dick, dünn? Fleischesser, Vegetarier? Gib mir irgendwas.«

»So einfach ist das nicht.«

»Wir haben so viele Spuren, da muss doch etwas dabei sein! Was ist mit den DNA-Spuren, die wir am Montag eingeholt haben? Irgendeine Übereinstimmung?«

»Ich warte noch auf die Ergebnisse.«

Brander stöhnte auf. Warum zogen sich die Ermittlungen so lange hin? Warum gingen die Laboruntersuchungen nicht voran? Warten, warten, warten. Er hatte keine Lust mehr zu warten. »Aber irgendetwas müssen wir doch über den Täter wissen!«

»Ein bisschen was haben wir«, gab Tropper zögernd zu.

»Raus mit der Sprache! Was?« Brander richtete sich auf und wedelte ungeduldig mit den Händen. Das sah Tropper ähnlich! Darauf zu warten, dass er sich vor lauter Grübelei die letzten Haare ausriss, und dann ganz nebenbei den Trumpf aus dem Ärmel schütteln.

»Ich war gestern noch mal an der Grillstelle. Wir haben den Transport der Leiche vom Auto zur Fundstelle rekonstruiert. Wenn ich jetzt die ganzen Spuren und Abdrücke, die wir gefunden haben, in dieses Bild einbaue, bekomme ich ein – wenn auch immer noch undeutliches – Bild von unserem Täter.«

»Komm auf den Punkt! Was haben wir?«, forderte Brander erwartungsvoll.

»Unser Täter ist etwas kleiner als Haydak, vermutlich so um die eins siebzig, eins fünfundsiebzig. Es ist entweder ein eher schmächtiger Mann oder eine etwas kräftigere Frau. Denn an Körperkraft war einiges notwendig, um ihn dorthin zu schaffen. Er ist von nur einer Person transportiert worden, was den Verdacht nahelegt, dass es sich um einen einzelnen Täter oder eine einzelne Täterin handelt. Er oder sie trug Wanderschuhe, vermutlich Größe vierzig bis zweiundvierzig. Das ließ sich leider nicht genauer feststellen.«

Brander zog die Augenbrauen hoch. »So viel ist das aber auch nicht.« Eigentlich war es so gut wie nichts, dachte er frustriert.

»Warten wir auf die Laboruntersuchungen.«

»Guten Morgen, die Herren!« Peppi kam schwungvoll in den Raum gerauscht, in einer Hand eine Tüte Brezeln, in der anderen eine Tageszeitung, die sie in Branders Richtung warf. »Schau dir mal die Anzeigen an.«

Brander blätterte durch die Zeitung, bis er die Seite fand. Es waren drei Todesanzeigen für Friedmar Haydak dabei. Fast eine halbe Seite nahm die von seiner Kanzlei ein, die Anzeigen vom Tübinger Anwaltsverein und von seiner Familie waren etwas kleiner. Der Text von Haydaks Familie war so nüchtern und kurz gehalten, als ginge es um einen Fremden: Friedmar Haydak, Geburts- und Sterbedatum, darunter »In stiller Trauer«, es folgten die Namen der Angehörigen. Der Termin für die Beerdigung war auf kommenden Dienstag angesetzt.

Brander schüttelte sich. Die Anzeige der Kanzlei war gefühlvoller! Aber konnte man es Haydaks Frau verdenken? Er überflog den Rest der Seite nach weiteren Todesanzeigen. Zwischen den Familienanzeigen war noch der Nachruf auf einen siebenundachtzigjährigen Feuerwehrmann. Was würde Ceci eines Tages in seine Todesanzeige schreiben lassen? »In Gedenken an meinen ewig brummigen und eifersüchtigen Mann.« Er wischte den Gedanken mit einem ärgerlichen Kopfschütteln fort und legte die Zeitung zur Seite.

»Dass die Liebe zwischen Friedmar und Tabea Haydak nicht besonders groß war, wussten wir auch schon vorher.«

»Wussten wir auch schon vorher!« Peppi zog eine Grimasse. »Ich sagte: Anzeigen! Hier, schau dir diese Kleinanzeige an!« Sie trat an seinen Schreibtisch, schlug die Zeitung erneut auf und las aus der Rubrik »Vermischtes« vor. »Hier: ›So trittst auch du vor den Herrn und empfängst deine gerechte Strafe.‹ Was ist das bitte schön für ein Spruch? In der Bibel steht das so nicht.«

Tropper nickte anerkennend. »Mit so viel Scharfsinn solltest du zur Kripo gehen!«

»Ach? Arbeiten da so Holzköpfe wie du?«

»Ja, ein paar«, erwiderte Tropper ernst.

»Und was hat das jetzt mit unserem Fall zu tun?« Brander konnte keinen direkten Zusammenhang erkennen.

»Heute Morgen rief mich eine Bekannte an, die beim Tagblatt in der Anzeigenabteilung arbeitet. Gestern kam ein Mann zum Tagblatt und wollte bei ihr diese Anzeige aufgeben.« Sie deutete auf die Zeilen in der Zeitung, »Sie war sich unsicher, weil der Mann verlangte, dass dieser Text bei den Todesanzeigen abgedruckt werden sollte. Nach Rücksprache mit dem Anzeigenleiter, sagte sie ihm, dass das nicht ginge und bot ihm an, dass der Text unter Vermischtes gedruckt werden könnte. Er war nicht begeistert, wollte aber unbedingt, dass die Anzeige heute im Blatt steht. Sie hat also den Auftrag angenommen. Es war viel zu tun, und sie hat es dann einfach weitergegeben und sich nicht weiter darum gekümmert. Heute Morgen fiel es ihr wieder ein, und aus Neugier schaut sie die Todesanzeigen durch und liest den Namen Friedmar Haydak. Und jetzt rate mal, wer gestern bei Vera diese Anzeige aufgegeben hat.«

»Nein, bitte verrate du es mir«, bat Brander mit Engelsgeduld. Warum machten seine Leute sich eigentlich so einen Spaß daraus, ihn mit ihren Neuigkeiten ständig auf die Folter zu spannen?

»Auf dem Anzeigenformular steht Friedmar Haydak.«

»Wie bitte?«, fragten Brander und Tropper im Chor.

»Genau!« Peppi nickte zufrieden. »Jetzt verrate du mir: Was hat das zu bedeuten?«

»Ein makaberer Scherz?«, überlegte Tropper.

»Oder ein Zeichen.« Ein weiteres Detail für Branders Skizze. »Hol diese Vera sofort hierher. Vielleicht können wir ein Phantombild erstellen.«

Hendrik und Jens waren bereits mit dem Höhlengänger unterwegs, als Brander die Neuigkeiten in der Soko-Sitzung bekannt gab.

»Der Täter wär seggldomm, wenn er tatsächlich beim Tagblatt eine Anzeige aufgeben tät«, stellte Neidhart fest.

»Vielleicht fühlt er sich so sicher?«, überlegte Karl-Heinz Barowsky.

»Vielleicht aber auch nur einer, den Haydak verärgert hat, und der jetzt auch noch seine kleine Rache haben will?« Corinna Tritschler nahm sich einen von Neidharts Äpfeln, biss hinein und fuhr kauend fort: »Was ist mit diesem Logistikunternehmer? Wie hieß der? Lorenz?«

Brander verzog das Gesicht. Gerade eben hatte er noch gedacht, der Lösung des Falls ein ganzes Stück näher gekommen zu sein. Aber Corinna Tritschler hatte recht. Es konnte sich um irgendjemanden handeln, der wütend auf Haydak war.

»Wir werden sehen. Es ist auf jeden Fall eine Spur, die wir weiter verfolgen werden«, wollte Brander seine Hoffnung nicht gleich wieder begraben. Er verteilte die Aufgaben an die Kollegen. »Peppi, wir fahren noch einmal zu Frau Haydak. Nachdem, was die Haushälterin uns gestern erzählt hat, will ich noch mal ihre Version zu den Geschehnissen am Samstagabend hören.«

Staatsanwalt Lehmann fing Brander nach der Sitzung im Flur ab.

»Herr Brander, ich habe eine Information für Sie. Meine Frau war gestern mit den Kollegenfrauen aus, und da hat sie den Namen der Freundin von Friedmar Haydak in Erfahrung bringen können. Sie heißt vermutlich Paula Kern und arbeitet als Arzthelferin in einer Praxis in Reutlingen.«

»Paula Kern«, wiederholte Brander.

»Ja, mehr habe ich leider nicht.«

☼

Margot Hilbers empfing sie an der Tür. Wenige Schritte von ihr entfernt stand Felix Haydak im Flur. Als er Brander hereinkommen sah, drehte er sich abrupt herum und stürmte die Treppe hinauf. Brander sah ihm stirnrunzelnd nach. Was hatte er dem Jungen getan?

»Wir haben ihn bis zur Beerdigung vom Schulunterricht befreien lassen. Für ihn ist es wahrscheinlich am schwersten«, meinte Frau Hilbers Felix entschuldigen zu müssen.

»Ja, vermutlich«, stimmte Brander ihr zu. »Wir möchten noch einmal mit Frau Haydak sprechen.«

»Kommen Sie.«

Sie gingen wieder durch den dunklen Flur in das geräumige Wohnzimmer. Tabea Haydak saß an dem Glastisch und starrte auf einige Hochglanzprospekte. Sie sah hoch, als Brander das Zimmer betrat. »Ich muss die Beerdigung vorbereiten«, erklärte sie. »Sarg, Blumenarrangements, Einladungen, an was man alles denken muss.«

»Die Todesanzeige haben Sie ja schon geschaltet.« Er hatte es nicht so bissig sagen wollen. Die Sachlichkeit, mit der Frau Haydak über die Beerdigung ihres Mannes sprach, hatte ihn dazu verleitet. Dabei konnte er sie verstehen, wenn Haydak tatsächlich ein so brutaler Mann gewesen war.

»Durfte ich das nicht?«

»Doch, doch.« Er setzte sich zu ihr und hoffte, dass sie ihm einen Kaffee anbieten würde. Die kurze Nacht steckte ihm in den Knochen. Nur mit Mühe unterdrückte er ein Gähnen. »Frau Haydak, wir müssen mit Ihnen noch einmal über den Abend vor dem Verschwinden Ihres Mannes reden.«

Ihre Miene versteinerte sich. »Was wollen Sie wissen?«

»Sie sagten, Ihr Mann hat Sie an jenem Abend geschlagen.«

»Ja.«

»Können Sie mir bitte schildern, was an jenem Abend genau passierte?«

»Warum ist das so wichtig?«

»Weil wir die letzten Stunden im Leben Ihres Mannes rekonstruieren müssen, um den Täter zu finden.« Er zwang sich zur Geduld, die ihm anscheinend an diesem Tag vollends abhandengekommen war.

Sie sah auf die Prospekte auf dem Tisch. Obwohl sich nichts an ihr regte, spürte Brander den inneren Kampf, der in dieser Frau vorging. Schließlich begann sie leise zu sprechen, eher zu sich, als zu den beiden Kommissaren.

»Ich kann eigentlich noch gar nicht richtig glauben, dass er tot ist, obwohl ich ihn ja gesehen habe. Wie er da lag. Kalt und blass. Er war immer voller Energie. So stark. So unerschütterlich in allem, was er tat. Dafür habe ich ihn bewundert.« Sie hob den Kopf, ließ den Blick durch den Raum schweifen. »Er ist immer noch hier, hört jedes Wort, das ich sage. Manchmal spüre ich seinen Atem in meinem Nacken. Wenn ich abends im Bett liege, höre ich das Knarren der Stufen und denke, er kommt die Treppe hinauf.« Sie rieb sich über die Arme, als wäre ihr kalt.

Brander betrachtete die Frau nachdenklich, erkannte die Verwirrung hinter der Maske, die sie aufgesetzt hatte. Die Wut auf ihren Mann, die Genugtuung, dass er tot war, und gleichzeitig das Erschrecken über diese Gefühle und die Lücke, die er trotz allem hinterlassen hatte.

Sie stand auf, ging zu dem kleinen Teewagen und füllte sich ein Glas mit Martini. Peppi warf Brander einen missbilligenden Blick zu. Brander antwortete mit einem Schulterzucken. Der Versuch, die Frau vom Trinken abzuhalten, wäre vergeblich. Und er wollte sie jetzt nicht in Opposition bringen.

»Sie trinken wahrscheinlich nicht im Dienst?« Frau Haydak wandte sich wieder ihnen zu.

»Das stimmt«, bestätigte Brander. »Frau Haydak …«

Sie hob eine Hand. »Ich werde Ihnen erzählen, was an dem Abend vor Friedmars Verschwinden passiert ist. Soweit ich das kann. Wir haben gemeinsam zu Abend gegessen, Friedmar, Felix und ich. Danach ist er in sein Arbeitszimmer gegangen und hat telefoniert. Ich weiß nicht, mit wem er gesprochen hat. Darum habe ich mich nie gekümmert. Nachdem Felix gegangen war, habe ich mich hingelegt. Ich war müde, und Friedmar war den ganzen Tag schon so angespannt gewesen, dass ich ihm lieber aus dem Weg ging. Felix war bei einem Freund eingeladen und wollte dort auch übernachten.« Sie sog bebend die Luft ein und trank einen Schluck Martini bevor sie fortfuhr: »Irgendwann kam Friedmar herauf. Er war wütend, ich weiß nicht warum. Er wollte mit mir schlafen, aber ich wollte nicht. Das machte ihn noch wütender. Ich hätte es mir denken müssen. Wissen Sie, hätte ich ihm einfach seinen Willen gelassen, hätte ich mir einiges erspart … Er hat mich aus dem Bett gezerrt und mich geschlagen. Geschlagen. Immer wieder geschlagen. So wütend war er lange nicht mehr gewesen. Das letzte Mal …« Ihr Blick schweifte zum Fenster. Sie biss die Zähne zusammen.

»Das letzte Mal?«, fragte Brander. Vielleicht lag dort der Schlüssel, nach dem er suchte.

»Sonst schlug er mich mit der Hand, manchmal mit einem Geschirrtuch. Den Gürtel nahm er nur selten. Aber an diesem Abend nahm er den Gürtel. Immer wieder schlug er auf meinen Rücken. Ich … ich machte mich ganz klein, um mich zu schützen. Er trat auch nach mir und beschimpfte mich.« Automatisch hatte sie die Schultern vorgezogen, die Hände klammerte sich an das Glas.

»Konnten Sie sich denn nicht irgendwie schützen?«, fragte Peppi mit belegter Stimme.

Tabea Haydak schüttelte den Kopf. »Nein. Er ist viel stärker als ich, und wenn ich mich gewehrt hätte, hätte ihn das nur noch mehr provoziert. Und außerdem …« Sie hielt inne.

»Und außerdem?«, hakte Brander vorsichtig nach.

»Ich hatte es vielleicht auch verdient, dass er mich schlug.« Ihre Schultern sackten resigniert herab.

Aus den Augenwinkeln sah Brander, dass Peppi empört Luft holte. Er warf ihr einen beschwichtigenden Blick zu.

»Warum meinen Sie, dass Sie es verdient hätten?«, fragte er behutsam.

Sie sah ihn traurig an und schwieg. Sie würde es ihm nicht erzählen. Nicht jetzt.

»Er hat Sie geschlagen. Was tat er dann?«, steuerte er das Gespräch wieder zurück.

»Irgendwann hat er aufgehört, mich zu schlagen.«

»Hat er aufgehört, weil Ihre Haushälterin dazu kam?«

Sie drehte das Glas zwischen ihren Fingern. »Ja, vielleicht. Es war alles … ich kann mich kaum noch erinnern.«

»Was tat Ihr Mann, nachdem er aufgehört hatte, Sie zu schlagen?«

Sie überlegte angestrengt und schüttelte den Kopf. »Ich weiß es nicht.«

»Und Sie? Was taten Sie?«

»Ich … das weiß ich auch nicht mehr. Alles tat so weh. Ich lag auf dem Boden, weinte …« Verwirrt sah sie den Kommissar an. »Ich glaube, ich wurde ohnmächtig. Als ich wieder zu mir kam, war er nicht mehr da.« Sie leerte das Glas. »Es tut mir leid. An mehr kann ich mich nicht erinnern. Ich weiß nicht einmal, ob er das Haus verlassen hat oder noch da war. Ich habe mich nicht getraut, im Haus nach ihm zu suchen. Mir tat alles weh. Am nächsten Tag war sein Wagen fort.«

Haydaks Auto. Noch immer hatten sie keine Spur von dem Mercedes gefunden.

»Kann es sein, dass er zu seiner Freundin gefahren ist?«

»Zu welcher?« Die Maske legte sich wieder über ihr Gesicht, die gleiche, die ihm bei seinem ersten Besuch aufgefallen war. Ein Puppengesicht. Sie richtete ihre Fassade wieder auf. »Er hatte ständig irgendwelche Freundinnen. Junge Dinger, mit denen er ein paar Mal ins Bett ging und die er dann wieder fallen ließ.«

»Sagt Ihnen der Name Paula Kern etwas?«

Er bemerkte ein kurzes Erschrecken, das sie schnell hinter einer Bewegung zu verbergen versuchte. Sie drehte sich herum und stellte das Glas zurück auf den Teewagen. »Nein. Wer soll das sein?«

»Ich hatte gehofft, dass Sie mir das sagen könnten.«

Mit einem heftigen Ruck wurde die Tür geöffnet. »Können Sie meine Mutter nicht endlich in Ruhe lassen?« Felix Haydak stand wutschnaubend in der Tür.

»Felix«, entfuhr es Tabea Haydak, dann lächelte sie nachsichtig, ging zu ihrem Sohn und nahm ihn in die Arme. »Es ist schon gut. Die Polizisten machen nur ihre Arbeit. Du willst doch auch, dass sie Papas Mörder finden.« Sie sah zu Brander. »Friedmar hat Felix geliebt. Er war sehr stolz auf seinen Sohn.«

»Wer ist Paula Kern?«, fragte Peppi, als sie wieder im Auto saßen. »Sie ist zusammengezuckt, als du ihren Namen erwähnt hast.«

»Paula Kern ist vermutlich eine Freundin von Haydak gewesen.«

»Woher hast du das denn?«

»Von Lehmann. Seine Frau hat es beim Juristen-Frauen-Kaffeeklatsch herausgefunden. Er hat es mir vorhin erzählt.«

»Der Lehmann. Ich dachte immer, ihr zwei hättet ein Problem miteinander, aber seit dieser unseligen Geschichte mit seinem beknackten Sohn, hat er wohl eher ein Problem mit mir.«

»Oder du mit ihm.« Brander gähnte herzhaft und rieb sich über den Nacken. Er brauchte unbedingt wieder einen Koffeinschub. »Kannst du das nicht einfach mal vergessen?«

»Nee, da bin ich wie ein Elefant. So etwas vergesse ich nicht.«

»Aber es war sein Sohn, der dich belogen hat, und nicht

Lehmann. Er verurteilt das Verhalten seines Sohns doch genauso.«

»Themenwechsel, okay? Wer ist jetzt diese Paula?«

»Das finden wir als Nächstes heraus. Fahr zur Dienststelle.«

»Jawohl, Chef.«

In der Polizeidirektion wartete die nächste Überraschung auf Brander. Die Einzelverbindungsdaten von Haydaks Telefonen lagen auf seinem Schreibtisch.

»Wow! Innerhalb von zwei Tagen. Ich glaub, so schnell hab ich die Dinger noch nie bekommen!« Brander überflog die Listen. Sie hatten sich die Telefonate vom Samstag vor Haydaks Verschwinden bis zu seinem Auffinden am Freitag darauf geben lassen. Drei Anrufe hatte er von Samstagabend bis Sonntagabend von seinem Handy getätigt. Danach waren keine Gespräche mehr ausgegangen. Brander ließ die Nummern überprüfen.

»Anruf Nummer eins Samstagnacht gegen dreiundzwanzig Uhr ging an unsere unbekannte Paula Kern. Anruf Nummer zwei Sonntagmorgen um zehn an Priska Schwiech. Anruf Nummer drei sonntagabends um Viertel nach neun zu sich nach Hause«, trug Brander kurze Zeit später Peppi die Ergebnisse vor. Er kratzte sich am Kopf. »Weder Priska Schwiech noch Tabea Haydak haben etwas von diesen Telefonaten erwähnt. Seltsam, findest du nicht?«

»Ja, das finde ich allerdings. Und was ich auch seltsam finde: Warum ruft er diese Kern an, nachdem er seine Frau verprügelt hat?«

Peppi stand auf, stützte sich mit einem Unterarm auf den Schreibtisch und gewährte Brander damit einen Einblick in ihr fülliges Dekolleté. »Irgendwie verschweigt uns hier jeder irgendwas, oder?«

»Du solltest noch einen Knopf an deiner Bluse schließen. Man kann ja bis zum Erdmittelpunkt gucken.«

»Du hast mir doch wohl nicht in den Ausschnitt geguckt?«, empörte sich Peppi.

Brander feixte. »Hübscher BH. Ist der neu?«

»Ich werde mich bei der Frauenbeauftragten beschweren. Wird Zeit, dass Ceci wieder kommt!«

Er hatte den Streit der letzten Nacht fast verdrängt. »Ja«, seufzte er. »Wem sagst du das.«

Peppi sah ihn prüfend von der Seite an, dann nahm sie die Autoschlüssel. »In zwei Wochen hast du sie ja wieder. Und bis dahin haben wir auch den Fall gelöst.«

Da die Arztpraxis, in der Paula Kern arbeitete, mittwochnachmittags geschlossen hatte, fuhren sie zu ihrer Wohnung. Paula Kern wohnte in einem Mehrfamilienhaus am südwestlichen Ortsrand von Reutlingen. Direkt, nachdem Peppi die B 28 Richtung Zentrum verlassen hatte, bog sie in atemberaubenden Tempo rechts ab in die Schafstallstraße.

Brander hielt sich am Griff der Beifahrertür fest. »Was sollte das denn?«, beschwerte er sich bei der Kollegin.

»Die Ampel war grün und ich war gerade noch so in Schwung«, erwiderte Peppi ausgelassen.

»Erstens bist du nicht mehr auf der Bundesstraße, zweitens ist hier Tempo dreißig und drittens hätten wir erst die nächste rechts abfahren müssen!«

»Wieso? Die wohnt doch hier im Schafstall.«

»Ja, aber … ach vergiss es, fahr da vorne links.« Brander hatte keine Lust auf eine Diskussion, welcher Weg der kürzeste wäre.

»Schafstall. Ist auch ein ziemlich seltsamer Name für eine Wohngegend, findest du nicht?«, überlegte Peppi.

Brander zuckte die Achseln. »Vielleicht heißt das so, wegen der weißen Häuser.« Er deutete mit der Hand auf ein paar Mehrfamilienhäuser, deren Mauern hell verputzt waren.

»Also wirklich, Picasso! Das ist nicht weiß. Das ist cremé oder champagner oder so was.«

»Wie wäre es mit Schaf-Weiß?«

»Vermutlich war das früher alles mal Wiese und hier haben tausende Schafe herumgeblöckt«, sinnierte Peppi weiter über den Namen des Wohngebiets.

»Wie auch immer, da vorne wohnt unsere Frau Kern.« Er deutete auf ein fünfstöckiges Gebäude. »Und da ist ein Parkplatz.«

Peppi stellte den Wagen ab und warf einen Blick auf die Mehrfamilienhäuser, die an den Parkplatz grenzten. Abgesehen vom Verkehrslärm, der gedämpft von der Bundesstraße herüberdrang, war es relativ ruhig. Irgendwo spielten ein paar Kinder, man hörte nur hin und wieder ein fröhliches Lachen oder Kreischen. Die Balkone lagen – trotz des schönen Wetters – verlassen vor ihnen. Auf einem Balkon stapelten sich mehrere Matratzen hochkant an der Wand.

Brander und Peppi liefen über den Fußweg zum Hauseingang von Paula Kerns Wohnung. Nach dem zweiten Klingeln meldete sie sich an der Gegensprechanlage.

»Brander, Kripo Tübingen. Wir würden gern kurz mit Ihnen sprechen.«

»Zweite Etage, rechts«, erklärte eine Frauenstimme und betätigte den Türöffner.

Paula Kern hatte eine Schürze umgebunden. Mehlstaub klebte auf den Armen und in ihrem Gesicht, als sie Brander und Peppi an ihrer Wohnungstür empfing.

»Ich kann Ihnen leider nicht die Hand geben. Ich backe gerade«, erklärte sie mit entschuldigendem Lächeln. Ein hübsches, wenn auch sehr ernstes Gesicht mit schmalen Lippen und mandelförmigen Augen. Sie war etwas größer als Peppi und schlank. Die blondierten Haare hatte sie am

Hinterkopf hochgesteckt. Offensichtlich hatte Haydak ein Faible für blonde Frauen gehabt. Ihre Arme waren sehnig, als betreibe sie Kraftsport. Nicht so viel, um Muskelpakete aufzubauen, aber genug, um einen durchtrainierten Körper zu formen und auch mit neununddreißig – so viel wusste Brander aus seinen Unterlagen – sehr attraktiv auszusehen. Die Haut war leicht gebräunt, und ihre Hüften schwangen locker mit, als sie die Kommissare in ihre Küche führte.

Sie wischte mit einem Geschirrtuch über zwei Stühle. »Nehmen Sie Platz.«

Wie gewohnt nahm Brander die Einladung an, während Peppi an der Küchentür stehen blieb.

»Sie kommen wegen Friedmar, nicht wahr?«, kam Paula Kern sofort zur Sache und begann einen Teig auf der Arbeitsplatte zu kneten. »Ich habe es heute Morgen aus der Zeitung erfahren.«

»Sie waren mit Friedmar Haydak befreundet?«, begann Brander und beobachtete die geschickte Arbeit von Paula Kerns Fingern. Sie bemerkte seinen Blick.

»Ich mache das immer mit der Hand. Ich halte nichts von diesen modernen Küchenmaschinen. Ich muss den Teig zwischen meinen Händen spüren, dann weiß ich genau, wann er die richtige Konsistenz hat. Ich backe sehr gerne.« Sie drückte eine Mulde in den Teig, schlug ein Ei auf und schüttete den Inhalt in die Mulde. Dann wischte sie mit dem Zeigefinger das Innere des Eis aus. »Nichts verkommen lassen«, sagte sie mit einem ironischen Schmunzeln und warf die Eierschale in die Spüle. »Ja, ich war mit Friedmar befreundet, um auf Ihre Frage zurückzukommen. Wir haben uns vor knapp neunzehn Jahren kennengelernt. Damals studierten wir beide. Er Jura und ich Medizin. Wir waren eine Zeit lang zusammen, aber irgendwie haben wir es nicht geschafft, als Paar zu funktionieren. Also ging jeder seiner Wege. Aber wir sind irgendwie nie ganz voneinander losgekommen.« Sie zuckte entschuldigend mit den Schultern.

»Waren Sie nach Ihrer Trennung nur noch mit ihm befreundet oder hatten Sie eine … Beziehung mit ihm?«

Sie hörte auf, den Teig zu bearbeiten, starrte einen Augenblick stumm auf die Arbeitsplatte, bevor sie antwortete. »Beziehung? Nein, eine richtige Beziehung hatten wir nicht. Eher so etwas wie ein Verhältnis. Seine Ehe war nicht besonders glücklich, und bei mir hat er das bekommen, was seine Frau ihm nicht geben konnte.« Es war eine sachliche Feststellung, kein Versuch einer Erklärung, kein Schuldbekenntnis.

»Und das wäre?«, fragte Peppi mit lauerndem Unterton. Eindeutig bezog sie Position für die betrogene Ehefrau.

Paula Kern wandte den Kopf zu der Kommissarin. »Tja, wie soll ich Ihnen das erklären? Er war kein Typ für die Missionarsstellung. Ihm musste man schon ein bisschen mehr bieten.«

Sadomaso-Spielchen, erinnerte sich Brander an die ersten Vermutungen der Kollegen nach Auffinden der Leiche.

»Wusste seine Frau von Ihrer Beziehung?«, hakte Brander nach.

»Ich denke schon. So etwas lässt sich auf Dauer nicht verheimlichen.«

»Auf Dauer? Von welchem Zeitraum sprechen wir denn?«

»Ich sagte doch, dass wir nie ganz voneinander losgekommen sind. Wir haben uns immer mal wieder getroffen. Mal öfter, mal weniger oft.«

»Und da gab es keine Probleme?«

»Was hat das mit Friedmars Tod zu tun? Natürlich war es nicht einfach. Weder für seine Frau noch für mich. Denken Sie, ich habe nicht von einer Familie geträumt, von einem Haus und Kindern? Aber nicht jedem Menschen erfüllt der Herrgott seine Wünsche.« Sie begann wieder, den Teig zu kneten. »Wie ist er überhaupt gestorben?«

»Er wurde ermordet.« Brander sah, wie sich einen winzigen Augenblick ihre Muskeln verspannten.

»Wer ... wer hat ihn umgebracht?«

»Das wissen wir noch nicht.«

»Und wie wurde er ermordet?« Ihre Stimme war kaum mehr als ein Flüstern.

»Darüber darf ich Ihnen nichts sagen. Wir haben ihn letzten Freitag gefunden.« Brander wäre es lieber gewesen, er hätte ihr Gesicht gesehen, während sie mit ihm sprach, aber sie hielt den Blick gesenkt, konzentrierte sich auf den Kuchenteig. Sie formte ihn zu einer großen Kugel.

»Können Sie sich vorstellen, wer Friedmar Haydak umgebracht haben könnte?«, fragte Brander.

»Es gab viele, die ihn nicht mochten.« Ihre Stimme war wieder fester. »Friedmar war sehr dominant. Macht und Erfolg waren für ihn sehr wichtig. Für ihn gab es nur zwei Möglichkeiten: Entweder man war auf seiner Seite oder man war gegen ihn. Und er ging nicht zimperlich mit den Menschen um, die sich ihm in den Weg stellten. Damit hat er sich natürlich nicht viele Freunde gemacht.«

»Und Sie haben sich ihm nie in den Weg gestellt?«, fragte Peppi.

Paula Kern hörte auf, den Teig zu kneten, und sah die Kommissarin abschätzend an. »Hätte ich einen Grund dazu gehabt?«

»Sie wussten doch, dass er seine Frau schlägt, nicht wahr?«

»Ich ... ja, ich wusste es. Aber was hätte ich denn Ihrer Meinung nach tun sollen? Es ist ihr Leben. Wenn er sie schlägt, muss sie sich wehren. Ich habe keine Verantwortung für diese Frau!« Für einen Moment schien sie um ihre Selbstbeherrschung zu kämpfen. Wieder bemerkte Brander die angespannte Muskulatur. »Wenn ich nicht Friedmars Wünsche bedient hätte, glauben Sie mir, dann wäre es weitaus unangenehmer für diese … dieses dumme Ding geworden!«

»Niemand wirft Ihnen etwas vor, Frau Kern«, versuchte Brander, die Situation wieder zu entspannen. Mit einem warnenden Seitenblick brachte er Peppi zum Schweigen. »Herr Haydak hat Sie am Samstag vor einer Woche nachts angerufen. Was wollte er von Ihnen?«

Die Frau wandte sich ihm wieder zu. »Er wollte zu mir kommen, aber ich hatte keine Lust auf ihn. Außerdem war ich müde, und ich hatte mir vorgenommen, am nächsten Tag wandern zu gehen.«

»Sie haben ihn also nicht getroffen?«

»Nein, ich habe ihn nicht getroffen. Ich denke, Sie haben ihn letzten Freitag gefunden? Warum fragen Sie nach Samstagnacht?«

»Da wurde Herr Haydak zum letzten Mal lebend gesehen.«

Peppi ließ sich auf den Fahrersitz fallen und startete den Motor. »Was für ein abgebrühtes Weib.«

»Auf mich wirkte sie eher verhärmt, desillusioniert.«

»Du bist ein wahrer Menschenkenner.« Peppi verzog spöttisch das Gesicht.

»Werte Kollegin, ich weiß, dass du ein Problem damit hast, wenn Männer ihre Frauen betrügen, aber …«

»Und verprügeln!«, ergänzte Peppi.

»… aber ein bisschen mehr Objektivität würde dir sehr gut tun. Wenn Haydak so ein Arsch ist, warum hat Paula Kern sich dann jahrelang mit ihm getroffen? Vielleicht gibt es ja auch eine gute Seite an ihm, die wir bisher übersehen haben.«

»Pah!« Peppi blies sich wutschnaubend ihre schwarzen Locken aus dem Gesicht. »Er hatte Kohle. Wahrscheinlich hat er sie für ihre besonderen Dienste gut bezahlt.«

»Meinst du, sie war seine Domina?«

»Wohl eher seine Sklavin. Wir hätten mal einen Blick in ihr Schlafzimmer werfen sollen oder in ihren Keller. Was ist denn das für eine Schlafmütze! Das ist ein Beschleunigungsstreifen!«, fluchte Peppi, als sie den Wagen auf die B 28 Richtung Tübingen lenkte. Sie schaltete einen Gang tiefer, gab Gas und wechselte auf die linke Spur. »Hätte ich mir denken können. Mann mit Hut. Ich dachte, die holen ihr Auto nur sonntags aus der Garage.«

»Wenn du weiterhin so unkontrolliert Gas gibst, wird das nichts mit der Verringerung des CO_2-Ausstoßes«, erinnerte Brander die Kollegin an die guten Vorsätze des Tübinger Oberbürgermeisters.

»Wir sind noch in Reutlingen. In Tübingen lass ich den Wagen nur noch rollen«, konterte Peppi.

»Jedenfalls haben wir hier eine Frau gefunden, die nicht so schlecht von Haydak spricht. Aus welchem Grund auch immer«, kam er wieder auf ihren Fall zu sprechen. »Du brauchst nicht so zu rasen. Die Soko-Sitzung ist erst in einer Dreiviertelstunde.«

Brander hätte nicht für möglich gehalten, dass Hendrik Marquardt jemals schlechter aussehen könnte als er. Aber an diesem Abend, als er den siebenunddreißigjährigen Kollegen im Konferenzraum sah, fühlte er sich trotz der an ihm nagenden Müdigkeit um Jahre jünger. Dunkle Ringe zeichneten sich unter Hendriks Augen ab. Das sonst glänzende, füllige Haar wirkte unfrisiert und matt, seine Haut faltig. Verstohlen beobachtete Brander den Kollegen, während dieser von den erfolglosen Höhlenexkursionen berichtete. Was war los mit Hendrik? Die Gereiztheit, der Missmut und jetzt dieses nachlässige, kranke Aussehen. Er vergaß die Wut, die immer noch in ihm gebrodelt hatte, und nahm sich vor, so schnell wie möglich mit Hendrik zu reden.

»Wir haben sämtliche in Frage kommenden Höhlen in einem Umkreis von hundert Kilometern absuchen lassen. Nichts. Wir haben die Kollegen in Ravensburg und Ulm um Hilfe gebeten.«

»In Ulm und um Ulm …«

»Magnus, bitte«, unterbrach Hendrik den Kollegen genervt. »Wir werden in den nächsten Tagen weiter unterwegs sein und uns noch die großen Höhlen ansehen. Auch wenn die Wahrscheinlichkeit, dort etwas zu finden, gegen Null geht.«

»Danke Hendrik.« Brander nickte ihm zu, aber Hendrik wich seinem Blick wieder aus. »Wie gesagt, wenn ihr noch Unterstützung braucht …«

»Wir haben schon Hilfe angefordert.«

»Okay.«

»Die Mitarbeiterin vom Tagblatt war heute Vormittag hier. Wir haben ein Phantombild anfertigen lassen, von der Person, die die Anzeige aufgegeben hat. Es handelt sich um einen Mann, vierzig bis fünfundvierzig Jahre alt, bayrischer Dialekt. Circa eins achtzig groß, bäuerlicher Typ. Die Frau hatte ein sehr gutes Erinnerungsvermögen«, berichtete Corinna Tritschler als Nächste.

Brander warf einen Blick auf den Computerausdruck, der das kantige Gesicht eines bayrischen Bauern zeigte. »Wir werden das Bild zunächst den Angehörigen, Angestellten und Kollegen zeigen. Vielleicht erkennt ihn jemand. Ansonsten könnten wir es mit einem Zeitungsaufruf am Samstag versuchen.«

»Dann kam noch eine Info von den Böblinger Kollegen. Sie haben den Autofahrer des grauen Audi mit Böblinger Kennzeichen ausfindig gemacht, der morgens am Parkplatz gesehen wurde. Der Mann kommt morgen Vormittag um elf Uhr zu uns«, fuhr die Kollegin fort.

179

Brander notierte sich den Termin. »Haben wir schon einen Hinweis auf Haydaks Auto?«

»Nein, nichts.«

»Was ist mit dem Kombi mit Münchner Kennzeichen?«

»Kannst du vergessen. Was denkst du, wie viele Kombis es mit Münchner Kennzeichen gibt. Wir haben ja nicht einmal eine Automarke oder wenigstens eine Farbe. Vielleicht ist es gar kein dunkler Wagen, sondern er sah in der Nacht nur so dunkel aus.«

»Moment mal«, mischte sich Peppi ein. »Münchner Kennzeichen. Und der Typ mit der Anzeige hatte einen bayrischen Dialekt?«

Einen Moment lang sahen sich die Kollegen schweigend an.

»Hanói! So bleed isch der net.« Magnus Neidhart fand als erster seine Sprache wieder. »Dafür war das Ganze doch viel zu durchdacht.«

Tropper kratzte sich am Kopf. »Das passt wirklich nicht ins Bild.«

»Doch, irgendwie schon«, meldete sich Jens zu Wort. »Er wollte, dass die Leiche gefunden wird. Er hat im Arrangement des Toten eine Botschaft hinterlassen. Vielleicht will er auch, dass wir herausfinden, wer er ist.«

»Eins achtzig, bäuerlicher Typ, das passt aber nicht zu den Spuren, die ihr am Grillplatz gefunden habt, Freddy«, gab Brander zu bedenken.

»Vielleicht habe ich mich geirrt. Oder aber wir haben es mit zwei Tätern zu tun.«

☼

Obwohl Brander todmüde war, verspürte er keine Lust, in sein einsames Haus nach Entringen zu fahren. Cecilia hatte sich den ganzen Tag noch nicht bei ihm gemeldet, und ihm fehlte der Mut, sie anzurufen. Er stieg auf sein Fahrrad und fuhr in die Innenstadt. Vielleicht könnte er sich eine Radhose kaufen. Erst als er vor der verschlossenen Tür des Radladens stand, bemerkte er, dass es bereits nach acht Uhr war. Er fuhr weiter, folgte – bewusst oder unbewusst, er hätte es nicht sagen können – den kleinen Radwegweisern Richtung Bebenhausen. Er ließ Tübingen hinter sich, radelte entlang des Goldersbachs bis zu der Grillstelle, an der der Tote gelegen hatte. Ein paar Jugendliche saßen dort. Sie hatten ein Lagerfeuer entzündet und tranken Bier. Brander ärgerte sich. Er hätte gern eine Weile allein hier gesessen und über seinen Fall nachgedacht. Er stieg trotzdem vom Fahrrad und ging zu der Gruppe, die erst zu ihm aufsah, als er direkt neben ihnen stand.

»Hallo«, grüßte er in die Runde. Er zählte vier Jungen und zwei Mädchen.

»Hallo«, grüßte einer zurück.

»Darf ich mich zu euch setzen?«

Der Junge, der ihn gegrüßt hatte, zuckte mit den Schultern und wandte sich wieder seinen Freunden zu. Brander setzte sich schweigend dazu und sah in das Feuer. Warum hatte der Täter sich ausgerechnet diesen Platz für Haydaks Leiche ausgesucht? Hier war doch ständig etwas los. Radfahrer, Wanderer und Sportler kamen vorbei. Jugendliche und Familien kamen zum Grillen her. Den Leichnam hierher zu schaffen war riskant.

»Seid ihr öfter hier?«, sprach er den Jungen an, der neben ihm saß.

»Ab und zu, warum?«, antwortete dieser unwillig. Offensichtlich störte er diese Gruppe bei einem gemütlichen Abend.

»Vor knapp einer Woche wurde hier ein Toter gefunden.«

Der Junge nickte. »Hab ich von gehört.« Es schien ihn nicht besonders zu interessieren.

»Vielleicht habt ihr ja was gesehen, was wichtig sein könnte?« Er sah in die Gesichter der Gruppe.

»Pressefritze oder Bulle?«, fragte ein anderer misstrauisch.

Sein Kumpel stieß ihm in die Seite. »Wenn das 'n Bulle ist, kriegste eins dran wegen Beamtenbeleidigung«, zischte er ihm zu.

»Ich bin Kriminalkommissar, ja.«

»Cool, da darf man so verranzt rumlaufen?« Der Junge neben ihm sah ihn jetzt mit mehr Aufmerksamkeit an. »Ich geh auch zur Kripo.«

Verranzt! Er war ja ein tolles Vorbild für die Jugend. »Und? Ist euch in den letzten Wochen irgendetwas aufgefallen?«

»Nee, ist keiner mit 'ner Leiche vorbeigekommen«, sagte der Junge, der ihn gefragt hatte, ob er ein Bulle wäre. Die anderen kicherten.

»Selbst wenn, würd es, glaub ich, keiner merken. Passiert so viel Scheiße um uns herum«, sagte ein anderer. »Wie sah denn der Tote aus? Muss alles voll Blut und so gewesen sein, wurde erzählt.«

»Wie heißt du?«, stellte Brander eine Gegenfrage.

»Marvin.«

»Da war kein Blut, Marvin. Aber es war ganz bestimmt kein schöner Anblick. Es ist immer schrecklich, wenn ein Mensch ermordet wird.«

»Haben Sie schon viele Leichen gesehen?«, fragte eines der Mädchen.

Brander zuckte mit den Schultern. Was war viel? Fünf? Zehn? Fünfzig? Spielte das eine Rolle? »Euch ist also nichts aufgefallen?«, beschloss er, die Befragung der Jugendlichen zu beenden.

»Doch«, sagte das Mädchen, das ihn nach den Leichen gefragt hatte. »Da vorne lag eine rote Rose auf dem Rasen.«

»Wo?« Brander spürte, wie sich ihm vor Aufregung die Nackenhaare aufstellten. Er sah sich um.

»Da vorne.« Sie deutete auf die Stelle, an der vor wenigen Tagen die Leiche von Friedmar Haydak gelegen hatte.

»Wann habt ihr da eine Rose liegen sehen?«

»Vorhin, als wir gekommen sind. Ich glaub, die hat da noch nicht lange gelegen, sah noch ganz gut aus.«

»Und wo ist die Rose jetzt?«

Sie sah ihn betreten an. »Die Jungs haben sie verbrannt.«

Brander fluchte. »Ich brauche eure Namen und Anschriften.«

»Kriegen wir jetzt 'ne Anzeige?«, fragte Marvin.

»Nein, aber das ist eine wichtige Aussage. Eine rote Rose. Sonst habt ihr nichts gefunden?«

Sie schüttelten einvernehmlich die Köpfe.

Wer hatte die Blume dort hingelegt? Wer – außer dem Täter – konnte wissen, dass Friedmar Haydaks Leiche hier gelegen hatte?

DONNERSTAG

Es regnete und Brander haderte mit sich, ob er bei dem Wetter mit dem Fahrrad zur Arbeit fahren sollte. Schließlich entschied er sich, die Ammertalbahn nach Tübingen zu nehmen. Da er nicht gemeinsam mit den Schülermassen im Zug fahren wollte, blieb ihm Zeit für ein gemütliches Frühstück. Er kochte Kaffee, toastete zwei Scheiben Brot und setzte sich an den Küchentisch. Aber der Tisch schien ihm leer und zu groß ohne Cecilia.

Am Abend zuvor hatte er versucht, sie anzurufen, aber nur ihren Anrufbeantworter erreicht. Da er von der vorangegangenen kurzen Nacht sehr müde war, war er schließlich zeitig ins Bett gegangen und sofort in einen tiefen Schlaf gefallen. Die Erlebnisse des Tages hatten sich mit einer schaurigen Schattenwelt vermischt. Schreiende Frauen, Haydaks Gesicht zu einer höhnischen Fratze verzerrt, und dann sah er Hendrik, der ihm die Hände entgegenstreckte, auf denen ein lebloses Baby mit einer Rose lag. Schweißgebadet wachte er auf. Im ersten Augenblick überlegte er, Hendrik anzurufen. Ein Blick auf die Uhr zeigte ihm, dass morgens um halb drei kein guter Zeitpunkt war. Es dauerte, bis er wieder in den Schlaf fand.

Er holte seinen Skizzenblock aus dem Wohnzimmer und betrachtete die Zeichnung. Eine weitere Figur konnte hinzugefügt werden. Paula Kern. Er überlegte, welches Symbol er für sie verwenden sollte, zeichnete schließlich nur den Umriss ihres Kopfes und zwei Hände, die einen Klumpen Teig bearbeiteten. Was war sie für eine Frau? Warum hatte die Beziehung zu Haydak nicht funktioniert? Warum war sie trotzdem mit ihm zusammengeblieben – wenn auch nur als Verhältnis? Sie war eine attraktive Frau und hätte sicherlich leicht einen neuen Partner finden können. Was hielt sie bei Haydak? Er durchlief gedanklich noch einmal das Gespräch. Etwas, das sie gesagt hatte, hatte ihn kurz irritiert. Was war es gewesen? Er kam nicht drauf.

Er leerte seine Tasse, betrachtete die Skizze. Frauen. Ging es tatsächlich um Frauen? Sex? Gewalt? Oder deuteten sie die Symbolik falsch? Ein Pranger. Demütigen, vergelten, zur Schau stellen. Er war dominant, hatte Paula Kern gesagt, und das passte auch zu den Aussagen von Tabea Haydak und Priska Schwiech. Die Schwiech. Auch sie hatte gesagt, dass sie sich nicht einfach von Haydak hätte trennen können. Warum nicht?

Und wie passte die Rose in das Bild? Er skizzierte die Rose rechts neben der Zeichnung des Toten. Ein Staranwalt, beruflich erfolgreich. Er hatte seine Gegner vor Gericht gnadenlos in die Mangel genommen und rücksichtslos vorgeführt. Wer hatte sich an ihm gerächt? Wer trug so große Wut in sich, dass er Haydak töten und öffentlich bloßstellen wollte?

Tod durch Erfrieren. Ein aussichtsloser Kampf eines einzelnen Menschen gegen die Kälte.

»So trittst auch du vor den Herrn und empfängst deine gerechte Strafe.« Konnte diese Anzeige von seinem Mörder stammen? Aber war der Mörder nicht selbst der Richter gewesen, der Haydak mit dem Tode bestraft hatte? Oder war Haydaks Tod vielleicht gar nicht beabsichtigt gewesen? Sollte er gar nicht erfrieren?

Brander stöhnte frustriert auf. So viele Fragen. Zu viele verschiedene Richtungen. Gab es denn keine Stelle, an der er ansetzen konnte?

Er räumte das Frühstücksgeschirr in die Spülmaschine, nahm seinen Schirm und machte sich auf den Weg zur Bahn. Der kleine Bahnsteig war voller, als er erwartet hatte. Er ging vor zum Fahrkartenautomat und zog einen Fahrschein. Während er auf den Zug wartete, betrachtete er das alte Bahnhofsgebäude, dessen Fassade in ein Gerüst gehüllt war, sodass er nicht viel von dem schönen Haus erkennen konnte.

Die Lautsprecher über ihm knackten, und eine undeutliche Stimme nuschelte eine Ansage, von der Brander kein einziges Wort verstand. Ratlos sah er die anderen Reisenden am Bahnsteig an.

»Das ist jetzt das dritte Mal diese Woche!«, schimpfte eine Frau nicht weit von ihm entfernt. »Jetzt krieg ich schon wieder meinen Anschlusszug nicht. Das glaubt mir mein Chef doch bald nicht mehr.«

Die Ansage wurde wiederholt, etwas lauter dieses Mal, und Brander meinte, etwas von zehn Minuten Verspätung zu verstehen. Gut, dann würde er eben zehn Minuten am Bahnsteig stehen und auf die Felder schauen. In der Ferne stand ein einzelner Baum auf einer kleinen Erhebung. Daneben war ein kleiner Handymast, nicht weit vom Flugsportverein Ammerbuch entfernt. Unwillkürlich wanderte sein Blick weiter bis zum nahen Hartwald, in dem vor anderthalb Jahren ein Jogger ermordet worden war. Er wollte nicht an diesen aufwühlenden Fall erinnert werden und wandte sich unwillig ab. Der Regen hatte etwas nachgelassen. Was stand er noch hier, um auf die blöde Bahn zu warten? Er würde sich besser fühlen, wenn er mit dem Fahrrad zur Arbeit fuhr. Das bisschen Regen – er war doch kein Weichei! Der Muskelkater von seiner Joggingrunde mit Beckmann war auch nicht mehr so schlimm. Er klappte den Schirm zusammen und marschierte wieder nach Hause. Ob der Verkehrsbetrieb ihm das unbenutzte Ticket erstatten würde?

Völlig durchnässt erreichte er die Polizeidirektion. Er versuchte, seine nasse Kleidung so gut es ging im Umkleideraum aufzuhängen, bezweifelte aber, dass er sie am Abend wieder anziehen könnte. Schnelltrocknende Funktionskleidung wäre jetzt nicht schlecht gewesen.

»Du bist ja heute spät dran«, stellte Peppi fest, als Brander ins Büro kam. Es kam selten vor, dass er nach seiner Kollegin den Dienst begann.

»Ich hatte gehofft, es würde aufhören zu regnen.«

»Ist dein Auto immer noch kaputt?«

»Ja.«

»Kauf dir 'n neues Auto. Die alte Möhre gehört auf den Schrott.«

»Jetzt fang du auch noch an. Karsten hat das Gleiche gesagt.« Brander ließ sich auf seinen Stuhl sinken und blätterte durch die Zettel auf seinem Schreibtisch.

»Oh, dein Becks hat übrigens schon angerufen. Du sollst dich bei ihm melden.«

»Warum ruft der hier an?«

»Frag ihn doch! Keine Ahnung. Hat mir gereicht, seine arrogante Stimme schon am frühen Morgen ertragen zu müssen.«

Brander musterte seine Kollegin neugierig. »Was hat er denn gesagt, dass du so wütend auf ihn bist?«

»Es genügt mir schon, seine Stimme zu hören.«

Brander wählte Beckmanns Telefonnummer.

»Guten Morgen Karsten. Was gibt's?«

»Oh, hat dir deine liebenswerte Kollegin meinen Anruf ausgerichtet?«

»Ja, womit hast du ihr denn heute die Stimmung verdorben? Ich kann das wieder ausbaden!«, beschwerte sich Brander und erntete einen zornigen Blick seiner Kollegin.

»Ich war ganz höflich, du kennst mich. Aber ich glaube, mein gutes Aussehen und mein Charme überfordern sie einfach.«

Das war Beckmann, wie Brander ihn kennengelernt hatte. Selbstbewusst und arrogant. Er schielte grinsend zu Peppi, die ihn argwöhnisch beobachtete.

»Vermutlich wünscht sie sich, ich wäre Hetero«, setzte Beckmann noch eins drauf.

Brander lachte laut los. »Ich glaube, das könnte es sein.« Er brauchte einen Moment, um wieder ernst zu werden. »Warum rufst du nicht auf meinem Handy an?«

»Hab ich ja. Ist aber anscheinend ausgeschaltet, und zu Hause konnte ich dich auch nicht erreichen. Was hatte ich da noch für eine Wahl?« Beckmann sprach, als hätte er über glühende Kohlen gehen müssen, um ihm eine Nachricht zukommen zu lassen.

Brander holte sein Handy hervor. Tatsächlich, das Display war schwarz. Er konnte sich nicht erinnern, das Telefon ausgeschaltet zu haben. Er versuchte es einzuschalten, aber nichts tat sich. Der Akku war leer.

»Und was gibt es so Dringendes?«

»Am Samstagabend ist Whiskyverkostung im Weinhaus Beck. Ich war mit einem Freund verabredet, der gestern Abend kurzfristig abgesagt hat, und da dachte ich, das wäre doch auch etwas für dich.«

»Hm.« Brander überlegte. Whiskyverkostung klang verlockend. »Wo ist das?«

»Du kennst das Weinhaus Beck nicht? Das ist dieser kleine Laden am Marktplatz, rechts neben dem Rathaus. Ein vorzügliches Kaltes Buffet, fünf hervorrangende Whiskys und eine Menge Spaß«, versprach Beckmann.

»Ja, ich glaube, da bin ich dabei«, sagte Brander, als Tropper hereinkam. Er schnalzte mit der Zunge. Er hatte sich Samstagabend eigentlich mit dem Kriminaltechniker treffen wollen. »Warte einen Moment.« Er sah zu Tropper. »Whiskyprobe, Samstagabend bei Beck?«

Tropper hob den Daumen, und Brander wandte sich wieder dem Telefon zu. »Können wir Freddy noch mitnehmen?«

»Der Dünne?«

»Ja.«

Beckmann seufzte leise. »Eigentlich hätte ich lieber den Abend mit dir allein verbracht.«

Brander spürte, wie ihm das Blut in die Schläfen stieg. Dieser Hund schaffte es doch immer wieder. Locker bleiben, beschwor er sich. »Und mit den dreißig anderen Teilnehmern«, konterte er.

»War ein Spaß«, lenkte Beckmann ein. »Klar kann dein Kollege mitkommen. Sag Peppi einen Gruß von mir, ich liebe ihr griechisches Temperament.«

»Was könnte es sein?«, legte Peppi sofort los, nachdem Brander aufgelegt hatte.

Brander sah sie fragend an. »Wie? Was könnte es sein?«

»Ihr habt über mich gelästert! Was hat der Hund wieder von sich gegeben?«

»Peppi, du musst nicht immer alles auf dich beziehen.«

»Was hat er gesagt?«

Brander warf einen Blick auf Tropper und sah dann wieder zu seiner Kollegin. »Das willst du jetzt nicht wissen.«

»Oh doch!«, beharrte Peppi.

»Ich soll dich grüßen.«

»Blabla. Was hat er gesagt?«

Brander wollte seine Kollegin nicht in Verlegenheit bringen. Womöglich hatte Beckmann recht. Er sah wirklich verdammt gut aus, und Peppi war Single. Reagierten Frauen nicht besonders ablehnend, wenn ihnen ein Mann gefiel und sie es nicht zugeben wollten? Er schüttelte den Kopf und wandte sich Tropper zu.

»Morgen, Freddy. Das war gerade Karsten.«

»Hab ich mir schon gedacht.« Tropper wedelte mit einem Umschlag. »Ich hab die Ergebnisse der Laboruntersuchungen. Gehen wir zur Soko-Sitzung?«

Brander stand auf und ließ Peppi an der Tür den Vortritt. Sie funkelte ihn wütend an. »Wir sprechen uns noch, Andi!«

Er lächelte, als könnte er es gar nicht erwarten.

»Wir haben den Befund der Laboruntersuchungen aus der Rechtsmedizin erhalten. Sie sind fündig geworden.« Tropper nahm einen Zettel von dem Stapel, der vor ihm auf dem Tisch lag. »Friedmar Haydak wurde mit einem Antihistaminikum betäubt. Es könnte sich um ein Medikament handeln wie zum Beispiel Hoggar Night, das ist ein relativ starkes Beruhigungsmittel.«

»Verschreibungspflichtig?«, hakte Brander sofort nach.

»Je nachdem. Hoggar Night bekommst du rezeptfrei in jeder Apotheke und im Internet. Wir können im Moment noch nicht genau sagen, wie hoch die Dosis war. Die Untersuchung dauert noch an. Vermutlich war es jedoch keine geringe Menge. Hoggar Night ist leicht in Wasser löslich. Wenn man es in Tee oder Kaffee mischt und den vielleicht noch mit Zucker stark süßt, merkt derjenige, der es trinkt, vermutlich nicht einmal, dass dem Getränk etwas beigemischt wurde. Wenn wir beispielsweise davon ausgehen, dass Haydak schon eine Weile in der Höhle saß und total durchgefroren war, wäre es ihm wohl auch egal gewesen, wenn der Kaffee etwas bitterer als gewöhnlich gewesen wäre. Er zieht sich den Kaffee rein, wird müde und legt sich irgendwann erschöpft hin. Das Mittel allein ist auch in hohen Dosen nicht unbedingt tödlich. In Verbindung mit der Kälte ist es jedoch gefährlich. Er schläft ein, die Kälte dringt in seinen Körper. Der Kreislauf fährt runter, es kommt zur Hypothermie.«

»Hypo- was?«, fragte Hendrik. Zum ersten Mal an diesem Morgen hob er den Blick. Brander erschrak. Direkt im Anschluss an die Sitzung würde er den Kollegen in sein Büro zitieren.

»Hypothermie – Unterkühlung. Die Körperkerntemperatur sinkt. Im vorliegenden Fall sprechen wir von einer subakuten akzidentellen Hypothermie. Die Temperatur sinkt ganz allmählich über einen Zeitraum von mehreren Stunden. Haydak schläft ein, gleitet in die Bewusstlosigkeit und stirbt schließlich. Dieser Prozess kann bis zu sechs-unddreißig Stunden dauern.«

»Was bedeutet das für uns konkret?«, fragte Brander.

»Es ist eigentlich nur eine Bestätigung für das, was wir sowieso schon wussten. Haydak ist irgendwann zwischen Sonntagabend und Dienstagnacht erfroren. Wir wissen jetzt lediglich auch, mit welchem Mittel er ruhiggestellt wurde. Ein Antihistaminikum. Ein Mittel …«

»… das sich jeder Hanswurst quasi überall ganz unauffällig besorgen kann«, beendete Brander den Satz. »Du erwartest jetzt keine Jubelschreie, oder?«

»Ich kann nichts dafür.« Tropper nahm den nächsten Zettel. »Die Ergebnisse des DNA-Abgleichs habe ich auch bekommen.«

Brander faltete flehend die Hände. »Bitte, Freddy, enttäusch mich nicht.«

»Eine der DNA-Spuren stammt von Margot Hilbers.«

»Welche?« Brander hielt gespannt den Atem an.

»Die Hautschuppen unter Haydaks Fingernägeln. Aber …« Tropper hob mahnend beide Hände, »das muss nicht mit der Tat zusammenhängen. Es besagt lediglich, dass er – vermutlich kurz vor seinem Tod – engeren Kontakt zu ihr hatte.«

»Was ist mit der zweiten DNA-Spur? Die war doch auch von einer Frau? Stammte die von Tabea Haydak?«, fragte Peppi.

»Fehlanzeige. Hier gab es keine Übereinstimmung. Entweder ist die Spur von der Täterin oder – was ich stärker vermute – von einer Verkäuferin aus dem Baumarkt, wo das Holz gekauft wurde.«

»Warum finden wir DNA von seiner Haushälterin, aber nicht von seiner Frau?«, überlegte Jens Schöne.

»Und wer legt eine rote Rose am Leichenfundort ab?«, ergänzte Brander und sah sämtliche Augenpaare der Ermittlungsgruppe auf sich gerichtet.

»Was für eine Rose?«, fragte Tropper.

Brander berichtete von seinem abendlichen Ausflug zur Grillstelle.

»Und die Jugendlichen haben die Rose wirklich verbrannt?«, fragte Tropper ungläubig.

Brander nickte.

»Denen werd ich persönlich den Arsch versohlen!«

»Sag du noch mal was über meine Erziehungsmethoden.«

Brander fand Hendrik Marquardt in der Kaffee-Ecke. »Hast du eine Minute Zeit?«

Hier hatten sie vor drei Tagen ihren Streit gehabt. Brander hoffte, dass es dieses Mal nicht wieder zu einer Auseinandersetzung käme.

Hendrik blieb mit dem Gesicht zum Kaffeeautomaten gewandt stehen und nickte stumm.

»Vielleicht sollten wir irgendwo hingehen, wo wir ungestört miteinander reden können«, schlug Brander vor. »Gehen wir in dein Büro?«

Ohne ein Wort zu sagen, marschierte Hendrik an ihm vorbei in sein Büro, setzte sich an den Schreibtisch und wandte den Blick zum Fenster. Brander schloss die Tür hinter sich.

»Es wäre leichter mit dir zu reden, wenn du mich dabei anschauen würdest«, erklärte Brander und setzte sich auf den Besucherstuhl.

Hendrik drehte den Kopf in seine Richtung. Brander sah die rot geäderten Augäpfel, darunter dicke Tränensäcke.

»Was ist los?«

Er bekam keine Antwort. Was für eine Sorge quälte seinen Kollegen? »Gibt es ein Problem mit Anne oder dem Baby?«

Hendriks Kiefer malmte wütend. »Ruf sie doch an und frag, wie es ihr geht.«

Brander schwieg einen Moment betreten. »Habt ihr … habt ihr euch getrennt?«

Hendrik wandte sich vollends zu Brander um und starrte ihn feindselig an. »Warum fragt mich jeder, wie es Anne oder Louis geht? Hey, wie geht's Anne? Alter, alles klar mit dem Baby? Schläft er schon durch? Muss Anne oft raus nachts? Anne, Louis, Anne, Louis. Wie es mir geht, interessiert kein Schwein mehr!«

»Das ist doch nicht wahr.«

»Und ob das wahr ist! Und weißt du, was genauso wahr ist? Anne geht es beschissen! Louis schreit Tag und Nacht«, platzte es aus Hendrik heraus, als hätte sich das Ventil einer Schleuse gelöst. »Wir haben alles probiert, wirklich alles, aber er hört einfach nicht auf. Anne dreht durch, sie bekommt keinen Schlaf mehr, und ich auch nicht. Aber ich hab wenigstens hier mal ein paar Stunden am Tag Ruhe vor dem Geschrei. Weißt du, wie scheiße das ist, wenn dein Baby schreit und schreit und schreit? Egal was du machst und versuchst. Du stehst völlig hilflos davor und weißt einfach nicht mehr, was du tun sollst. Ich dreh durch. Ich halte das nicht mehr aus! Aber darf ich mich beklagen? Abgesehen davon, dass es sowieso niemanden interessiert. Ich muss doch froh und dankbar sein und allen erzählen, wie toll es Anne und dem Kind geht.«

»Hendrik, jetzt …«

»Anne hält es auch nicht mehr aus. Seit zwei Monaten schluckt sie Antidepressiva, um ihre Nerven irgendwie in den Griff zu kriegen. Ich weiß nicht mehr, wie ich ihr helfen kann, weil ich selbst so runter bin mit den Nerven. Wir streiten uns wegen Kleinigkeiten. Wir …« Er brach ab, vergrub das Gesicht in den Händen.

»Warum habt ihr denn nichts gesagt?«

»Anne will nicht, dass irgendjemand hier von unseren

Problemen erfährt. Sie hat Angst, dass alle sie für eine schlechte Mutter halten. Mein Gott, was habe ich auf sie eingeredet. Es wird immer schlimmer. Du würdest sie nicht wieder erkennen. Jede Minute, die ich hier im Dienst bin, befürchte ich, dass sie plötzlich durchdreht und sich oder unserem Kind etwas antut. Sie muss mich stündlich anrufen, damit ich weiß, dass alles in Ordnung ist.«

Brander lief ein kalter Schauer über den Rücken. Unwillkürlich erinnerte er sich an den Traum, den er in der Nacht gehabt hatte. Hendrik mit dem leblosen Baby auf den Händen.

»Was ist denn mit euren Eltern? Können die euch nicht unterstützen?«

Hendrik schüttelte den Kopf. »Meine Eltern sind zu alt, die packen das nicht mehr. Und ihre sprechen nicht mehr mit uns, weil Anne das Kind bekommen hat, obwohl wir nicht verheiratet sind. Die leben voll hinterm Mond! Anne leidet wie ein Hund darunter. Deswegen will sie auch nicht, dass irgendjemand etwas von unseren Problemen erfährt.« Er atmete tief durch und heftete den Blick auf die Schreibtischplatte. »Andi, es tut mir leid, was ich letztens zu dir gesagt habe. Ich kann dir nicht mehr in die Augen sehen. Ich war so fertig und so wütend. Alle verlangen von mir immer, dass ich gut drauf bin und alles mit einem lockeren Spruch und einem fröhlichen Lachen erledige. Aber mir ist das Lachen gründlich vergangen.«

»Warum hast du nicht schon mal eher was gesagt?«

Die Tür wurde geöffnet und Jens kam herein. Er blieb im Türrahmen stehen, als er die beiden Kollegen sah. Brander drehte sich zu ihm.

»Nimm Cory heute mit auf Höhlenexkursion, ja?«

Jens nickte und schloss die Tür wieder hinter sich.

»Toll, Kriminaloberkommissar Hendrik Marquardt hat einen Nervenzusammenbruch und wird vom Außendienst freigestellt«, knurrte Hendrik zynisch.

»Ich glaube nicht, dass du einen Nervenzusammenbruch hast. Aber wenn wir nichts unternehmen, könnte das durchaus noch passieren. Hör zu, Hendrik. Fahr nach Hause. Ich möchte, dass du den Rest der Woche zu Hause bleibst. Rede mit Anne. So, wie es sich anhört, braucht sie dringend Hilfe.«

»Bin ich beurlaubt?«

»Nein, krankgemeldet. Du siehst zum Gotterbarmen aus.«

Hendrik verzog das Gesicht.

»Ich wünschte, ich könnte dir mehr helfen«, sagte Brander.

»Wie lange ist Cecilia noch in den Staaten?«

»Zwei Wochen.«

»Kommt ihr uns mal wieder besuchen, wenn sie wieder da ist? Auf deine Frau würde Anne vielleicht hören. Ich bin wirklich mit meinem Latein am Ende.«

»Ja, natürlich.« Brander kam eine Idee. »Vielleicht können wir mal als Babysitter einspringen. Ich steck mir Ohropax in die Ohren und spazier den ganzen Abend mit dem Kleinen durch die Wohnung. Und du gehst mit Anne ins Hotel, und ihr schlaft euch mal richtig aus.« Er stand auf und streckte Hendrik die Hand entgegen.

Hendrik gelang ein schwaches Lächeln. »Das würde ich mir an deiner Stelle noch einmal sehr genau überlegen.« Er erhob sich ebenfalls und nahm Branders Hand. »Danke, Andi.«

Gedankenverloren schlich Brander durch den Flur. Das war also die Kehrseite vom Elternglück. Nicht alle Babys waren friedlich schlafende und zufrieden glucksende kleine Wonneproppen. Was konnte er mehr tun, als Hendrik ein paar freie Tage zu verschaffen? Er konnte sich nicht in sein Leben einmischen. Er konnte nur versuchen, für den Kollegen da zu sein, wenn dieser Hilfe brauchte.

Babysitten. Er erinnerte sich daran, wie er mit seinem Neffen hin und wieder gespielt hatte. Inzwischen war der Sohn seines Bruders Daniel siebzehn Jahre alt und würde in zwei Jahren das Abitur machen. Hatte Julian als Baby viel geschrien? Er konnte sich nicht erinnern. Julian lebte mit seinen Eltern in Düsseldorf. Sie sahen sich viel zu selten. Auf jeden Fall war Julian als Jugendlicher kein Unschuldsengel, das hatte Brander vor einigen Jahren mitbekommen. Damals hatte der Junge begonnen, nur noch schwarze Kleidung zu tragen und Ohren und Nase mit Metall zu durchlöchern, um ein Goth zu werden. Mit seinem Aussehen und seinen pubertären Sprüchen hatte er den Vater mehr als einmal zur Verzweiflung gebracht. Wie es Daniel und seiner Familie wohl ging? Brander nahm sich vor, seinen Bruder möglichst bald mal wieder anzurufen.

»Andi? Kommst du? Kellermann ist da«, riss ihn Peppi aus seinen Gedanken. Sie kam ihm im Flur entgegen.

»Kellermann?«

»Der Besitzer des Böblinger Audis.«

»Holst du ihn rauf? Ich warte im Büro.«

Tim Kellermann war trotz seines deutsch klingenden Namens ein Mann mit südländischem Aussehen: dunkle Haut, dunkle Haare, hohe Wangenknochen. Er war Mitte zwanzig, übergewichtig und trug einen Adidas-Sportanzug.

»Was geht? Warum sollte ich herkommen?«, fragte er und fletzte sich lässig in den Besucherstuhl.

»Herr Kellermann, Ihr Wagen wurde vergangenen Freitagmorgen am Parkplatz an der B 27 zwischen Tübingen und Bebenhausen gesehen.«

»Und? Ist da Parkverbot?«

»Was haben Sie dort gemacht?«

»Geparkt.« Kellermann kaute schmatzend auf seinem Kaugummi.

Brander mahnte sich zur Ruhe. »Warum haben Sie dort geparkt?«

»Musste mal pissen.«

»Wo genau haben Sie das gemacht?«

»Keine Ahnung. Bin ausgestiegen und zum nächsten Baum gelaufen.«

»Sind Sie bis zu der Grillstelle gegangen?«

»Welche Grillstelle?«

»Sie sind also nicht zu der Grillstelle gegangen.«

»Scheint so. Worauf wollen Sie hinaus, Mann? Warum ist es so wichtig, gegen welchen Baum ich gepinkelt hab?« Kellermann schien die Unterhaltung sehr amüsant zu finden.

»Sagt Ihnen der Name Friedmar Haydak etwas?«

»Nee, ist das der Förster? Darf man jetzt nicht mal mehr im Freien pinkeln? Hey, war 'n Notfall. Ich hatte bei 'ner Freundin gepennt und zwei Tassen Kaffee zum Frühstück getrunken, damit ich munter werde. War 'ne anstrengende Nacht, wenn Sie verstehen, was ich meine.« Er zwinkerte Brander mit dem rechten Auge kumpelhaft zu.

»Ja, ich denke, ich verstehe, was Sie meinen. Sie können dann gehen.«

»Was?« Kellermann hob beide Hände. »Dafür fahre ich extra nach Tübingen? Damit Sie mich fragen, wo ich letzten Freitagmorgen gepinkelt habe?«

»Nicht ganz. Ist Ihnen an dem Freitagmorgen irgendetwas auf dem Parkplatz aufgefallen? War noch jemand dort in der Nähe?«

»Nee«, der junge Mann kratzte sich am Kopf, zupfte dann sofort an seinen Haaren, um sie wieder in die richtige Position zu bringen. »Da war nix und niemand.«

»Ein Satz mit x«, seufzte Peppi, nachdem Kellermann gegangen war. »Der kam sich ja wohl obercool vor.«

»Hat er gelogen oder die Wahrheit gesagt?«

»Ich glaube, der wusste nicht einmal, dass wir in einem Mordfall ermitteln.«

Brander nickte. »Ich hatte auch das Gefühl, das wir bei dem nur unsere Zeit verschwenden. Dann schauen wir doch mal, ob wir unser Zeitungs-Phantom identifizieren können.«

Sie fuhren zuerst zu Haydaks Kanzlei und stießen auf den Stufen zum Eingang mit Priska Schwiech zusammen.

»Nanu? Guten Tag, Frau Schwiech.«

»Herr Kommissar.« Priska Schwiech nickte ihm mit gehetztem Blick zu und presste die Arme vor ihrer Brust zusammen. Erst beim zweiten Hinsehen erkannte Brander, dass sie einen DIN-A5-Umschlag zwischen ihren Händen verbarg.

»Ich hätte nicht erwartet, Sie hier anzutreffen.«

»Tja …« Sie zeigte ein abweisendes Lächeln. »Wenn Sie mich bitte entschuldigen, ich muss ins Büro.«

Sie wollte an Brander vorbei, aber er stellte sich ihr in den Weg. »Was wollten Sie denn hier?«

»Nichts, ich … es war nur eine Kleinigkeit, die ich mit Herrn Klinger noch besprechen musste.«

»Aha. Und worum ging es bei dieser Kleinigkeit?«, fragte Brander neugierig.

»Ich glaube nicht, dass Sie das etwas angeht.«

»Oh, da bin ich mir nicht so sicher, schließlich wurde ein Anwalt dieser Kanzlei ermordet und Sie kannten ihn ja recht gut …«

Sie presste ärgerlich die Lippen zusammen. »Es … es ging um die Firma. Ich wollte sichergehen, dass alles in Ordnung ist.«

»Und? Ist alles in Ordnung?«

»Ja.«

»Fein.« Brander rollte das Blatt mit dem Phantombild

auseinander und zeigte es der jungen Frau. »Kennen Sie diesen Mann?«

Sie warf einen Blick auf das Bild, überlegte eine Weile. »Nein, den habe ich noch nie gesehen.«

»Vielen Dank.« Brander rollte das Bild wieder zusammen. »Einen schönen Tag noch.«

Die Frau setzte eilig ihren Weg fort.

»Ach, Frau Schwiech«, rief Brander ihr hinterher. Sie blieb auf der letzten Stufe stehen und drehte sich zu ihm um.

»Was denn noch?«

Brander ging ein Stück zu ihr herunter. »Warum haben Sie uns eigentlich nicht gesagt, dass Friedmar Haydak Sie am Sonntag nach seinem letzten Besuch noch einmal angerufen hat?«

Irritiert sah sie ihn an. »Er hat mich nicht angerufen.«

»Interessant. Der Einzelverbindungsnachweis sagt etwas anderes.«

Sie zuckte die Achseln. »Tja, da kann ich Ihnen auch nicht weiterhelfen. Ich war am Sonntagmorgen in der Kirche. Fragen Sie den Pfarrer.« Sie wandte sich ab und lief zu ihrem Auto.

Brander drehte sich zu Peppi. »Was sollen wir jetzt davon halten?«

»Manchmal denke ich, die halten uns alle für Deppen! Wie kann die uns so frech ins Gesicht lügen?«

»Guten Tag Herr Brander und Frau Pachatourides«, begrüßte Juliane Schlee die beiden Kommissare.

»Na, Sie haben aber ein gutes Namensgedächtnis«, lobte Brander die Anwaltsgehilfin. Peppis Nachnamen konnte sich selten jemand fehlerfrei merken. »Mal sehen, ob Sie auch so ein gutes Erinnerungsvermögen bei Gesichtern haben.« Er zeigte ihr das Phantombild.

Frau Schlee betrachtete das Bild eingehend. Schließlich

gab sie es dem Kommissar zurück. »Nein, tut mir leid. Ich glaube, den habe ich hier noch nie gesehen.«

»Schade. Wir würden gern auch noch mit Herrn Klinger sprechen.«

»Ja, einen Moment, bitte.« Sie meldete die Kommissare durch eine Gegensprechanlage an. Kurz darauf öffnete sich die Tür zu Klingers Büro. Der Anwalt kam mit gehetzten Schritten heraus und blieb vor den Kommissaren stehen.

»Ich habe nur wenig Zeit. Was kann ich für Sie tun?«

Brander zeigte ihm das Bild. »Kennen Sie diesen Mann?«

Klinger warf nur einen flüchtigen Blick darauf. »Nein. Kann ich sonst noch etwas für Sie tun?«

»Was wollte Frau Schwiech gerade bei Ihnen?«

»Sie wissen doch sicherlich, dass ich mit Ihnen darüber nicht sprechen darf«, berief sich Klinger auf seine Schweigepflicht.

»Frau Schwiech ist also eine Ihrer Mandantinnen?«

Klinger schnaufte unwillig. »Herrje, dann kommen Sie kurz herein.«

Er drehte sich herum und verschwand in seinem Büro.

»Priska Schwiech hatte ein Verhältnis mit Friedmar. Ich denke, das wissen Sie bereits. Nun, sie war der Meinung, dass Friedmar versucht hätte, über sie an firmeninterne Unterlagen aus dem Unternehmen ihres Vaters zu kommen. Ich konnte sie zum Glück davon überzeugen, das dem nicht so war.«

»War dem tatsächlich nicht so, oder konnten Sie sie lediglich davon überzeugen?«, fragte Brander mit bissigem Unterton.

»Unterstellen Sie Herrn Haydak und mir bitte keine illegalen Machenschaften.«

»Ich unterstelle gar nichts. Ich versuche nur herauszufinden, wer Ihren Partner ermordet hat. Gab es noch andere Töchter von möglichen Prozessgegnern, mit denen Herr Haydak ein Verhältnis hatte?«

Klingers Blick wurde eisig. »Ich würde vorschlagen, dass Sie jetzt gehen.«

»Und ich würde vorschlagen, dass Sie die Karten offen auf den Tisch legen. Warum war Priska Schwiech bei Ihnen?«

»Das sagte ich Ihnen bereits.«

»Was war in dem Umschlag, den Sie ihr mitgegeben haben?«

Klinger blinzelte überrascht. »Nichts.«

»Sie haben ihr einen leeren Umschlag gegeben? Wollen Sie mich verarschen?«

»Ich werde mich nicht weiter äußern.«

»Wollen Sie Ihren Anwalt anrufen?«, fragte Brander sarkastisch und erhob sich. »Wir werden den Mörder Ihres Partners finden. Und ich hoffe für Sie, dass dieser Umschlag nichts mit der Sache zu tun hat!«

Juliane Schlee zuckte an ihrem Rechner zusammen, als Brander die Tür aufriss.

»Frau Schlee, vielleicht sollten Sie anfangen, sich nach einem neuen Arbeitgeber umzusehen.«

Die Anwaltsgehilfin starrte den Beamten mit aufgerissenen Augen hinterher.

»Hast du jetzt nicht ein bisschen dick aufgetragen?«, fragte Peppi, als sie wieder vor dem Bürogebäude standen.

»Einer wie der andere lügt uns dreist ins Gesicht. Ich hab die Schnauze voll! Du kannst mir doch nicht erzählen, dass es dem Klinger nur um den guten Ruf seines Mentors geht!«, schimpfte Brander. Er hob den Blick zum bewölkten Himmel und atmete tief durch. »Und jetzt fahren wir zu Tabea Haydak und ihrer Haushälterin. Mal sehen, was die uns heute für Märchen auftischen.«

»Nun sei doch nicht so negativ.«

»Ich bin nicht negativ. Ich bin sauer.«

»Lass uns erst einmal einen Kaffee trinken gehen, damit du wieder runter kommst. Wenn du überall reinpolterst wie ein wütender Elefant, hilft uns das auch nicht weiter.«

»Wahrscheinlich stecken die allesamt unter einer Decke.«

Tabea Haydak öffnete ihnen dieses Mal persönlich die Tür. Sie trug eine legere Hose und trotz der milden Temperatur einen Pullover. Ihr Gesicht war wie gewohnt blass, aber die dunklen Ringe unter den Augen waren verschwunden.

»Wo ist Ihre Haushälterin?«, erkundigte sich Brander.

»Sie ist einkaufen. Felix ist oben in seinem Zimmer und hört Musik.«

Sie führte sie wieder in das Wohnzimmer.

Brander zeigte auch ihr das Phantombild. »Kennen sie diesen Mann?«

Sie warf einen kurzen Blick auf das Bild. »Nein, ich glaube nicht.«

»Würden Sie sich das Bild bitte genauer anschauen?«

Sie nahm das Blatt, betrachtete es eine Weile, hielt es gegen das Licht, als wollte sie die Echtheit eines Geldscheins überprüfen. »Ich weiß es nicht. Es gingen immer so viele Leute hier ein und aus, und Friedmars Kollegen interessierten mich nicht besonders, ich habe mich meistens zurückgezogen.«

»Falls Ihnen doch noch einfällt, dass Sie diesen Mann kennen, lassen Sie es mich bitte wissen.« Brander legte das Bild auf den Wohnzimmertisch. »Ihr Mann hat sich Sonntag vor einer Woche abends noch einmal telefonisch bei Ihnen gemeldet. Warum haben Sie uns das nicht gesagt?«

Sie kaute unruhig auf ihrer Unterlippe. »Ich muss es wohl vergessen haben.«

Brander war dankbar, dass er zuvor mit Peppi in Ruhe einen Kaffee getrunken und ein Stück Kuchen gegessen hatte, sonst wäre er sofort wieder explodiert.

»Sie haben es vergessen?«, fragte er mit der Ruhe eines Beichtvaters. Peppi warf ihm einen zufriedenen Blick zu. Fast hätte Brander grinsen müssen, normalerweise war er es, der Peppi mit seinen Blicken beruhigte. »Es war das letzte Lebenszeichen Ihres Mannes«, fuhr er fort.

Sie begann, ihre Finger nervös zu kneten. »Ich … wir haben nicht miteinander gesprochen. Das Telefon klingelte, aber ich bin nicht an den Apparat gegangen. Der Anrufbeantworter sprang an, und er meldete sich kurz.«

»Haben Sie die Aufzeichnung noch?«

»Nein, ich habe sie sofort gelöscht.«

»Was hat er gesagt?«

»Die Verbindung war sehr schlecht.«

»Was hat er gesagt?«

Sie zögerte. »Er sagte: Tabea, geh ans Telefon!«

Obwohl sie noch eine Weile gewartet hatten, hatten sie nicht mehr mit Margot Hilbers sprechen können. Brander trug Frau Haydak auf, ihrer Angestellten auszurichten, dass sie sich am nächsten Morgen bei ihm in der Polizeidirektion melden sollte.

»Schaffen wir es vor der Sitzung noch nach Reutlingen?«, überlegte Brander, während er den Sicherheitsgurt anlegte.

»Paula Kern? Die wird bei der Arbeit sein. Weißt du noch die Adresse von der Praxis?«

»Fahr schon mal los, ich besorg die Adresse.« Brander suchte seine Taschen nach seinem Handy ab. Erfolglos. »Verflucht!« Er schlug sich mit der Hand vor die Stirn. Er hatte es morgens auf dem Schreibtisch liegen lassen und nicht einmal daran gedacht, es an die Ladestation anzuschließen. »Gib mir mal dein Handy.«

»Ist heut irgendwie nicht dein Tag, oder?«

Brander nahm knurrend ihr Mobiltelefon entgegen und rief in der Dienststelle an.

Paula Kern arbeitete als Arzthelferin in einer kleinen allgemeinmedizinischen Praxis in der Reutlinger Innenstadt, die sie erst nach langem Suchen fanden. Mehrmals hatte Peppi den Wagen im Kreis durch die engen Straßen des Zentrums gelotst, bis Brander sie entnervt bat, auf dem Parkplatz des Bruderhausgeländes zu parken, damit sie zu Fuß weitersuchen konnten. Sie fanden den Eingang zur Praxis schließlich in einem schmalen Seitenweg nahe der Fußgängerzone und erfuhren, dass die Kollegin sich krankgemeldet hatte.

Als sie wenig später vor Paula Kerns Wohnungstür standen, drang ihnen der Duft frisch gebrühten Kaffees entgegen.

»Sie haben Kaffee gerochen, was?«, versuchte die Kern einen Spaß. Ihr Lächeln wirkte aufgesetzt. Sie ließ die Kommissare in ihre Wohnung.

In der Küche war der Tisch festlich gedeckt mit einem einzelnen Kaffeeservice, Serviette und Silberbesteck. In der Mitte des Tisches stand eine brennende Kerze. Ein Stück Kuchen war auf dem Teller, die Tasse war noch voll.

»Sie haben sich heute krankgemeldet«, begann Brander und sog das Kaffeearoma ein. Nach der Sucherei hätte er sich eigentlich einen Kaffee verdient.

»Ich konnte nicht zur Arbeit gehen. Das war alles ein bisschen viel gestern. Es ist nicht schön, aus der Zeitung zu erfahren, dass ein Mensch, den man jahrelang kannte, plötzlich tot ist.«

»Haben Sie ihn geliebt?«, fragte Peppi.

Brander spürte, wie schwer es seiner Kollegin fiel, das Wort Liebe mit Friedmar Haydak in Verbindung zu bringen.

»In gewisser Weise, ja. Als ich ihn kennenlernte, war ich so fasziniert von der Autorität, die er ausstrahlte. Wir haben ihn alle bewundert.«

»Wer ist wir alle?«, fragte Brander.

»Alle eben. Alle, die in seiner Nähe waren.«

Brander runzelte die Stirn. Alle, die in seiner Nähe waren. Sie sprach von Haydak, als wäre er ein König gewesen.

»Warum ging Ihre Beziehung auseinander?«

»Ich … ich kann es Ihnen nur schwer erklären. Ich war nicht stark genug. Ich hätte aufgehört zu existieren, wenn ich mit ihm zusammengeblieben wäre.« Ihre Augen bekamen einen feuchten Glanz, und sie wischte sich energisch mit dem Handrücken über das Gesicht. »Entschuldigen Sie.«

»Aber Sie haben sich trotzdem weiterhin mit ihm getroffen«, fuhr Peppi fort.

»Ja, manchmal tut man Dinge, die sich nicht erklären lassen. Wenn er anrief, war ich für ihn da.«

»Außer Samstag vor einer Woche«, erinnerte Brander sie an Haydaks nächtlichen Anruf.

Ihre Unterlippe begann zu zittern. »Ich … ja. Wenn ich mich doch nur mit ihm getroffen hätte! Vielleicht würde er dann noch leben?«

»Haben Sie wirklich keine Vermutung, wer Ihren Freund umgebracht haben könnte?«

Sie schüttelte den Kopf.

Brander zeigte ihr das Bild, das die Kollegen nach Anweisung der Anzeigenverkäuferin erstellt hatten.

Paula Kern starrte eine Weile auf das Gesicht, ohne eine Miene zu verziehen. »Wer soll das sein?«, fragte sie schließlich und gab Brander das Bild zurück.

»Ich hatte gehofft, dass Sie uns das verraten würden.«

»Warum ausgerechnet ich?«

»Weil Sie Friedmar Haydak schon so lange kannten.«

»Tut mir leid.« Sie schüttelte den Kopf. »Was ist mit diesem Mann?«

»Er hat eine Anzeige aufgegeben.«

Irrte er sich, oder verhärteten sich Paula Kerns Gesichtszüge?

»Wen hat er angezeigt?«

Brander stutzte, dann merkte er, dass die Frau ihn falsch verstanden hatte. »Er hat keine Anzeige bei der Polizei aufgegeben, ich meinte eine Zeitungsanzeige.«

»Ach so.« Die Gesichtszüge entspannten sich wieder. »Und was für eine Anzeige war das?«

»Das kann ich Ihnen nicht sagen. Sie kennen den Mann also nicht?«

»Nein.« Sie sah auf ihren Küchentisch. »Möchten Sie auch einen Kaffee?«

»Nein, danke«, kam Peppi Brander einer Antwort zuvor. Brander warf ihr einen missmutigen Blick zu. Er hätte gern eine Tasse Kaffee getrunken, aber die Kollegin wollte offensichtlich nicht länger als nötig bleiben.

»Hat der Mann etwas mit dem Mord an Friedmar zu tun?«

»Das wissen wir nicht.«

☼

Die Soko-Sitzung brachte keine neuen Erkenntnisse. Die Befragungen hatten die gleichen Ergebnisse gebracht wie an den Tagen zuvor: Die einen lobten Haydak über den grünen Klee, die anderen waren voller Wut und Gram. Auch die Untersuchungen der Kriminaltechniker ergaben keine neuen Anhaltspunkte.

Schlecht gelaunt machte Brander sich auf den Heimweg. Wie er befürchtet hatte, war sein Trainingsanzug noch nicht trocken, und klebte klamm auf seiner Haut, als er durch das Ammertal radelte.

Dieser Fall war zäh. Die Menschen logen ihm ins Gesicht. Alle versuchten, etwas zu verbergen. Aber sie konnten doch nicht alle an der Ermordung Friedmar Haydaks beteiligt gewesen sein! Vor seinem geistigen Auge sah er eine Gruppe vermummter Gestalten, die im Kreis in einer

Höhle um den frierenden Rechtsanwalt standen. Fackeln in den Händen, die ihre Schatten an die Felswände warfen. Tücher mit zwei Augenlöchern über den Köpfen wie bei den Mitgliedern des Ku-Klux-Klans.

Völlig durchgefroren stellte er sich zu Hause eine halbe Stunde lang unter die heiße Dusche. Er stand gerade nackt vor dem Badezimmerspiegel und rasierte sich, als das Telefon klingelte. Er schwang ein Handtuch um die Hüften und stürmte in den Flur. Zu spät. Der Anrufer hatte bereits aufgelegt, bis Brander am Apparat war. Ihm fiel ein, dass er sein Handy immer noch nicht aufgeladen hatte. Er schloss das Ladekabel an und schaltete das Gerät ein. Fünf Anrufe. Drei von Beckmann, gestern Abend und heute Morgen. Die konnte er löschen. Einer von Cecilia, sie hatte keine Nachricht hinterlassen. Ein unbekannter Anrufer, der ebenfalls keine Nachricht hinterlassen hatte. Brander brummte verstimmt. Solche Anrufe liebte er. Nummer unterdrücken und dann keine Nachricht hinterlassen. Wie sollte er da zurückrufen?

Er kehrte zurück ins Bad und vollendete seine Rasur. Für einen Augenblick spielte er mit dem Gedanken, sich doch noch eine Glatze zu rasieren. Dann verließ ihn jedoch der Mut. »Sei nicht undankbar!«, schimpfte er mit seinem Spiegelbild. »Pfleg die paar Haare, die du hast, solange sie noch da sind!«

Er nahm seinen Skizzenblock mit ins Wohnzimmer und goss sich einen Whisky ein – einen achtzehnjährigen Macallan Sherryfass, dunkel bernsteinfarben mit fruchtigem Aroma. Ein Whisky für besondere Anlässe, den Cecilia ihm zum Hochzeitstag geschenkt hatte. Es gab keinen besonderen Anlass, aber er hatte das Gefühl, er müsste sich selbst mal wieder ein wenig verwöhnen.

Er musste auf dem Sofa eingeschlafen sein. Der Skizzenblock war auf den Boden gerutscht und sein Nacken war

steif von der unbequemen Haltung. Wovon war er aufgewacht? Es dauerte einen Augenblick, bis Brander die Melodie seines Handys erkannte. Schlaftrunken torkelte er in
den Flur, wo der Apparat immer noch mit der Steckdose
verkabelt war. Das Telefon zeigte den Namen der Anru-
ferin.

»Cecilia?«, fragte Brander ins Telefon.

»Hab ich dich geweckt?«

»Ich bin auf dem Sofa eingeschlafen.« Er rieb sich über
den schmerzenden Nacken. Es tat so gut, ihre Stimme zu
hören.

»Wie geht es dir?«

»Bist du noch böse?«, stellte er die Gegenfrage. Schließlich hing davon sein Wohlbefinden ab.

»Nicht böse … erst habe ich mich geschämt, weil ich
dich mitten in der Nacht angerufen hatte. Ich war so beschwipst. Aber dann war ich enttäuscht, weil du mir nicht
vertraust.«

»Es tut mir leid. Es ist nur …« Er begann, mit dem
Zeigefinger Figuren an die Wand zu zeichnen. »Du bist so
weit weg.«

»Das ist kein Grund, mir zu misstrauen.«

»Du bist eine attraktive Frau.«

»Das hast du mir lange nicht mehr gesagt.«

Er schwieg betreten. War das ein Vorwurf? War er
nicht aufmerksam genug?

»Wie kommst du mit deinem Fall voran?«

»Ich irre umher. Frauen, die mich anlügen und die mit
einem Mann zusammen waren, vor dem sie eigentlich
Angst hatten. Männer, die eine Mordswut auf den Toten
haben. Viele Verdächtige, aber ich krieg noch keinen zu
fassen.«

»Klingt zäh.«

»Peppi meint, wir haben den Fall gelöst, bis du wieder
zurück bist.«

Er löste das Ladekabel vom Mobiltelefon und schlurfte zurück ins Wohnzimmer. Er setzte sich auf das Sofa, nahm sein Whiskyglas und sank in die Kissen. »Erzähl mir was von Boston. Was hast du dir schon alles angesehen?«

FREITAG

Ausgeruht und gut gelaunt radelte er am nächsten Morgen wieder zur Arbeit. Die Sonne hatte die Regenwolken vertrieben. Es würde wieder ein wunderschöner Spätsommertag werden.

Fast eine Stunde lang hatte er mit Cecilia telefoniert – jeden Gedanken an die nächste Telefonrechnung ausgeblendet – und sich ihre begeisterten Berichte von Boston angehört. Von Faenuil Hall, Beacon Hill, die zum Teil schon herbstlich verfärbten Bäume des Public Garden, die gläserne Fassade des John Hancock Tower und der sich darin spiegelnden Trinity Church. Er genoss es, ihre Stimme zu hören und ein bisschen an ihrem Leben ohne Mord und Lügen teilzuhaben. Und er war froh, dass der Streit verziehen war. Vierzehn Tage, vierzehn Nächte, dann würde er sie wieder vom Flughafen abholen. Bis dahin würde er diesen Fall gelöst haben und das ganze Wochenende mit Cecilia genießen können. Er stellte das Fahrrad in den Unterstand und lief auf das Polizeigebäude zu.

»Der Gang zu den Duschen muss warten. Wir haben einen Einsatz«, rief ihm Peppi entgegen, die gerade aus dem Eingang kam.

»Was?«

»Ein Toter beim Parkplatz an der B 27 Richtung Bebenhausen.«

»Was?« Brander meinte, ein Déjà-vu zu erleben.

»Frag nicht immer: Was? Komm, ich erkläre es dir unterwegs.«

Er trottete hinter Peppi her zu den Dienstwagen und stieg auf den Beifahrersitz. »Kannst du mich mal kneifen? Das Gleiche habe ich doch letzte Woche schon einmal erlebt.« Brander wollte sich seinen schönen Morgen nicht so einfach kaputtmachen lassen.

Peppi kniff ihm gnadenlos fest in den Arm.

»Autsch!«, schimpfte Brander.

»Ein Toter, wieder an derselben Grillstelle. Gerade eben kam ein Anruf. Ein Radfahrer hat ihn entdeckt, war auf dem Weg zu Arbeit.«

»Wissen wir schon etwas über den Toten?«

Peppi schüttelte den Kopf. »Setz mal die Lampe aufs Dach.«

Die Kollegen von der Schutzpolizei waren bereits damit beschäftigt, die Umgebung abzusperren. Dieses Mal waren Brander und Peppi die ersten Kommissare vor Ort. Selbst Lehmann war noch nirgends zu sehen. Tropper kam mit dem Wagen der Kriminaltechniker in atemberaubendem Tempo kurz nach ihnen auf den Parkplatz geprescht.

Ein Mann in professioneller Radkleidung stand bei einem Einsatzwagen und sprach mit einem der Beamten. Brander machte sich mit den Kollegen auf den Weg zur Grillstelle.

»Hemmel Herrgoddsagrament! Was ist das jetzt wieder?«, fluchte Tropper, als sie vor der Leiche standen.

Brander versuchte, möglichst nicht zu atmen. Eine Dunstwolke aus Alkohol und Urin hatte sich mit dem gräulichen Duft des Todes vermischt. Der Mann, der vor ihnen am Boden lag, trug dreckige, verschlissene Kleidung. Neben ihm lagen eine leere Flasche billiger Weinbrand und eine Supermarkttüte mit Kleidungsstücken. Das Markanteste war jedoch sein Gesicht. Es war hinter einer Maske versteckt. Eine hässliche Plastikfratze, ähnlich wie Brander sie von der Schwäbischen Fasnet kannte. Allerdings waren die Luftlöcher an Augen, Nase und Mund mit rotem Plastik zugeklebt.

»Ist der Mann auch wieder erfroren?«, fragte Brander und wandte den Kopf ab.

»Bin ich Hellseher?« Tropper stellte seinen Koffer ab und beugte sich zu dem Toten.

»Das glaube ich jetzt einfach nicht!«, schimpfte Peppi.

»Wir hätten den Parkplatz überwachen lassen sollen«, überlegte Brander. Erst die Rose und jetzt eine zweite Leiche. Der Täter war mehrmals an den Ort zurückgekehrt.

»Wer konnte denn ahnen, dass wir es mit einem zweiten Toten zu tun kriegen?«

»Freddy, ich will so schnell wie möglich das Ergebnis von der Rechtsmedizin! Mach denen Dampf, ich will nicht wieder bis heute Abend warten müssen.«

»No ned hudle«, bremste Tropper den Kommissar. »Er ist noch nicht lange tot. Die Leichenstarre ist noch nicht einmal voll ausgebildet.«

»Hat er Papiere bei sich?«

Tropper untersuchte die Jackentaschen und zog eine abgenutzte Brieftasche hervor. »Edgar Weinberger. Zweiundvierzig Jahre, wohnhaft in Kempten.«

»Gib her.« Brander streckte seine Hand aus.

Tropper hob mahnend den Zeigefinger. »Handschuhe oder Plastiktüte.«

»Du regst mich nicht auf. Tüt das Ding ein.«

Endlich reichte ihm der Kollege den Ausweis. Brander betrachtete ihn eingehend. »Der Pass ist vor acht Jahren abgelaufen.«

»Das ist nicht meine Schuld. Und jetzt stör mich nicht bei der Arbeit.«

☼

»Edgar Weinberger, zweiundvierzig Jahre, hat bis zu seinem vierundzwanzigsten Lebensjahr in Tübingen gelebt, zuletzt bekannter Wohnsitz war in Kempten. Die Angaben in seinem Ausweis stimmen aber nicht mehr, vermutlich war er obdachlos«, berichtete Brander den Soko-Mitgliedern eine Stunde später im Konferenzraum der Kriminalinspektion 1.

»Todesursache?«, fragte Jens Schöne.

»Wissen wir noch nicht. Tropper ist in der Rechtsmedizin und wird sich bei uns melden, sobald er erste Ergebnisse hat.«

»Ähnlichkeiten zum ersten Mord?« Die Frage kam von Corinna Tritschler.

»Man hat ihm eine Maske aufgesetzt. Allerdings wurden ihm nicht die Hosen auf die Knie heruntergezogen. Und dann ist da natürlich noch der Fundort.«

»Ein Obdachloser und ein Staranwalt. Wie passt das zusammen?«, überlegte Jens.

»Klemm dich dahinter. Ich will wissen, ob es eine Beziehung zwischen den beiden Männern gab. Immerhin sind sie im gleichen Alter.«

»Eigentlich bin ich gleich für die Höhlensuche eingeplant ...«

»Das soll jemand anderes übernehmen. Herr Neidhart ...«

»Ällas was Rächd isch, Herr Brandner, aber i glaub, i beh koi gute Wahl für die Höhlenwanderungen«, bremste ihn Magnus Neidhart und legte demonstrativ beide Hände auf seine füllige Körpermitte.

»Ach was, Magnus. Heute sind die großen Höhlen dran. Da kannst sogar du mit rein.« Cory klopfte dem Kollegen grinsend auf die Schulter.

Am Ende der Sitzung erhob sich Lehmann und trat an das Kopfende des Konferenztisches neben Brander. »Zwei Leichen innerhalb von acht Tagen. Meine Damen, meine Herren, ich verlange Ihren uneingeschränkten Einsatz! Wir müssen den Täter finden, bevor es noch ein drittes Opfer gibt!« Er wandte sich an Brander. »Damit dürfte die Thematik um Haydaks Ehe jawohl nicht mehr Gegenstand der Ermittlungen sein.«

»Eins nach dem anderen, Herr Staatsanwalt. Eins nach dem anderen«, wich Brander einer Antwort aus.

Als Brander sein Büro betrat, wurde er vom Klingeln seines Telefons empfangen. Es war der Wachhabende.

»Eine Frau Hilbers ist hier, sie sollte sich bei dir melden.«

Margot Hilbers. Die hatte er total vergessen.

»Sie muss noch ein paar Minuten warten. Ich hole sie dann ab.« Er musste sich erst einmal sammeln. Innerhalb von acht Tagen zwei Tote. Hätten sie damit rechnen müssen? Gab es Anzeichen dafür, dass es sich um einen Serientäter handelte und es weitere Tote geben würde? »Was wollten wir eigentlich von der Hilbers?«, wandte er sich an Peppi.

»Der Anzeigentyp.« Sie deutete auf die Mappe mit dem Phantombild auf seinem Schreibtisch. »Und die übereinstimmenden DNA-Spuren wären sicher auch eine Frage wert.«

»Wenn ich dich nicht hätte«, lobte Brander die Kollegin.

»Dafür darfst du jetzt runtergehen und sie abholen.« Peppi biss zufrieden grinsend in einen Schoko-Donut.

»Frau Hilbers, wir haben einige Fragen an Sie«, eröffnete Brander kurz darauf das Gespräch. Peppi war noch mit ihrem Frühstück beschäftigt und steckte sich schnell das letzte Stück des Donuts in den Mund.

»Haben Sie diesen Mann schon einmal gesehen? Er ist Mitte vierzig, spricht mit bayrischem Dialekt …«

Die Frau nickte grübelnd und griff nach dem Bild. »Ja, den habe ich schon einmal gesehen.« Sie kniff die Augen zusammen. »Er hat bei Familie Haydak geklingelt und wollte mit Herrn Haydak sprechen.«

»Wann war das?«

Wieder überlegte sie eine Weile. »Das ist schon eine Zeit lang her. Vor drei oder vier Monaten.«

»Und Sie sind sicher, dass es dieser Mann war?«

»Ja. Er war sehr aufgebracht, und es war nicht leicht,

ihn wegzuschicken. Sonst hätte ich ihn wahrscheinlich schon längst wieder vergessen.«

»Was wollte er?«

»Ich weiß es nicht. Mit Herrn Haydak sprechen. Er wollte mir nicht sagen, worum es ging, und Herr Haydak hat sich geweigert, herauszukommen und mit ihm zu sprechen.«

»Warum wollte Herr Haydak nicht mit ihm sprechen?«

»Es stand mir nicht zu, ihn nach einem Grund zu fragen.«

»Hat der Mann seinen Namen genannt?«

»Vermutlich ja, aber … Warten Sie, es war etwas mit B. Bauer? Becker? Nein. Eher Bauer, Brauer, Braier. So etwas in der Richtung. Aber genau weiß ich es nicht mehr.«

»Was war mit Frau Haydak? War sie dabei, als dieser Mann vor ihrer Tür stand?« Brander erinnerte sich an die Aussage von Tabea Haydak, diesen Mann noch nie gesehen zu haben.

»Nein«, wieder überlegte Frau Hilbers. »Ich glaube, sie war gar nicht zu Hause. Was ist denn mit dem Mann?«

»Frau Hilbers, ich möchte noch einmal auf den Samstagabend zurückkommen, als sie Frau Haydak vor ihrem Mann schützten«, ignorierte Brander die Frage der Haushälterin.

Margot Hilbers legte das Phantombild auf den Schreibtisch und lehnte sich zurück, ohne dabei ihre aufrechte Haltung zu verlieren. Sie verschränkte die Arme vor der Brust und sah Brander abwartend an.

»Was genau ist an jenem Samstagabend passiert?«

»Das habe ich Ihnen doch gesagt.«

»Ich möchte, dass Sie es mir noch einmal erzählen.«

»Ich kam zufällig hinzu, als Herr Haydak Tabea schlug. Ich drohte ihm, die Polizei anzurufen, er ließ von ihr ab, und ich nahm Tabea mit in meine Wohnung.«

»Kam es zu Handgreiflichkeiten zwischen Ihnen und Herrn Haydak?«

Ihr strenges Gesicht wurde noch eine Spur verkniffener, der Mund war kaum noch zu erkennen, so fest presste sie die schmalen Lippen zusammen.

»Was genau hat sich an jenem Abend im Hause Haydak abgespielt?«, hakte Brander nach.

»Es war so, wie ich sagte.«

»Frau Hilbers, wir haben Ihre DNA-Spuren unter den Fingernägeln von Friedmar Haydak gefunden.«

Margot Hilbers schwieg.

Brander stand auf, er musste sich bewegen. In dem kleinen Büro war das nur bedingt möglich. Unruhig ging er die zwei Schritte vor seinem Schreibtisch auf und ab. »Frau Hilbers, Sie geben mir Anlass zu Spekulationen. Warum sagen Sie uns nicht, was tatsächlich an jenem Abend geschehen ist?«

Ein harter Blick traf den Kommissar. »Wer auch immer Friedmar Haydak umgebracht hat, verdient keine Bestrafung, sondern einen Orden.«

»Kennen Sie einen Edgar Weinberger?« Brander war vor seinem Schreibtisch stehen geblieben und sah auf die Frau herab. Sie hatte einen Schutzwall um sich herum aufgebaut, und an diesem Vormittag würde er sie nicht mehr zum Reden bringen. Aber diese eine Information wollte er noch von ihr haben.

»Nein«, war die kurze Antwort.

»Danke. Das wäre es dann erst einmal.«

Sie hatten Margot Hilbers das Vernehmungsprotokoll unterschreiben lassen und dann nach Hause geschickt. Brander saß an seinem Schreibtisch und spielte frustriert mit einem Kuli.

»Was ist tatsächlich passiert in jener Nacht?«

»Ich weiß nicht, ob das so wichtig ist«, gab Peppi zu bedenken. »Sie hat ihm keinen Kronleuchter über den Kopf geschlagen.«

»Lass mich mal ein bisschen fantasieren.«

»Tu dir keinen Zwang an.« Peppi lehnte sich zurück und wartete auf Branders fantastische Geschichte.

»Margot Hilbers kommt hinzu, als Friedmar Haydak seine Frau verprügelt. Sie will ihr helfen und wird dabei selbst zum Ziel von Haydaks Wut. Er kann sie geschlagen haben, er kann sonst etwas mit ihr gemacht haben. Tabea Haydak behauptet, sie war zwischendurch ohnmächtig. Was hat die Hilbers gesagt? Wenn er sie angepackt hätte, hätte sie nicht mehr für ihn gearbeitet. Und jetzt frag ich dich: Für wen war es ein Leichtes, ihm am nächsten Morgen ein Schlafmittel in den Kaffee zu mischen?«

Peppi zog die Augenbrauen hoch.

»Felix war nicht zu Hause. Die zwei Frauen hätten ihn ohne Weiteres fortschaffen können.«

»Das klingt nicht einmal so abwegig, denn sie scheinen sich ja irgendwie nahe zu sein«, stimmte Peppi zögernd zu.

»Sie arbeitet seit zwölf Jahren für die Familie. Vielleicht hat sie es einfach nicht mehr ertragen, das Leid ihrer Chefin mitanzusehen. Hast du mal darauf geachtet, wie sie den Namen Tabea ausspricht? Als spräche sie von ihrer Tochter oder einer engen Freundin. Vielleicht hat Haydak auch eine Grenze überschritten, als er seine Brutalität gegen seine Haushälterin gerichtet hat.«

»Die Sache hat nur einen Haken: Was ist mit der zweiten Leiche?«

»Lass uns mal gucken, was Jens herausgefunden hat.«

Es war ein vertrauter Anblick: Jens mit zerzausten Haaren vor seinem Computer, dazu unzählige Ausdrucke und Notizzettel über den Schreibtisch verteilt. Einstein Junior, dachte Brander jedes Mal, wenn er Jens so sah. Er setzte sich auf Hendriks freien Platz, und sein Blick fiel auf das Foto auf dem Schreibtisch des Kollegen. Eine strahlende

Anne Dobler kurz nach der Geburt ihres Sohnes mit dem Baby auf ihrem Arm.

»Was weißt du über Weinberger?«, lenkte er seine Konzentration wieder auf seine Arbeit.

»Die Eckdaten hattest du ja schon. Edgar Weinberger, zweiundvierzig Jahre, obdachlos. Er wuchs in Tübingen auf, besuchte das Gymnasium, wurde vom Wehrdienst ausgemustert.«

»Warum?«

»Senk-, Spreiz-, Plattfüße, unsportlich, labile Psyche. Die Liste ist lang. Er jobbte ein bisschen herum. Mit einundzwanzig Jahren begann er ein Jura-Studium in Tübingen. Er hat nicht viele Prüfungen mitgeschrieben, litt anscheinend unter immenser Prüfungsangst. Mit der Zeit kam ein Alkoholproblem hinzu. Nach drei Jahren brach er das Studium ab. Eine Zeit lang schlug er sich mit Gelegenheitsjobs herum, die er aber immer wieder wegen seines Alkoholproblems verlor. Er lebte in Balingen, Ulm, Kirchheim und Göppingen. Seine Eltern starben vor elf Jahren kurz hintereinander. Er erbte ein bisschen Geld und ging nach Kempten, mietete eine Wohnung und versuchte sich als Künstler. Nicht erfolgreich. Bereits ein Jahr später hatte er das Erbe verprasst, stand mit der Miete im Rückstand und verlor die Wohnung. Die Wohnung wurde vor gut neun Jahren geräumt, seither war Weinberger obdachlos und tingelte durch die Lande.«

Brander nickte zufrieden. Jens war eine Goldgrube, wenn es um Personennachforschungen ging. »Zumindest haben wir eine Schnittstelle zwischen Haydak und Weinberger: Sie haben beide zur gleichen Zeit in Tübingen Jura studiert«, stellte er fest. Er beugte sich vor, stützte die Ellenbogen auf den Schreibtisch und presste die Fingerkuppen gegeneinander. »Paula Kern war mit Haydak während des Studiums befreundet. Vielleicht kennt sie auch Edgar Weinberger.«

»Lass uns zu ihr fahren.« Peppi ging zur Tür und prallte im nächsten Augenblick mit einem Schmerzensschrei zurück. Sie hielt sich die Hände vors Gesicht.

Tropper kam herein und sah erschreckt zu der Kollegin. »Peppi, entschuldige. Das wollte ich nicht.«

»Kannst du nicht anklopfen, verdammt noch mal?«, fluchte Peppi und legte den Kopf in den Nacken. »Donnerst mir voll die Tür vor den Kopf! Scheiße! Ich hab bestimmt Nasenbluten.«

Jens reichte ihr ein Papiertaschentuch.

»Lass mal sehen.« Tropper machte einen Schritt auf die Kollegin zu.

Sie hob abwehrend die Hände. »Bleib mir vom Leib!«

Brander stand auf und schob Peppi seinen Stuhl hin. »Setz dich erst einmal.«

Das Taschentuch war blutdurchtränkt. Jens gab ihr ein Neues. »Das muss gekühlt werden.«

»Du hast mir die Nase gebrochen!«

»Hanói! Lass mich mal gucken«, wagte Tropper einen zweiten Vorstoß.

»Nein! Scheiße, tut das weh.« Sie tastete vorsichtig mit einer Hand über den Nasenrücken.

»Du musst dich nach vorn beugen, damit das Blut rauslaufen kann«, sagte Tropper.

»Muss man nicht kalte Umschläge im Nacken machen? Ich hab mal gelesen, dass das die Blutung stoppen soll«, überlegte Brander.

»Ihr seid mir Experten«, stöhnte Peppi. »Besorgt mir einen anständigen Ersthelfer!«

»Ich bin Ersthelfer«, gab Jens kleinlaut zu. Er hatte sich abgewandt, um das Blut nicht sehen zu müssen.

»Wessen Idee war das denn?« Peppi hielt noch immer den Kopf in den Nacken und tastete nach einem frischen Taschentuch.

»Du musst zum Arzt. Das ist ein Arbeitsunfall.«

»Arbeitsunfall! So ein Blödsinn. Tropper, du Idiot, besorg mir was zum Kühlen! Das tut höllisch weh.«

Tropper gehorchte.

»Jetzt lass mich mal sehen.« Brander beugte sich über Peppi und nahm ihre Hände weg. Der Schmerz hatte ihr die Tränen in die Augen getrieben. »Gib mir mal ein nasses Tuch«, bat er Jens. Jens tränkte ein Papierhandtuch in Wasser und reichte es ihm. Vorsichtig wischte Brander das Blut aus dem Gesicht. »Ein bisschen Nasenbluten, das ist gleich wieder vorbei.« Er gab Peppi ein frisches Taschentuch.

»Du kannst ja richtig väterlich sein«, stellte Peppi mit schmerzverzerrtem Lächeln fest.

Tropper kam mit zwei in Handtücher gewickelten Kühlkissen. Weil sie nicht sicher waren, was die richtige Behandlung war, legten sie ein Kissen in Peppis Nacken und mit dem anderen kühlte sie ihre Nase.

»Warum ich eigentlich gekommen war …«

»Wie? Du bist nicht nur gekommen, um mir die Tür ins Gesicht zu schlagen?«, unterbrach Peppi Tropper.

»Sei still und kühl deine Nase.« Tropper wandte sich wieder den beiden Kollegen zu. »Ich komme gerade aus der Rechtsmedizin. Weinberger ist nicht erfroren. Er war maximal sieben Stunden tot, als wir ihn gefunden haben, eher weniger. Ihm wurde vermutlich auch ein Betäubungsmittel verabreicht. Außerdem gab es wieder einmal keine Kampfspuren. Allerdings wollte unser Täter dieses Mal nicht so lange warten. Er hat Weinberger eine Maske über den Kopf gezogen, das habt ihr ja am Tatort gesehen. Eine Plastikmaske. Weinberger ist erstickt. Das Ganze hat sich vermutlich auf einer der Bänke an der Grillstelle abgespielt. Dann hat der Täter die Leiche an die Stelle gezogen, an der wir ihn und letzte Woche auch Haydak gefunden haben.«

»Das war jetzt aber mal schnelle Arbeit«, lobte Brander den Kollegen.

»Bevor du wieder mit mir schimpfst«, brummte Tropper. »Wir suchen noch nach DNA und Fingerabdrücken. Vielleicht gibt es Übereinstimmung zu unserem ersten Mord.«

»Wie lange hat es gedauert, bis er tot war?«

»Die Erstickung? Drei bis fünf Minuten. Länger auf keinem Fall.«

»Welche Parallelen haben wir?«, überlegte Brander.

»Gleicher Ort, vermutlich wieder Betäubungsmittel, keine körperliche Gewaltanwendung, Symbolik, dieses Mal in Form einer Maske, und beide waren Jura-Studenten in Tübingen«, fasste Jens Schöne die Fakten zusammen.

»Es könnte sich aber auch um zwei verschiedene Täter handeln. Jemand, der von dem ersten Mord gelesen hat, wusste maximal, dass es sich um einen toten Juristen handelt, der an der Grillstelle gefunden wurde, und vielleicht noch, dass es eine gewisse Symbolik in der Art und Weise des Todes gab. Von der Höhle und der Erfrierung kam nichts in der Zeitung. Folglich tauchen diese Merkmale auch nicht beim zweiten Mord auf«, kam es gedämpft unter dem Kühlkissen hervor.

»Ob es sich um den gleichen Täter handelt, wird uns hoffentlich der Erkennungsdienst bald verraten können.« Brander sah Tropper auffordernd an und hob der Kollegin das Kissen vom Gesicht. »Ich fahr jetzt zu Paula Kern. Willst du mit?«

»Nur, wenn du vorausgehst.«

☼

Dieses Mal informierten sie sich vorab telefonisch in der Praxis, um zu erfahren, dass Paula Kern noch krankgemeldet war. Sie fuhren direkt zu ihrer Reutlinger Wohnung. Erst nach dem dritten Läuten wurde ihnen geöffnet. Paula Kern empfing sie ungekämmt und im Schlafanzug, über den sie nachlässig einen Bademantel geworfen hatte. Sie sah aus, als hätte sie die ganze Nacht geweint. Die Augenlider waren geschwollen, die Nase gerötet.

»Entschuldigen Sie, ich habe noch geschlafen.« Verlegen strich sie sich durch die Haare. »Kommen Sie herein. Ich mach mich eben etwas frisch.«

Sie dirigierte die Kommissare in die Küche und verschwand im Bad.

Peppi setzte sich auf einen Stuhl und rieb sich vorsichtig über die Nase. »Wenn ich 'ne blaue Nase krieg, kann sich Tropper auf was gefasst machen.«

»Das sieht bestimmt lustig aus«, flachste Brander und setzte sich zu ihr. Er ließ seinen Blick durch die Küche wandern. Kaffeegeschirr und ein paar Gläser standen in der Spüle. Eine Packung Schmerztabletten und ein Adressbuch lagen auf der Arbeitsplatte. Brander wollte gerade einen Blick in das Buch werfen, als Paula Kern aus dem Bad kam. Sie hatte sich einen dunkelblauen Hausanzug angezogen und die blonden Haare locker im Nacken hochgesteckt.

»Ich konnte gestern nicht einschlafen, und da habe ich mir heute einfach keinen Wecker gestellt. Wie spät ist es überhaupt? Es ist ja schon hell.« Sie öffnete einen Schrank, holte Kaffeepulver heraus und füllte das Sieb eines Bialetti. »Trinken Sie einen mit?«

Brander kannte die Kaffeekocher, die auf die heiße Herdplatte gestellt wurden, aus seinen Italienurlauben. Cecilia hatte sich so einen gekauft, als sie eine Woche zusammen in Rom verbracht hatten. Obwohl original italienisch, schmeckte der Espresso zu Hause dennoch anders als auf dem Piazza Navona.

»Ja, gern. Danke. Es ist gleich ein Uhr«, kam er auf ihre erste Frage zurück.

»Um Gottes willen! Jetzt habe ich den halben Tag verschlafen. Da werde ich heute Abend wieder nicht einschlafen können.« Sie nahm Kaffeegeschirr aus einem anderen

Schrank und deckte den Tisch. »Kommen Sie mich jetzt täglich besuchen?« Sie sah lächelnd von Brander zu Peppi und setzte sich zu ihnen an den Tisch. Als sie die ernsten Gesichter sah, verschwand ihr Lächeln sogleich wieder.

»Frau Kern, kennen Sie einen Edgar Weinberger?«, begann Brander.

Ihr Blick schweifte von Brander auf die Tischplatte. »Eddi. Das ist lange her.«

»Woher kennen Sie ihn?«

»Er war ein Freund von Friedmar. Die beiden haben zusammen studiert.«

»Wann haben Sie ihn das letzte Mal gesehen?«

»Wenn ich das wüsste.« Sie stand auf, nahm die Kaffeekanne von der Herdplatte und goss die dampfende Flüssigkeit in die Tassen. »Vor zehn Jahren vielleicht. Er hatte mir geschrieben, dass er in Kempten lebt und an einer Ausstellung arbeitet. Aber daraus ist wohl nichts geworden.« Sie seufzte. »Er war immer schon sehr labil. Hat Tabletten geschluckt gegen Prüfungsangst und Lernstress. Dann kam der Alkohol. Das war sein Untergang. Er brach das Studium ab und verschwand. Eine Weile wussten wir nicht, wo er steckte. Wir hatten befürchtet, dass er sich etwas angetan hätte. Aber irgendwann tauchte er wieder bei Friedmar auf. So ging das weiter, wir hörten ewig nichts von ihm und dann stand er irgendwann wieder vor Friedmars Tür, meistens, wenn er mal wieder abgebrannt war. Er kommt einfach nicht mit sich und seinem Leben klar. Warum fragen Sie nach ihm?« Sie trank einen Schluck Kaffee und sah Brander dabei über den Rand der Tasse an.

»Wir haben ihn heute Morgen gefunden.«

Ihre Hand zitterte plötzlich so stark, dass sie den Kaffee verschüttete. Sie stellte die Tasse zurück auf den Tisch, stand auf, nahm einen Lappen aus der Spüle und wischte den Fleck von der Tischplatte. »Das heißt, er ist auch tot?« Nur mühsam hielt sie ihre Stimme unter Kontrolle.

Brander nickte.

»Wurde … wurde er auch umgebracht?«

»Ja.«

»Oh Gott, erst Friedmar und jetzt Eddi. Der arme Eddi.«

»Können Sie sich vorstellen, welchen Zusammenhang es zwischen den beiden Männern gab, dass sie beide umgebracht wurden?«

Sie sank zurück auf ihren Stuhl und überlegte eine Weile. »Sie haben damals eine Menge zusammen angestellt. Aber soweit ich weiß, hatten sie schon seit Jahren kaum noch Kontakt miteinander. Tut mir leid. Ich glaube, da kann ich Ihnen nicht weiterhelfen. Ich … ich muss das jetzt erst einmal verarbeiten.«

»Ja, natürlich. Rufen Sie mich an, wenn Ihnen etwas einfällt.« Brander stand auf.

»Sie schon wieder?«, begrüßte Tabea Haydak die beiden Kommissare in ihrem Wohnzimmer. Brander fragte sich langsam, ob sie alle ihre Tage in diesem Zimmer verbrachte.

»Ja, wir schon wieder«, entgegnete Brander.

»Sie wollen wissen, ob ich Edgar Weinberger kannte.«

Brander zog überrascht die Augenbrauen hoch und nickte.

»Frau Hilbers hat mir erzählt, dass Sie sie nach ihm gefragt haben. Ja, ich kannte Edgar Weinberger, aber ich habe ihn lange nicht mehr gesehen. Wir lebten damals noch in Frankfurt. Edgar kam einige Male zu Besuch. Ich mochte ihn nicht, und ich hatte auch nicht das Gefühl, dass Friedmar ihn besonders gern bei uns sah. Er war nach Edgars Besuchen meistens sehr schlecht gelaunt. Edgar kam eigentlich nur, um ihn um Geld anzupumpen. Manchmal hatte ich das Gefühl, er versuchte, ihn zu erpressen. Du hast mich zu dem gemacht, was ich heute bin, hat er Friedmar einmal vorgeworfen. Friedmar wollte davon nichts hören.«

»Wie könnte Herr Weinberger das gemeint haben?«, hakte Brander nach.

»Ich weiß es nicht. Friedmar hat mir nie etwas erzählt.« Ein kurzes Lächeln huschte über ihr Gesicht. »Einmal hatte ich den Mut, ihn nach seiner Freundschaft zu diesem Edgar zu fragen. Damals lief es noch etwas besser zwischen uns. Er hat mir erzählt, dass er Edgar während des Studiums kennengelernt hat. Aber er ist ein Versager, hat Friedmar gesagt. Ich dachte, ich könnte aus ihm einen Mann machen, aber er ist und bleibt ein jämmerlicher Waschlappen. So hat er sich ausgedrückt. Was auch immer er damit gemeint hat. Was ist denn mit Edgar? Hat er Friedmar umgebracht?«

»Nein, Edgar Weinberger ist tot.«

»Oh.«

Brander gab der Frau einen Augenblick Zeit, diese Nachricht zu verarbeiten. Zu seiner Erleichterung griff sie nicht gleich wieder nach der Martiniflasche und begann auch nicht, hysterisch zu schreien.

»Das Bild, das wir Ihnen gestern gezeigt haben, könnte das vielleicht auch ein Studienkollege Ihres Mannes gewesen sein? Frau Hilbers sagte, sie hätte den Mann vor ein paar Monaten hier vor Ihrer Tür gesehen.«

»Ja, das hat sie mir auch gesagt. Aber ich kenne diesen Mann nicht. Ich habe dieses Gesicht noch nie im Leben gesehen.«

Brander beließ es erst einmal dabei. »Gibt es andere Studienfreunde, an die Sie sich erinnern?«

»Ich habe Friedmar ja erst nach seinem Studium kennengelernt.« Sie überlegte eine Weile. »Doch einer fällt mir ein. Er heißt Benno Stängle. Aber ich habe ihn schon lange nicht mehr gesehen. Es war eine seltsame Freundschaft zwischen den beiden. Einerseits genoss Friedmar die Zeit, die er mit ihm verbrachte, und andererseits behandelte er ihn manchmal wie … wie einen Trottel, einen kleinen Jungen, den er großzügig mitspielen ließ. Obwohl er das nie wirklich tat. Er hielt Benno immer fern von seinen Anwaltsfreunden. Vor einem Jahr hatten die beiden einen heftigen Streit. Das war das letzte Mal, dass Benno hier war.«

»Worum ging es bei dem Streit?«

»Ich weiß es nicht. Irgendeine Rechtsangelegenheit, bei der Benno ihm wohl geholfen hatte, und wofür er Anerkennung verlangte. Vielleicht hatte Friedmar ihm Geld versprochen. Ich habe mich nie um Friedmars Angelegenheiten gekümmert.«

»Haben Sie die Adresse von Herrn Stängle?«

»Ich glaube, ja. Einen Augenblick.« Sie stand auf und verließ den Raum. Kurz darauf kam sie mit einem handgeschriebenen Zettel zurück. »Ich hoffe, Sie können es lesen. Meine Handschrift ist sehr schlecht.«

Brander warf einen Blick auf den Zettel, auf dem mit kindlicher Schrift eine Rottenburger Adresse geschrieben stand.

»Herr Brander«, begann Tabea Haydak zögernd. Sie sah ihm unsicher in die Augen. »Denken Sie wirklich, dass Frau Hilbers etwas mit dem Mord an meinem Mann zu tun hat?«

»Wie kommen Sie darauf?«

»Sie hat mir erzählt, dass Sie DNA-Spuren von ihr gefunden haben.«

»Ja, das haben wir.«

»Sie hat ihn nicht umgebracht.«

»Frau Haydak, unsere Arbeit wäre leichter, wenn Sie und Ihre Haushälterin offen mit uns darüber sprechen würden, was hier in diesem Haus geschehen ist.«

Tabea Haydak wich seinem Blick aus. »Das ist nicht immer so einfach, wie Sie sich das vorstellen.«

Auf dem Weg zurück zur Polizeidirektion meldete sich Magnus Neidhart telefonisch. »Herr Brandner, mir hän den Mercedes von Haydak gefunde!«, berichtete er aufgeregt.

»Brander«, seufzte Brander ergeben. »Ohne N. Und wo steht der Wagen?«

»Drei Mal dürfet Se raten!«

»Bitte nicht.«

»In Bad Urach am Bahnhof.«

Bad Urach lag östlich von Tübingen, gute dreißig Kilometer entfernt. Vor drei oder vier Jahren hatte er dort mit Cecilia im Sommer eine herrliche Wanderung zu den Uracher Wasserfällen gemacht. Anschließend waren sie zur Ruine Hohenurach hinaufgewandert und hatten unter blauem Himmel und bei herrlicher Aussicht über die Alb gepicknickt. Es war ein rundum gelungener Tag gewesen. Brander schob die Erinnerung beiseite und konzentrierte sich wieder auf das Gespräch.

»Fordern Sie die Spurensicherung an. Irgendwelche Besonderheiten?«

»Noi, auf dem erschden Blick net. Wenn mir's schaffad, gänged mir nõh nuff, zur Schillerhöhle.«

Die Schillerhöhle lag oberhalb Bad Urachs bei Hohenwittlingen. Zu Fuß ein anstrengender Marsch, mit dem Auto jedoch relativ schnell zu erreichen. Vom Parkplatz bei Hohenwittlingen aus musste man lediglich noch eine kurze Strecke laufen und einen kleinen, wenn auch recht steilen, Abstieg zur Höhle bewältigen.

»Gut. Melden Sie sich bei mir, wenn Sie irgendetwas finden.«

☼

Brander hatte die abendliche Soko-Sitzung auf halb acht verschoben, um Tropper die Chance zu geben, daran teilzunehmen, und Tropper hatte einige Neuigkeiten zu berichten.

»Haydak war aller Wahrscheinlichkeit nach tatsächlich in der Schillerhöhle. Wenn man in die Höhle hineingeht, muss man nach ein paar Metern rechts an einem großen Felsen vorbei, der den Einblick in das Höhleninnere von außen verdeckt. Weiter hinten ist es dann so duster, dass man ohne Taschenlampe gar nichts mehr sieht. Der Weg wird erst etwas enger und führt dann in eine größere Höhle. Wir haben dort Schleifspuren gefunden, als hätte man zum Beispiel eine große, schwere Decke über den Boden gezogen. Ich vermute mal, dass Haydak auf dieser Decke lag und so aus der Höhle hinaus transportiert wurde. Leider sind inzwischen schon viele Spuren durch andere Höhlenbesucher verwischt oder überdeckt worden«, berichtete Tropper.

»Haydak muss aber mehrere Tage in der Höhle gelegen haben. Die Höhle ist öffentlich zugänglich, wird von Wanderern und Schulklassen besucht. Da wäre doch früher oder später jemand über die Leiche gestolpert«, wandte Brander ein.

»Die Höhle kann mit einem großen Gittertor verschlossen werden«, erklärte Corinna Tritschler. »Mittwoch vor einer Woche wollte sich eine Schulklasse die Burgruine und auch die Höhle anschauen. Aber die Höhle war verschlossen. Die Lehrerin hat am nächsten Tag bei der Gemeinde Hohenwittlingen nachgefragt, und die haben das an den Höhlenverein ARGE Grabenstetten weitergegeben. Aber die waren nicht mehr zuständig, sondern verwiesen sie an die ARGE Berg, die zwischenzeitlich aber auch nicht mehr zuständig ist. Das Ganze ist dann irgendwie im Sande verlaufen, weil die Höhle am Freitag auch wieder offen war, wie uns ein Mitarbeiter der Gemeindeverwaltung sagte. Ein Mitglied vom Höhlenverein ist heute Nachmittag noch rausgekommen und hat sich die Höhle angesehen. Es ist anscheinend nichts beschädigt worden. Aber das Schloss wäre neu, sagte uns der Mann.«

»Die Schillerhöhle! Und wir kriechen in sämtliche Mini-höhlen«, jammerte Jens Schöne und schüttelte sich bei der Erinnerung an die Kriechtiere und Kreuzspinnen, an denen er durch die schmutzigen Höhleneingänge vorbeige-krochen war.

»Was ist mit dem Wagen?«

»Die Spurensicherung läuft noch. Wir haben etliche Fin-gerabdrücke gefunden, aber die können natürlich von allen möglichen Leuten stammen. Es muss ja nicht so sein, dass Haydak mit seinem Mörder zu diesem Parkplatz gefahren ist. Ich halte das sogar für mehr als unwahrscheinlich. Denn irgendwie muss der Täter ja auch wieder von dort wegge-kommen sein. Ich bin morgen mit den Technikern noch einmal vor Ort. Wir versuchen rauszufinden, wie die Leiche von der Höhle zum Auto transportiert wurde.«

»Okay.« Brander sah in die Runde. Die Kollegen waren müde und erschöpft. Eigentlich hatte er mit dem Team beide Morde noch einmal komplett analysieren wollen. Aber er verschob dieses Vorhaben auf den nächsten Tag. »Wir treffen uns morgen um neun wieder.«

»Ist zehn Uhr nicht früh genug?«, protestierte Peppi.

»Wir haben zwei Morde aufzuklären. Sei froh, dass ich dich zum Schlafen nach Hause lasse.«

Brander blieb noch im Konferenzraum, während die Kol-legen die Sitzung verließen. Nachdenklich betrachtete er die Skizzen, Notizen und Bilder, die die Wände des Rau-mes inzwischen in seiner gesamten Breite übersäten.

Zwei Morde. Dem einen wurden die Hände zwischen zwei Holzbretter eingeklemmt und eine Kette um den Hals gelegt, dem anderen wurde eine Maske aufgesetzt.

Die beiden waren Studienfreunde, aber irgendwann trennten sich ihre Wege. Der eine wurde ein erfolgreicher

Anwalt, der andere ein obdachloser Alkoholiker. Dann gab es noch einen weiteren Studienfreund. Benno Stängle. Kannte Stängle auch Edgar Weinberger? Kannte Paula Kern Benno Stängle? Der Tod von Haydak und Weinberger schien sie tief getroffen zu haben.

Brander ging gedanklich noch einmal die Gespräche mit Margot Hilbers und Tabea Haydak durch. Am Morgen hatte er noch gedacht, die beiden Frauen hätten Haydak vielleicht getötet. Aus Notwehr, aus Verzweiflung.

Aber wie passte Edgar Weinberger da hinein?

Und dann war da noch der unbekannte Mann, der die Anzeige aufgegeben und Haydak vermutlich zu Hause aufgesucht hatte. »So trittst auch du vor den Herrn und empfängst deine gerechte Strafe.« Wofür sollte Haydak bestraft werden?

Erschreckt zuckte Brander zusammen, als die Melodie seines Handys erklang.

»Wir waren zum Joggen verabredet«, meldete sich Karsten Beckmann und klang nicht besonders glücklich.

»Oh, Mist, das hab ich total vergessen.«

»Sag bloß.«

»Tut mir leid. Ich bin noch im Büro.« Er sah auf seine Armbanduhr. Kurz vor neun. »Das wird heute nichts mehr.«

»Das habe ich mir tatsächlich schon gedacht. Morgen Vormittag?«

»Ich hab um neun die erste Sitzung.«

»Dann bin ich um sieben Uhr bei dir.«

»Hast du 'nen Knall?«

»Weißt du, wie schön es morgens um sieben im Wald ist?«

»Ich hab so 'ne Ahnung.«

Karsten lachte, und Brander war froh, dass er es ihm nicht übel nahm, dass Brander ihn versetzt hatte. Morgens um sieben Joggen! Er durfte nicht vergessen, seinen Wecker zu stellen.

SAMSTAG

Von irgendwoher drang ein unangenehmes Geräusch an seine Ohren. Erst im nächsten Augenblick erkannte er ein Klingeln. Brander tastete nach seinem Wecker, schlug mit der Hand darauf. Das Klingeln hörte nicht auf. Knurrend schlug er erneut auf den Wecker und zog sich das Kopfkissen über den Kopf. Vergeblich. Es klingelte weiter. Missmutig richtete er sich auf, raufte sich mit den Fingern durch die Haare. Das Klingeln verstummte. Brander warf einen Blick auf den Wecker. Fünf vor sieben.

»Verfluchter Mist!«

Er sprang auf und eilte die Treppe hinab. Als er die Haustür öffnete, drückte Beckmann gerade erneut auf den Klingelknopf. Er grinste breit, als er Branders verschlafenes Gesicht sah.

»Guten Morgen, Andi. Waren wir nicht um sieben zum Laufen verabredet?«

»Kann mich nicht erinnern«, brummte Brander müde.

»Herr Kommissar, was ist das für eine Trainingseinstellung!« Karsten Beckmann schnalzte missbilligend mit der Zunge. »So wird das nichts mit dem Nikolauslauf in drei Monaten.«

»Das wird so oder so nichts.« Beckmann erwartete doch hoffentlich nicht, dass er im Dezember den Tübinger Halbmarathon laufen würde. So unrealistisch konnte er nicht sein. »Komm rein, ich bin noch nicht ganz fertig.« Brander wich einen Schritt zur Seite.

»Das sehe ich. Beeil dich, ich hab nicht den ganzen Tag Zeit.«

Brander verzog das Gesicht und verschwand zu einer Katzenwäsche im Badezimmer. Als er in die Küche kam, streckte ihm Beckmann eine Banane entgegen. »Damit du unterwegs nicht schlappmachst.«

»Können wir nicht erst einmal einen Kaffee trinken?«

»Später, Schatz.« Beckmann zwinkerte ihm gut gelaunt zu.

Brander warf ihm einen finsteren Blick zu und biss ein großes Stück von der Banane. Er ging in den Flur, beugte sich vor, um seine Schuhe aus dem Regal zu holen. Sie waren noch völlig verdreckt von seiner letzten Runde durch den Wald. Er öffnete die Haustür, klopfte draußen den Dreck von den Schuhen und warf einen Blick zum Schönbuch, dessen Hänge noch von dichten Dunstwolken durchzogen waren. Eigentlich ein sehr schöner Anblick – wenn Brander nicht gewusst hätte, dass er diese Steigungen in wenigen Minuten hinaufrennen musste.

»Du bist und bleibst ein alter Brummbär. Wie hält Ceci es nur mit dir aus?«, flachste Beckmann hinter ihm und schlug ihm im Vorübergehen mit der flachen Hand auf den Po.

Brander verschlug es einen Moment lang die Sprache. »Mach das noch einmal und ich lass dich verhaften.«

Beckmann drehte sich um und lächelte unschuldig. »Jetzt stell dich nicht so an. Das war … eine sportliche Geste.«

»Ach ja?« Mit zusammengekniffenen Augen sah Brander seinen Trainingspartner wütend an. »Du weißt genau, dass ich das nicht leiden kann!«

»Das reizt mich ja gerade so. Los, komm inne Puschen.«

»Eines Tages …« Brander hob drohend die Faust.

Beckmann lachte. »Versuch's. Ich bin größer, stärker und schneller als du.«

»Du bist 'ne Plage!«

Kurz darauf trabte Brander mit Karsten Beckmann über einen Landwirtschaftsweg zum Wald. Die Steigung begann sanft, wurde dann jedoch immer steiler, sodass Brander sich bald schnaufend wie eine altersschwache Dampflokomotive hinter Beckmann den Hang hinaufschleppte.

»Ich bin mit dem Auto hier. Wenn du willst, kann ich

dich nachher mit nach Tübingen nehmen«, bot Beckmann an, nachdem sie die Steigung hinter sich gelassen hatten und über den Ziehweg Richtung Hohenentringen trabten.

»Und wie komme ich heute Abend nach Hause?«

»Gar nicht. Heute Abend ist Whiskyprobe, und danach darfst du eh nicht mehr Rad fahren. Gästesofa ist schon gerichtet.« Beckmann sah Brander an. »Ich mach dich auch nicht mehr an. Versprochen.«

Brander wischte sich den Schweiß von der Stirn. »Ich hoffe, ich schaffe es pünktlich. Wir stecken gerade mitten in den Ermittlungen.«

»Man kann nicht nur arbeiten.«

»Manchmal muss man. Wir haben eine zweite Leiche.«

»Ich hab's im Radio gehört. Ich dachte immer, Tübingen sei so friedlich.«

»Ich auch. Das war einer der Gründe, warum ich mich hierher beworben habe. Na ja, gegen Stuttgarter Verhältnisse ist es doch etwas ruhiger.« Brander bekam leichtes Seitenstechen und atmete ein paar Mal tief durch.

»Was war der andere Grund?« Beckmann verlangsamte das Tempo, als er Branders Kampf bemerkte.

»Ceci. Sie hat in Tübingen studiert. Nachdem sie einige Jahre in einer Stuttgarter Klinik gearbeitet hat, bekam sie die Chance, in eine Tübinger Gemeinschaftspraxis einzusteigen. Und auf Dauer war das einfach eine blöde Fahrerei für sie von Stuttgart nach Tübingen.«

Der Weg verlief jetzt etwas abschüssig, und Beckmann zog das Tempo wieder an. »Wie habt ihr euch eigentlich kennengelernt?«

»Ceci und ich?« Brander grinste bei der Erinnerung. »Ich hab ihre Brieftasche geklaut.«

»Du hast was?«

»Es war eine Präventionsmaßnahme auf dem Stuttgarter Weihnachtsmarkt. Wir wollten den Leuten demonstrieren, wie leichtsinnig sie mit ihren Wertsachen umgehen.«

»Ihr habt ja Methoden.«

»Na ja, ich hätte eigentlich nicht ihre Brieftasche herausnehmen, sondern nur ein Infoblatt von der Polizei in ihre Handtasche hineinlegen sollen. Aber sie gefiel mir so gut, und ich wollte wissen, wer sie ist.«

»Und? Hat sie gemerkt, dass du sie beklaut hast?«

»Erst als ich sie zu einem Glühwein einlud und zum Bezahlen ihre Brieftasche hervorzog.«

Beckmann schüttelte grinsend den Kopf. »Ich glaub's ja nicht. Mein Freund der Polizist und Taschendieb. Wie hat sie reagiert?«

»Erst wollte sie mir nicht glauben, dass ich Polizist bin. Dann war sie stocksauer und hat sich über mich beschwert. Ich hab mächtig Ärger mit meinem Vorgesetzten bekommen.«

»Offensichtlich hat sie dir aber verziehen.«

»Ich hab halt auch meinen Charme.«

☼

Kurz vor neun setzte Karsten Beckmann Brander vor der Dienststelle ab. Brander eilte die Treppen hinauf und holte sich auf dem Weg in den Konferenzraum noch schnell einen Kaffee. Überrascht entdeckte er Hendrik Marquardt unter den Kollegen.

»Was machst du hier?«

»Zwei Leichen in kurzer Zeit. Du brauchst jeden Mann.«

Damit hatte Hendrik zwar recht, aber Brander wäre es trotzdem lieber gewesen, der Kollege wäre noch ein paar Tage zu Hause geblieben, um wieder zu seiner alten Form zurückzufinden. Er legte Hendrik kurz die Hand auf die Schulter und ging an seinen Platz am Kopfende des Konferenztisches.

Peppi kam als Letzte in den Sitzungsraum, zwei große Tüten in den Händen. »Wenn wir schon in aller Herrgottsfrühe hier sein müssen, brauchen wir wenigstens ein ordentliches Frühstück.« Sie legte die Tüten auf den Tisch und riss das Papier auf. Belegte Brötchen für die gesamte Mannschaft. Brander sah sie dankbar an. Daran hätte er auch denken können, zumal es ihm nach dem Joggen nicht mehr zu einem Frühstück gereicht hatte.

»Peppi, die Mutter der Kriminalinspektion 1!«, rief Karl-Heinz Barowsky aus und brachte damit die Kollegen zum Lachen. Er war elf Jahre älter als die Kollegin.

Tropper sah unsicher zu Peppi. Noch immer nagte das schlechte Gewissen an ihm, weil er ihr die Tür vor den Kopf geschlagen hatte. »Darf ich mir auch ein Weckle nehmen?«

»Ausnahmsweise«, erlaubte Peppi gnädig und griff selbst nach einem Käsebrötchen.

Nachdem sich die Kollegen mit Kaffee und Brötchen versorgt hatten, stand Brander auf und ging an das Flipchart.

»Wir gehen noch einmal alles durch, was wir haben. Der zweite Mord wirft ein anderes Licht auf den ersten, auch wenn wir noch nicht hundertprozentig wissen, ob beide Morde von derselben Person durchgeführt wurden oder ob wir es mit zwei verschiedenen Fällen zu tun haben. Freddy, gibt es weitere Ergebnisse von der Spurensicherung?«

»Wir haben Fingerabdrücke gefunden, aber bisher keine brauchbare DNA«, antwortete Tropper mit vollem Mund.

»Fakt ist, dass beide Opfer sich kannten. Sie haben gemeinsam in Tübingen studiert. Hier haben wir also einen Berührungspunkt.« Brander schrieb die beiden Namen oben links und rechts auf das Blatt am Flipchart und zog eine Verbindungslinie. Dazu schrieb er das Wort »Studium«.

»Wir haben einen weiteren gemeinsamen Punkt: Paula

Kern. Sie war mit Haydak bis zu seinem Tod befreundet und hatte auch lange Zeit zu Weinberger Kontakt.«

Er ergänzte den Namen unter dem Wort Studium.

Hendrik meldete sich, den Blick auf ein Gesprächsprotokoll gerichtet. »Hier steht, sie hat damals Medizin studiert. Warum arbeitet sie heute als Arzthelferin und nicht als Ärztin?«

»Guter Punkt.« Das war es, was Brander bei seinem ersten Gespräch mit Paula Kern irritiert hatte. Sie hatte gesagt, dass sie Medizin studiert hat. »Peppi, notier das bitte. Wir werden sie danach fragen.«

Er kratzte sich mit dem Stift hinterm Ohr. »Tabea Haydak hat uns einen weiteren Studienkollegen genannt: Benno Stängle. Wir haben noch nicht mit ihm gesprochen und wissen nicht, ob er auch Edgar Weinberger und Paula Kern kannte. Peppi, wir …«

»Schon notiert.«

Brander fügte den Namen mit einem Fragezeichen in das Bild ein. »Weiter. Tabea Haydak und die Haushälterin Margot Hilbers. Sie haben Haydak als Letzte lebend gesehen. Das war Samstag vor vierzehn Tagen. Sie hätten ein Motiv und auch die Möglichkeit gehabt, Haydak zu töten.« Er betrachtete das Blatt auf dem Flipchart nachdenklich und fügte die beiden Namen links unter den Namen Friedmar Haydak ein. Dann nahm er eine andere Farbe, zog eine Linie zu Weinberger und malte ein dickes Fragezeichen daneben. »Warum Edgar Weinberger?«

»Da könnte die Theorie Trittbrettfahrer greifen«, meldete sich Peppi zu Wort.

»Die Sache hat zwei Haken.« Jens Schöne erwachte langsam zum Leben. Er war kein Frühaufsteher.

»Die wären?« Aufmerksam sah Brander in seine Richtung.

»Erstens: der Fundort. Weinberger war zuletzt in Kempten gemeldet. Auch wenn das acht oder neun Jahre her ist – wie kommt er plötzlich wieder nach Tübingen? Oder war er schon längere Zeit wieder in der Gegend? Dann könnte es doch auch eine Verbindung zu Haydak und seiner Familie geben.«

Brander nickte.

»Zweitens: die Maske. Ich möchte auf das Thema Körperstrafen zurückkommen, das wir am Anfang der Ermittlungen aufgrund der Fesselung von Haydak hatten. Ich habe da gestern Abend noch ein bisschen recherchiert. Es ist zwar kein Original, aber könnte die Maske nicht symbolisch für die im Mittelalter verwendeten Schandmasken stehen? Damit hätten wir auch hier wieder eine Gemeinsamkeit. Beide haben etwas getan, wofür sie bestraft und öffentlich angeprangert werden sollten.«

»Wofür wurden Schandmasken verwendet?«

»Auch hier sind die Variationen vielfältig: schlechtes Benehmen, Tratsch, Lügen, üble Nachrede et cetera, et cetera. Im vorliegenden Fall ist die Maske schweinsähnlich. So eine Maske gab es früher auch aus Eisen für Männer, die sich wie Schweine benommen hatten. Was auch immer man darunter verstehen mag.«

»Ist es nicht ein bisschen weit hergeholt, eine Karnevalsmaske mit einer eisernen Schandmaske zu vergleichen?«, gab Barowsky zu bedenken.

»Auch der Pranger war eher dilettantisch zusammengebastelt«, erwiderte Jens.

»Wir sollten diesen Gedanken nicht außer Acht lassen. Es erklärt allerdings noch nicht den Bezug zu Tabea Haydak und der Haushälterin«, überlegte Brander.

»Wer weiß, was hier noch alles ans Licht kommt.« Jens war zufrieden, dass seine Theorie nicht abgeschmettert wurde.

»Machen wir weiter. Priska Schwiech. Auch hier sehe ich nur eine Verbindung zu Haydak«, fuhr Brander fort. »Ebenso bei dem Logistikunternehmer Lorenz.«

»Was ist mit seinem Juniorpartner Mario Klinger?«, fragte Corinna Tritschler.

»Da müssen wir noch nachhaken. Das könntest du heute eigentlich mit Herrn Neidhart machen. Besucht ihn zu Hause und fühlt ihm ein bisschen auf den Zahn. Irgendetwas hat er zu verbergen. Er hat uns zwar volle Unterstützung zugesagt, aber er war immer sehr auf der Hut, wenn Peppi und ich bei ihm aufgetaucht sind.«

»Bei mir isch ganz schlecht heid. I hän um viere än' Termin zum Moschde. Konnt ja net ahne, dass mir's mit 'ma Serienmörder zu tun hend«, erklärte Magnus Neidhart.

»Von einem Serienmörder müssen wir hoffentlich nicht sprechen. Also gut, wer hat Zeit?« Brander sah in die Runde. Jens Schöne und Hendrik Marquardt meldeten sich.

»Darf ich mir einen aussuchen?«, feixte Corinna.

»Jens, dich habe ich noch für ein paar Personenrecherchen vorgesehen. Hendrik, geh du mit«, bestimmte Brander.

»Das hat man davon, dass man das heimliche Genie der Abteilung ist«, beschwerte sich Jens. Anscheinend hätte er gern die Schreibtischarbeit gegen einen Ausflug mit der Kollegin von der Kriminalinspektion 4 getauscht.

»Was ist eigentlich aus der Sache mit diesem Frankfurter Pärchen geworden, die Haydak mal angezeigt hatten?«, wandte sich Peppi an Jens.

»Frankfurter Pärchen?« Jens kratzte sich am Kopf. »Ach, Petar und Danele Vidakovic, die Sache mit der Ohrfeige. Nichts. Sie sind vor vier Jahren zurück in ihre Heimat.«

»Und das wäre?«

»Kroatien.«

»Mist. Und du konntest nicht herausfinden, warum sie die Anzeige damals zurückgezogen haben?«

»Nein. Ein Beamter, mit dem ich gesprochen habe, meinte, dass sie vielleicht Angst vor einer Abschiebung hatten. Aber das war nur eine Vermutung von ihm. In den

Protokollen stand nichts weiter. Es wäre ein Missverständnis gewesen, hätten beide damals im Nachhinein erklärt.«

»Bleibt noch der unbekannte Anzeigenkunde«, fuhr Brander fort. »Über ihn wissen wir noch am wenigsten. Wir sollten uns mit der Zeitung in Verbindung setzen, damit sie sich bei uns melden, falls er noch einmal auftaucht, um eine Anzeige aufzugeben.«

»Hanói! So bleed wird der doch net sei'«, kam es von Magnus Neidhart.

»Vielleicht ja doch«, erwiderte Brander.

☼

Benno Stängles Adresse, die sie von Tabea Haydak bekommen hatten, führte in die knapp zwölf Kilometer entfernte Bischofsstadt Rottenburg. Es war ein Mehrfamilienhaus, das in einem Wohngebiet im Westen der Stadt lag. Eine Frau mit kurzen dunklen Haaren und müdem Gesicht öffnete ihnen die Tür. Auf dem Arm trug sie ein Baby, und ein anderes Kind tobte durch den Flur.

»Ja, bitte?«

»Frau Stängle?«, fragte Brander.

»Ja.«

»Brander, Kriminalpolizei Tübingen.« Er zeigte ihr seinen Dienstausweis. »Wir würden gern Ihren Mann sprechen.«

»Was ist denn jetzt schon wieder passiert?«, fragte Emily Stängle genervt.

»Ähm … nichts.« Brander steckte seinen Ausweis wieder ein. »Wir hätten nur ein paar Fragen an Ihren Mann.«

»Er wohnt nicht mehr hier.«

»Wo können wir ihn denn erreichen?«

»Er ist …« Hinter ihr ertönte ohrenbetäubendes Geschrei. Sie drehte sich um. »Oh nein, Leon, wie oft habe ich dir gesagt … bleib da!« Sie drehte sich um und drückte

Brander ihr Kind auf den Arm. »Halten Sie bitte mal.« Sie verschwand im Inneren der Wohnung.

Peppi sah amüsiert zu Brander, der etwas überrascht das Baby hielt. »Steht dir.«

»Danke. Na, wie heißt du denn, mein Kleiner?« Er wippte mit dem Arm, und das Kind gab glucksende Laute von sich, wobei ihm die Spucke aus dem Mund lief. »Hast du mal 'n Taschentuch? Der sabbert mich gerade voll.«

Peppi reichte ihm ein Tempo.

»Kommen Sie herein«, rief die Stängle aus dem Flur. »Das dauert hier noch einen Augenblick.«

Als sie den Flur betraten, sahen sie das Malheur. Frau Stängle war offensichtlich beim Wohnungsputz, und das andere Kind hatte einen vollen Putzeimer umgeschmissen. Die Wasserlache verteilte sich über Flur und Küche und war auf dem Vormarsch ins Wohnzimmer. Der kleine Leon stand heulend vor seiner Mutter.

»Ach, du lieber Himmel, haben Sie noch einen Lappen? Ich helfe Ihnen.« Peppi suchte das Bad, fand ein Handtuch und bereitete daraus einen Damm vor der Schwelle zum Wohnzimmer.

»Leon, steh hier nicht rum. Geh in dein Zimmer!« Mit einem lauten Aufheulen drehte sich der Junge um und rannte los. Als er in sein Zimmer abbiegen wollte, rutschte er auf dem feuchten Boden aus und fiel hin. Das ohnehin laute Geschrei wurde noch lauter, und zu allem Übel fing auch das Baby auf Branders Arm an, aus Solidarität mit dem Bruder mitzuschreien.

Leons Mutter erhob sich, aber Brander winkte mit der freien Hand ab und ging mit dem Kind an ihr vorbei. »Lassen Sie mal, ich kümmere mich um Ihre Kinder, und Sie machen hier wieder klar Schiff.«

Sie schenkte ihm ein erschöpftes Lächeln, und er marschierte mit dem schreienden Kind auf dem Arm zu dem am Boden liegenden Leon.

»Hallo Leon, zeigst du mir mal dein Zimmer«, sprach er den Jungen an. Verdutzt hörte Leon auf zu brüllen und stand auf. Er rieb sich über den Ellenbogen.

»Hast du dir wehgetan?«

Leon nickte.

»Kannst du den Arm noch bewegen?«

Der Junge bewegte den Arm in alle Richtungen.

»Na siehst du, dann ist auch nichts gebrochen«, hoffte Brander.

»Wie heißt du?«, fragte der Kleine neugierig.

»Ich heiße Andi. Und du heißt Leon, nicht wahr? Und wie heißt dein Bruder?« Brander deutete auf das Kind, das er im Arm hielt.

»Der heißt Emma.«

»Okay. Hallo Emma.« Verstohlen warf er einen Blick zu Peppi, die sich breit grinsend auf den Fußboden konzentrierte. »Zeigst du mir jetzt dein Zimmer, Leon?«

Leon nahm Branders freie Hand und zog ihn in den Raum, vor dem sie standen. Brander ließ sich auf einem kleinen Hocker nieder, und Leon führte ihm seine Spielsachen vor. Als er ihm stolz einen Spielzeug-Lastwagen zeigte, sah Brander genauer hin. Das Logo hatte er doch schon einmal gesehen.

»Hat dir dein Papa den Lkw geschenkt?«

»Ja.« Leon ließ den Wagen vor Brander hin- und herrollen. »Da hat Papa mal gearbeitet.«

»Ist dein Papa Lkw-Fahrer?«

»Nein! Der ist Prokist.«

»Prokurist?«

»Nein! Pro – kist!«

»Und wo arbeitet dein Papa jetzt?«

»Papa muss nicht mehr arbeiten.«

»Ui, da hat sich die Mutti bestimmt gefreut, wenn der Papa immer bei euch sein kann?«

»Nein«, Leon schüttelte traurig den Kopf, und Brander kam sich ein bisschen schlecht dabei vor, den Jungen ohne Anwesenheit der Mutter auszufragen. »Mami hat geschimpft. Und jetzt wohnt Papa woanders, und die Mami muss immer arbeiten.« Leon biss sich auf die Unterlippe und sah Brander mit aufgerissenen Augen an. »Bist du ein Freund von Papa?«

»Nein, ich bin ein Polizist.«

Die Augen wurden noch größer. »Willst du Papa verhaften?«

»Nein. Darf ich den Lkw mal sehen?«

Leon reichte ihm sein Spielzeug. Das Logo auf der Seite war schon zum Teil abgeblättert, dennoch erkannte Brander das »LoLoLo«. Lothar Lorenz Logistik.

»Ein toller Lkw ist das.« Brander gab dem Kind sein Spielzeug zurück.

»Ich hab auch ein Polizeiauto. Guck mal!« Leon schob einen grün-weißen Wagen über den Boden, wobei ein unangenehmes Sirenengeheul einsetzte. »Hast du auch so ein Auto?«

»Nein, ich hab nicht so ein Auto.«

»Warum nicht? Du bist doch Polizist.«

»Tja, weil ich mit einem zivilen Auto fahre.«

»Was ist ein ziviles Auto?«

Die kleine Emma zupfte an seinem Hemdkragen, und er tupfte ihr mit dem inzwischen schon feuchten Taschentuch den Speichel von der Lippe. Wie lange brauchten die da draußen noch, um den Flur wieder trockenzulegen?

»Das ist ein ganz normales Auto. Da sieht man nicht sofort, dass es ein Polizeiauto ist.«

»Warum darf man das nicht sehen?«

»Ja, weil die Gangster sonst abhauen, wenn sie das Polizeiauto sehen.«

Leon dachte einen Augenblick über seine Antwort nach. »Sind Gangster böse?«

»Ja, meistens schon.«

»Und die Bösen, die fängst du alle ein und dann werden die eingesperrt?«

»Ja.«

»Mein Papa ist nicht böse.«

»Dein Papa ist hoffentlich auch kein Gangster.« Brander hörte Schritte im Flur und beschloss, ein unverfänglicheres Thema anzuschneiden. »Gehst du schon in den Kindergarten?«

»Ja«, sagte Leon stolz.

»Hat er Ihnen schon ein Loch in den Bauch gefragt?«, meldete sich die Stimme von Frau Stängle. Mit dem Handrücken wischte sie sich eine Haarsträhne aus dem Gesicht. »Es tut mir leid. Vielen Dank für Ihre Hilfe.«

»Keine Ursache.« Brander erhob sich von dem kleinen Hocker und spürte die Vorzeichen eines Muskelkaters vom Joggen. »Könnten wir uns noch kurz mit Ihnen unterhalten?«

»Das bin ich Ihnen jetzt wohl schuldig.« Sie drückte die Hände in ihr Kreuz und streckte den Rücken durch. »Leon, pass ein bisschen auf Emma auf, ja?«

Emily Stängle nahm Brander das Kind ab und legte es in einen Laufstall, dann führte sie die beiden Kommissare in das Wohnzimmer. Sie nahmen auf einer durchgesessenen Polstergarnitur Platz. Eine Schrankwand in Eichenfurnier zierte die Längsseite des Raumes. Auf einem altmodischen Fernsehtisch stand ein kleiner Fernsehapparat. Familienbilder schmückten die Wand dahinter. Brander konnte nicht erkennen, ob mit oder ohne Vater.

»Was wollen Sie von meinem Mann? Ich dachte, die Sache von damals wäre vom Tisch?«, eröffnete Frau Stängle das Gespräch, bevor Brander eine Frage stellen konnte.

»Das kommt darauf an«, antwortete Brander vage und fragte sich, von welcher Sache sie sprach. »Ihr Mann hat für Lothar Lorenz gearbeitet?«, schoss er ins Blaue. Peppi sah ihn überrascht an.

»Ja, das wissen Sie doch. Es war ein guter Job. Fast dreizehn Jahre hat er für Lothar gearbeitet. Nach seinem schlechten Examen konnte er mehr als froh sein, so einen Job bekommen zu haben.« Ihr Blick ging für einen Augenblick in die Ferne. »Es ging uns gut, aber Benno konnte den Hals nicht vollkriegen! Wissen Sie, ich habe nie im Luxus gelebt. Ich brauche kein Haus mit Garten und keinen Mercedes! Aber er hat immer gedacht, er müsste mir mehr bieten.«

»Ihr Mann war mit Friedmar Haydak befreundet?«

»Haydak! Oh Gott, wenn ich den Namen schon höre. Befreundet? Er hat ihn angebetet. Er hat ihn vergöttert! Haydak war für Benno das Inbild des erfolgreichen Mannes.« Sie redete sich in Rage. »Dieses widerliche Arschloch. Er hat uns ruiniert. Er hat meinen Mann kaputtgemacht. Er hat unsere Ehe kaputtgemacht. Sind Sie diesem Widerling schon einmal begegnet?«

»Sie wissen nicht, dass Friedmar Haydak tot ist?«

Sie atmete tief durch. »Hoffentlich war es kein angenehmer Tod.« Die Verbitterung stand ihr ins Gesicht geschrieben. »Entschuldigen Sie. Ich sollte sicherlich nicht so über einen Toten reden, aber …« Sie verstummte.

»Ich bin nicht ganz im Bilde. Was hat er denn so Schlimmes getan?«

»Ich dachte, Sie sind von der Polizei?«, fragte Emily Stängle irritiert.

»Ja, aber wir ermitteln in einem Mordfall.«

»Mord?« Sie sank zurück in die Kissen und hielt sich die Hände vor den Mund. »Um Gottes willen, Benno.«

Brander und Peppi tauschten einen Blick miteinander. »Ich denke, es wäre gut, wenn Sie uns noch einmal erzählen, was Friedmar Haydak Ihrer Familie angetan hat«, versuchte Brander mehr von Benno Stängles Frau zu erfahren.

»Oh Gott, ja, ich …« Sie stand auf. »Ich schicke Leon

zu einem Freund. Er muss das nicht mit anhören.« Sie verschwand im Flur und zog die Tür hinter sich zu.

»Volltreffer«, flüsterte Peppi ungläubig. »Woher wusstest du, dass er für Lorenz gearbeitet hat?«

»Hat mir der Kleine verraten. Er hatte einen Spielzeug-Lkw von der Firma.« Brander stand auf und ging zu der Wand mit den Fotos. Es waren keine Aufnahmen von einem professionellen Fotografen, sondern zahlreiche Schnappschüsse. Die Familie Stängle beim Stocherkahnfahren auf dem Neckar, bei einem Ausflug in die Stuttgarter Wilhelma, beim Zelten am Bodensee.

»Leon kommt in einer Stunde wieder.« Emily Stängle sah Brander vor den Bildern stehen. »Auch wenn Benno und ich uns getrennt haben, er ist immer noch der Vater von Leon und Emma.« Sie setzte sich in einen Sessel und stellte ein Babyfon auf den Tisch. Brander gesellte sich wieder dazu.

»Friedmar und Benno haben zusammen studiert. Ich habe Benno erst nach seinem Studium kennengelernt«, begann sie ohne Umschweife zu erzählen. »Ich arbeitete damals noch für Lothar. Ich bin Bürokauffrau. Lothar stellte Benno ein, erst als Assistenten, später wurde er Lothars Prokurist. Das Unternehmen lief damals sehr gut, und Lothar wollte expandieren. Als Leon vor fünf Jahren geboren wurde, hörte ich auf zu arbeiten. Benno verdiente genug, um für uns zu sorgen, und auch mit Emma wäre es kein Problem gewesen. Leider lief es in den letzten Jahren nicht mehr so gut in Lothars Firma. Aber davon habe ich erst viel später erfahren. Letztes Jahr im August kam Friedmar zu uns. Er kam nicht oft zu Besuch. Es war ihm zu einfach bei uns. So hat er sich ausgedrückt. Wie du unter diesen einfachen Umständen leben kannst, Benno.« Sie rieb sich mit dem Handballen über die Stirn. »Ich mochte Friedmar nicht. Er war mir zu aufdringlich. Wenn ich mich bei Benno beklagt habe, hat er nur gegrinst. Er mag dich eben, war sein einziger Kommentar.«

»Was heißt zu aufdringlich?«, hakte Brander nach.

Ihr Blick schweifte in die Ferne, schließlich zuckte sie resigniert Achseln. »Er legte ständig den Arm um meine Schultern oder er tätschelte meinen Po. Einmal habe ich es gewagt, Friedmar zu sagen, dass er seine Finger von mir lassen soll. Wissen Sie, was er da gemacht hat?« Sie schluckte trocken. »Erst hat er gelacht und dann hat er mich gegen die Wand gedrückt und gesagt: Das ist doch erst das Vorspiel, Schätzchen.« Bei der Erinnerung schlang sie die Arme fest um ihren Körper. »Können Sie sich vorstellen, wie ich mich gefühlt habe? So ein Schwein. Und Benno steht daneben und sagt nichts! Ich hab ihm die Hölle heißgemacht, nachdem Friedmar gegangen war. Aber er ließ nichts auf seinen Freund kommen.«

Brander sah aus den Augenwinkeln, wie Peppi wütend die Lippen zusammenpresste. Er konnte ihre Wut verstehen.

»Was wollte Herr Haydak letztes Jahr im August bei Ihnen?«

»Lothar hatte einen Fahrer entlassen. Der Mann war unzuverlässig und trank zu viel. Karl Schnaith. Er hat sich an Friedmar gewandt, und Friedmar wollte Lothar verklagen. Aber die Entlassung war rechtens. Außerdem macht Friedmar ja eigentlich auch keine arbeitsrechtlichen Sachen. Steuer- und Wirtschaftsrecht sind seine Schwerpunkte, und er hat geahnt, dass es in dieser Sache mehr rauszuholen gibt. Bei den meisten Firmen findet man etwas, wenn man nur lange genug sucht. Da Benno über sämtliche Vorgänge in Lothars Unternehmen Bescheid wusste, hat er ihn um Hilfe gebeten. Benno wusste, dass er seinen Job verlieren würde, wenn er Friedmar die Informationen besorgte, die er haben wollte. Lothar war geliefert. Sie wissen, dass er Konkurs anmelden musste?«

»Ja.«

»Friedmar versprach Benno, ihm einen Job in seiner

Kanzlei zu geben, wenn alles vorbei wäre. Aber es ist natürlich rausgekommen, dass Benno es war, der die Daten weitergegeben hat. Und ich bin mir sicher, dass Friedmar dahinter steckte. Und mit diesem Makel konnte Friedmar Benno unmöglich eine Arbeit in seiner Kanzlei geben. Was hätten seine Mandanten dazu gesagt? Ganz abgesehen davon, wurde Benno als Mitwisser auch noch zu einer Geldstrafe verurteilt.« Sie verzog ärgerlich den Mund. »Ich habe das alles erst viel zu spät mitbekommen. Was glauben Sie, was wir uns für Anfeindungen gefallen lassen mussten? Im Kindergarten hat keines der Kinder mehr mit Leon spielen dürfen, und wenn ich morgens in die Bäckerei kam, haben die Frauen sich von mir weggedreht. Wir mussten aus Tübingen wegziehen, weil es einfach nicht mehr auszuhalten war. Und ich kann die Leute ja verstehen! Es war so falsch, was Benno getan hat! Natürlich hat Lothar auch nicht alles richtig gemacht, aber das hätte man doch auch ganz anders regeln können. Musste er gleich seine gesamte Existenz verlieren? Und was ist mit den vielen Arbeitsplätzen, die verloren gegangen sind? Ich habe mich so geschämt!« Sie sah die beiden Kommissare nach Verständnis suchend an.

»Das war sicherlich nicht leicht für Sie«, räumte Brander ein.

»Benno und ich haben uns schließlich nur noch gestritten. Vor einem halben Jahr habe ich ihn dann vor die Tür gesetzt. Ich habe es nicht mehr ausgehalten, und für die Kinder war es auch schrecklich. Emma hat nur noch geweint, Tag und Nacht. Es war kein schöner Start ins Leben für sie.« Wieder rieb sie sich über die Stirn. »Sie wundern sich vielleicht, warum ich Ihnen das alles erzähle. Aber ich bin diese Lügerei so leid. Das habe ich letztes Jahr zur Genüge mitgemacht, in der Hoffnung, Benno und uns zu schützen. Aber letztendlich kommt ja doch alles heraus. Ich habe nicht mehr die Kraft, zu kämpfen. Ich möchte einfach nur, dass für die Kinder und mich endlich Ruhe einkehrt.«

»Hatte Ihr Mann in letzter Zeit noch Kontakt zu Friedmar Haydak?«

»Nicht dass ich wüsste. Er war ja selbst so enttäuscht. Ich glaube, die Geschichte mit Lothar hat ihm endlich die Augen über seinen großartigen Freund geöffnet. Einmal muss es wohl einen heftigen Streit zwischen ihnen gegeben haben. Benno war fix und fertig, als er damals zu mir kam. Das war kurz bevor Lothar Konkurs angemeldet hat. Benno war da schon ein paar Wochen arbeitslos, und Friedmar hat ihm gesagt, dass er ihm keine Arbeit geben würde. Und mit dieser Geschichte hat Benno natürlich auch anderswo keine Arbeit mehr gefunden. Ich glaube, seither haben sie sich nicht mehr gesehen.«

»Ich danke Ihnen für Ihre Offenheit, Frau Stängle.« Zum ersten Mal in diesen Ermittlungen hatte Brander das Gefühl, dass jemand ehrlich mit ihm sprach. »Wo können wir Ihren Mann jetzt finden?«

»Er hat ein möbliertes Zimmer in der Innenstadt. Ich kann Ihnen die Adresse geben. Ich weiß nicht, ob Sie ihn dort treffen. Er hat sich vor vierzehn Tagen bei mir abgemeldet. Angeblich hat er einen interessierten Arbeitgeber in der Schweiz gefunden und sollte dort bei einem Projekt probehalber mitarbeiten.« Sie verzog das Gesicht, als bezweifle sie die Worte ihres Mannes.

»Kennen Sie Edgar Weinberger?«

»Eddi? Ja, er gehörte zu dem Trio. Allerdings hat er das Studium nicht beendet, sondern dem Alkohol den Vorzug gegeben. Ein armer Hund. Er ist ziemlich am Ende. Vor einem halben Jahr habe ich ihn zuletzt gesehen. Da stand er plötzlich vor unserer Tür. Benno war gerade ausgezogen. Er hat nach Benno gefragt, und ich habe ihm seine neue Adresse gegeben.«

»Was wollte er von Ihrem Mann?«

Emily Stängle zuckte die Achseln. »Geld vermutlich. Er sagte, es wäre dringend. Daran erinnere ich mich noch, weil er dabei ein so wichtiges Gesicht gemacht hat, dass ich fast losgelacht hätte. Was kann für einen Penner schon so dringend sein?«

Brander zog das Phantombild heraus. Diese Frau war Gold wert. Sie kannte alle drei Studienfreunde, und sie versteckte sich nicht hinter Ausflüchten und Schweigen.

»Haben Sie diesen Mann schon einmal gesehen?«

Sie nahm das Bild und betrachtete es nachdenklich.

»Er ist vermutlich Mitte vierzig und spricht mit bayrischem Dialekt.«

»Bayrisch?« Sie schüttelte den Kopf. »Fränkisch würde ich eher sagen. Ja, der Mann stand hier schon vor der Tür. Das war vor drei oder vier Monaten. Ich glaube, Anfang Juni. Er war zwei Mal hier. Beim ersten Mal wollte er mit Benno sprechen. Ich habe ihm die Adresse gegeben. Dann war er ein paar Tage später noch einmal hier. Ich war draußen mit den Kindern am Spielplatz, und er kam dazu und setzte sich zu mir. Erst hat mich das ein wenig erschreckt, aber er wirkte irgendwie so traurig, so verloren, das er mir richtig leidtat. Ich fragte ihn, ob er Benno getroffen hätte, er nickte nur. Dann fragte er, ob Benno gut zu mir gewesen wäre. Er war ein seltsamer Vogel. Er hat ein bisschen mit Leon gespielt, und dann ist er gegangen.«

»Wissen Sie, wie er heißt?«

»Nein, tut mir leid. Ich habe ihn nicht nach seinem Namen gefragt, und er hat sich auch nicht vorgestellt. Es war irgendwie eine ganz eigenartige Atmosphäre. Ich hatte nicht direkt Angst vor ihm, aber er war mir trotzdem unheimlich.«

»Was war so unheimlich an ihm?«

»Ich weiß auch nicht. Vielleicht die Art, wie er mich angesehen hat. Zum Abschied hat er mir die Hand gegeben und gesagt: Sie erinnern mich an jemanden, den ich sehr gern habe.« Sie rieb sich über die Arme. »Das ist doch schon ein bisschen unheimlich, finden Sie nicht?«

»Eigenartig ist es auf alle Fälle.« Peppi stocherte nachdenklich in ihrer Lasagne herum. Sie hatten sich auf dem Rückweg bei einem Pizzaservice Salat und Lasagne mitgenommen. Schon nach dem zweiten Bissen bereute Peppi, dass sie sich für das deftige Nudelgericht entschieden hatte, und schielte neidisch auf Branders Salat. »Wie lange willst du eigentlich Diät machen?«

»Ich mach keine Diät.«

»Andi!« Peppi rollte mit den Augen. »Sonst holst du dir beim Italiener immer – ich betone: immer! – eine Pizza mit Salami und Schinken, und diese Woche hast du dich ausschließlich von belegten Brötchen und Salat ernährt.«

»Und Kuchen. Gestern haben wir Kuchen gegessen«, erinnerte sie Brander.

»Das eine süße Stückle!«

»Schmeckt dir die Lasagne nicht?«

»Nicht besonders. Tauschen?« Sie schenkte Brander ihr strahlendstes Lächeln.

Er tippte sich an die Stirn. »Bin doch nicht blöd.«

»Schade.« Peppi seufzte.

»Mister Unbekannt taucht sowohl bei Haydak als auch bei Stängle auf. Es wäre interessant zu erfahren, ob er auch mit Weinberger Kontakt hatte«, kam Brander wieder auf die Arbeit zu sprechen.

»Das werden wir wohl nur von Mister Unbekannt persönlich erfahren können. Wo auch immer er sich gerade versteckt.«

»Laut Aussage von der Hilbers und auch von Emily Stängle war er vor drei bis vier Monaten, also Anfang Juni in Tübingen. Dann taucht er wieder unter, und jetzt schaltet er diese seltsame Anzeige.«

»Weißt du, was auch interessant ist?« Peppi schob die leere Aluschachtel von sich und tupfte sich mit einer Papierserviette die Mundwinkel ab. »Bei Haydak war er wütend, aber die Stängle hat nicht gesagt, dass er wütend gewesen wäre. Sie sagt, er hätte einen traurigen Eindruck gemacht.«

»Die Stängle war mir sympathisch. Ich glaub, sie war die Erste in diesem Fall, die uns nichts vorgespielt hat.«

»Sie scheint ja auch genug mitgemacht zu haben.«

»Das stimmt allerdings.«

»Wie machen wir jetzt weiter?«, fragte Peppi.

»Gute Frage. Tabea Haydak oder Paula Kern?«

»Was soll die Haydak uns Neues berichten?«

»Also Paula Kern.« Brander sah auf die Uhr. »Schaffen wir das noch? Um sechzehn Uhr ist die Sitzung. Ruf mal an, ob sie überhaupt zu Hause ist.«

»Ruf doch selbst an.«

»Schmollst du jetzt, weil ich meinen gesunden Salat nicht gegen deine fette Lasagne getauscht habe?«

»Und du machst doch Diät!«

Brander stand auf und zwinkerte ihr gut gelaunt zu. »Kaffee?«

Paula Kern war telefonisch nicht zu erreichen, und so beschlossen sie, nicht noch einmal hinauszufahren, sondern sich auf den Papierkram zu stürzen. Brander wunderte sich jedes Mal aufs Neue, welche Unmengen Dokumente bei einer Ermittlung zusammenkamen. Ordnerweise Berichte von Kriminaltechnik und Rechtsmedizin, Vernehmungsprotokolle, Gesprächsmitschriften, Sitzungsprotokolle und, und, und. Irgendwann würde er bei einem Fall die Übersicht verlieren. Er hoffte, dass es nicht dieser Fall war, der von Tag zu Tag komplexer wurde.

»Benno Stängle, einundvierzig Jahre alt, verheiratet, zwei Kinder, das wisst ihr ja bereits«, begann Jens Schöne, nachdem Brander in der Soko-Sitzung von dem Gespräch mit Stängles Frau berichtet hatte. »Er hat sein Jurastudium mit Ach und Krach bestanden, danach war er fast ein Jahr lang arbeitsuchend. Dann bekam er eine Anstellung bei Lothar Lorenz Logistik. Zunächst nur als Sachbearbeiter, aber er arbeitete sich relativ schnell hoch, war zuletzt Prokurist und damit rechte Hand von Lorenz in dessen Unternehmen. Seit November letzten Jahres ist er arbeitslos. Im Januar erfolgte der Umzug nach Rottenburg, im April kam es zur Trennung von seiner Frau.« Jens blätterte durch seinen Block. »Jetzt kommt vielleicht der interessanteste Teil. Benno Stängle studierte gemeinsam mit Friedmar Haydak und Edgar Weinberger. Nach dem sechsten Semester brach Weinberger das Studium ab. Er hatte schon während seines letzten Semesters nicht mehr an den Prüfungen und Tutorien teilgenommen. Auch bei Stängle gab es im sechsten Semester einen enormen Leistungseinbruch, von dem er sich während des gesamten restlichen Studiums nicht mehr erholt hat. Einzig bei Haydak fallen keine Besonderheiten auf. Er ist ein Musterstudent. Nicht der Beste, aber doch im oberen Viertel.«

»Wo ist der interessante Teil?«, fragte Hendrik Marquardt und zog fragend die Stirn in Falten.

Brander sah, dass Hendrik sich bemühte, seine Gereiztheit nicht an seinem Kollegen auszulassen. Hendrik stand noch immer unter Strom, aber er hatte anscheinend gemerkt, dass es falsch war, seinen privaten Stress an den Kollegen abzureagieren.

»Paula Kern. Sie hat Medizin studiert, wie wir ja wissen. Sie war zu der Zeit, als Haydak und Co im sechsten Semester waren, erst im vierten Semester. Trotz guter Leistungen hat sie das Studium aber nach dem vierten Semester abgebrochen.«

»Warum?«, fragte Brander.

»Das ist die Frage.« Jens hob unwissend beide Handflächen zur Decke.

»Nach dem vierten Semester. Wie lange ist das her?«

»Siebzehn Jahre.«

»Was hat sie danach gemacht?«

»Erst einmal nichts Konkretes. Gejobbt als Verkäuferin, als Zeitungsausträgerin, alles Mögliche. Irgendwann ging sie für ein paar Monate nach Afrika und hat bei einem Entwicklungshilfeprojekt mitgearbeitet. Als sie nach neun Monaten zurückkam, begann sie eine Ausbildung zur Arzthelferin.«

»Vor siebzehn Jahren brechen Edgar Weinberger und Paula Kern das Studium ab, Benno Stängles Leistungen gehen in den Keller, und nur bei Friedmar Haydak läuft alles normal weiter«, fasste Brander zusammen. »Was ist damals passiert?«

»Da weiß ich ja schon, wen wir morgen besuchen. Benno Stängle und Paula Kern.« Peppi schlug ihr Notizbuch zu.

Karsten Beckmann wartete bereits vor dem Weinhaus, als Brander mit Manfred Tropper fünf vor sieben über den von hohen Fachwerkhäusern umrandeten Marktplatz gelaufen kam. Vor den Cafés waren Tische und Stühle aufgestellt, die gut besetzt waren, und um den Neptunbrunnen tummelten sich zahlreiche junge Menschen, die sich auf einen spätsommerlichen Abend freuten. Die Weinstube befand sich, wie Beckmann gesagt hatte, rechts neben dem Rathaus, dessen mit Malerei verzierte Fassade Brander immer wieder aufs Neue begeisterte. Sgrafittomalerei im Neo-Renaissancestil hatte Brander bei einer Stadtführung gelernt, und irgendwie war es ihm gelungen, sich diese Worte zu merken.

»Ah, ihr seid sogar pünktlich!«, freute sich Beckmann und reichte Tropper die Hand. »Wie wollen wir es halten? Ich bin Karsten …«

»Freddy«, sagte Tropper und schlug ein.

Brander war froh, dass diese erste private Begegnung seines Kollegen mit Beckmann so unkompliziert ablief. Sie hatten sich seit den Ermittlungen vor anderthalb Jahren, in die auch Beckmann verwickelt gewesen war, nicht wieder gesehen.

Als Brander seinerseits Beckmann die Hand reichte, grinste dieser ihn schelmisch an und zog ihn zur Begrüßung an sich. »Schön, dass du da bist.«

»Du kannst es nicht lassen«, schimpfte Brander und löste sich aus der Umarmung.

»Na, dann mal rein in die gute Stube.«

Sie stiegen die Stufen zur Weinstube hinauf, und Beckmann öffnete ihnen die Tür. Das kleine Lokal war gut besucht. Die Teilnehmer der Whiskyverkostung saßen zu dritt oder viert um kleine Bistrotische herum. Die Tische waren mit Whisky- und Wassergläsern eingedeckt, dazu waren Blätter verteilt worden, auf denen Informationen zum Thema des Abends zu lesen waren. Es war eng, aber sehr gemütlich.

Sie setzten sich an einen freien Tisch. Brander ließ seinen Blick durch den Raum gleiten. Zu seiner Linken waren eine dunkle Theke mit Kaffeevollautomaten und zwei Glasvitrinen, in denen herzhafte Quiches und Zwiebelkuchen auslagen. Rechts von ihm zog sich ein Regal die Wand entlang mit unzähligen Weinflaschen, in der obersten Reihe befand sich eine beachtliche Auswahl verschiedener Whiskysorten. Die Etiketten ließen auf einen vielversprechenden Abend hoffen: Knockando, Laphroaig, Macallan, Tomintoul, Glenkinchie – die ganze Palette der schottischen Crème de la Crème, dazwischen ein paar irische und amerikanische Whiskeys. Die Männer wechselten zufriedene Blicke miteinander.

»Wann ist die erste Sitzung morgen?«, fragte Tropper und sah sehnsüchtig auf einen fünfzehnjährigen Laphroaig.

»Um zehn«, antwortete Brander und überlegte, ob es

noch möglich war, die Sitzung um eine oder zwei Stunden zu verschieben.

»Ich melde mich jetzt schon mal ab«, erklärte Tropper.

»Der Typ ist Gold wert.« Beckmann deutete mit einem Kopfnicken auf einen Mann, der gerade an den Tischen vorbei zur Theke ging. »Ich war vor einem Jahr schon mal hier bei einem Seminar. Jetzt gibt es gleich erst mal ein bisschen Theorie, und dann werden fünf Whiskys ausgesucht, die wir heute Abend probieren.«

»Und wer sucht die Whiskys aus?«, erkundigte sich Tropper.

»Wir, die ganze Gruppe. Wer will, kann einen von den Whiskys vorschlagen.« Beckmann deutete auf die oberste Regalreihe. »Und dann wird abgestimmt, welche Whiskys wir probieren. Schulz gibt uns natürlich Empfehlungen.«

Brander blickte zu dem Mann, der sich inzwischen an der Theke postiert hatte. Glatze, Brille, kleines Bärtchen, schlanke Figur. Er hatte die Gäste begrüßt, erklärte den Ablauf des Abends und gab eine Einführung in die richtige Art und Weise, einen Whisky zu verkosten.

»Wenn ihr den Whisky nachher probiert, tut das bitte nicht wie die Weintrinker.« Ihr Gastgeber hob ein leeres Glas, schwenkte es hin und her, tat so, als würde er trinken, schürzte die Lippen und gab das typisch schmatzende Geräusch eines Weintesters von sich. Dann sah er mit großen Augen in die Runde. »Tut das niemals mit Whisky! Euch explodiert's Geschle!«

Beckmann lachte schallend los und steckte nicht nur die beiden Kripobeamten damit an. Eine junge Frau am Nachbartisch sah interessiert zu Branders gut aussehendem Freund und lächelte ihn an. Leicht gebräunt, in einem hellen Hemd, dessen obere drei Knöpfe geöffnet waren und einen dezenten Blick auf eine muskulöse Brust gaben, musste Brander sich eingestehen, dass er mehr trainieren müsste, um da mitzuhalten. Beckmann zwinkerte der Frau gut gelaunt zu. Als Brander ihn irritiert ansah, lächelte Beckmann, als hätte er eine Wette gewonnen.

Es folgte eine Einführung in die Geheimnisse der Herstellung schottischen Whiskys, zwischendurch plünderten sie das Buffet mit regionalen Köstlichkeiten, um sich für die bevorstehende Verkostung eine Grundlage zu schaffen. Interessiert beobachtete Brander den Mann, der mittlerweile über die Lagerung von Whisky dozierte: »Whisky muss man nicht mehr lagern. Der wurde bereits zehn, zwölf, achtzehn Jahre vor seiner Abfüllung gelagert.«

Da hat er recht, dachte Brander bei sich und steckte sich ein Stück würzigen Oberstdorfer Bergkäse in den Mund.

»Und wenn ihr eine Flasche geöffnet habt, dann wird der Whisky nicht besser, wenn ihr ihn jahrelang stehen lasst.«

»Mein Reden!«, stimmte Tropper ihm zu.

»Drei, maximal vier Monate, dann muss die Flasche leer sein.« Der Mann grinste in die Runde. »Ihr müsst euch zwingen, die Sachen, die ihr angefangen habt, zu Ende zu bringen!«

Oh ja, das würde ein sehr lustiger Abend werden, ahnte Brander.

Es wurde ein lustiger Abend. Nach der Verkostung waren sie gemeinsam mit dem Taxi in Karsten Beckmanns Wohnung in der Katharinenstraße gefahren und hatten – den Rat des Seminarleiters befolgend – einen Teil der angebrochenen Whiskyvorräte vernichtet. Morgens um drei hatte ein erboster Nachbar an die Tür geklopft und damit gedroht, sich bei der Polizei über den Lärm zu beschweren. Beckmann hielt Brander nur knapp davon ab, an die Tür zu gehen, um dem verärgerten Nachbarn mitzuteilen, dass die Polizei bereits vor Ort wäre. Stattdessen mahnte er zur Ruhe und schickte die Kommissare zum Schlafen auf Sofa und Isomatte.

SONNTAG

»Dass ich mal zwei besoffene Kripo-Beamte in meiner Wohnung beherberge, hätte ich mir im Leben nicht träumen lassen.«

Beckmann stand grinsend im Türrahmen und ließ einen Lichtstrahl vom Flur in sein Wohnzimmer fallen. Brander hoffte, dass er nicht den Lichtschalter betätigte, und zog vorsichtshalber die Decke über seinen Kopf.

»Jetzt kommt die Rache des Karsten B.«, stöhnte es undeutlich von der anderen Seite des Wohnzimmers, wo Tropper auf der Isomatte übernachtet hatte und wohl dasselbe befürchtete. »Andi, wir sind zu zweit, wir können ihn überwältigen!«

Brander fühlte sich an die Abschlussklassenfahrt aus seiner Schulzeit erinnert. Vorsichtig schob er die Decke ein Stück zur Seite und blinzelte zur Tür. Beckmanns Finger lag schon auf dem Lichtschalter.

»Tu das nicht«, flehte er. Der Geschmack in seinem Mund war grauenvoll, und das Pochen in seiner Stirn ließ ihn Schlimmes befürchten.

»Ich muss gestehen, die Verlockung ist groß.« Beckmann ließ den Arm wieder sinken. »Kaffee? Frühstück? Rührei, Schinken, Toast? Was hätten die Herren denn gerne?«

»Zwei Aspirin und einen Vitaminsaft«, stieß Tropper hervor und richtete sich mühsam auf. Die Haare standen in alle Himmelsrichtungen von seinem Kopf ab. Er sah zu Brander. »Wieso liege ich eigentlich auf dem Boden? Du bist jünger als ich!«

»Damit du nicht so tief fällst. Im Alter wachsen die Knochen nicht mehr so schnell zusammen.« Für diesen Konter hätte Brander sich gern selbst auf die Schulter geklopft, aber er war zu matt, den Arm zu heben.

»Jungs, macht's Fenster auf, wenn ihr aufgestanden seid. Die Luft ist zum Schneiden. Ich bin in der Küche.« Beckmann ließ sie allein.

»Er hat nicht das Licht eingeschaltet«, seufzte Brander erleichtert. Als er sich auf wackeligen Beinen ins Bad schleppte, fragte er sich, wie viel Restalkohol er noch im Blut hatte und warum Beckmann schon wieder so gut beieinander war. Beckmann war fast sechs Jahre jünger als er, das machte anscheinend eine Menge aus, versuchte er sich zu trösten.

»Mein Güte! Wie seht ihr denn aus?« Peppi sah fassungslos von Brander zu Tropper. »Habt ihr bis gerade durchgesoffen?«

Brander sah ratlos zu Tropper. Er hatte eigentlich das Gefühl gehabt, nach Dusche und Frühstück wieder ganz manierlich auszusehen. Zwei Aspirin, einen Vitaminsaft, eine Tasse Kaffee und sogar eine Scheibe Toast hatte er zu sich nehmen können.

»Was hat sie nur?«, fragte Tropper ebenso ratlos. »Durchgesoffen! Wir haben gestern Abend ganz gepflegt zwei, drei Whiskys getrunken.«

»Wer's glaubt! Eure Fahne kann man nicht nur riechen, die kann man schmecken!«

Na, das konnte ja heiter werden, dachte Brander entsetzt. Wie sollte er mit einer Whiskyfahne die geplanten Vernehmungen durchführen? Für einen Augenblick wünschte er sich, dass sie weder Benno Stängle noch Paula Kern erreichen würden. Hatte er noch Kaugummi oder Pfefferminzbonbons im Schreibtisch liegen? Und ein paar Schmerztabletten brauchte er auch unbedingt. Die Wirkung der zwei Aspirin vom Frühstück würde höchstens bis zum Mittag anhalten. Er verzog das Gesicht. Was tat er seinem Körper eigentlich an? Seit über einer Woche fuhr er täglich mit dem Fahrrad zur Arbeit, ließ sich von Beckmann durch den Schönbuch scheuchen und versuchte, sich gesund zu ernähren, und dann betrank er sich hemmungslos und quälte Leber und Nieren anschließend mit einer extra großen Ration Schmerztabletten.

»Ist dir schlecht? Ich warne dich! Kotz nicht in unser Büro!« Peppi beobachtete ihn argwöhnisch. Dass sie ihm nicht schon sicherheitshalber den Papierkorb vors Gesicht hielt, war alles.

»Alles bestens«, log Brander und bemühte sich um einen zuversichtlichen Gesichtsausdruck. Sollte er zur Toilette gehen und sich übergeben, um seinen Körper schnell zu entgiften? Nein, das wäre zu schade um den guten Whisky. Da war bestimmt noch ein bisschen in seinem Körper. Der fünfzehn Jahre alte Laphroaig hatte ihm ausgesprochen gut gefallen. Seine Milde hatte ihn überrascht. Er kannte bisher nur den zehnjährigen, der rauer und rauchiger war.

»Ihr beiden seid doch echt bescheuert! Wir stecken mitten in …«

»Werte Kollegin«, unterbrach Tropper Peppis Moralpredigt im Ansatz und hob abwehrend eine Hand. »Man kann nicht nur arbeiten. Hin und wieder müssen auch zwei gestandene Kriminalkommissare wie Andi und ich abschalten. Und wir hatten gestern einen wunderbaren Männerabend. Tut mir leid, dass du gestern Abend allein zu Hause gesessen hast. Aber lass deinen Frust bitte nicht an uns aus. Nächstes Mal ruf uns einfach an, vielleicht nehmen wir dich mit.« Tropper lächelte sie gütig an.

Brander zog es vor, aus der Schusslinie zu gehen und setzte sich an seinen Schreibtisch.

»Ein Abend mit eurem schwulen Beckmann! Na ganz toll!«

»Tut mir leid für dich, aber das können wir nun wirklich nicht ändern.«

»Was soll das heißen?«

»Ich kann dich ja auch verstehen. Ich muss zugeben, Beckmann ist wirklich ein schöner Mann.«

Noch immer hatte Tropper ein mildes Lächeln im Gesicht. Er musste tatsächlich noch volltrunken sein. Anders konnte sich Brander nicht erklären, warum er die Kollegin dermaßen provozierte.

Peppi schnappte nach Luft. »Was … Sag mal, spinnst du?«

»Peppi, es ist doch offensichtlich, dass du …«

»Raus!« Die Zornesröte stieg seiner griechischen Kollegin ins Gesicht.

»Freddy, geh lieber, solange du noch kannst«, versuchte Brander zaghaft, einen Zweikampf zu verhindern.

Tropper zuckte grinsend mit den Achseln und verließ zu Branders Erleichterung das Büro.

»Der spinnt doch wohl total!«, schimpfte Peppi und wandte sich Brander zu. »Der unterstellt mir, dass ich … dieser … dieser … Jetzt sag du doch auch mal was!«

»Ich hab Kopfschmerzen, und außerdem müssen wir zur Sitzung«, rettete Brander seinen Hals aus der Schlinge.

☼

»Ich habe Paula Kern übers Handy erreicht. Sie ist zum Wandern im Allgäu und kommt erst heute Abend zurück. Wir können Sie morgen Vormittag in der Praxis besuchen«, berichtete Peppi als sie auf dem Weg zu Benno Stängle waren.

»Danke, das ist mir ganz recht. Heute bin ich irgendwie nicht so fit«, gab Brander zu.

»Das seh ich.«

Brander sah prüfend zu seiner Kollegin. War sie doch noch ärgerlich auf ihn? Aber sie grinste nur.

»Heute wäre ein guter Tag, dich zum Essen einzuladen.

Wahrscheinlich wird dir schon allein bei dem Gedanken an ein fettes Gyros schlecht«, stichelte sie.

Essen. Er war die ganze Woche nicht einkaufen gewesen. Hatte er überhaupt noch etwas im Kühlschrank?

»Wir haben einen ausgezeichnete Griechen in Entringen«, entgegnete Brander gelassen. Das köstliche Moussaka konnte er immer essen. Egal, wie viel Whisky er am Abend zuvor getrunken hatte. »Ich hatte nicht viel zum Frühstück, lass uns nachher dort essen gehen.«

»Wenn du meinst, dass du das schaffst.« Sie warf ihm einen skeptischen Blick zu.

»Aber sicher.« Brander lächelte zufrieden. Er hasste es, allein essen zu gehen.

Ein Mann kam zur Tür heraus, als Brander mit Peppi vor dem Hauseingang stand. Brander erkannte in ihm den Mann, den er am Tag zuvor auf den Bildern in Emily Stängles Wohnzimmer gesehen hatte.

»Herr Stängle?«, sprach er ihn an, bevor er vorübergehen konnte.

»Ja?« Überrascht sah Stängle auf.

»Brander, Kripo Tübingen, wir müssen mit Ihnen sprechen.«

»Jetzt?«

»Deswegen sind wir hier.«

Stängle warf einen Blick über die Schulter zurück ins Treppenhaus, trat nervös von einem Fuß auf den anderen. »Können wir das hier draußen oder drüben in dem Café machen?« Er deutete auf eine Konditorei, vor der ein paar Tische standen. »Ich habe nur ein Zimmer, und das ist nicht aufgeräumt.«

Ich kann Sie auch auf die Polizeidirektion vorladen, lag Brander auf der Zunge. Dieser Stängle war ihm auf dem ersten Blick unsympathisch, ohne dass er hätte sagen können, woran es lag. Stängle hatte das graublonde, lichte Haar in einem Seitenscheitel über den Kopf gekämmt.

Zwei kleine linkische Augen verloren sich in einem speckigen Gesicht mit schmalen Lippen. Sein brauner Anzug war so konservativ, dass Brander nicht hätte sagen können, ob es jemals eine Mode gegeben hatte, in der diese Anzüge getragen wurden. Stängle war ein Mann, der mit vierzig schon aussah wie ein Rentner, der den lieben Tag mit einem Kissen unter den Ellenbogen mit griesgrämigem Gesicht am Fenster saß, und abends bei einem Krug Bier Musikantenstadl sah. Ein süßlicher Geruch ging von ihm aus, vermischte sich mit einer Brise Zigarettenqualm. Erst jetzt bemerkte Brander die Kippe, die Stängle zwischen seinen Fingern hielt.

»Lassen Sie uns ein paar Schritte miteinander gehen«, schlug Peppi vor. Auch sie hatte anscheinend keine Lust, mit Stängle einen Kaffee zu trinken.

»Ich habe nicht viel Zeit.« Stängle setzte sich in Bewegung. »Worum geht es?«

»Friedmar Haydak«, antwortete Brander.

»Er ist tot.«

»Das wissen Sie?«, fragte Brander verwundert. Hatte seine Frau nicht gesagt, er wäre die letzten vierzehn Tage unterwegs gewesen?

»Es stand in der Zeitung.«

»Sie waren mit ihm befreundet?«

»Ja.«

Sie hatten Stängle links und rechts flankiert und gingen Richtung Fußgängerzone. In der Ferne sah Brander die Turmspitze des Rottenburger St.-Martin-Doms. Spätgotik, hatte ihm eine Bekannte einmal das Wahrzeichen der Bischofsstadt erklärt, als er mit Cecilia und einem befreundeten Ehepaar bei einem Kabarettabend im Waldhorn gewesen war. Er hatte keine Ahnung von den verschiedenen Baustilen. Sie hätte ihm auch erzählen können, dass es sich um eine barocke Form der Frühromantik handelte. Einen Plattenbau hätte er noch erkannt. Aber dieser Stil war wohl eher öffentlichen Gebäuden, insbesondere Polizeidirektionen, vorbehalten.

»Herr Stängle, wissen Sie auch, dass Friedmar Haydak ermordet wurde?«

»Ja.«

Als Brander ihm einen fragenden Blick zuwarf, ergänzte er: »Emily hat mich gestern Abend angerufen. Sie hat es mir erzählt. Sie hat mir auch gesagt, dass Eddi ermordet wurde.«

»Mein Beileid.«

»Was wollen Sie von mir?« Stängle schnippte seine Zigarette auf den Gehsteig und blieb stehen. »Emily hat Ihnen doch alles erzählt. Mehr kann ich Ihnen auch nicht sagen.«

»Wir wüssten gern, wo Sie in der Nacht von Donnerstag auf Freitag diese und letzte Woche waren.« Brander war ebenfalls stehen geblieben.

»Unterwegs.«

»Wo unterwegs?«

»Irgendwo, keine Ahnung.«

»Ihre Frau sagt, Sie wären wegen eines Jobangebots in der Schweiz gewesen.«

»Das habe ich ihr erzählt, damit sie Ruhe gibt. Ich war hier, hab die Zeit totgeschlagen.«

»Allein?«

»Meistens.«

»Und in den besagten Nächten?«

Stängle zuckte die Achseln. »Ich war allein in meiner Abstellkammer in meinem Bett.«

»Gibt es Zeugen?«

»Ich sagte doch, ich war allein. Warum fragen Sie mich das?« Er holte eine zerknitterte Zigarettenschachtel aus der Hosentasche und fischte mit fahrigen Händen eine neue Kippe heraus.

»Sie waren mit beiden Männern befreundet, und Sie

waren zumindest auf einen von Ihren beiden Freunden nicht gut zu sprechen.«

»Es waren beides Wichser!«, rutschte es Stängle heraus. Er zündete sich die Zigarette an und blies den Rauch achtlos in die Luft.

Brander wedelte ärgerlich den Qualm mit der Hand aus seinem Gesicht. »Sie hatten also mit beiden Streit?«

»Nur mit Friedmar. Eddi ist ein Penner, ein Schnorrer. Kam immer nur, wenn er Geld brauchte.«

»Was hat Ihre Freundschaft so kaputt gemacht?« Brander musterte sein Gegenüber, er wollte keine Regung übersehen. Hatte Benno Stängle etwas mit den beiden Morden zu tun?

»Das Geld. Der eine hatte zu viel, der andere zu wenig.«

»Und Sie waren mittendrin.«

»Genau, ich war mittendrin. Aber das ist inzwischen ja auch vorbei. Wissen Sie, wie viel ein Hartz-IV- Empfänger bekommt? Frau und zwei Kinder. Interessiert kein Schwein, was man vorher geleistet hat.« Er nahm einen tiefen Lungenzug, blies den Qualm dieses Mal in eine andere Richtung.

»Sie sind nicht der Einzige. Lothar Lorenz geht es auch nicht besonders gut«, mischte sich Peppi in das Gespräch ein.

Stängle verzog das Gesicht zu einer abfälligen Grimasse. »Der ist jawohl selber schuld.«

»Und Sie nicht?«, entgegnete Peppi ungerührt.

»Herr Stängle, Sie haben gemeinsam mit Friedmar Haydak und Edgar Weinberger studiert. Was ist vor siebzehn Jahren während Ihres Studiums vorgefallen?«, wechselte Brander das Thema.

»Was?«

Seine Augenlider zuckten kaum merklich, dennoch war es Brander nicht entgangen. »Was ist vor siebzehn Jahren passiert? Edgar Weinberger und die damalige Freundin von Friedmar Haydak brachen das Studium ab, Ihre Leistungen gingen in den Keller …«

»Nichts.« Er wich Branders bohrendem Blick aus.

»Das glaube ich Ihnen nicht.«

»Glauben Sie doch, was Sie wollen.«

Brander spürte, wie das Blut schneller durch seine Adern schoss, und bemühte sich, ruhig zu bleiben. In seinen Schläfen setzten die Kopfschmerzen vom Morgen wieder ein. »Herr Stängle, wir können auch anders.«

»So?« Sein Gegenüber ließ die Zigarette vor seine Füße fallen und trat sie mit dem Schuh aus. »Vergessen Sie nicht, dass ich Jurist bin. Ich weiß, was Sie dürfen und was nicht.«

»Melden Sie sich bitte morgen um zehn Uhr bei der Polizeidirektion in Tübingen«, kam Peppi einem Wutausbruch ihres Kollegen zuvor. Sie kannte Brander, wenn er verkatert war.

»Ohne schriftliche Vorladung von Ihrem Herrn Staatsanwalt sehen Sie mich garantiert nicht.«

»Die bekommen Sie. Einen schönen Tag noch!« Peppi gab Brander ein Zeichen, dass sie gehen wollte.

»Einen Moment noch.« Brander rollte das Phantombild, das er die ganze Zeit in der Linken gehalten hatte, auseinander und hielt es Stängle vors Gesicht. »Dieser Mann hat Sie Anfang Juni aufgesucht. Wer ist das?«

Stängle zuckte zurück. Dieses Mal sah Brander deutlich das Flackern seiner Augenlider.

»Ich kenne den Mann nicht.«

»Und ich kenn mich gleich selbst nicht mehr! Wer ist dieser Mann?«

Stängle riss die kleinen Augen zornig auf. »Ich weiß es nicht!«

»Aber Sie haben ihn schon einmal gesehen. Er hat Sie besucht. Was wollte er von Ihnen?«

Stängle schwieg. Seine Hände zitterten, als er sich die nächste Zigarette anzündete.

»Herr Stängle …«

»Ich bin nicht zu einer Aussage verpflichtet. Wenn Sie noch weitere Fragen haben, schicken Sie mir eine Vorladung.« Damit drehte er sich um und ließ die Kommissare auf der Straße stehen.

Peppi packte Brander am Arm. »Lass ihn, Andi.«

Brander schnaufte verärgert.

»Verdammt noch mal, es muss doch herauszufinden sein, wer dieser Mann auf dem Bild ist!«, fluchte Brander, als sie wieder im Auto saßen. Wütend schlug er auf die Ablage vor sich.

»Wenn da gleich der Airbag rausspringt, schreibst du den Schadensbericht!«, schimpfte Peppi.

»Der Stängle kennt ihn. Warum sagt er uns nicht, wer der Mann ist?«

»Du bist fürchterlich, wenn du verkatert bist. Du hast überhaupt keine Geduld.«

»Ich hatte mehr als genug Geduld mit diesem arroganten Frührentner. Solche Typen kann ich leiden, die die Fehler immer nur bei anderen suchen!«

»Wow, dieses Mal bist du ja mega-schnell mit deinem Urteil.«

»Erzähl mir nicht, dass der Kerl dir sympathisch war.«

»Andi, es geht hier nicht um Sympathie. Wenn ich dich um Neutralität und Sachlichkeit bitten dürfte. Was du mir immer wieder predigst, mein Lieber.« Peppi sah ihn mit sardonischem Lächeln an. Wie oft hatte sie sich wohl schon gewünscht, diesen Satz einmal zu ihm sagen zu können?

»Du regst mich nicht auf.« Brander rieb sich die Schläfen. »Fahren wir zum Griechen?«

Nachdem Brander zwei Aspirin von Peppi bekommen und das hausgemachte Moussaka im Ägäis gegessen hatte, wurde seine Laune wieder besser. Den Ouzo nach dem

Essen lehnte er wohlweislich ab und bestellte stattdessen einen Espresso.

»Wie machen wir jetzt weiter?«

»Gute Frage.« Brander lehnte sich zurück und betrachtete den gemütlich eingerichteten Gastraum. Von der Decke hing ein Fischernetz, an der Wand ihm gegenüber stand ein uraltes Grammofon auf einem schmalen Regal. Ein bunter Bildermix schmückte die blau-weißen Wände. Hier essen zu gehen war für ihn immer wie ein kleiner Kurzurlaub im Süden.

»Der Stängle weiß etwas. Wenn er nicht sogar unser Mann ist. Hast du gemerkt, wie nervös der die ganze Zeit war?«, fuhr Brander schließlich fort.

»War ja nicht zu übersehen. Und dann versucht er, den abgeklärten Juristen raushängen zu lassen. Passte irgendwie nicht zusammen.«

»Wir laden ihn auf jeden Fall vor. Wenn wir den in die Mangel nehmen, erzählt der uns was. Da bin ich mir sicher.«

»Aber vor Morgen wirst du keine offizielle Vorladung bekommen. Oder willst du Lehmann deswegen …«

»Es reicht auch, wenn er morgen die Vorladung bekommt und wir ihn am Dienstag einbestellen. Dann können wir vorher noch mit der Kern sprechen.« Brander gab dem Wirt ein Zeichen. »Die Rechnung, bitte.«

»Hey, ich zahl«, protestierte Peppi, als Brander seine Brieftasche nahm.

»Lass mal, ich übernehme das.«

Brander ließ sich von Peppi vor seiner Haustür absetzen. Da sie keine weiteren Termine hatten, wollte er sich eine Stunde ausruhen und danach mit dem Fahrrad zur Soko-Sitzung nach Tübingen fahren. Die frische Luft würde seinen Kater hoffentlich vertreiben.

Der Anrufbeantworter begrüßte ihn mit einem Blinken, als er den Flur betrat. Er betätigte die Wiedergabetaste.

»Hallo Andi, hier ist Mutti. Ich wollte fragen, um wie viel Uhr wir mit dir rechnen können? Meld dich doch mal.«

Er stöhnte über sich selbst empört auf. Seine Eltern hatte er völlig vergessen. Als sie erfahren hatten, dass er drei Wochen Strohwitwer sein würde, hatten sie verabredet, dass er sonntags zu ihnen nach Schönaich zum Essen kommen würde. Aber es gab zwei Probleme. Erstens: Er hatte kein Auto. Und zweitens: Er war satt. Kurz überlegte er, den Rückruf auf den Abend zu verschieben. Aber das wäre nicht fair gewesen. Zerknirscht wählte er die Nummer seiner Eltern.

»Mama, ich bin's, du ich …«

»… ermittle in einem Mordfall und du kannst nicht zum Essen kommen. Dein Vater hat es schon prophezeit«, fiel ihm seine Mutter ins Wort.

»Stimmt.« Er verzog das Gesicht. Wie oft hatte er seine Eltern schon versetzt? Und dieses Mal war nicht einmal Cecilia da, um zu ihnen zu fahren.

»Ernährst du dich denn ordentlich, jetzt wo Ceci nicht da ist?«

»Ja, natürlich. Mama, ich bin doch kein Kind mehr. Ich kann schon für mich sorgen.«

»Du musst ein bisschen auf dein Gewicht achten, Junge.«

Jetzt fing seine Mutter auch noch an! Dabei trieb er doch schon so viel Sport!

»Nicht, dass du dich nur von Pommes und Currywurst ernährst.«

»Mama, wir leben im Schwabenländle. Hier gibt es keine Currywurst. Allenfalls 'ne Rote, und die mag ich nicht.«

Unweigerlich erinnerte er sich an eine Serie Schablonen-Sprayereien in Tübingen, die 2007 begonnen hatte. Eines Nachts waren an einigen Häusern »Currywurst-Parolen« gesprüht worden. Kleine, dennoch auffällige Sprühereien in der Größe eines A3-Blattes. Da standen dann auf den Mauern von Häusern der Verbindungen und Burschenschaften Sprüche wie »Igitt! Currywurst mit Schmiss« oder an Bankgebäuden »Currywurst im Tresor«. Nach und nach tauchten in der ganzen Altstadt immer weitere Currywurst-Graffitis auf. Sogar in Reutlingen war man eines Tages fündig geworden: »Currywurst lässt grüßen«. Die Tübinger waren gespaltener Meinung, die einen fanden es lustig und harmlos, die anderen ärgerten sich über die Sachbeschädigung.

Tropper und Peppi hatten spaßeshalber Brander verdächtigt, da er so oft die schwäbische Küche verschmähte. In seiner Jugend im westfälischen Münster war Currywurst sein liebstes Junkfood gewesen. Als seine Eltern mit ihm nach Süddeutschland gezogen waren und man ihm eine Rote mit Ketchup als Currywurst vorgesetzt hatte, hatte er sich geschworen, niemals mehr südlich des Mains eine Currywurst zu essen.

»Jetzt gib mir mal den Jungen«, hörte er seinen Vater im Hintergrund. »Andi, kommst du gut voran? In der Zeitung stand, ihr habt inzwischen schon zwei Morde aufzuklären.«

»Es geht so, die Leute sind nicht sehr kooperativ.«

»Du schaffst das schon, Andi. Lass dich nicht aus der Ruhe bringen. Denk dran, wie wir früher Schach gespielt haben. Wenn du zu ungeduldig warst, hast du verloren. Deine hervorstechendsten Eigenschaften: Ruhe und Geduld.« Sein Vater lachte leise, und ein warmer Strom flutete durch Branders Herz.

»Wenn ich den Fall gelöst habe, komme ich zu euch, und dann spielen wir mal wieder eine Partie Schach. Mal sehen, ob du es noch kannst, alter Mann.«

Eigentlich hatte er sich schlafen legen wollen, aber nach dem Telefonat erfasste ihn eine innere Unruhe. Ruhe und Geduld. Zeichnen half ihm, Ruhe zu finden und seine Gedanken in eine Linie zu bringen. Er suchte seinen

Skizzenblock, setzte sich damit an den Küchentisch und betrachtete seine bisherige Zeichnung zu diesem Fall. Das Bild zeigte die Situation, noch bevor der zweite Mord geschehen war. Geht es um Misshandlung?, hatte Beckmann gefragt.

Brander nahm ein neues Blatt. Vielleicht lag die Lösung des Falls in der Vergangenheit. Was wäre die Aussage der neuen Zeichnung? Haydak, Weinberger und Stängle hatten zusammen studiert. Vielleicht war auch der Mann auf dem Bild ein ehemaliger Student. Kein Trio. Ein Quartett. Brander würde am Montag einen Kollegen zur Uni schicken. Es konnte ja möglich sein, dass einer der Professoren den Mann kannte. Und dann war da noch Paula Kern. Wusste sie, was damals vorgefallen war? Es konnte doch kein Zufall sein, dass sie ihr Studium zeitgleich mit Weinberger abgebrochen hatte.

Wie sollte er beginnen? Er entschied sich für die Gesichter, ordnete sie im Kreis an. Oben, auf zwölf Uhr, Friedmar Haydak, links von ihm auf zehn Uhr Paula Kern als seine ehemalige Freundin, rechts auf zwei Uhr Benno Stängle, auf vier Uhr Edgar Weinberger. Und der Unbekannte? Brander setzte ihn gegenüber Haydak auf sechs Uhr. Blieb eine Lücke zwischen Paula Kern und dem Unbekannten. Die Gesichter waren nur schemenhaft skizziert. Haydaks wirkte streng, Stängles bieder, Weinbergers verloren. Paula Kerns Gesicht war sanft. Das Gesicht des Unbekannten blieb leer. Was verband ihn mit den anderen Männern? Gab es auch einen Bezug zu Paula Kern? Er versuchte, sich ihre Reaktion in Erinnerung zu rufen, als er ihr das Phantombild gezeigt hatte. Da war keine Reaktion gewesen. Keine Reaktion. War das nicht auch ein Zeichen? Hatte sie vielleicht einfach nur auf das Bild gestarrt, durch das Blatt hindurch gesehen, weil sie wusste, wer dort abgebildet war? Er suchte in seinen Notizen nach Paula Kerns Telefonnummer, fand nur den Festnetzanschluss. Er rief

Peppi an und ließ sich von ihr die Mobilnummer geben. Aber er erreichte nur den Anrufbeantworter.

»Verdammt!« Er schlug mit der Hand auf den Tisch. Stängle kannte den Mann, und die Kern kannte ihn auch – da war er sich mittlerweile ganz sicher.

☼

»Edgar Weinberger tauchte in unregelmäßigen Abständen seit knapp sechs Monaten immer wieder in Tübingen und Reutlingen auf«, berichtete Hendrik Marquardt am Abend während der Soko-Sitzung. Er hatte mit einigen Kollegen die letzten zwei Tage damit verbracht, sich in der Obdachlosen-Szene umzuhören. »Bei schlechtem Wetter hat er ein paar Mal im Obdachlosenheim in Reutlingen übernachtet, ansonsten ist nicht bekannt, wo er sich herumgetrieben hat. Er war wohl ein ziemlich weinerlicher Typ.«

»Er hat einige Male mit Herbert, meinem speziellen Wermut-Bruder, zusammen einen gehoben«, fuhr Corinna Tritschler fort. »Herbert sagte, dass Weinberger immer von einer Schuld gesprochen hätte. Er hätte eine Schuld auf seine Schultern geladen, und bald würden alle es erfahren. Wenn Herbert dann nachhakte, was für eine Schuld es denn wäre, hätte Weinberger angefangen zu weinen und gesagt, er könnte es niemandem erzählen. Vor knapp einer Woche hat er ihn zum letzten Mal gesehen. Da war Weinberger fix und fertig, erzählte, dass sein Freund tot wäre und jemand nach ihm suchte. Der würde sie alle hinrichten, und er wäre der Nächste.«

»Mit der Prophezeiung hatte er ja recht«, sagte Jens und verzog das Gesicht zu einem zynischen Grinsen.

»Sie alle?« Brander hob eine Hand, fasste sich mit der anderen an die Stirn. »Was heißt: Er würde sie alle hinrichten? Alle klingt nach mehr als zwei, oder?« Er sah in die Runde. »Ab sofort wird der Parkplatz observiert. Ich will nicht, dass wir da nächsten Freitag die dritte Leiche finden.«

»Denkst du wirklich …?« Hendrik sah Brander mit einem ungläubigen Blick an.

»I hän's doch g'sagt: oin Serienmörder!«, meldete sich Magnus Neidhart.

»Jetzt mal langsam«, sagte Brander, mehr um sich selbst zu beruhigen.

»Das Gerede eines betrunkenen Alkoholikers muss ja nicht unbedingt wörtlich genommen werden«, kam Jens ihm zu Hilfe. »Vielleicht hat er auch nur dramatisiert. Vielleicht hat er irgendetwas mit Haydak zusammen ausgeheckt. Er hat Haydak immer wieder um Geld angebettelt, wenn er pleite war. Dafür hat Weinberger ihm sicherlich hin und wieder mal einen Gefallen tun müssen.«

Brander nickte nachdenklich. »Aber irgendwie habe ich das Gefühl, dass der Grund für die beiden Morde in der Vergangenheit liegt. Genau vor siebzehn Jahren. Da ist etwas passiert. Und dieser Mann«, Brander tippte auf das Phantombild an der Wand, »ist unser Schlüssel.«

MONTAG

Brander war todmüde, als er abends nach Hause kam, dennoch schlief er schlecht. Unruhig wälzte er sich die halbe Nacht im Bett hin und her. Würde es weitere Morde geben? Wer könnte das nächste Opfer sein? Gab es eine Fährte, die sie noch nicht berücksichtigt hatten? Wenn die beiden Morde nun doch nichts mit der Vergangenheit der drei Männer zu tun hatten? Nur schwer konnte er der Versuchung widerstehen, dem Gedankenkarussell in seinem Kopf mit einem doppelten Whisky den Garaus zu machen. Er hatte in den letzten Tagen viel zu oft und viel zu viel getrunken. So konnte es nicht weitergehen. Und wann hatte er eigentlich das letzte Mal mit Cecilia telefoniert?

Um zwei Uhr morgens schickte er eine SMS an seine Frau: »Kann nicht schlafen.«

Eine viertel Stunde später klingelte das Telefon. »Was ist los, Schatz?«

»Du bist ein Engel«, entgegnete er, dankbar dafür, dass ihre Stimme ihn von seinen Grübeleien erlöste.

»Und deswegen kannst du nicht schlafen?«

»Nein. Doch. Ich hab niemanden, an den ich mich ankuscheln kann.«

»Das will ich doch schwer hoffen«, erwiderte Cecilia, und er konnte das schelmische Funkeln in ihren Augen vor sich sehen.

»Trinkst du gleich wieder mit Sebastian Kaffee?« Er hatte nachgerechnet, in Boston musste es gerade abends um Viertel nach acht sein.

»Und mit Brandon und Jean und François.«

»Franzosen sind auch da?«, stöhnte Brander auf.

»Ja, das ist ein internationaler Kongress.«

»Und da gibt es bestimmt nur gut aussehende, charmante Männer, die alle mit dir Kaffee trinken wollen.«

Cecilia lachte. »Du bist unmöglich. Zu deiner Beruhigung: Jean ist eine Frau.«

»Gut.« Brander atmete tatsächlich auf. So leicht ließ sich seine Eifersucht nicht abstellen, auch wenn er versuchte, sie mit vorgetäuschter Ironie herunterzuspielen. Cecilia kannte ihn viel zu gut, als dass sie das nicht durchschaut hätte.

»Wie kommst du in deinem Fall voran?«

»Ich weiß nicht. Ich hab Angst, dass ich der falschen Fährte folge.«

»Das wirst du nicht.«

»Meinst du?«

»Ich bin mir ganz sicher.«

»Ceci, komm nach Hause.«

»Mach ich. In zwei Wochen.«

☼

Staatsanwalt Lehmann wartete bereits in seinem Büro, als Brander hereinkam.

»Herr Brander, wie kommen Sie voran?«, erkundigte er sich, bemüht darum, ruhig zu wirken. Doch seine Nervosität war greifbar.

»Es geht so«, gab er ehrlich zu. »Der zweite Mord hat es nicht leichter gemacht.«

Lehmann seufzte schwer. »Wir brauchen Ergebnisse. Die Presse sitzt uns im Nacken. Ein Journalist der Bildzeitung hat sich gemeldet. Anscheinend ist irgendetwas von Haydaks Privatleben durchgesickert. Wenn das mal nicht seine Frau war. Wenn herauskommt, dass Haydak seine Frau geschlagen hat! Ich sehe die Schlagzeile schon vor mir. Herr Brander, ich will keinen Skandal!«

»Den will keiner. Aber früher oder später sickert immer etwas durch. Vielleicht können wir die Sache vorsichtig vorbereiten.«

»Wie soll das denn gehen?« Lehmann schüttelte den Kopf.

»Herr Lehmann, ich bin nicht der richtige Ansprechpartner dafür. Lassen Sie das die Leute vom Öffentlichkeitsreferat machen. Michael Jahraus ist ein guter Mann«, verwies Brander den Staatsanwalt an den Kollegen.

»Wir müssen eine Pressekonferenz abhalten. Wir müssen den Journalisten etwas geben. Zwei Morde in so kurzer Zeit. Wir sind schon in der überregionalen Presse.«

Pressekonferenz! Für so etwas hatte Brander nun gar keine Zeit. Er wollte nicht, dass die Zeitungen etwas über den Fall brachten. Jedes Detail, das die Öffentlichkeit erfuhr, brachte dem Täter einen Vorteil und erschwerte ihm die Arbeit. Aber er ahnte, dass der Staatsanwalt sich nicht davon abbringen lassen würde.

»Brauchen Sie mich dabei? Ich weiß nicht, wann ich das heute noch unterbringen soll …«

»Herr Brander, die halbe Stunde müssen Sie sich schon Zeit nehmen.«

Ergeben griff Brander zum Telefon und rief den Kollegen von der Öffentlichkeitsarbeit an. Sie legten den Termin für die Pressekonferenz auf fünfzehn Uhr.

Magnus Neidhart hatte einen grünen Pappkarton mitgebracht und stellte ihn auf die Fensterbank des Konferenzraumes. »Frischer Moschd von d'oigene Ebflbeem! Aber net zu viel auf einmal drenga, sonst haut's euch durch«, warnte er die Kollegen lachend. Er hielt ein Glas unter den kleinen Zapfhahn, der an einer Seite aus dem Karton hervorschaute, und verteilte den Saft an die Kollegen.

Der Saft wurde allseits gelobt, und Lehmann und Karl-Heinz Barowsky zapften sich gleich noch einmal nach.

»Freddy, was ergab die Spurensicherung im zweiten Mord?«, wandte sich Brander an Manfred Tropper.

»Wir haben an der Innenseite der Maske mehrere Fin-

275

gerabdrücke gefunden. Der Abgleich mit der Datenbank hat leider auch hier kein Ergebnis gebracht.«

»DNA?«

»Fehlanzeige. Da arbeitet jemand wirklich sehr sauber und sorgfältig.«

»Sonst irgendetwas, was uns weiterhilft?«, fragte Brander resigniert.

»Wir haben schmale Reifenspuren vor und am Eingang der Schillerhöhle gefunden. Nicht viel und nicht besonders deutlich, aber noch ausmessbar. Wir haben lange überlegt, woher die stammen können. Haydak muss ja irgendwie transportiert worden sein. Erst dachten wir an einen Kinderwagen. Aber das Spurenmuster passte nicht, und Haydak wäre sicherlich auch viel zu schwer dafür gewesen. Vermutlich hat man ihn auf eine Sackkarre geschnallt.«

»Eine Sackkarre?«, fragte Peppi mit gerunzelter Stirn.

»Ja. Wir vermuten, dass eine Treppen-Sackkarre verwendet wurde. Die haben an jeder Seite drei Räder, die sternförmig angebracht sind, sodass man die Karre leicht über Stufen hinauf- und hinunterschieben kann.«

»Wo kann man so etwas kaufen?«, hakte Brander nach.

»Überall, in jedem guten Heimwerkermarkt, beim Otto-Versand oder bei eBay.«

»Eine Sackkarre. Gar keine dumme Idee.« Hendrik Marquardt nickte nachdenklich.

»Ja, wir haben uns wirklich das Hirn zermartert, wie unser Täter die Leiche von der Höhle zur Straße gebracht hat. Er konnte ja nicht direkt vor den Eingang der Höhle fahren. Zwischen Parkplatz und Höhle liegt ein recht steiler Abstieg. Und der ist zudem schmal und uneben. Um den Leichnam zu transportieren, hätten sie mindestens zu zweit sein müssen.«

»Und mit der Sackkarre ging es auch allein?«

»Ich denke, ja. Es war sicherlich nicht leicht, aber es wäre möglich.«

»Aber es ist doch schon ein wenig auffällig, wenn man eine Leiche auf eine Sackkarre schnallt und durch den Wald zieht«, gab Cory zu bedenken.

»Nachts um zwei ist da nichts los. Und unser Täter wird die Leiche sicherlich nicht nachmittags um drei aus der Höhle geholt haben.«

»Haydak muss mindestens vier Tage in der Höhle gelegen haben. Sonntagabend gab es das letzte Lebenszeichen, am Freitagmorgen haben wir ihn gefunden. Vermutlich war die Höhle in dieser Zeit verschlossen.« Brander sah zu Lehmann. »Das ist etwas, was wir an die Presse geben können. Wir brauchen Leute, die in diesem Zeitraum an der Höhle waren, sie vielleicht besichtigen wollten. Vielleicht ist der Täter zwischendurch dort gewesen, um sich zu vergewissern, dass die Leiche nicht entdeckt wird.«

»Es gab ohnehin schon einige Nachfragen, warum die Polizei das Gelände dort abgesperrt hat«, berichtete Michael Jahraus.

»Freddy, prüf bitte, ob es nicht doch irgendwelche übereinstimmende Spuren bei den beiden Opfern gibt.«

»Tz«, Tropper rümpfte die Nase. »Was denkst du eigentlich, was wir seit Tagen machen?«

Brander zuckte entschuldigend die Achseln. Sein Auftrag an die Kriminaltechniker war wirklich überflüssig gewesen. »Wir sollten noch ein paar Vergleichsproben einholen. Ich denke da an Stängle, Kern … und Lorenz vielleicht auch.« Brander sah zu Lehmann, dieser nickte.

»Danke.« Brander wandte sich wieder den anderen Ermittlern zu. »Wir konzentrieren uns heute auf das Jura-Studenten-Trio und den unbekannten vierten Mann. Herr Neidhart, Karl-Heinz, ihr fahrt an die Uni und befragt dort sämtliche Professoren und Angestellten. Vielleicht war unser Unbekannter ebenfalls Jura-Student. Hendrik, Cory, hakt noch einmal bei Priska Schwiech und Klinger nach. Und auch bei Lorenz. Jens, du durchsuchst die Archive,

Zeitungen, das Internet, was auch immer. Ich will wissen, was vor siebzehn Jahren in Tübingen passiert ist. Es muss irgendeinen gravierenden Vorfall gegeben haben.«

»Das heißt, wir zwei Hübschen gehen wieder Kaffee trinken bei der blonden Paula?«, fragte Peppi.

»Ja. Ich will heute Abend wissen, wer der unbekannte Mann ist und was vor siebzehn Jahren vorgefallen ist.« Er sah jedem Kollegen noch einmal ins Gesicht. Bei Hendrik blieb er hängen. »Hendrik, dich möchte ich gleich noch kurz sprechen.«

Brander wartete, bis sie allein im Konferenzraum waren und sah dem Kollegen prüfend in die Augen. »Bist du in Ordnung?«

»Es geht schon.«

»Wenn es dir zu viel wird … Wir kriegen das hier auch irgendwie ohne dich hin.«

Hendrik schüttelte müde den Kopf. »Ich will keine Extrabehandlung, Andi.«

»Und ich will nicht, dass du mir zusammenklappst. Du siehst total fertig aus.«

»Ich pack das schon.« Hendrik bemühte sich um einen optimistischen Gesichtsausdruck.

»Du musst hier niemandem etwas beweisen.«

»Das hier ist wenigstens etwas, was ich kann.«

Anne braucht dich, lag Brander auf der Zunge, aber er verkniff sich den Ratschlag. Er hatte nicht das Recht, sich in das Leben der beiden Kollegen einzumischen. Hendrik musste selbst entscheiden, wie er seinen Weg gehen wollte.

☼

Sie mussten ein paar Minuten warten, bis Paula Kern sich von der Rezeption der Arztpraxis freimachen konnte.

»Sie hätten vorher anrufen sollen.« Die Arzthelferin

führte Brander und Peppi in ein freies Sprechzimmer. Sie war dezent geschminkt und hatte die blonden Haare im Nacken zu einem straffen Knoten zusammengesteckt, was ihr den Eindruck einer strengen Oberlehrerin verlieh.

»Frau Kern, warum haben Sie uns nichts von Benno Stängle erzählt?«, kam Brander gleich zur Sache.

»Benno?« Sie sah den Kommissar überrascht an. »Was ist mit Benno?«

»Er war mit Friedmar Haydak und Edgar Weinberger befreundet.«

»Ich weiß nicht … ich hab wohl einfach nicht daran gedacht. Es war alles ein bisschen viel in den letzten Tagen.«

Brander war froh, dass sie in der nüchternen Atmosphäre eines Behandlungszimmers mit der Arzthelferin sprachen. Bei ihr zu Hause in der gemütlichen Küche wäre es ihm schwergefallen, sein Mitleid für diese Frau zu unterdrücken. Sie hatte dort, trotz ihres durchtrainierten Körpers, immer so einen verletzlichen Eindruck auf ihn gemacht. Hier wirkte sie sehr beherrscht. Er zog das Phantombild hervor.

»Und jetzt will ich von Ihnen wissen, wer dieser Mann ist.«

»Das …« Unruhig ging ihr Blick von Brander zu dem Bild und wieder zurück. »Ich sagte Ihnen doch, dass ich diesen Mann nicht kenne.«

»Sie haben gelogen.«

»Wie kommen Sie …« Paula Kern verstummte unter Branders Blick. »Ich habe ihn nur ein einziges Mal gesehen.«

»Wann? Wo?«

»Er … bei mir zu Hause. Vor ein paar Monaten.«

»Anfang Juni?«

»Kann sein. Ich weiß es nicht mehr so genau.«

»Was wollte er?«

»Ich kann mich nicht mehr erinnern. Ich habe ihn weggeschickt.«

»Frau Kern, bitte lügen Sie mich nicht an.«

Ihre Unterlippe begann zu zittern, und ihre Augen bekamen einen feuchten Glanz. Die disziplinierte Fassade bröckelte. »Bitte, ich kann hier nicht mit Ihnen reden. Ich habe in einer Stunde Mittagspause. Können wir das Gespräch bei mir zu Hause fortsetzen?« Sie nahm ein Kleenex und putzte sich die Nase.

Brander sah zu Peppi, die gleichgültig mit den Schultern zuckte.

»Wir sind um halb zwei bei Ihnen.«

Sie nutzten die freie Stunde für ein kurzes Mittagessen in einem Suppenrestaurant.

»Kleines Sensibelchen, unsere Frau Kern, was?«, stellte Peppi fest und löffelte ihre Luzerner Käsesuppe. »Lass dich bloß nicht von ihr einwickeln.«

»Also komm, sie hat gerade zwei alte Freunde auf grausame Weise verloren. Da kann man ja wohl mal ein bisschen nah am Wasser gebaut sein.«

»Was sie aber nicht davon abgehalten hat, uns anzulügen.«

»Ich glaube, sie hat Angst. Vielleicht vor dem Kerl.«

»Meinst du?«

»Keine Ahnung. Es wäre eine Erklärung für ihre Lüge.«

»Na, da bin ich ja auf das Gespräch gleich gespannt.«

Branders Handy klingelte.

»Andi, wir wissen vielleicht, wer er ist!«, hörte er Hendriks aufgeregte Stimme.

»Was? Wer?«, rief Brander und verschluckte sich. Mit der freien Hand griff er hastig nach einer Serviette und hielt sie sich vor den Mund. Peppi deutete mit dem Finger auf sein Hemd, auf dem die Tomatensuppe mit Basilikumpesto einen roten Fleck mit grünen Sprenkeln hinterlassen hatte. Er hätte auch die Käsesuppe essen sollen, die hätte besser zu seinem hellen Hemd gepasst.

»Der Mann, der die Zeitungsannonce geschaltet hat. Wir waren gerade in der Anwaltskanzlei. Klinger war nicht da, und da habe ich ein bisschen mit der jungen Anwaltsgehilfin geflirtet. Hübsches Mädchen.«

»Und?« Brander runzelte kurz die Stirn. Ein bisschen geflirtet. Was mochte das heißen?

»Ich habe ihr noch einmal das Bild gezeigt und erzählt, dass der Typ mit fränkischem Dialekt spricht, und da hat sie sich an eine Szene vor ein paar Monaten erinnert. Es war morgens. Juliane war gerade ins Büro gekommen und hatte Fenster und Türen zum Lüften geöffnet.«

Juliane? War Hendrik also schon auf Du und Du mit der jungen Anwaltsgehilfin. Es konnte ihm anscheinend noch so schlecht gehen, wenn er eine Information von einer Frau wollte, siegte noch immer sein unvergleichlicher Charme.

»Sie saß an ihrem Schreibtisch, als sie draußen einen Streit hörte«, fuhr Hendrik fort. »Haydak stritt mit einem fremden Mann. Sie konnte nicht verstehen, wobei es bei dem Streit ging, weil sie sich jedoch Sorgen machte, ging sie zur Tür. Haydak war gerade dabei, seinen Anzug zu glätten, deswegen hat sie nicht auf den zweiten Mann geachtet, der davonlief. Anscheinend war es zu Handgreiflichkeiten gekommen. Aber sie hat seine Stimme gehört, und sie ist sich ziemlich sicher, dass es ein fränkischer Dialekt war. Und sie hat noch etwas gehört.« Hendrik machte eine theatralische Pause. »Haydak sagte: Breuer, dieses Schweinepack. Andi, der Typ heißt Breuer.«

»Nicht schlecht, nicht schlecht«, murmelte Brander. »Sag der Schlee, sie soll sich bei uns bewerben. Eine Bürokraft mit so einem Gedächtnis können wir gebrauchen.«

»Sollen wir die Breuers in Tübingen abklappern und checken, ob er dabei ist?«

»Wartet noch. Wir sind gleich bei Paula Kern. Vielleicht müssen wir nicht sämtliche Breuers überprüfen.«

Paula Kern hatte den Knoten aus ihren Haaren gelöst, als sie Brander und Peppi in ihrer Wohnung empfing. Ihr blondes Haar fiel in leichten Wellen auf ihre Schultern. Sie wirkte wesentlich entspannter und ein Hauch Parfüm stieg Brander in die Nase, als sie die Kommissare in ihre Küche führte.

»Sie haben einen Fleck auf dem Hemd«, stellte Paula Kern fest. »Ich kann Ihnen das geschwind auswaschen.«

»Danke, nicht nötig.« Brander holte sein Diktiergerät hervor. »Frau Kern, wir werden Ihre Aussage aufnehmen.«

Für einen Moment sah sie unsicher auf das Diktiergerät in seiner Hand, dann nickte sie. Er legte das Bild des unbekannten Mannes neben das Gerät auf den Tisch.

»Was wollte Herr Breuer von Ihnen, als er damals vor Ihrer Tür stand?«, ging er sofort in die Offensive.

Sie konnte ihren Schrecken nicht verbergen, als Brander den Namen erwähnte. Volltreffer. Er nahm sich vor, der Anwaltsgehilfin bei Gelegenheit persönlich zu danken.

»Sie wissen, wer er ist?«, fragte die Kern ohne den Blick von dem Bild zu nehmen.

»Vermutlich nicht so gut wie Sie. Also, was wollte Herr Breuer von Ihnen?«

»Das ist eine lange Geschichte.« Sie stand auf und begann, Mehl und Zucker aus dem Schrank zu holen.

»Was machen Sie da?«, fragte Brander irritiert.

»Ich backe. Das beruhigt mich.«

»Setzen Sie sich wieder hin!«

Sie fuhr unbeirrt fort, Backzutaten aus ihren Schränken zu holen.

»Frau Kern, das ist eine offizielle Vernehmung, und wenn Sie sich nicht augenblicklich wieder an den Tisch setzen, nehmen wir Sie mit zur Polizeidirektion und setzen dort dieses Gespräch fort.«

Sie füllte Mehl in eine Schüssel. Brander sprang auf und nahm ihr die Tüte aus der Hand. Mehlpulver verteilte sich in feinem Staub über seine Kleidung und die Arbeitsplatte.

»Setzen Sie sich wieder hin!«

Er deutete mit einer rigorosen Armbewegung auf den Stuhl. Sie sah ihn an, wie ein erschrecktes Reh und setzte sich dann mit gesenktem Kopf an den Tisch. Brander klopfte das Mehl von seiner Kleidung. Peppi warf ihm einen warnenden Blick zu. Ruhig bleiben! Mit einem Küchentuch wischte sie die Arbeitsplatte ab und stellte sich vor die Backschüssel.

Brander setzte sich wieder an den Tisch. »Schauen Sie mich bitte an.«

Paula Kern hob den Blick.

»Dies ist eine offizielle Vernehmung. Haben Sie das verstanden?«

Die Frau nickte.

»Würden Sie bitte antworten?« Er deutete auf das Aufnahmegerät.

»Ja, ich habe Sie verstanden.«

»Gut, dann erzählen Sie uns jetzt, warum Herr Breuer Anfang Juni bei Ihnen war.« Er lehnte sich zurück und verschränkte die Arme vor seiner Brust.

»Er war auf der Suche nach Eddi. Aber ich wusste nicht, wo Eddi sich herumtrieb.«

»Warum war er auf der Suche nach Edgar Weinberger?«

Sie zuckte mit den Schultern.

»Frau Kern zuckt mit den Schultern«, diktierte Brander dem Aufnahmegerät. »Woher kennen Sie Herrn Breuer?«

»Ich kenne ihn nicht.«

»Aber er kennt anscheinend Sie, und weiß, dass Sie mit Edgar Weinberger und Friedmar Haydak befreundet waren.«

Paula Kern starrte schweigend auf die Hände in ihrem Schoß, die Finger waren fest ineinander verschränkt. Da war nichts mehr von der Abgeklärtheit, die sie bei ihrem ersten Besuch an den Tag gelegt hatte. Sie wand sich wie ein Kind, das man beim Lügen erwischt hatte.

Brander stützte sich mit einem Unterarm auf den Tisch und beugte sich zu ihr vor. »Sie kannten Friedmar Haydak, Edgar Weinberger und Benno Stängle. Und dieser Mann suchte Sie und Ihre drei Freunde vor wenigen Monaten auf. Warum? Was verbindet Sie?«

»Ich kann doch nichts dafür, dass ich diese drei Männer kannte.«

»Hat es etwas damit zu tun, warum Sie und Edgar Weinberger vor siebzehn Jahren Ihr Studium abgebrochen haben?«

Sie hob überrascht den Blick. »Das wissen Sie auch?«

»Zur gleichen Zeit haben Sie sich auch von Friedmar Haydak getrennt, nicht wahr?«

Ihre Überraschung wurde noch größer.

Er musste weitermachen, durfte sie jetzt nicht zur Ruhe kommen lassen. »War dieser Breuer auch ein Jura-Student?«

Sie schüttelte den Kopf, knetete verkrampft ihre Finger. »Ich kannte ihn nicht. Ich wusste doch nicht …«

Sie verstummte wieder.

»Was ist damals passiert?«

Sie sah an Brander und Peppi vorbei zu ihrer Back-schüssel. »Bitte, ich möchte so gerne backen.«

Was war mit dieser Frau los? Ich möchte backen! Brander spürte, wie der Zorn erneut in ihm hochstieg. »Frau Kern, zwei Männer sind tot. Sie wurden ermordet. Ich will nicht, dass es bald noch einen dritten Mord gibt. Was wissen Sie über diesen Breuer?«

»Ich weiß nichts über ihn«, sagte Paula Kern und starrte trotzig auf die Arbeitsplatte. Wenn ich nicht backen darf, rede ich auch nicht mit Ihnen!

Brander schnaufte wütend.

»Hören Sie, wir führen jetzt dieses Gespräch, und danach dürfen Sie backen, so viel Sie wollen. Können wir uns darauf verständigen?«, versuchte er es mit mühevoller Geduld.

»Behandeln Sie mich nicht wie ein Kind!«, fuhr Paula Kern ihn an.

»Okay, es reicht.« Branders flache Hand klatschte auf den Tisch. Er erhob sich. »Sie kommen mit nach Tübingen. Wir setzen die Vernehmung in der Dienststelle fort.«

»Aber ich kann doch gar nichts dafür!« Mit einem Mal liefen Tränen über ihre Wangen. Brander sah ratlos zu Peppi. Was war das jetzt? Mit einer Handbewegung gab er Peppi zu verstehen, dass sie übernehmen sollte. Sie wechselten die Plätze.

»Wofür können Sie nichts?« Peppi reichte der Frau ein Taschentuch. »Erzählen Sie uns doch einmal in aller Ruhe, was damals passiert ist.«

Die Frau weinte eine Weile stumm vor sich hin.

»Manchmal hilft es, einfach zu erzählen, was einen belastet. Wofür können Sie nichts?«

»Sie haben Mecki vergewaltigt«, flüsterte sie schließlich mit erstickter Stimme, den Blick starr auf ihre ineinander verknoteten Finger gerichtet.

Brander stockte der Atem. Er tauschte mit Peppi einen Blick, die ebenso fassungslos über die unerwartete Aussage war, während die Kern stockend fortfuhr.

»Friedmar, Eddi und Benno. In einem Schweinestall. Sie haben sie dorthin gebracht und vergewaltigt. Ich wusste es nicht. Ich wusste nicht, was sie vorhatten. Ich konnte doch nicht ahnen, dass sie so etwas Schreckliches tun würden.«

»Wer ist Mecki?«

»Mechthild. Mechthild Breuer. Sie hat mit mir zusammen studiert. Wir haben uns hin und wieder zum Lernen getroffen. Sie war ein fröhlicher Mensch, mit rosigen Pausbacken und einem herzlichen Lachen. Sie kam aus einem

Dorf bei Würzburg. Ich habe den Namen des Ortes vergessen. Ihre Eltern hatten einen Schweinemastbetrieb. Friedmar hat sie deshalb immer nur die Schweinemagd genannt. Er mochte sie nicht. Doch Benno hat sich in sie verguckt. Sie sind ein paar Mal zusammen ausgegangen. Aber als er mehr wollte, hat sie ihn zurückgewiesen. Sie wollte sich aufheben für die Ehe, hat sie immer gesagt.« Sie hielt inne, wischte die Tränen von den Wangen und putzte sich die Nase. »Benno war sehr verletzt, und Friedmar hat ihn wegen der Zurückweisung ausgelacht. Das hat ihn noch mehr verärgert. Er wollte doch immer so erfolgreich sein wie Friedmar. Du lässt dich von einer Schweinemagd einfach so abweisen, hat Friedmar gesagt. Der hätte ich gezeigt, wo es langgeht.« Sie verstummte wieder, schien gedanklich einen Moment in weiter Ferne. Als sie weitersprach, war ihre Stimme fester: »Ich hab das alles nur für dummes Geschwätz gehalten. Obwohl ich Friedmar kannte. Friedmar hat nie ein Nein akzeptiert. Er hat sich genommen, was er wollte.«

Brander stutzte. Diesen Satz hatte er doch schon einmal gehört.

»Dann haben sie einen Plan ausgeheckt. Ich wusste wirklich nicht, was sie vorhatten. Ich war so dumm damals. Ich hätte die Wut sehen müssen, die in Bennos Augen loderte. Und ich wusste, wie brutal Friedmar sein konnte.«

»Woher wissen Sie von der Vergewaltigung?«, mischte sich Brander wieder in das Gespräch.

Paula Kern presste die Lippen zusammen. Ihr Gesicht war schmerzverzerrt, als sie zu ihm aufsah. »Friedmar hat es mir erzählt. Gebrüstet hat er sich damit. Sie hätten es der Schweinemagd richtig besorgt. Sie ...« Sie drückte die Hände auf die Ohren und presste die Augen zusammen, als wollte sie die Erinnerung weder sehen noch hören, die sich in ihrem Inneren abspulte. »Sie haben mir gedroht, mir auch etwas anzutun, wenn ich zur Polizei gehen würde. Und ich sollte ihnen ein Alibi geben, falls Mecki sie anzeigen würde. Ich konnte nicht mehr zur Uni gehen. Ich hätte Mecki nicht in die Augen sehen können. Erst viel später habe ich erfahren, dass sie zwei Wochen nach der Vergewaltigung von hier fortgegangen ist. Ich weiß nicht, was aus ihr geworden ist. Ich habe sie nie wieder gesehen.«

»Wie konnten Sie all die Jahre trotzdem mit Friedmar Haydak befreundet sein?«, fragte Peppi.

Paula Kern sah die Kommissarin verständnislos an. »Ich liebe Friedmar. Ich konnte ohne ihn nicht leben. Ich habe es versucht. Aber es ging nicht. Er hat mir das Herz gebrochen, als er nach Frankfurt ging und diese Nutte geheiratet hat. Weil sie schwanger war! Er hat sich immer einen Sohn gewünscht. Felix war sein Ein und Alles. Fast hätte ich Friedmar deswegen verloren. Aber dann … Wissen Sie von der Abtreibung? Tabea hat das zweite Kind abtreiben lassen. Sein Kind. Er hat sie dafür gehasst. Sie hat es ohne sein Wissen getan, aber es ist rausgekommen. Wenn sie das nicht getan hätte, hätte er sie nie so schlecht behandelt. Sie ist doch selber schuld an ihrem Leid. Sie hat alles gehabt!«

»Und der Mann? Breuer?«

»Er ist Meckis Bruder. Ich wusste nicht, dass sie einen Bruder hat. Er heißt Jonas Breuer.« Sie sah wieder zu Brander. »Bitte, darf ich jetzt backen? Ich muss jetzt irgendetwas tun, sonst werde ich wahnsinnig.«

»Scheiße!« Peppi lehnte sich auf dem Fahrersitz zurück und machte keine Anstalten, loszufahren. »Verflucht, ich will diesen Dreck nicht mehr! Andi, ich versteh das nicht. Ich will das auch nicht verstehen. Ich … Scheiße!« Sie schlug die Hände vors Gesicht.

»Hey.« Brander legte besorgt eine Hand auf Peppis Schulter.

»Verstehst du das? Drei Männer vergewaltigen eine Frau, nur weil sie den einen nicht wollte.« Sie nahm die

Hände wieder herunter und sah Brander an. »Drei gestandene Kerle! Solche dreckigen, miesen Schweine!«

»Peppi ...« Brander suchte nach den richtigen Worten, aber er fand sie nicht. Er konnte Peppis Verzweiflung verstehen. Auch in ihm war die Wut hochgekommen, als die Kern von der Vergewaltigung berichtet hatte.

»Haydak ist ein Monster. Er verprügelt seine Frau, er vergewaltigt eine Studentin, er bedroht seine Freundin, verlangt von ihr ein Alibi! Er ruiniert Existenzen! Und sie sagt, sie liebt ihn!«

»Für mich klingt es eher nach Hörigkeit als nach Liebe«, überlegte Brander.

»Es ist krank!«

Eine Weile saßen sie schweigend nebeneinander im Auto. »Wir sollten die Fahndung nach Jonas und Mechthild Breuer einleiten«, sagte Brander schließlich und nahm sein Telefon.

»Wo steckst du?«, meldete sich Jens aufgeregt. »Lehmann sucht dich. Er ist stinksauer. Du hast ihn bei der Pressekonferenz hängen lassen.«

»Oh Mist, die hab ich total verpennt.« Brander schlug sich vor die Stirn. Das würde wieder ein Theater geben. »Ich werd's ihm erklären können. Jens, pass auf: Der Mann auf dem Phantombild heißt Jonas Breuer. Er hat eine Schwester namens Mechthild. Sie ist wahrscheinlich vor siebzehn Jahren von Haydak, Weinberger und Stängle vergewaltigt worden. Versuch herauszufinden, wo die beiden heute leben. Vermutlich irgendwo in der Nähe von Würzburg. Wir müssen mit beiden dringend sprechen.« Brander atmete tief durch. »Sie stehen unter Mordverdacht.«

»Das ist 'n Ding«, hörte er Jens' überraschte Stimme am anderen Ende.

»Und noch was: Holt den Stängle auf die Polizeidirektion. Den knöpfen wir uns heute auch noch vor.«

Brander war kaum in der Polizeidirektion angekommen, da stürmte Staatsanwalt Klaus Lehmann aufgebracht in sein Büro. Anscheinend hatte er veranlasst, dass man ihn unverzüglich benachrichtigte, sobald Brander wieder zurück war.

»Wo waren Sie heute Nachmittag?«, herrschte er Brander wutschäumend an.

»Herr Lehmann …«

»Sie hätten wenigstens anrufen können! Wissen Sie, wie unprofessionell wir heute vor der Presse standen? Keiner war sich sicher, was herausgegeben werden konnte. Ich …«

»Herr Lehmann …«

»Das geht so nicht, Herr Brander!«

»Herr Staatsanwalt Lehmann, wenn Sie die Güte hätten, mir einen Augenblick lang zuzuhören!«, brüllte Brander los. Der sollte sich nicht so anstellen wegen einer blöden Pressekonferenz!

Verdutzt verstummte der Staatsanwalt. Peppi stand auf und schloss die Tür. Endlich fand Brander Gehör bei seinem Gegenüber. Er erzählte ihm, was er am Nachmittag von Paula Kern erfahren hatte.

Fassungslos sah Lehmann abwechselnd von Branders zu Peppi. Schließlich saß er blass und sprachlos auf dem Besucherstuhl.

»Wir haben natürlich noch keine Beweise, dass das alles stimmt, was Frau Kern uns erzählt hat. Aber es klingt plausibel. Es bringt die Morde in einen Zusammenhang und würde die Symbolik erklären«, schloss Brander.

Lehmann stützte das Kinn in eine Hand und sah Brander kummervoll an. »Ein Skandal. Ds ist ein Skandal! Dass ich so etwas noch in meiner Laufbahn erleben muss. Warum musste das jetzt passieren?«

Peppi funkelte ihn zornig an. »Denken Sie vielleicht auch einmal eine Sekunde an die Frau, deren Leben diese Männer zerstört haben?«

»Natürlich, Frau Pachatourides. Oder glauben Sie, so etwas geht spurlos an mir vorbei?«

Peppis Blick sprach Bände.

»Dennoch muss ich um äußerste Diskretion bitten. Die ganze juristische Fakultät kommt durch diesen Vorfall in Verruf. Diese Informationen bitte nur an den engsten Kreis Ihrer Ermittler, Herr Brander. Ich verlass mich auf Sie.«

»Ich kotz gleich!«, stieß Peppi hervor und verließ eilig das Büro.

»Denken Sie, dass Frau Pachatourides diesem Fall gewachsen ist?«, fragte Lehmann besorgt.

»Ohne sie hätten wir diese Informationen von Frau Kern heute nicht bekommen«, erklärte Brander mühsam beherrscht. Warum musste immer alles unter den Teppich gekehrt werden? Hatte die Öffentlichkeit nicht ein Recht darauf zu erfahren, was geschehen war? Was für ein Mensch der hoch gelobte Staranwalt Friedmar Haydak tatsächlich war? Brander holte tief Luft. Ruhe und Geduld, erinnerte er sich an das Gespräch mit seinem Vater. Ging es nicht auch um die Opfer? War ihnen tatsächlich geholfen, wenn alles der Öffentlichkeit preisgegeben wurde? Wahrscheinlich hatte der Staatsanwalt gar nicht so unrecht, wenn er um Diskretion bat.

»Was haben Sie der Presse heute mitgeteilt?«, fragte er etwas freundlicher. Er wollte am nächsten Morgen keine böse Überraschung in der Zeitung lesen.

»Nicht viel. Dass wir Zeugen suchen, die in den letzten zwei Wochen in der Umgebung der Schillerhöhle etwas Ungewöhnliches bemerkt haben. Dass es einen Zusammenhang zwischen den beiden Morden gibt. Dass wir eine heiße Spur haben, die wir aber aus ermittlungstechnischen Gründen nicht weiter bekanntgeben können.«

»Na ja, das mit der heißen Spur stimmt ja jetzt sogar.«

Brander hatte sein Team umgehend nach dem Gespräch mit Lehmann in den Konferenzraum beordert, um sie über den aktuellen Stand zu informieren.

»Hast du schon etwas über den Aufenthaltsort der Geschwister Breuer herausgefunden?«, fragte er am Ende Jens Schöne.

»Ich warte auf die Rückmeldung von meiner Personenanfrage. Online habe ich auf die Schnelle noch nichts gefunden.«

»Warum diese späte Rache?«, fragte Hendrik. »Siebzehn Jahre. Irgendetwas muss passiert sein.«

»Und zwar vor drei oder vier Monaten. Da tauchte Breuer plötzlich in Tübingen auf«, ergänzte Tropper.

»Eine Sache hätte ich jetzt fast vergessen«, meldete sich Corinna Tritschler. »Es kam noch ein Anruf von einem Taxifahrer. Er hat letzte Woche in der Nacht von Donnerstag auf Freitag einen dunklen Ford Focus vom Parkplatz an der B 27 fahren sehen. Er sagte, es war gegen drei Uhr morgens. Er konnte sich deswegen so gut erinnern, weil der Fahrer so vorschriftsmäßig gefahren sei. Fünfzig, wo fünfzig erlaubt ist, und so. Der Focus fuhr Richtung Bebenhausen. Der Taxifahrer hat ihn am Ortsausgang überholt. Er wusste noch, dass der Wagen ein Münchner Kennzeichen hatte.«

»Das heißt, beim ersten Mal hatten wir einen Kombi in der Nähe des Parkplatzes mit Münchner Kennzeichen und dieses Mal einen Focus.«

»Könnte auch ein- und dasselbe Auto sein. Ein Focus Kombi«, überlegte Jens.

Ein Klopfen unterbrach die Sitzung. Eine Schreibkraft kam mit einer Notiz herein. »Das kam gerade aus Rottenburg. Die Kollegen wollten Benno Stängle abholen, aber er war nicht zu Hause und auch nicht bei seiner Frau. Als sie das zweite Mal bei Stängle waren, haben sie seine Vermieterin angetroffen, und die war der Meinung, dass Stängle heute Mittag mit einer Reisetasche sein Zimmer verlassen hätte. Er wäre in letzter Zeit sehr viel unterwegs gewesen, erklärte sie.«

»Das gibt's doch nicht!« Brander stand auf.

»Vielleicht gehen die Morde ja gar nicht auf die Kappe der Breuer-Geschwister?« überlegte Hendrik. »Vielleicht ist bei Stängle eine Sicherung durchgebrannt, als Jonas Breuer plötzlich vor ihm stand und ihn an das erinnerte, was er vor siebzehn Jahren getan hat?«

»Auch möglich. Er hatte ohnehin eine Mordswut auf Haydak«, stimmte Brander zu.

»Oder er hat Schiss, dass er der Nächste auf Breuers Liste ist, und ist abgehauen«, gab Peppi zu bedenken.

»Wie auch immer, wir leiten eine Fahndung ein. Haben wir ein Foto?«

Jens schüttelte den Kopf.

»Seine Frau hat Bilder von ihm«, erinnerte sich Brander. »Die Kollegen aus Rottenburg sollen uns eins besorgen. Und wir suchen weiter nach Jonas und Mechthild Breuer. Ach, noch eine Sache. Morgen um zehn ist die Beerdigung von Friedmar Haydak. Jens, Hendrik, Peppi, wir werden dorthin gehen.«

»Nein, Andi, ich will da nicht hin«, widersprach Peppi. »Kannst du nicht jemand anderes mitnehmen?«

Brander sah sich um. »Herr Neidhart, gehen Sie mit?«

»Isch rächd, Herr Brandner«, erwiderte dieser und nickte gemütlich.

☼

Brander lief unruhig vor seinem Schreibtisch auf und ab. Es hatte eine Weile gedauert, bis er Lehmann überredet hatte, einen Haftbefehl gegen Benno Stängle auszustellen, obwohl der Verdacht nur auf der Aussage einer Zeugin beruhte. Als Brander andeutete, dass Stängle möglicherweise das dritte Opfer werden könnte, hatte der Staatsanwalt schließlich nachgegeben. Die Fahndung war seit zwei Stunden draußen, aber bisher gab es keine Spur von ihm. Seine Frau hatte ihnen das Autokennzeichen seines Opels genannt. Sie war besorgt, aber Brander wollte ihr nicht sagen, was er heute über ihren Mann erfahren hatte. Es war ja auch noch nicht bewiesen, dass Stängle tatsächlich eine Frau vergewaltigt hatte.

»Ich hol mir einen Kaffee. Willst du auch einen?«

Peppi sah von ihrem Monitor auf. »Hol dir lieber einen Tee. Du machst mich ganz kirre mit deinem Rumgehampel.«

Brander brummte etwas Unverständliches und ging in die Kaffee-Ecke. Magnus Neidhart stand vor der Kaffeemaschine und füllte Kaffeebohnen nach.

»Ah, Herr Brandner, drengad Se a Tässle midd?«

Brander drehte entnervt die Augen zur Decke. »Brander. Ohne N. Was ist daran so schwer?«

»Nix, Herr Brandner.« Neidhart grinste. »Momendle, glei' gibt's oin frische Kaffee.«

»Nennen Sie mich Andi, okay? Einfach nur Andi.« An dem Namen konnte man doch nun wirklich nichts falsch machen.

»Schõ rächd.« Neidhart drehte sich zu ihm und reichte ihm die Hand. »Magnus.«

»Ich weiß«, seufzte Brander.

»Zucker? Milch?«

»Schwarz. Danke.« Er nahm die Tasse, die Neidhart ihm reichte, entgegen.

Die Tür von Jens und Hendriks Büro wurde aufgerissen, und Jens kam aufgeregt herausgelaufen. »Andi, ich hab was!«

»Ich bin hier«, rief Brander dem Kollegen zu, der geradewegs auf sein Büro zusteuerte. Jens bremste, drehte sich herum und kam zu ihm.

»Mechthild Breuer ist tot«, erklärte er atemlos. »Sie lebte bis vor fünf Monaten in München. Sie hat in einer Fabrik als Aushilfskraft gearbeitet. Auf Ende April hat sie Job und Wohnung gekündigt. Zwei Tage später war sie tot. Selbstmord. Sie ist vor einen Zug gesprungen.«

»Um Godds willa!«, stieß Neidhart bestürzt hervor.

Auch Brander atmete tief durch, bevor er seine Sprache wieder fand. »Das heißt, der Selbstmord war offensichtlich geplant. Hat sie es irgendjemandem angekündigt?«

»Keine Ahnung. Die Kollegen aus München haben nicht viel gefunden. Es gab keinen Abschiedsbrief oder so. Sie hat sogar ihren Haushalt komplett aufgelöst. Hat die letzten zwei Nächte in einem Hotel übernachtet. Und dann …«

»Was ist mit ihrem Bruder?«, fragte Brander.

»Jonas Breuer hat vor einem dreiviertel Jahr den elterlichen Hof übernommen. Ein Schweinemastbetrieb bei Würzburg. Hier ist die Adresse.« Jens reichte ihm einen Zettel.

»Wusste Breuer von der Vergewaltigung? Und wenn ja, gibt er den drei Männern jetzt die Schuld am Selbstmord seiner Schwester?« Brander warf einen Blick auf die Uhr. Zwanzig Uhr dreißig. »Ich ruf die Kollegen in Würzburg an, die sollen rausfahren und gucken, ob sie Jonas Breuer finden.« Eilig lief er in sein Büro.

Eine Stunde später meldeten sich die Würzburger Kollegen bei ihm zurück.

»Wir haben nur die Eltern und Breuers Frau auf dem Hof angetroffen. Er hat ihnen gesagt, er hätte einen wichtigen Termin in München. Seine Frau sagte noch, dass er seit dem Tod seiner Schwester häufig nach München gefahren wäre. Sie wusste aber nicht genau, was er dort machte«, berichtete der Beamte.

»Hat sie Ihnen gesagt, wann ihr Mann wieder zurück sein wollte?«

»Morgen Nachmittag.«

»Okay«, Brander kratzte sich im Nacken. »Haben Sie eine Adresse oder Handynummer, unter der er erreichbar ist?«

Der Beamte gab Brander eine Handynummer. »Wir haben es schon versucht, aber er geht nicht ran.«

»Danke. Wir werden es weiter versuchen. Falls wir ihn nicht vorher finden, können Sie morgen noch mal …«

»Natürlich. Wir haben Breuers Frau gesagt, sie soll uns anrufen, sobald er wieder da ist.«

Er hatte kaum aufgelegt, als der nächste Anruf kam.

»Wir haben Ihren Benno Stängle hier. Wollte über die Schweizer Grenze«, erklärte der Kollege von der Konstanzer Polizeidienststelle. »Was sollen wir mit ihm machen?«

Brander überlegte. Es war bald zehn. Wenn er Stängle jetzt herbringen ließ, wäre er frühestens um Mitternacht in Tübingen. »Behalten Sie ihn da. Ich sorge dafür, dass er morgen früh abgeholt wird.«

Nachdem Brander alles veranlasst hatte, sah er zu seiner Kollegin. »Wir machen Schluss für heute. Stängle ist eingesperrt. Wenn er tatsächlich Nummer drei auf der Liste von Breuer ist, kommt der nicht an ihn ran. Die Fahndung nach Breuer läuft, die Ortung übers Handy habe ich beantragt. Die melden sich, sobald sie was haben. Die Kern backt wahrscheinlich immer noch Kuchen, und ich muss jetzt 'ne Runde schlafen. Ich bin todmüde.«

»Soll ich dich nach Hause bringen?«, bot Peppi an.

»Danke, nein. Frische Luft und Bewegung sind ganz gut. Da kann ich nachher vielleicht auch irgendwie schlafen.«

»Na, hoffentlich funktioniert das Licht an deinem Fahrrad auch ordnungsgemäß.«

Sie verließen gemeinsam das Büro. Brander sah zum sternenklaren Himmel, als sie aus dem Gebäude kamen. Bis auf wenige Regentage war der September bisher ein wunderbarer Spätsommer gewesen. Er hätte die Tage gern mehr genossen, bevor der Winter begann. Einen Moment lang schloss er die Augen und versuchte, zur Ruhe zu kommen. Aber da war nur eine grenzenlose nervöse Unruhe in ihm.

»Hast du auch das Gefühl, dass wir irgendetwas übersehen?«, murmelte er und starrte gedankenverloren zu den Sternen.

»Musstest du das jetzt sagen?«, stöhnte Peppi und knuffte Brander gegen die Schulter. »Wir sehen uns morgen.«

DIENSTAG

Brander schickte Jens mit Neidhart in den Trauergottesdienst. Er selbst zog es vor, mit Hendrik vor der Tür zu warten. Als Atheist war Brander mit den Riten der Kirche nicht vertraut und fühlte sich immer unwohl, wenn er zu einer kirchlichen Veranstaltung musste. Es hatte schon Momente gegeben, in denen er darüber nachgedacht hatte, sich taufen zu lassen, in der Hoffnung, einen Halt und Zuversicht zu finden, bei all den schrecklichen Dingen, mit denen er in seinem Beruf immer wieder konfrontiert wurde. Aber seine Zweifel waren noch zu groß.

»Ob Breuer tatsächlich hier auftaucht?«, überlegte Brander. Sie standen wenige Meter vom Eingang der Kapelle entfernt, in der Friedmar Haydak den letzten Segen erhielt.

Hendrik zuckte mit den Achseln und starrte mit finsterem Blick vor sich hin. »Wie müssen sich die Eltern fühlen? Was macht man, wenn das eigene Kind so eine schreckliche Tat begeht?«

»Ich weiß nicht.« Brander fragte sich, wie alt Breuers Eltern waren. »Erst verlieren sie die Tochter, dann …«

»Nein, Breuer meine ich nicht. Zum Mörder kannst du aus Angst, Not oder Verzweiflung werden. Aber eine Frau vergewaltigen. Das verstehe ich einfach nicht. Ich finde nicht einen Grund, der das entschuldigen könnte. Wenn das alles stimmt, was diese Frau sagt, dann haben die drei Männer aus gekränktem Stolz, aus Boshaftigkeit das Leben einer jungen Frau zerstört.« Hendrik schüttelte den Kopf und streckte sich. »Das werde ich nie kapieren. Wenn ich mir vorstelle, meine Anne … Nein.«

Er kniff die Augen zusammen und sog die Luft tief in seine Lungen. »Ich war so fertig gestern. Ich bin abends nach Hause gekommen und hab meinen kleinen Jungen ganz fest in den Arm genommen. Er soll es gut haben. Und aus ihm soll ein guter Junge werden. Ich hab den ganzen Abend mit ihm auf dem Sofa gesessen und ihn in meinen Armen gehalten, und weißt du was?« Hendriks Gesicht entspannte sich zu einem Lächeln. »Er hat geschlafen, drei Stunden lang hat Louis ganz ruhig in meinen Armen geschlafen. Und Anne lag neben mir auf dem Sofa und hat auch geschlafen. Zwei kleine Engel. Und ich saß da und war einfach nur so froh, dass ich für sie da sein konnte.« Verstohlen rieb er sich über die Augenwinkel. »Weiß du noch, was du damals zu mir gesagt hast? Kurz vor Louis' Geburt? Du hattest recht, Andi. Eine Frau und ein Kind sind das größte Geschenk, das Gott einem Menschen geben kann.«

»Von Gott habe ich sicherlich nicht gesprochen«, bemerkte Brander. »Du hast noch eine Menge Überstunden. Wenn das hier vorbei ist, dann nimm einfach mal eine Zeit lang frei.«

Hendrik nickte stumm.

Die Türen der Kapelle öffneten sich, und die Trauergesellschaft machte sich auf dem Weg zum Grab. Brander suchte Blickkontakt zu Jens, um zu erfahren, ob er Jonas Breuer unter den Trauernden entdeckt hatte. Jens deutete ein Kopfschütteln an. Brander und Hendrik folgten dem Trauerzug in einigem Abstand.

Tabea Haydak hatte den Arm um die Schultern ihres Sohnes gelegt. Neben ihnen ging die Haushälterin und schob eine kleine, gebeugte grauhaarige Frau in einem Rollstuhl. Brander vermutete, dass es Haydaks Mutter war. Er entdeckte Mario Klinger und Juliane Schlee zwischen einigen Männern in dunklen Anzügen, wahrscheinlich Anwaltskollegen. Brander suchte nach dem Gesicht von Paula Kern. Sie war nicht unter den Trauernden. Vielleicht wollte sie sich den Blicken von Haydaks Familie nicht aussetzen, dachte Brander.

Er suchte die weitere Umgebung ab. Einige Meter vom Grab entfernt entdeckte er einen Mann abseits auf dem Weg stehen. Er trug Jeans und einen olivgrünen Parka, sodass Brander erst dachte, es wäre jemand, der ein anderes Grab besuchte, aber der Mann sah unverwandt zu der Trauergesellschaft.

Brander stieß Hendrik an. »Siehst du den Mann da?«

»Ja, ist mir auch gerade aufgefallen.«

»Wenn das Breuer ist …« Brander schätzte die Entfernung. »Wir gehen zu ihm. Du von rechts, ich von links.«

»Nein, umgekehrt«, widersprach Hendrik. »Links rum ist weiter. Falls er abhaut. Ich bin besser in Form.«

»Hey, was soll das denn heißen«, beschwerte sich Brander. Er gab Jens und Neidhart ein Zeichen und setzte sich in Bewegung.

Beim Näherkommen erkannte er das Gesicht von dem Phantombild. Der Mann schien ihn jedoch gar nicht zu bemerken. Erst als Brander vor ihm stand und ihn ansprach, reagierte er.

»Jonas Breuer?«, fragte Brander.

»Ja«, erwiderte der Mann verdutzt an.

»Brander, Kripo Tübingen.« Er zeigte seinen Dienstausweis.

Breuer zuckte zurück, aber da stand Hendrik schon hinter ihm, packte seinen Ellenbogen und drehte ihm den Arm auf den Rücken.

»Was … was soll das?«

»Herr Breuer, wir nehmen Sie mit zur Polizeidirektion. Sie stehen unter Mordverdacht.«

»Was? Das können Sie nicht machen!« Erst jetzt schien Breuer den Ernst seiner Lage zu erkennen. Er versuchte, sich aus Hendriks Griff zu befreien. Hendrik legte ihm Handschellen an, während Brander dem Mann seine Rechte diktierte.

»Ich habe niemanden umgebracht!«, rief Breuer aufgebracht. »Das können Sie nicht machen! Ich habe niemanden umgebracht.«

»Bitte«, versuchte Brander den Mann zu beruhigen. »Wir gehen jetzt ganz ruhig zu unserem Wagen. Kommen Sie mit.«

»Nein! Dieses Schwein! Dieses Dreckschwein!« Breuer sträubte sich und unternahm erneut einen Versuch, sich zu befreien.

Jens kam Hendrik zu Hilfe.

»Den hätten Sie verhaften sollen! Er hat meine Schwester umgebracht!«, schrie Breuer über den Friedhof und brachte den erschreckten Pfarrer damit zum Schweigen.

»Aber Gott wird ihn bestrafen! Friedmar Haydak, auch du entkommst deiner Strafe nicht!«

Diese Szene hatte er vermeiden wollen. Brander sah betreten zu den Trauergästen.

Felix Haydak riss sich von seiner Mutter los. Geistesgegenwärtig stellte sich Magnus Neidhart ihm in den Weg und hinderte ihn daran, auf Breuer loszugehen. Brander gab den Kollegen ein Zeichen, und sie zogen Breuer von der Beerdigung fort.

Sie hatten ihn in ein Vernehmungszimmer gebracht. Brander holte Peppi zu der Vernehmung hinzu.

»Sie haben das Recht auf einen Anwalt. Möchten Sie Ihren Anwalt jetzt anrufen?«, fragte Brander.

»Wie kommen Sie darauf, dass ich Haydak getötet habe?« Jonas Breuer sah den Kommissar verstört an. Er hatte sich wieder beruhigt, nachdem sie ihn vom Friedhof geholt hatten. »Ich brauche keinen Anwalt. Ich habe niemanden umgebracht.«

»Herr Breuer, wo waren Sie letzte und vorletzte Woche jeweils in der Nacht von Donnerstag auf Freitag?«

»Zu Hause. Ich habe einen Hof. Morgens um fünf stehe ich im Stall und versorge meine Tiere.«

»Gibt es Zeugen?«

»Zeugen? Meine Frau.«

Brander wandte sich zu Hendrik, der an der Tür stand. »Hendrik, lass das bitte überprüfen.« Er drehte sich wieder zu Breuer. »Friedmar Haydak, Edgar Weinberger, Benno Stängle. Die Namen sagen Ihnen sicherlich etwas?«

Breuers Blick wurde hart. »Ja.«

»Sie haben diese drei Männer Anfang Juni aufgesucht.«

»Ich habe sie gesucht, ja. Diesen Weinberger habe ich nicht gefunden.«

»Deswegen waren Sie bei Paula Kern.«

»Ja.«

»Was wollten Sie von den Männern?«

»Sie zur Rede stellen.«

»Was wollten Sie ihnen denn sagen?« Brander fiel es schwer, diese Frage zu stellen. Was sagte man zu den Männern, von denen man vermutet, dass sie die eigene Schwester vergewaltigt hatten?

Breuer schwieg.

»Haydak, Weinberger und Stängle haben ihre Schwester vor siebzehn Jahren vergewaltigt. Stimmt das?«

Breuer biss sich auf die Lippe und nickte stumm.

»Vor circa fünf Monaten nahm sich Ihre Schwester das Leben. Und wenige Wochen später wollen Sie auf einmal mit den Männern reden?«

Wieder nickte Breuer.

»Aber die Männer haben nicht mit Ihnen geredet, und da haben Sie sich gedacht, dann rächen Sie Ihre Schwester eben so, ohne mit ihnen zu reden.«

»Nein, so war das nicht. Sie haben nicht mit mir geredet. Das stimmt. Haydak nicht und Stängle nicht. Die haben mich fortgeschickt, wie einen Bettler, wie einen räudigen Hund. Den Weinberger habe ich doch gar nicht gefunden. Und Frau Kern konnte mir auch nicht sagen, wo er ist. Sie war die Einzige, die mir überhaupt zugehört hat.«

»Was haben Sie gemacht, nachdem diese Männer nicht mit Ihnen sprechen wollten?«

»Nichts, was hätte ich denn tun sollen?«

»Friedmar Haydak wurde vor gut vierzehn Tagen ermordet, und vor fünf Tagen fanden wir die Leiche von Edgar Weinberger.«

Breuer riss die Augen auf. »Weinberger ist auch tot?«

»Das wissen Sie doch sehr genau.«

»Nein! Ich habe niemanden umgebracht! Warum glauben Sie mir denn nicht? Wem hätte es geholfen? Mecki wäre davon auch nicht wieder lebendig geworden!« Seine Augen bekamen einen feuchten Glanz. »Ich habe eine Frau. Ich habe zwei kleine Kinder. Meine Eltern brauchen mich. Der Hof muss bewirtschaftet werden. Natürlich habe ich diesen Männern den Tod gewünscht, aber …« Er faltete flehentlich die Hände. »Es tut mir leid, dass ich auf dem Friedhof so die Beherrschung verloren habe. Der Mann hat das Leben meiner Schwester zerstört. Aber ich bin doch kein Mörder!«

»Wann haben Sie von der Vergewaltigung erfahren?«

»Vor fünf Monaten. Mecki hatte mir einen Abschiedsbrief geschrieben, um mir alles zu erklären. Warum sie das Studium abgebrochen hat. Warum sie nicht mehr nach Hause kam. Warum sie nicht mehr leben konnte.« Breuer sank in sich zusammen. »Mecki war so ein fröhlicher Mensch. Sie hat immer davon geträumt, Kinderärztin zu werden. Unsere Eltern waren dagegen. Sie meinten, wir wären einfache Leute und müssten nicht studieren. Für mich war schon immer klar, dass ich den Hof übernehmen würde, aber Mecki … Ich hab sie unterstützt, als sie mit unseren Eltern darum gekämpft hat, Medizin studieren zu dürfen. Und dann hat sie den Studienplatz in Tübingen bekommen. Sie war so glücklich. Jedes Wochenende kam sie nach Hause und erzählte mir, was sie alles gelernt hatte. Und dann, eines Tages, kam sie nicht mehr. Ich habe sie angerufen. Sie hat nur geweint, aber sie wollte nicht sagen, was passiert war. Ich bin zu ihr gefahren. Ich habe versucht, ihr zu helfen, aber ich kam nicht mehr an sie ran. Sie wollte auch nicht mehr zu uns kommen. Ich konnte mir das gar nicht erklären.«

Tränen liefen über seine Wangen. Peppi reichte ihm ein Taschentuch.

»Sie haben sie in einem Schweinestall vergewaltigt. Oh Gott, ich darf gar nicht darüber nachdenken! Das Quieken der Schweine, der Stallgeruch, sie ertrug es einfach nicht mehr. Es erinnerte sie nur noch an diese grausigen Stunden. Sie ist auf einem Bauernhof aufgewachsen, verstehen Sie? Und nun konnte sie nicht mehr nach Hause kommen. Diese Kerle haben ihr nicht nur ihre Unschuld genommen, sie haben ihre Seele zerrissen und ihr Zuhause zerstört.« Er rieb sich mit dem Handrücken über die Augen. »Sie hat sich so geschämt. Dabei konnte sie doch überhaupt nichts dafür. Wenn sie nur mit mir geredet hätte! Stattdessen schreibt sie mir nach all den Jahren einen Brief und bringt sich um.«

Er weinte jetzt hemmungslos, vergrub das Gesicht in den Händen. Brander sah betroffen zu Peppi, die ebenfalls mit den Tränen kämpfte.

»Kannst du uns was zu trinken holen?«, befreite er die Kollegin aus der bedrückenden Situation.

Peppi nickte und verließ den Raum. Wenige Minuten später kehrte sie mit zwei Gläsern Wasser zurück. Breuer hatte sich wieder gefangen und trank dankbar einen Schluck.

»Hat Ihre Schwester in dem Brief die Namen der Männer erwähnt?«, fuhr Brander fort, bemüht darum, eine sachliche Distanz zu bewahren.

»Nein. Ich bin nach München gefahren, und die Beamten dort haben mir ihre wenigen Habseligkeiten gegeben. Sie hatte alles verkauft. Sie muss ihren Tod genau geplant haben. Als sie vor den Zug gesprungen ist, hatte sie ein Tagebuch bei sich. Es war ziemlich zerfleddert und es fehlten eine Menge Seiten, aber einige Einträge konnte man noch lesen. Dort habe ich die Namen gefunden.«

»Woher kannten Sie Paula Kern?«

»Sie war Meckis Studienkollegin. Mecki hatte ein paar Mal von ihr erzählt. Ich kannte sie nicht. Ich bin einfach zu ihr gefahren. Frau Kern war schockiert, als ich ihr von Meckis Selbstmord erzählte. Wir haben in ihrer Küche gesessen und geweint. Sie versprach mir, mich sofort zu informieren, wenn sie wüsste, wo dieser Weinberger sich aufhielt.«

»Worüber hätten Sie mit den Männern reden wollen?«

»Ich wollte Ihnen sagen, was sie getan haben. Ich wollte ihre Gesichter sehen, wenn sie erfahren, dass Mecki tot ist. Und ich wollte wissen, wie sie all die Jahre mit dieser Schuld leben konnten.« Breuer atmete schwer. »Sind denn alle tot?«

»Nein. Benno Stängle lebt.«

»Fragen Sie ihn, wie er damit leben kann. Ich versteh das nicht. Verstehen Sie das?« Breuer sah Brander traurig in die Augen. »Ich habe niemanden umgebracht.«

»Ich glaube ihm«, sagte Brander und starrte auf die vielen Notizen, die die Wände des Konferenzraumes nach zwölf Ermittlungstagen bedeckten.

»Er hat ein astreines Tatmotiv.« Peppi drückte nervös auf ihrem Kuli herum.

»Er hat ein Alibi. Seine Frau bestätigt, dass er in den fraglichen Nächten bei ihr war«, erklärte Hendrik.

»Sei' Frau liebt ihn«, gab Neidhart zu bedenken.

»Das heißt nicht, dass sie für ihren Mann lügt«, beharrte Hendrik.

»Heißt aber auch nicht, dass sie die Wahrheit sagt«, stimmte Jens Neidharts Bedenken zu.

Brander begann, unruhig auf und ab zu laufen. »Sein Wagen. Was ist mit seinem Wagen?«

»Ist noch beim Erkennungsdienst. Er fährt zwar einen Kombi, aber mit Würzburger Kennzeichen.«

Brander griff zum Telefon und wählte Troppers Nummer.

»Andi, mach mich net narret!«, schimpfte Tropper, noch bevor Brander sich gemeldet hatte. »Das dauert hier noch. Da sind tausende Spuren in der Karre. Hunde, Katzen, Hühner, Krümel von Pausenbroten, Stroh, Hafer, was weiß ich. Ich melde mich bei dir.«

Tropper legte auf, ohne dass Brander auch nur ein Wort sagen konnte.

Brander sah verdutzt auf den Hörer. »Das dauert anscheinend noch«, erklärte er.

Sein Gesicht brachte Peppi zum Schmunzeln. »Was hast du erwartet? Du kennst Freddy doch.«

»Ja«, knurrte Brander.

»Er kann das Nummernschild an seinem Wagen ausgetauscht haben«, meldete sich Jens zu Wort. »Oder vielleicht haben sie noch einen zweiten Wagen. Zum Beispiel einen dunklen Focus?«

»Der Focus könnte auch seiner Schwester gehört haben. Überprüf das bitte«, gab Brander Jens den Auftrag. Er rieb sich müde durch das Gesicht. »Warum hat er sich am Friedhof so einfach von uns überrumpeln lassen?«, suchte er nach einem weiteren Indiz für Breuers Unschuld.

»Weil er kein Profi ist«, kam es von Hendrik. »Er ist zurückgezuckt, als du ihm deinen Ausweis vor die Nase gehalten hast.«

»Ich glaube trotzdem nicht, dass er der Mörder ist.«

»Du bist Atheist. Du glaubst gar nichts.« Peppi ließ ihren Kuli auf den Tisch fallen. »Ich will ja auch nicht, dass er der Mörder ist. Aber eigentlich spricht alles gegen ihn.«

»Eigentlich! Eben! Das ist doch der Punkt. Eigentlich.

Genauso gut kann es jemand ganz anderes gewesen sein!«
Brander sah auf seine Uhr. »Wann kommen die endlich
mit dem Stängle? Ich will erst mit ihm reden, bevor wir mit
Breuer weitermachen.«

»Was ist mit Stängle? Kann der es gewesen sein?« Hendrik strich sich durch die dunklen Haare.

»Unsympathisch genug ist er.« Peppi verzog das Gesicht.

»Es geht hier nicht nach Sympathie!«, ermahnte Brander die Kollegin.

»Jetzt will ich dir einmal zu Hilfe kommen! Du willst
doch nicht, dass Breuer der Mörder ist!«, entgegnete Peppi. »Mechthild Breuer hat Stängle damals zurückgewiesen.
Wessen Idee war es, sich dafür zu rächen? Haydaks oder
Stängles? Wenn es jetzt Haydaks Idee war? Emily Stängle
hat gesagt, ihr Mann habe Haydak vergöttert. Also hat er
mitgemacht, um seine Ehre wiederherzustellen. Im Laufe
der Jahre stellt Stängle fest, dass Haydak gar nicht so toll
ist. Durch ihn verliert er seinen Job, seine Ehe geht den
Bach runter, und dann kommt Breuer und erzählt ihm,
dass die Frau, die er vergewaltigt hat, sich umgebracht hat.
Stängle gibt Haydak für alles die Schuld. Das könnte auch
die Bloßstellung erklären. Seht her: Der große Haydak
nackt und gefesselt.«

»Und wie passt Weinberger da rein?«

»Er hat damals mitgemacht. Stängle kann keine Zeugen
gebrauchen.«

Brander sah in die Gesichter der Kollegen. »Könnte
was dran sein, oder?« Er klopfte unschlüssig mit den Fingern auf die Tischplatte. »Mittagspause. Und dann knöpfen wir uns den Stängle vor.«

☼

Sie aßen gemeinsam in der Kantine im obersten Stockwerk
der Polizeidirektion. Brander hatte sich einen gemischten

Salat geholt, den Peppi kritisch beäugte. Sie hatte sich für Maultaschen mit schwäbischem Kartoffelsalat entschieden.

»Wie lange machst du noch Diät?«, fragte sie lauernd.

»Du machst Diät?«, fragte Hendrik und musterte Brander von der Seite.

»Seit fast zwei Wochen schon!« Peppi warf Hendrik einen wissenden Blick zu..

»Ich mache keine Diät!«, wehrte Brander sich. »Ich mag nun mal euren schwäbischen Kartoffelsalat nicht!«

»Es gab auch überbackene Nudeln.«

»Ich wollte aber keine überbackenen Nudeln.«

»Na ja, ein paar Kilo weniger würden dir sicher nicht schaden«, lästerte Hendrik.

»Sag das mal zu deiner lieben Kollegin da.« Brander bedachte Peppi mit einem schadenfrohen Grinsen.

»Eine Frau darf ruhig ein bisschen was auf den Hüften haben.« Hendrik zwinkerte Peppi zu.

»Sagte der Mann, der mit der zierlichen Anne zusammenlebt und der jeder Frau mit Modelmaßen hinterherpfeift«, mischte sich Jens ein.

»Nicht nur. Ich mag auch die Üppigen.«

»Wenn du Anne betrügst, schneid ich dir die Eier ab!« Wenn es ums Fremdgehen ging, traf man bei Peppi einen empfindlichen Nerv.

»Peppi! Ich esse gerade!«, beschwerte sich Brander.

»Du musst dir ja nicht immer alles gleich bildlich vorstellen, Picasso«, entgegnete die Kollegin ungerührt, und Brander fragte sich, wann sie eigentlich angefangen hatte, ihm diesen Spitznamen zu geben.

»Also, wie lange machst du noch Diät?«, hakte Peppi nach.

»Zum letzten Mal: Ich mache keine Diät. Ich möchte einfach nur in Ruhe hier sitzen und meinen Salat essen. Denkt ihr, das wäre irgendwie möglich?«

»Hm, nein, ich glaube nicht«, sagte Hendrik mit ernster Miene.

»Absolut nicht«, stimmte Jens ebenso ernst zu.

»*Never*«, setzte Peppi noch eins drauf.

Brander sah schmunzelnd auf. Da war es wieder: sein eingespieltes Team. Er war froh, diese Kollegen an seiner Seite zu haben. »Ihr seid unmöglich, wisst ihr das?«

☼

Um halb zwei wurde Benno Stängle in die Polizeidirektion gebracht. Brander übernahm mit Hendrik die Vernehmung.

»Ich werde mich über Sie beschweren!«, war das Erste, was Stängle zu Brander sagte.

»Tun Sie das«, entgegnete er ungerührt. Stängle wäre nicht der Erste.

»Sie haben kein Recht, mich hier festzuhalten!«

»Herr Benno Stängle, Sie werden beschuldigt, mit Ihren Freunden Friedmar Haydak und Edgar Weinberger vor siebzehn Jahren die damals zweiundzwanzigjährige Mechthild Breuer gemeinsam vergewaltigt zu haben.«

»Selbst wenn es so gewesen wäre, diese Tat wäre mittlerweile verjährt.«

»Das wäre sie nicht!« Brander beugte sich zu Stängle vor. »Paragraph achtundsiebzig, Absatz drei, Nummer zwei Strafgesetzbuch: Die Verjährungsfrist beträgt zwanzig Jahre bei Taten, die im Höchstmaß mit Freiheitsstrafen von mehr als zehn Jahren bedroht sind. Und das ist bei gemeinschaftlicher Vergewaltigung der Fall. Freiheitsstrafe nicht unter zwei Jahren, das heißt, nach oben sind keine Grenzen gesetzt. Muss ich Ihnen noch mehr erklären?« Brander lehnte sich wieder zurück. »Und jetzt verraten Sie mir bitte, warum Sie gestern in die Schweiz fahren wollten?«

»Arbeitssuche.«

»Erzählen Sie das jemand anderem.« Er betrachtete den Mann vor sich, fragte sich, ob Stängle auch Breuer gegenüber so selbstgefällig reagiert hatte. »Wie fühlt man sich, wenn man gemeinsam mit seinen Kumpels eine Frau misshandelt hat? Fühlten Sie sich stark und mächtig, so wie Ihr Freund Friedmar Haydak? War es ein tolles Gefühl, sich an einer wehrlosen Frau zu vergehen? Was haben Sie gesehen, wenn sie sich morgens im Spiegel in die Augen sehen mussten? Einen tollen Kerl, ja?«

Stängle starrte ihn mit versteinerter Miene an.

»Und wie ist das, wenn der Bruder der Frau, die man vor siebzehn Jahren vergewaltigt hat, plötzlich vor einem steht? Wenn man erfährt, dass diese Frau sich nie wieder von dem Trauma erholt hat und sich vor einen Zug geworfen hat? Wie fühlt man sich da, Herr Stängle? Haben Sie befürchtet, dass doch noch alles ans Licht kommt? Dass Haydak auch hierfür Ihnen die Schuld in die Schuhe schieben wird? So, wie er Sie bei Lorenz in die Scheiße geritten hat?« Brander schob wütend seinen Unterkiefer hervor. Er trank einen Schluck Wasser, um wieder ruhiger zu werden. Dass hier war eine Gradwanderung. Er musste seine Emotionen unter Kontrolle halten, sonst wäre er es am Ende, dem ein findiger Rechtsanwalt Drohungen, Psychospielchen oder sonst welche verbotenen Vernehmungstechniken vorwerfen würde.

»Was wollen Sie? Sie haben nichts gegen mich in der Hand«, sagte Stängle, und Brander meinte, Unsicherheit in der Stimme zu hören.

»Zumindest für die Vergewaltigung haben wir eine Zeugin«, brachte Hendrik sich in das Gespräch ein.

»Das glaube ich nicht«, entgegnete Stängle wieder zuversichtlicher.

»Ich spreche nicht von Mechthild Breuer. Sie ist tot. Und das wissen Sie. Aber es gibt noch eine weitere Zeugin.«

»Paula.« Stängle biss die Zähne zusammen. Seine kleinen Augen funkelten zornig. »Dieses Miststück. Überall lief sie Friedmar hinterher.«

»Wir sprechen jetzt über Sie, und nicht über Paula Kern.«

Stängle schnaufte wütend, sah von Hendrik zu Brander. »Soll ich Ihnen sagen, warum ich abgehauen bin?«

»Ich bitte darum«, antwortete Brander grimmig.

»Der Breuer ist verrückt! Der bringt uns alle um. Erst Friedmar, dann Eddi, und jetzt sucht er mich. Aber ich lass mich nicht umbringen! Ich nicht!«

»Sie geben also die Vergewaltigung zu?«

»Ich gebe gar nichts zu. Und jetzt will ich meinen Anwalt sprechen.«

»Und ich dachte, Sie wären Jurist«, entgegnete Brander zynisch und stand auf.

»Wie kriegen wir den Kerl zu packen?« Brander ließ sich einen Kaffee aus dem Automaten.

»Ich wusste gar nicht, dass du dich mit den Paragraphen des Strafgesetzbuches so gut auskennst«, lobte Hendrik den Kommissar.

»Hat Lehmann mir diktiert. Wir brauchten ja irgendwas, um die Fahndung nach Stängle zu begründen. Den Mordverdacht fand er nicht hinreichend.« Er blies in seine Tasse und trank einen Schluck. »Breuer oder Stängle? Irgendwie trau ich keinem von beiden diese Morde zu. Breuer wirkt zu ehrlich und Stängle zu weich. Es war ja keine Tat im Affekt. Zumindest der erste Mord muss sehr gut geplant gewesen sein.«

»Wer bleibt dann noch?«

»Seine Frau und die Hilbers«, überlegte Brander. »Hey Freddy!«, rief er den Kollegen, der gerade durch den Flur gelaufen kam. »Was ist mit Breuers Wagen?«

Tropper gesellte sich unwillig zu ihnen. »Bis jetzt noch nichts. Weder Spuren von Haydak noch von Weinberger.

Allerdings ist Weinberger ja auch höchstwahrscheinlich nicht mit dem Auto transportiert worden.«

»Warum nicht? Irgendwie muss Weinberger ja zum Grillplatz gekommen sein.«

»Hat Breuer denn schon ein Geständnis abgelegt?«

»Nein, er beteuert seine Unschuld.«

»Und Andi glaubt ihm«, ergänzte Hendrik.

»Und Stängle?«

»Leugnet alles.« Brander nippte an seiner Tasse.

»Nettes Kaffeekränzchen. Darf man mitmachen?« Peppi gesellte sich zu ihnen und sah missbilligend in die Runde. »Warum ruft ihr die Kern nicht an und fragt, ob sie noch Kuchen für euch hat.«

Ein Anruf! Der Gedanke stieß in Branders Kopf wie ein Stromschlag. Er verschluckte sich und spuckte den Kaffee in die Spüle. Es war, als würden sich die Puzzleteile in seinem Kopf verselbständigen und zueinander finden. Paula Kern. Jonas Breuer. Ein Anruf. Wenn sein Geistesblitz ihn nicht völlig geblendet hatte, lag die Lösung vor ihm. Noch sah er das Bild nicht klar, er brauchte seine Zeichnung.

»Verflucht! Ich hab gewusst, dass wir etwas übersehen haben!«, hustete er und wischte sich mit dem Handrücken über den Mund. Peppi reichte ihm ein Zewa.

»Das gibt's doch nicht«, schimpfte Brander weiter, während er noch immer mit dem Kaffee in seiner Luftröhre kämpfte. »Den Breuer«, brachte er krächzend hervor. »Holt mir den Breuer her!«

Die Kollegen warfen sich einen fragenden Blick zu.

»Lässt du uns an deiner wundersamen Eingebung teilhaben?«, fragte Peppi.

Brander schüttelte hustend den Kopf. Der Kaffee kratzte in seinem Hals und trieb ihm die Tränen in die Augen. Er brauchte seine Skizze. Mit einer Handbewegung schickte er Hendrik los, den Landwirt zu holen.

»Bring ihn in mein Büro«, rief Brander ihm heiser hinterher. Er stapfte eilig in sein Büro, die Gedanken in seinem Kopf überschlugen sich. Er setzte sich an seinen Schreibtisch, suchte seine Zeichnung, bis ihm einfiel, dass er sie zu Hause auf dem Küchentisch liegen hatte. In Windeseile rekonstruierte er seine Skizzen auf einem leeren Blatt, eigentlich waren es nur Kringel, die er mit Namenskürzel versah. Das musste dieses Mal reichen.

»Picasso in seiner konfusen Phase. Was soll das werden, wenn's fertig ist?« Peppi war ihm gefolgt und sah über seine Schulter auf das Blatt.

»Stör mich nicht.«

Er begann, die Kringel mit farbigen Stiften zu verbinden, und strich einen Namen nach dem anderen durch, bis nur noch zwei Namen übrig blieben.

»Kannst du mich mal bitte aufklären? Was tust du da?«

»Schscht«, zischte Brander. Er schloss die Augen, versuchte ruhiger zu werden.

Er hatte nur eine Frage. Es war zu simpel.

»Was wollen Sie noch von mir?«, fragte Jonas Breuer, nachdem Hendrik ihn in Branders Büro gebracht hatte. Er saß zusammengesunken auf Branders Besucherstuhl, die Schultern hingen nach vorn, der Rücken war gebeugt, als trage er eine schwere Last.

Brander fixierte den Mann vor sich, konzentrierte sich voll und ganz auf diese eine Frage und die Antwort, die er bereits ahnte.

»Herr Breuer, wann hat Paula Kern sie angerufen und Ihnen gesagt, dass Friedmar Haydak tot ist?«

Breuer überlegte kurz. »Das muss Freitag vor zehn Tagen gewesen sein.«

Brander schlug mit der Faust auf den Tisch, sodass Breuer und Peppi erschreckt zusammenzuckten. »Entschuldigen Sie.« Brander räusperte sich. »Sind Sie sich ganz sicher?«

»Ja. Es war noch sehr früh. Ich kam gerade aus dem Stall und hatte die Schweine versorgt.«

Brander nickte langsam. »Was hat Frau Kern Ihnen gesagt?«

»Sie sagte: Friedmar Haydak ist tot. Ich dachte mir, dass Sie das interessiert. Es war so absurd, so … so unwirklich. Ich glaube, sie sagte nicht einmal ihren Namen, aber ich habe ihre Stimme erkannt. Im ersten Augenblick war ich erleichtert, als ich es hörte. Aber dann war ich auch irgendwie wütend. Ich wollte, dass er für das bestraft wird, was er meiner Schwester angetan hatte. Und dann starb er einfach. Ich wusste ja nicht … Und dann kam ich auf diese dumme Idee mit der Anzeige, weil ich doch irgendetwas noch für Mecki tun wollte.«

»Dafür können wir Sie nicht belangen«, erklärte Brander. »Woher hatte Frau Kern Ihre Telefonnummer?«

»Sie hatte mich darum gebeten, als ich bei ihr war. Sie sagte, sie würde mich anrufen, wenn sie wüsste, wo ich Weinberger finden könnte. Sie war sehr nett.«

Brander rieb sich mit den Händen über die Schläfen und überdachte noch einmal alles, was Breuer ihnen gesagt hatte. Schließlich wandte er sich wieder dem Mann zu, der auf der anderen Seite seines Schreibtisches saß. »Sie können gehen, Herr Breuer.«

Peppi riss überrascht den Mund auf. Als sie Branders entschlossenen Blick sah, schluckte sie ihren Protest herunter und schüttelte stumm den Kopf.

»Warum lässt du ihn gehen?«, fragte sie endlich, nachdem Brander Breuer wieder an Hendrik übergeben hatte.

»Weil er es nicht war«, sagte Brander. »Wir fahren zu Paula Kern.« Er nahm das Telefon und wählte die Nummer des Staatsanwalts.

☆

Es war später Nachmittag, als Brander sich mit Peppi und Hendrik durch den beginnenden Feierabendverkehr auf den Weg nach Reutlingen machte. Tropper folgte mit den Kollegen im Spezialwagen der Kriminaltechniker.

»Wie bist du darauf gekommen, dass Paula Kern Breuer angerufen hat?«, fragte Peppi.

»Wenn Breuer tatsächlich unschuldig war, musste ihn jemand über Haydaks Ermordung informiert haben. Wie sonst hätte er davon erfahren sollen? Er lebt in der Nähe von Würzburg, da liest er vielleicht die Regionalpresse, aber vermutlich nicht das Schwäbische Tagblatt. Außerdem hatten wir in der Pressemitteilung lediglich von einem toten Juristen berichtet. Wie hätte er wissen sollen, dass das ausgerechnet Friedmar Haydak war? Die Todesanzeigen kamen erst einige Tage später in der Zeitung – zeitgleich mit Breuers Inserat. Er muss also schon früher gewusst haben, dass Haydak tot war.«

»Ja, weil er ihn umgebracht hat.«

»Hat er nicht«, beharrte Brander.

»Und warum soll ausgerechnet die Kern es gewesen sein?«

»Wer wusste von Jonas Breuer?«, stellte Brander eine Gegenfrage.

»Haydak, seine Haushälterin, die Schlee, Benno und Emily Stängle«, begann Hendrik auf dem Rücksitz eine Aufzählung.

»Haydak ist tot, der wird ihn sicherlich nicht aus dem Jenseits angerufen haben. Seine Frau kannte Jonas Breuer nicht. Die Haushälterin sagte aus, dass sie nicht wusste, was Breuer von Haydak wollte, und sie kam erst vor zwölf Jahren zu Haydaks, konnte also den Zusammenhang zu der Geschichte von damals nicht kennen. Ich bezweifle auch, dass sie von der Vergewaltigung wusste. Ebenso Juliane Schlee. Emily Stängle wusste ebenfalls nicht, warum Breuer nach ihrem Mann gesucht hat.« Brander holte Luft, um weitersprechen zu können. »Es gab nur sechs Personen, die in Frage kommen. Drei davon sind tot: Mecki Breuer, Friedmar Haydak und Edgar Weinberger. Breuer beteuert, dass er Weinberger nicht gefunden hat. Wer bleibt dann noch?«

»Benno Stängle und Paula Kern«, antwortete Peppi.

»Wenn Benno Stängle Haydak und Weinberger umgebracht hätte, hätte er damit rechnen müssen, dass die Geschichte von damals wieder hochkommen würde – was sie ja auch ist. Ich glaube, der hätte eher Jonas Breuer hinterrücks erstochen, um die Vergewaltigung zu vertuschen. Und – das ist das Wichtigste – er hätte nie im Leben Breuer angerufen!«

»Da ist was dran.«

»Bleibt also nur noch Paula Kern. Sie wusste, was damals passiert ist. Aber sie trennt sich nicht von Haydak. Auch nicht, als er eine andere Frau heiratet. Fast zwanzig Jahre ist sie seine Geliebte oder was auch immer, wird von ihm benutzt, und er zwingt sie sogar, über die Vergewaltigung zu schweigen … Eine gesunde Beziehung kann das nicht gewesen sein. Und dann steht Jonas Breuer vor ihrer Tür, und sie erfährt, dass Mecki Breuer sich das Leben nahm, weil ihr Geliebter die Frau vergewaltigt hat. Sie wusste es all die Jahre. Vielleicht fühlt sie sich mitschuldig? Uns erzählt sie aber nur, dass Breuer bei ihr war. Dass sie von Mecki Breuers Selbstmord weiß, verschweigt sie uns wohlweislich!«

»Respekt, Kollege.« Peppi klopfte Brander auf die Schulter. »Da hoffen wir mal, dass wir nicht noch etwas übersehen haben.«

»Ja«, sagte Brander.

Paula Kern hatte sich wieder frei genommen. Ihrem Chef hatte sie gesagt, dass sie zur Beerdigung ihres Freundes gehen wolle. Sie schien kaum überrascht, als Brander mit seinen Kollegen vor ihrer Tür stand. Sie trug ein enges schwarzes Kostüm, die Haare waren sorgfältig frisiert, das Make-up beschränkte sich auf ein Minimum. Brander überlegte, ob er sie am Morgen auf dem Friedhof vielleicht doch übersehen hatte.

»Sie kommen gerade zur rechten Zeit. Der Kaffee ist gleich fertig.« Sie ging voraus in die Küche und begann den Tisch zu decken, als wären sie zum Leichenschmaus gekommen. Eine Kerze brannte in der Mitte des Tisches, davor stand ein Bilderrahmen mit einem Foto von Friedmar Haydak.

»Sie waren nicht bei der Beerdigung«, stellte Brander fest.

Paula Kern hielt in der Bewegung inne und sah ihn an. »Das wäre etwas geschmacklos gewesen, wenn die Geliebte des Toten neben der Witwe am Grab steht, finden Sie nicht?« Sie stellte die Teller auf den Tisch. »Ich werde heute Abend zu seinem Grab gehen.«

»Das glaube ich nicht«, sagte Brander und versuchte einzuschätzen, in welcher Stimmung sich die Frau befand. Sie wirkte wieder so abgeklärt, wie bei ihrer ersten Begegnung, aber Brander spürte die Anspannung unter ihrer kühlen Maskerade. »Frau Kern, ich muss Sie bitten, mit uns zu kommen.«

»Aber warum?« Sie sah ihn verständnislos an.

»Sie stehen unter dem Verdacht, Friedmar Haydak und Edgar Weinberger ermordet zu haben. Sie haben das Recht auf einen Anwalt …«

»Hören Sie auf!«, schrie Paula Kern unerwartet los.

Er hatte die Mauer durchbrochen. Sie schnappte sich einen Teller vom Tisch und schleuderte ihn voller Wucht zwischen sich und dem Kommissar auf den Boden. Brander wich einen Schritt zurück. Der Teller zersplitterte auf dem Linoleum.

»Frau Kern …«

»Hören Sie auf! Hören Sie auf!« Sie griff erneut nach einem Teller. Brander packte ihr Handgelenk und drückte ihre Hand auf den Tisch. »Jetzt hören Sie erst einmal auf!«

Sie schlug mit der freien Hand nach ihm. Brander parierte, verdrehte ihr den Arm auf den Rücken. Sie stieß gegen den Tisch. Das Foto und die Kerze fielen um. Wachs ergoss sich über das Bild. Haydaks Freundin schrie auf. Brander brach der Schweiß aus. Mit dieser Reaktion hatte er nicht gerechnet. Da war nichts mehr von der kühlen, beherrschten Paula Kern. Peppi warf schnell einen feuchten Lappen über die Kerze und erstickte die Flamme, während er der Frau Handschließen anlegte und sie auf einen Stuhl drückte.

»Beruhigen Sie sich!«

»Friedmar, mein Friedmar.« Sie starrte ängstlich auf das Foto.

Brander schob mit dem Fuß die Scherben zur Seite und setzte sich auf den Stuhl neben der Frau. Er legte sein Diktiergerät auf den Tisch.

Sie sah zu ihm. »Benno ist verschwunden, wussten Sie das?«

»Ja, das wussten wir. Warum haben Sie Ihren Freund Friedmar Haydak und Edgar Weinberger getötet?«

»Mein Freund Friedmar.« Sie lächelte. »Mein Freund Friedmar. Ich habe ihn so geliebt.« Sie begann leise zu weinen. »Aber ich konnte nicht mehr zusehen. Verstehen Sie das? Ich konnte einfach nicht mehr zusehen.«

»Wobei konnten Sie nicht mehr zusehen?«

»Alles wiederholt sich. Die alten Geschichten lassen einen niemals mehr los. Und die Scham, die Scham ist schlimmer, als alles andere. Sie ist in dir drin, einbetoniert, wie Zement legt sie sich über alles andere. Erstickt alles. Alles. Die Scham vergeht niemals.« Sie sah zu Brander, Tränen liefen über ihre Wangen, aber ihr Blick war wieder klarer. »Habe ich das Recht auf einen Anwalt?«

Brander nickte.

»Verständigen Sie bitte Mario Klinger. Er ist der einzige Anwalt, den ich kenne.«

☼

»Wir haben die Treppen-Sackkarre, mit der Haydak vermutlich aus der Höhle zum Parkplatz transportiert wurde, in ihrem Keller gefunden«, berichtete Tropper abends in der Soko-Sitzung. »Kleidung und Schuhe wurden sichergestellt. In ihrem Schlafzimmer haben wir zudem fünf Päckchen Schlafmittel gefunden.«

»Laut Aussage ihres Chefs litt sie anscheinend schon seit Jahren an schweren Schlafstörungen«, wusste Jens.

»War sie deswegen in Behandlung?«, fragte Brander.

»Nein.«

»Was ist mit dem Wagen?«

»Das ist der Knackpunkt. Sie hat zwar mit zwanzig den Führerschein gemacht, aber sie hat nie ein Auto besessen.«

»Autos kôsch mieda«, warf Magnus Neidhart ein.

Brander nickte. »Eine Autovermietung. Das wäre auch eine Erklärung für das Münchener Kennzeichen. Jens, Cory, überprüft bitte die Autovermietungen. Was ist mit dem DNA-Abgleich?«

»Müssten wir in den nächsten achtundvierzig Stunden bekommen«, hoffte Tropper.

Es klopfte, und Staatsanwalt Lehmann kam herein. Trotz Anzug und akkuratem Krawattenknoten konnte er seine Erschütterung über diesen Fall nicht verbergen. »Ich habe gerade mit Rechtsanwalt Mario Klinger gesprochen. Seine Klientin möchte eine Aussage machen.«

Brander stand seufzend auf. Er hatte gehofft, dass er die Vernehmung erst am nächsten Tag durchführen musste. Er war müde und wollte die Ereignisse des Tages erst einmal verarbeiten. Aber das musste warten. Wenn die Frau jetzt zu einer Aussage bereit war, durften sie die Chance nicht verstreichen lassen.

Paula Kern saß aufrecht am Tisch im Vernehmungszimmer. Sie wirkte angespannt, aber gefasst und sah Brander aufmerksam entgegen, als er den Raum betrat.

»Wie geht es Ihnen, Frau Kern?«, begrüßte er sie. Es tat ihm leid, dass er sie in ihrer Wohnung so grob behandelt hatte.

»Ich werde nicht mehr mit Tellern schmeißen«, erwiderte sie mit einem Lächeln, bei dem sich nur ihre Lippen bewegten.

Brander setzte sich. »Womit möchten Sie beginnen?«, überließ er ihr die Gesprächsführung.

»Von Anfang an. Ich möchte, dass Sie verstehen, warum ich es tun musste.« Sie legte die gefalteten Hände auf den Tisch. »Ich studierte damals Medizin, wie Sie ja wissen. Im dritten Semester habe ich Mecki kennengelernt. Ich hatte sie vorher kaum beachtet. Sie war so bäuerlich und strebsam. Sie war besser als ich, darauf war ich ein wenig neidisch. Ich tröstete mich damit, dass ich besser aussah. Aber sie war so eine Frohnatur, dass alle sie mochten. Sie bot mir ihre Hilfe an, als sie merkte, dass ich in einigen Fächern Schwierigkeiten hatte, und wir trafen uns einige Male bei mir zum Lernen. Ich war damals mit Friedmar zusammen. Ich hatte ihn gleich im ersten Semester kennengelernt. Er und seine Freunde waren öfter bei mir zu Besuch. Dabei hat Mecki Benno getroffen. Wir waren ein paar Mal gemeinsam aus: Friedmar, Eddi, Benno, Mecki und ich. Friedmar mochte Mecki nicht, aber das habe ich Ihnen ja schon erzählt. Die Schweinemagd.

Dann passierte die Sache mit Benno, dass sie ihn nicht rangelassen hat. Benno war so wütend. Ich glaube nicht, dass Mecki Bennos große Liebe war. Er war einfach nur in seiner Eitelkeit gekränkt. Benno ist ein fürchterlich unsicherer Mensch, und wenn er sich gekränkt fühlt, reagiert er wie ein trotziges Kind. Alle anderen waren schuld, nur er nicht. Die Drei machten wüste Pläne, wie Benno sich an Mecki rächen könnte. Ich habe das alles nicht ernst genommen. Aufgeblasenes Männergerede.

Einige Wochen später sagte Friedmar plötzlich zu mir, er wolle Benno und Mecki wieder zusammenbringen, und fragte mich, ob ich mich nicht abends mal mit Mecki verabreden könnte. Ich hab mir nichts dabei gedacht. Ich fand es sogar sehr nett von Friedmar. Also ging ich mit Mecki aus. Friedmar und seine Kumpels kamen wie zufällig hinzu. Später am Abend schlug Friedmar vor, in eine andere Disco zu fahren. Mecki wollte erst nicht, aber wir überredeten sie, und sie stieg mit ins Auto. Wir fuhren ein ganzes Stück über die Alb, ich habe nicht darauf geachtet, wohin wir fuhren, weil Friedmar die ganze Zeit an mir rumgefummelt hat. Mecki war das sehr unangenehm, und das hat mir irgendwie sogar gefallen. Ich fühlte mich so erwachsen und weltgewandt vor dieser Landpomeranze.

Irgendwann hielten wir an und liefen ein Stück zu Fuß weiter. Und dann war da dieser Stall. Es ging alles so schnell. Friedmar sagte: Komm wir schauen uns die Schweine an. Und dann lachte er böse. Ich wusste, dass etwas nicht stimmte, aber ich konnte nichts tun. Sie packten Mecki und zogen sie in den Stall. Ich wollte hinterher, aber Friedmar stieß mich an der Tür zurück. Pass auf, dass keiner kommt, Süße ... Pass auf, dass keiner kommt. Ich habe es nicht verstanden.« Sie sah Brander fragend an. Hätte er es verstanden?

»Ich habe Mecki schreien gehört. Lasst mich los! Lasst mich los! Friedmar schrie Benno an: Zeig der Schlampe, wer der Boss ist. Benno wollte erst nicht, aber Friedmar hat ihn so lange provoziert, bis er es getan hat. Friedmar und Eddi haben sie festgehalten, und dann hat Benno ... Sie hat so geschrien.« Paula Kern presste sich die Hände auf die Ohren. »Und Friedmar und Eddi haben ihn angefeuert: Gib's ihr! Gib's der Schweinemagd! Sie waren so laut! Alles war laut. Sie haben sich gegenseitig hoch geschaukelt. Und dann hörte ich Friedmar: Jetzt zeig ich euch mal, was ein richtiger Mann ist. Er hat sie geschlagen. Ich hab gehört, wie er sie geschlagen hat und wie er … Oh Gott, und ich … ich hab ihr nicht geholfen. Es war so schrecklich. Ich musste ihr doch helfen. Ich habe so gezittert, als ich die Stalltür geöffnet habe. Die Schweine schrien. Mecki schrie. Die Männer schrien. Alles war so laut. Ich sah, wie Eddi hinter Mecki stand. Er hielt ihre Hüfte. Sie lag mit dem Gesicht im Dreck. Friedmar bemerkte mich als Erster. Bitte, hört auf, habe ich ihn angefleht. Bitte, hört auf! Er schlug mir ins Gesicht. Meine Lippe blutete. Er stieß mich aus der Scheune. Ich wollte weglaufen, aber er hielt mich fest. Ich wehrte mich, versuchte, mich zu befreien. Er schlug mich wieder, und dann küsste er mich. Küsste mich und hielt mich fest. Er hielt mich fest. Er war so stark.« Sie ließ kraftlos die Arme auf den Tisch fallen, sank in sich zusammen. »Irgendwann schrie Mecki nicht mehr.«

Klinger, der blass neben seiner Klientin saß, reichte ihr ein Taschentuch. Es fiel ihm schwer, sein Entsetzen über diese Enthüllungen zu verbergen. Es dauerte einige Minuten, bis sie weitersprach.

»Wir haben sie dort zurückgelassen. Ich weiß nicht, wie sie nach Hause gekommen ist. Ich weiß auch nicht mehr, wie ich nach Hause kam. Friedmar blieb bei mir. Ich wollte mich von ihm trennen. Aber er ließ es nicht zu. Ich habe versucht, mit Eddi zu reden. Er war der Schwächste in der Gruppe. Aber er wollte nicht reden, obwohl er wusste, dass er etwas Furchtbares getan hatte. Er hatte schon vorher immer zu viel getrunken, aber danach wurde es noch schlimmer. Eines Abends erzählte er Friedmar, dass ich ihn anzeigen wollte. Einfach so. Er war betrunken. Wir saßen in Friedmars Wohnzimmer. Ich bekam fürchterliche

Angst. Friedmar zerrte mich vom Sofa, schlug mich vor seinen Freunden. Sie sahen einfach nur zu. Keiner half mir. Und dann nahm er mich wieder in die Arme, küsste mich. Du wirst mich nicht anzeigen, sagte er. Ich nickte. Er gab mir eine Ohrfeige. Ich sollte es laut sagen. Und ich sagte: Ich werde dich nicht anzeigen. Und er nahm mich in die Arme, küsste mich wieder und hielt mich fest.

Ich wusste, dass es nicht richtig war, aber als er mich in den Arm nahm ... ich brauche ihn. Ich konnte ohne ihn nicht leben. Ich habe es ja versucht. Ich bewarb mich bei einer Mission in Afrika. Aber es half mir nicht. Ich habe mich so sehr nach ihm gesehnt, nach seiner Stärke, nach seiner Liebe. Ich wollte, dass er mich liebt.« Sie suchte Verständnis in den Augen der Kommissare. »Und dann hat er diese andere Frau geheiratet. Ich wollte Friedmar nie wieder sehen, aber er kam immer wieder. Ich habe versucht, mich gegen ihn zu wehren, aber es ging nicht. Er kam und nahm sich, was er brauchte. Und ich wartete auf ihn. Es war wie ein Spiel zwischen uns. Er kam, ich schickte ihn weg, er schlug mich, und ich gab mich ihm hin. Ich brauchte seine Stärke. Verstehen Sie das?«

Brander schüttelte den Kopf. »Ehrlich gesagt, nein.«

Sie senkte enttäuscht den Blick. »Ich verdrängte, was er getan hatte. Ich verdrängte, was ich von ihm wusste. Nachdem Tabea das Kind abgetrieben hatte, kam er noch öfter zu mir. Er war so wütend auf sie. Ich hoffte, dass er sich irgendwann scheiden lassen würde und ganz zu mir käme. Aber das tat er nicht. Stattdessen fand er Gefallen daran, seine Frau zu verprügeln. Es machte ihn an, wenn sie weinte und Schmerzen hatte. Manchmal erzählte er mir davon. Ich sagte mir, sie hätte es verdient. Sie hatte schließlich ohne sein Wissen sein Kind abgetrieben.«

»Keine Frau hat das verdient«, sagte Peppi heiser.

»Ich weiß«, entgegnete Paula Kern.

Brander reckte sich. In seinem Kopf herrschte ein seltsames Chaos. Er versuchte, diese Frau zu verstehen, aber er verstand sie nicht. Er brauchte eine Pause, musste sich bewegen.

»Wir unterbrechen ein paar Minuten«, sagte er. Er stand auf und stieß Peppi an, damit sie ihm folgte.

»Geht es noch?«, fragte er seine Kollegin, als sie den Flur entlanggingen.

Peppi zuckte die Achseln. »Es ist fürchterlich, oder? Sie erzählt, als wäre ein Damm gebrochen. Ob sie sich selbst versteht?«

»Ich weiß es nicht.« Brander räusperte sich. »Ich muss mal an die frische Luft.«

Peppi begleitete ihn vor die Tür. Schweigend standen sie in der Dämmerung vor dem Polizeigebäude, als Branders Handy sich meldete.

Karsten.

»Du hast mich schon wieder versetzt.«

»Oh, verdammt!«, fluchte Brander zerknirscht. »Es tut mir leid. Es ist … Wo bist 'n du?«

»Zu Hause. Ich war dieses Mal so schlau, bei dir zu Hause anzurufen, bevor ich mich auf den beschwerlichen Weg nach Entringen mache. Und du? Noch bei der Arbeit?«

»Ja«, seufzte Brander, und dann noch einmal: »Ja.«

»Alles in Ordnung?«

»Hm.« Alles in Ordnung? Sie hatten den Fall gelöst. Ja, alles in Ordnung. Ab morgen wieder Dienst nach Vorschrift. Nein, nichts war in Ordnung. Was war das für eine Welt um ihn herum? Er hatte das Gefühl, ein Zaungast zu sein, in Abgründe zu sehen, die in seine eigene kleine Welt nicht hineinpassten.

»Andi?«, hörte er Beckmanns besorgte Stimme.

»Ich muss wieder an die Arbeit.«

»Wo waren wir stehengeblieben?«, überlegte Brander laut und setzte sich wieder an den Vernehmungstisch.

»Haydak hat Frau Kern erzählt, dass er seine Frau misshandelt«, antwortete Peppi.

»Ja«, bestätigte Paula Kern. »Vor ungefähr einem Jahr kam Margot Hilbers zu mir. Die Haushälterin. Kennen Sie sie?«

»Ja«, sagte Brander. Hatte Margot Hilbers nicht behauptet, den Namen von Haydaks Freundin nicht zu kennen?

»Sie bat mich um Hilfe. Tabea würde sich weigern, Friedmar anzuzeigen oder ihn wenigstens zu verlassen. Sie hatte solche Angst, ihren Sohn zu verlieren. Und Margot hatte Angst, dass er Tabea eines Tages totschlagen würde. Ich sagte ihr, ich könnte ihr nicht helfen. Aber ich versuchte trotzdem mit Friedmar zu reden und bekam die schlimmsten Prügel, die ich jemals in meinem Leben bezogen hatte. Misch dich nicht in mein Leben ein, sagte er. Ich sprach ihn nie wieder auf Tabea an. Aber ich traf mich einige Male mit Margot. Ich mag sie. Sie ist ein anständiger Mensch. Sie machte mir auch keine Vorwürfe wegen meiner Beziehung zu Friedmar. Ihre einzige Sorge gilt Tabea. Und dann stand Jonas Breuer eines Tages vor meiner Tür.«

Ihr Blick schweifte ab und es dauerte wieder einige Minuten, bevor sie fortfuhr: »Als er mir erzählte, dass Mecki sich umgebracht hatte, kam alles wieder hoch. Alles, was ich mühsam verdrängt hatte, war wieder da. Ich hörte, ich sah, ich roch, ich schmeckte alles wieder, was damals passiert war. Und da wusste ich, dass ich etwas tun musste. Dass ich nicht weiter tatenlos zusehen konnte. Ich musste mich wehren … musste dem Ganzen ein Ende setzen, und ich begann, einen Plan zu schmieden.« Sie schluckte, sah auf ihr leeres Glas. »Könnte ich bitte noch etwas zu trinken bekommen?«

Peppi stand auf und holte ihr ein Glas Wasser.

»Samstag vor vierzehn Tagen kam Friedmar zu mir.«

Sie sah entschuldigend zu Brander. »Sie wussten ja, dass er mich angerufen hatte, aber ich konnte Ihnen doch nicht sagen, dass er auch bei mir war. Ich brauchte noch Zeit. In derselben Nacht rief Margot mich an. Sie war außer sich. Friedmar hatte Tabea bis zur Ohnmacht geprügelt. Margot hatte ihr helfen wollen, und da muss er versucht haben, sie zu vergewaltigen. Irgendwie konnte sie ihm entkommen. Ich bring ihn um, sagte sie immer wieder. Ich bring ihn um. Ich konnte sie beruhigen. Aber ich wusste, dass ich nicht länger warten durfte. Friedmar und ich verbrachten die Nacht miteinander. Unsere letzte gemeinsame Nacht.« Sie schwieg einen Moment bei der Erinnerung.

»Am nächsten Tag überredete ich ihn nachmittags zu einem kleinen Spaziergang. Wir fuhren nach Hohenwittlingen und gingen zur Schillerhöhle. Es war schon ziemlich spät, als wir bei der Höhle ankamen. Ich hatte eine Decke und Tee und Kuchen mitgenommen, und wir picknickten vor der Höhle. Es war nicht viel los an jenem Sonntag. Der Himmel war bedeckt, und es sah nach Regen aus. Mir war das ganz recht, dadurch waren nicht so viele Leute unterwegs. Ich hatte Schlafmittel in den Tee gemischt, und Friedmar wurde schnell müde. Dann lockte ich ihn in die Höhle. Das war nichts Ungewöhnliches. Wir hatten es schon öfter in einer Höhle getan. Ich kenne mich ziemlich gut aus auf der Schwäbischen Alb und weiß, wo man sich gut verstecken kann. Ich nahm die Decke mit und sagte Friedmar, er solle es sich schon einmal gemütlich machen. Ich erzählte ihm, ich hätte noch etwas vergessen. Er wollte sich nicht hinlegen. Normalerweise taten wir es im Stehen, weil es so kalt in den Höhlen ist.«

Sie lächelte abwesend. »Die Schillerhöhle wird im Winter immer verschlossen, darum gibt es dort eine Gittertür. Ich hatte das alte Vorhängeschloss an der Tür bereits einige Tage zuvor aufgebrochen und gegen ein neues ausgetauscht. Als hätte ich geahnt, dass der Tag nicht mehr fern war. Es war nicht schwer gewesen, das alte Schloss zu knacken. Ich verriegelte die Höhle und ging wieder zu ihm. Er stand vor der Decke und wartete auf mich. Ich nahm eine zweite Thermoskanne aus meinem Rucksack und füllte den Becher mit dem Tee. Er trank ganz arglos. Wir legten uns auf die Decke. Er begann, an meiner Kleidung zu nesteln, wollte mich ausziehen. Ich fragte ihn, ob er sich noch an Mecki erinnern könnte. Die Schweinemagd, sagte er und lachte. Soll ich es dir auch mal so besorgen wie ihr?« Paula Kern schluckte hart. »Da wusste ich, dass ich nicht mehr zurück konnte. Ich spürte die Kälte nicht mehr. Ich spürte gar nichts mehr, als er das zu mir sagte. Vielleicht war ich wütend. Vielleicht hasste ich ihn in diesem Moment. Aber eigentlich war da nur so eine seltsame Leere. Eine ganz stille Leere, bei der man nichts mehr fühlt, nichts mehr hört, nichts mehr riecht. Alles ist ganz still. Und alles ist auf einmal ganz klar. Ich schob seine Hände von mir, streichelte ihn, damit er sich entspannte und einschlief. Die Dosis, die ich ihm mit dem Tee verabreicht hatte, war immens hoch, aber nicht tödlich. So leicht stirbt es sich nicht mit Schlafmitteln.«

»Warum haben Sie nichts anderes genommen? Sie sind Arzthelferin ...«, fragte Peppi.

»Wenn ich etwas Verschreibungspflichtiges genommen hätte, wären Sie mir doch gleich auf die Schliche gekommen. Nein, das ging nicht. Ich wollte sichergehen, dass ich noch Zeit genug hatte, auch Eddi und Benno zu bestrafen. Sie hatten Meckis Leben zerstört, alle drei, und genauso hatten sie mein Leben zerstört. Friedmar mit seiner Gewalt, Eddi mit seiner Feigheit und Benno mit seiner Falschheit. Ich würde sie alle bestrafen für das, was sie uns angetan hatten. Und jeder sollte es sehen. Jeder.« Sie atmete tief durch. »Friedmar zitterte vor Kälte. Seine Lippen wurden ganz blau. Ich blieb eine ganze Weile bei ihm, um sicherzugehen, dass er schlief. Tief und fest schlief. Einmal wachte er zwischendurch auf, er kam nicht richtig zu Bewusstsein, aber er öffnete die Augen. Ich gab ihm noch mehr von dem Tee.«

»Aber Sie müssen doch auch gefroren haben in der Höhle?« Brander fror schon von der Vorstellung, stundenlang in einer Höhle eingesperrt zu sein.

»Ja, aber ich konnte mich bewegen. Er hingegen lag auf den kalten Steinen und war betäubt von dem Schlafmittel. Ungehindert konnte die Kälte in ihn eindringen. Bis zu seinem eisigen Herzen.«

»Wie ging es dann weiter?«

»Ich ging und ließ ihn dort zurück. Es war fast dunkel. Ich ging zu seinem Wagen und rief Tabea an. Es war das erste Mal, dass ich sie anrief. Ich sagte: Es ist vorbei. Mehr nicht, nur: Es ist vorbei.«

»Haben Sie Frau Haydak mit Ihrem Telefon angerufen?«, fragte Brander. Er erinnerte sich an den Einzelverbindungsnachweis und den Anruf, den Tabea Haydak am Sonntagabend vom Apparat ihres Mannes bekommen hatte.

»Mit Friedmars Handy. Das hatte ich ihm natürlich nicht dagelassen. Haben Sie seine Anrufe überprüft?«

»Ja, das haben wir. Der Anruf bei Frau Schwiech am Sonntagmorgen?«

Sie lächelte. »Ja, das war auch ich. Aber da war nur der Anrufbeantworter. Ich habe natürlich nicht darauf gesprochen.«

»Warum haben Sie Frau Schwiech angerufen?«

»Ich wollte von mir ablenken. Wenn er die dumme Gans anrief, würde doch niemand vermuten, dass Friedmar bei mir war. Er hat Fotos von ihr gemacht. Wissen Sie das? Sehr ordinäre Fotos. Und damit hat er sie erpresst, sie zu seinen kleinen Sexspielchen gezwungen.«

Der Umschlag, den die Schwiech so ängstlich an sich gepresst hatte, als er ihr in der Kanzlei begegnet war.

Klinger sah betreten zu Boden. »Ich habe es nicht gewusst. Erst als ich die Unterlagen aus seinem Büro holte …«

Paula Kern sollte sich einen anderen Anwalt suchen, dachte Brander. Wie sollte Klinger die Frau verteidigen, die seinen Mentor umgebracht hatte und dessen unfehlbares Bild jetzt vermutlich völlig zerstört war?

»Wie ging es weiter?«, lenkte Brander das Gespräch wieder zurück auf den Sonntagabend.

»Ich fuhr mit seinem Wagen zum Bahnhof von Bad Urach und von dort weiter mit der Bahn nach Hause. Ich rief meinen Chef an und bat um eine Woche Urlaub. Das war in Ordnung. Ich hatte viele Überstunden. Dann fuhr ich mit der Bahn zum Stuttgarter Flughafen und mietete ein Auto. Damit fuhr ich wieder zur Schillerhöhle. Friedmar schlief friedlich auf seiner Decke. Wahrscheinlich war er da schon halb erfroren. Ich klemmte seine Handgelenke in diese Holzbretter und legte die Kette um seinen Hals. Auch das hatte ich vorbereitet. Er liebte Fesselspiele. Allerdings, zu seinen Lebzeiten war er derjenige, der die anderen fesselte. Nun war er gefesselt.

Eigentlich wollte ich ihn so in der Höhle liegen lassen, bis ihn irgendjemand fand. Aber dann befürchtete ich, dass es vielleicht kleine Kinder sein könnten. Das wollte ich nicht. Ich schloss ihn also wieder ein und überlegte, was ich mit ihm tun sollte. Ich konnte ihn ja nicht aus der Höhle tragen. Ich telefonierte mit Margot und erzählte ihr alles. Sie war natürlich schockiert, aber sie bot mir ihre Hilfe an. Ein paar Nächte später brachten wir ihn dann zu dieser Grillstelle.«

Der Rest war bekannt.

»Und Edgar Weinberger?«, fragte Brander.

»Eddi. Er hat damals nur mitgemacht, weil er sich vor Friedmar und Benno keine Blöße geben wollte. Großspurig getan hat er, wie es der kleinen Schweinemagd gegeben hätte. Ein ganz toller Kerl war er. Und dann, als Friedmar und Benno weg waren, kam er zu mir und hat geheult. Ich hab ihm gesagt, er solle sich selbst anzeigen. Aber ihm fehlte der Mut, zu seiner Tat zu stehen. Und er hätte dann ja auch gegen seine beiden Freunde aussagen müssen. Nein, lieber schweigen und dem Suff verfallen. Er war ein so elender Hund. Ersticken sollte er an seiner Schuld!« Ihre Augen funkelten zornig. »Als Eddi gelesen hatte, das Friedmar tot war, kam er wieder zu mir. Ich wusste, dass er kommen würde. Ich habe auf ihn gewartet. Ich sagte ihm, dass ich ihm zeigen würde, wo man Friedmar gefunden hatte. Ich hatte wieder ein Auto gemietet und fuhr direkt mit ihm zu dem Parkplatz. Es war spät, eine kühle Nacht. Ich hatte ihm Kuchen mitgebracht, und während er den Kuchen aß, füllte ich das Schlafmittel in seinen Schnaps. Wir saßen eine Weile zusammen. Ich erzählte ihm, was für ein Schwein Friedmar gewesen war und dass er keinen Deut besser war. Eddi heulte und trank. Er schlief schnell ein. Ich stülpte ihm die Plastikmaske über den Kopf, presste sie fest auf sein Gesicht. Es ging sehr schnell. Er zappelte kaum. Dieser versoffene, feige Wicht! Dann zog ich ihn an die Stelle, wo Friedmar gelegen hatte.« Sie ließ erschöpft den Kopf auf die Brust sinken.

»Was hatten Sie mit Benno Stängle vor?«

»Ich hätte ihn gern verbrannt.«

»Es ist nicht leicht, einen Menschen zu verbrennen.«

»Ich weiß, aber ich habe mich informiert. Ich sagte doch, ich hatte alles ganz genau geplant.« Sie hob wieder den Kopf und sah Brander in die Augen. »Sind wir fertig?«

»Ich denke schon«, sagte Brander. Er hatte genug gehört.

Sie warteten schweigend, bis Paula Kern das Vernehmungsprotokoll gelesen und unterschrieben hatte, dann stand er auf und ging zur Tür.

Bevor er den Raum verließ, drehte er sich noch einmal

zu Paula Kern um. »Haben Sie die Rose an die Grillstelle gelegt?«

Sie nickte und lächelte verklärt.

»Ja. Ich habe Friedmar geliebt, auch wenn Sie das nicht verstehen können.«

Es war dunkel. Brander fuhr schnell, konzentrierte sich auf den Weg und auf die Bewegung seiner Beine. Die Muskeln in seinen Oberschenkeln brannten. Er trat noch schneller in die Pedale. Fahren, einfach nur fahren und nicht nachdenken.

Hatte er Cecilia jemals wehgetan? Nein, noch nie hatte er ihr etwas angetan. Noch nie hatte er sie geschlagen, und er würde sie auch nie so demütigen und beherrschen wollen. Was konnte einem Mann daran gefallen, den Menschen, den er liebt, leiden zu sehen? Liebe. Konnte man bei der Beziehung von Haydak zu Paula Kern von Liebe sprechen? Hatte Haydak seine Frau geliebt? Was war das für eine Liebe, die Paula Kern zu diesem Mann verspürte? Er verstand es nicht. Die Lungen brannten, und der Wind trieb ihm die Tränen in die Augen. Viel zu schnell kam er zu Hause an. Sein Trainingsanzug war völlig durchgeschwitzt. Er nahm sich nicht die Zeit zu duschen, sank auf den Boden im Flur, nahm das Telefon und wählte Cecilias Nummer.

EPILOG

Noch eine Nacht musste er ohne Cecilia auskommen, dann konnte Brander seine Frau endlich wieder in die Arme schließen. Drei Wochen – eine kleine Ewigkeit. Er hatte die Wohnung aufgeräumt, Staub gesaugt, den Kühlschrank aufgefüllt und sogar seine Hemden gewaschen und gebügelt. Frisch rasiert betrachtete er sich nach dem Duschen im Spiegel. Er hatte tatsächlich in den letzten Wochen vier Kilogramm abgenommen! Täglich war er mit dem Fahrrad zur Arbeit gefahren, zwei Mal pro Woche mit Beckmann joggen gegangen, und er hatte auf seine Ernährung geachtet. Seit der Whiskyverkostung mit Freddy und Karsten hatte er auch keinen Alkohol mehr angerührt. Er drehte sich zur Seite, betrachtete sein Profil im Badezimmerspiegel. Der Bauch war zwar nicht komplett verschwunden, aber etwas schlanker sah er schon aus. Nur die Geheimratsecken und die kahle Stelle am Hinterkopf würden wohl nicht mehr verschwinden. Egal. Er fühlte sich gut wie schon lange nicht mehr.

Es hatte gedauert, bis er Abstand zu dem bekommen hatte, was Paula Kern ihnen erzählt hatte. Vergessen würde er diesen Fall nie. Sie hatten Benno Stängle in die Mangel genommen, bis er schließlich die Vergewaltigung zugegeben hatte – nicht ohne dabei Friedmar Haydak die Schuld an allem zu zuweisen.

Paula Kern revidierte ihre Aussage ein paar Tage später in der Hinsicht, dass sie behauptete, alles allein getan zu haben – ohne die Hilfe von Margot Hilbers. Die Haushälterin hingegen räumte ihre Mittäterschaft bei der Beseitigung der Leiche aus der Schillerhöhle ein. Brander war froh, dass er nicht über die beiden Frauen urteilen musste.

»Warum machst du das? Wie viel davon hältst du noch

aus?«, hatte er sich mehr als einmal gefragt. Wie lange wollte, wie lange konnte er diese Arbeit noch machen, ohne daran zugrunde zu gehen? Doch er wusste, dass es für ihn keinen anderen Weg gab. Schon als Kind hatte er Kriminalkommissar werden wollen, und auch wenn viel von seinem Idealismus und seinen Hoffnungen mittlerweile auf der Strecke geblieben war, er würde nicht aufhören. Er war dankbar, dass er ein starkes Team hatte, allen voran Peppi und Tropper, mit denen er in den Tagen nach Paula Kerns Verhaftung immer wieder lange Gespräche geführt hatte.

Brander zog sich an und macht sich in der Küche zu schaffen, als Karsten Beckmann an der Tür klingelte.

»Und? Bist du schon aufgeregt?«, fragte er grinsend.

Brander zog eine Grimasse. »Warum sollte ich aufgeregt sein?«

»Ich hoffe, du hast Blumen gekauft?«

»Was denkst 'n du?« Brander deutete auf den Wohnzimmertisch, auf dem eine Vase mit einem Strauß roter Rosen stand.

Beckmann warf ihm eine Kusshand zu. »Perfekt!« Er reichte Brander seine Autoschlüssel. »Ich war mit der Kutsche extra heute noch in der Waschstraße.«

»Danke.«

Branders Peugeot stand noch immer fahruntüchtig in der Garage, und Beckmann hatte ihm angeboten, ihm seinen Wagen zu leihen, damit er Cecilia vom Flughafen abholen konnte.

»Wann kommt deine Kiste denn endlich auf den Schrott?«

»Gar nicht. Ich habe heute eine Anzeige ins Internet gestellt. Vielleicht findet sich noch ein Bastler, der ihn zum Ausschlachten haben will.«

Beckmann grinste. »Du bist ja ein Optimist.«

»Mein Auto kommt nicht in die Schrottpresse!«

»Nein, lieber lässt du ihm Herz und Gedärme herausreißen«, Beckmann griff sich theatralisch an die Brust. »Und dann wird er mit Altöl und Schmierfetten irgendwo in Polen am Straßenrand einsam und verlassen verrosten, statt dass du ihn in die Hände eines fürsorglichen Schrotthändlers gibst, der ihn ordnungsgemäß entsorgt.«

»Blödmann!« Brander ging in die Küche, schob ein Kräuterbaguette in den Backofen und warf zwei Steaks in die Pfanne.

»Hendrik lässt dich grüßen.« Brander stellte zwei Whiskygläser auf den Couchtisch. Nach dem Essen waren sie ins Wohnzimmer gegangen. Beckmann hatte die Schuhe ausgezogen und lag träge auf dem Sofa.

»Wie geht's ihm?«, fragte er mit geschlossenen Augen.

»Besser. Der Tipp deiner Nachbarin war gut. Der Homöopath scheint wirklich fähig zu sein. Louis ist viel ruhiger geworden.«

Bei einer Joggingrunde hatte Brander Beckmann von den Schwierigkeiten erzählt, die Hendrik und Anne mit ihrem Sohn hatten. Tags drauf hatte Beckmann Brander angerufen und ihm von seiner Nachbarin, die Mutter eines zweijährigen Jungen war, die Adresse eines Homöopathen gegeben.

»Das ist gut.« Beckmann streckte sich. »Sag mal, mein Freund, wie lange willst du eigentlich noch den guten Macallan vor mir verstecken?«

»Wieso verstecken?« Brander deutete auf die Flasche, die er gerade auf den Wohnzimmertisch gestellt hatte.

»Nicht den Fine Oak«, Beckmann schnalzte missbilligend mit der Zunge. »Der Achtzehnjährige, aus dem Sherryfass.«

»Der ist nur für besondere Anlässe.«

»Das ist ein besonderer Anlass. Ich habe deine Kochkünste überlebt.«

So eine Frechheit! Die Steaks waren genau richtig gewesen. Nicht blutig und auch nicht durchgebraten. Aber warum auch nicht? Whisky soll man nicht lagern, schon gar nicht, wenn man die Flasche bereits geöffnet hatte, erinnerte er sich an das Whiskyseminar vor vierzehn Tagen. Außerdem hatte sich seine Freundschaft zu Beckmann in den letzten drei Wochen sehr vertieft. Wenn Beckmann ihn nicht immer wieder mit seinen kleinen Sticheleien aufgemuntert und abgelenkt hätte, wäre die Zeit wesentlich schwerer gewesen. Er holte die Flasche aus dem Schrank und goss die kostbare Flüssigkeit in die Gläser.

»Wieso zwinkerst du eigentlich 'ner Frau zu, wenn du schwul bist?«, fragte Brander und setzte sich Beckmann gegenüber auf den Sessel.

»Wie bitte?« Beckmann hob den Kopf und sah ihn fragend an.

»Bei dem Whiskyseminar hast du der Frau am Nachbartisch zugezwinkert.«

»Ach das.« Beckmann grinste bei der Erinnerung. »Man wird doch wohl mal flirten dürfen.«

»Ja, aber …«

»Ja, aber! Andi, ich versteh mich mit Frauen. Ich mag Frauen. Ich mag sie sogar sehr gerne. Aber das ist nur platonisch. Ich geh nicht mit ihnen ins Bett. Dich grins ich doch auch mal an, nur so aus Spaß. Und du gehst doch auch nicht mit jeder Frau ins Bett, der du mal nett zulächelst! So einfach ist das. Außerdem: Welche Frau freut sich nicht über einen kleinen Flirt mit so einem gut aussehenden Typen wie mir?«

»Aber eingebildet bist du überhaupt nicht, oder?«

»Willst du etwa behaupten, dass ich nicht gut aussehe? Also, schau mich mal an!« Beckmann richtete sich auf. »Ich habe einen schönen Körper. Ich trainiere regelmäßig, ich achte auf meine Ernährung, ich pflege mich, ich …«

»Eingebildet und eitel. Und so was ist mein Freund.« Kummervoll zog Brander die Stirn in Falten.

»Dabei bin ich aber ehrlich, hilfsbereit und … romantisch.« Beckmann nahm eine Rose aus der Vase und hielt sie Brander hin. »Ich bin froh, dass ich bei dir so sein darf, wie ich bin.«

»Du kannst mir nicht meine eigenen Blumen schenken.«

»Ach ja.« Beckmann steckte die Rose wieder zurück in die Vase. »Ich werde sie deiner Frau schenken. Ist dir schon mal aufgefallen, dass viele Frauen sich zu schwulen Männern hingezogen fühlen?«

»Natürlich.« Brander schüttelte grinsend den Kopf. »Was hatten wir? Eingebildet, eitel … überheblich. Hatte ich überheblich schon?«

Folgende Whiskys begleiteten Kriminalhauptkommissar
Andreas Brander bei seinen Ermittlungen:

Caol Ila
Alter: 18 Jahre, 43%
Destillerie: Caol Ila Distillery, Islay (Schottland)

Lagavulin
Alter 16 Jahre, 43%
Destillerie: Lagavulin, Islay (Schottland)

Laphroaig
Alter: 15 Jahre, 43%
Destillerie: Laphroaig, Islay (Schottland)

Macallan Fine Oak
Alter: 12 Jahre, 40%
Destillerie: Macallan, Speyside (Schottland)

Macallan Sherryfass
Alter: 18 Jahre, 43%
Destillerie: Macallan, Speyside (Schottland)

Tomintoul
Alter: 27 Jahre, 40%
Destillerie: Tomintoul, Speyside (Schottland)

Whisky ist ein Genussmittel.
Bitte trinken Sie verantwortungsvoll!

Danke!

Erneut gilt mein Dank an erster Stelle Josef Hönes von der Polizeidirektion Tübingen, den ich stundenlang zu polizeilichen Themen befragen durfte. Außerdem danke ich Privat-Dozent Dr. Frank Wehner für die rechtsmedizinische Beratung. Für viele interessante Informationen über die Höhlen der Schwäbischen Alb danke ich Manfred Brenner von der Höhlen-AG des Technischen Gymnasiums in Tübingen sowie Alexander Maier von der Höhlenrettung. Danke an Ralf Schulz vom Weinhaus Beck für die lehrreichen und spaßigen Whiskyseminare. Und auch danke an Harald Theurer, Carsten Witte, Alex Neumeir, Toni und Renate Deubel sowie Isolde Grünberg, Traugott Kümmerle und Wolfgang Dieter für Infos zu manchen Detailfragen. Ein weiterer Dank geht an Michael Steffens fürs Testlesen und hilfreiche Rückmeldungen und Sibylle Miller für die Hilfe bei der Korrektur der überarbeiteten Neuauflage. Zu guter Letzt gilt mein besonderer Dank meinem Mann, der mich seit Jahren bei meiner Arbeit unterstützt, motiviert und immer wieder ermutigt.

Ein Wort zum schwäbischen Dialekt:
Magnus Neidhart ist Schwabe, spricht aber im Dienst kein breites Schwäbisch, damit auch Brander und andere Nicht-Schwaben ihn verstehen. Irsenga und Dibenga heißen auf der Landkarte Unterjesingen und Tübingen.

Dies ist ein Roman. Trotz aller Recherche musste ich mir an einigen Stellen die Freiheit nehmen, die komplexe Arbeit der Kriminalpolizei aus dramaturgischen Gründen sehr vereinfacht darzustellen. Die Kommissare der Kripo Tübingen mögen es mir nachsehen.

Zeitfracht Medien GmbH
Ferdinand-Jühlke-Straße 7
99095 Erfurt, Deutschland
produktsicherheit@kolibri360.de